근세일본의 요절복통 여행기

동해도 도보여행기

東海道中膝栗毛

6~8편(교토~오사카)

A Translated Annotation of the Agricultural Manual
"Tōkaidōchū Hizakurige"

【二】

짓펜샤 잇쿠十返舎一九 저

강지현 역

세창출판사

동해도 53역참과 야지·기타의 여행지도

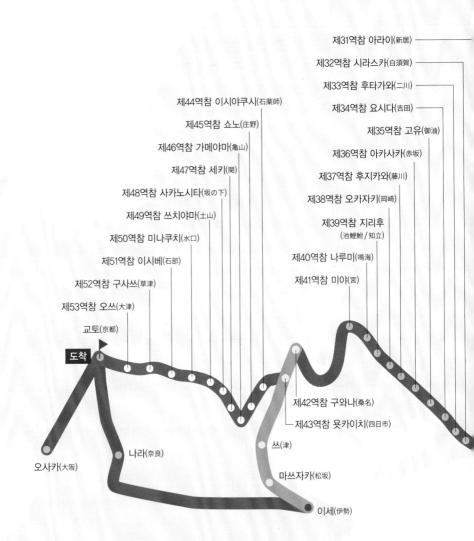

제31역참 아라이(新居)

제32역참 시라스카(白須賀)

제33역참 후타가와(二川)

제34역참 요시다(吉田)

제35역참 고유(御油)

제36역참 아카사카(赤坂)

제37역참 후지카와(藤川)

제38역참 오카자키(岡崎)

제39역참 지리후
(池鯉鮒/知立)

제40역참 나루미(鳴海)

제41역참 미야(宮)

제44역참 이시야쿠시(石薬師)

제45역참 쇼노(庄野)

제46역참 가메야마(亀山)

제47역참 세키(関)

제48역참 사카노시타(坂の下)

제49역참 쓰치야마(土山)

제50역참 미나쿠치(水口)

제51역참 이시베(石部)

제52역참 구사쓰(草津)

제53역참 오쓰(大津)

교토(京都)

도착

제42역참 구와나(桑名)

제43역참 욧카이치(四日市)

쓰(津)

나라(奈良)

오사카(大阪)

마쓰자카(松坂)

이세(伊勢)

- 🌓 3편 여정
- 🌗 4편 여정
- 🌕 5편 여정
- ● 5편 추가 여정
- 🌑 6~8편 여정

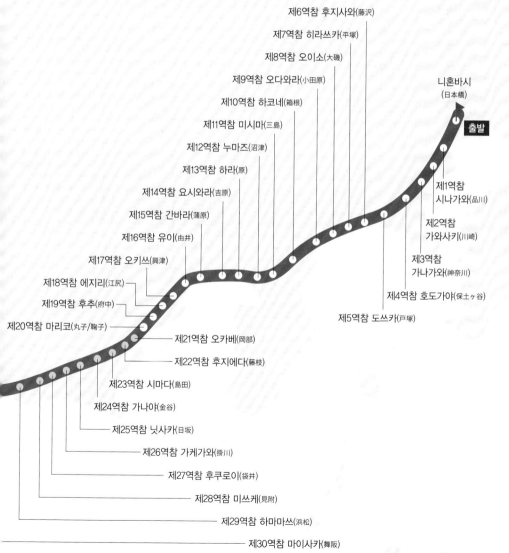

제6역참 후지사와(藤沢)

제7역참 히라쓰카(平塚)

제8역참 오이소(大磯)

제9역참 오다와라(小田原)

제10역참 하코네(箱根)

제11역참 미시마(三島)

제12역참 누마즈(沼津)

제13역참 하라(原)

제14역참 요시와라(吉原)

제15역참 간바라(蒲原)

제16역참 유이(由井)

제17역참 오키쓰(興津)

제18역참 에지리(江尻)

제19역참 후추(府中)

제20역참 마리코(丸子/鞠子)

니혼바시
(日本橋)

출발

제1역참
시나가와(品川)

제2역참
가와사키(川崎)

제3역참
가나가와(神奈川)

제4역참 호도가야(保土ヶ谷)

제5역참 도쓰카(戸塚)

제21역참 오카베(岡部)

제22역참 후지에다(藤枝)

제23역참 시마다(島田)

제24역참 가나야(金谷)

제25역참 닛사카(日坂)

제26역참 가케가와(掛川)

제27역참 후쿠로이(袋井)

제28역참 미쓰케(見附)

제29역참 하마마쓰(浜松)

제30역참 마이사카(舞阪)

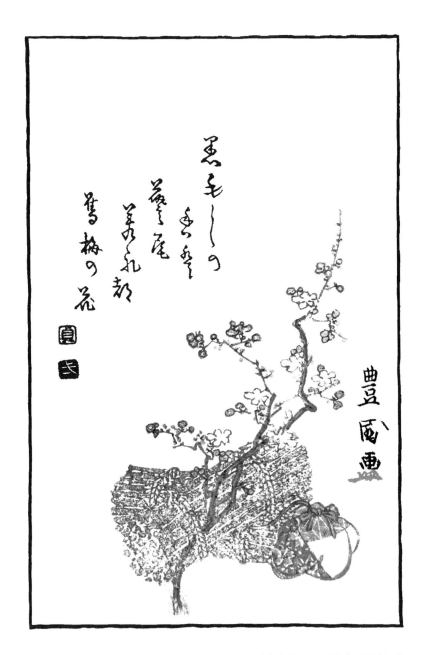

▲ 6편 서두그림: 구로모지[조장나무] 다발에 꽂은 매화가지(꽃잎의 주황색, 가지의 녹색, 화가의 낙관이 있으면 초판초쇄본).

▲ 8편 책 포장지[후쿠로].

1. 희작과 오락문학의 가치

근세 중·후반기(18·19세기)의 소설그룹을 가리키는 문학사상의 용어 중 하나가 '희작'戲作[게사쿠]이며, 희작을 집필한 에도시대 소설가를 '희작자'戲作者[게사쿠샤]라고 부른다. 소설 장르[양식]로는

① 담론본(談義本, 코믹풍자소설)

② 화류소설(洒落本, 유곽을 소재로 손님과 유녀가 노는 모습이라든지 유곽의 풍속을 그린 회화체 소설)

③ 황표지(黃表紙, 삽화와 문장이 혼연일체가 된 30페이지짜리 그림소설책. 일본 특유의 넌센스 문학)

• • •

1   졸저, 『일본대중문예의 시원, 에도희작과 짓펜샤잇쿠』, 11-54쪽을 참조하였다.

④ 합권(合卷, 중·장편그림소설책)

⑤ 골계본(滑稽本, 유머소설)

⑥ 독본(読本, 전기 판타지소설)

⑦ 인정본(人情本, 연애소설)

등이 이에 포함되며, 이 중 본 역서에서 다루고자 하는 장르는 ⑤ 골계본이다.

일본문학사에서 작자층 및 독자층이 상인町人 중심으로 완전히 전환되는 시기인 19세기에 접어들면서 '에도 대중문학 전성시대'는 도래하였다. 희작자들은 독자를 즐겁게 하고자 붓을 들었다. 대중오락물로써 일반서민의 갈채를 받고자 온 힘을 기울여 읽히는[=팔리는] 작품 창작에 몰두하였다. 표현, 취향, 발상의 기묘함을 겨루다 보니 사상성은 결핍되었으나, 구어체적 문장을 사용함으로써 보편적·통속적인 도덕과 인정을 묘사했고, 다양한 언어유희의 발달을 도모하여 일본어의 문학적 표현력을 최대한 발휘하게 했던 '에도희작'은, 세계문학사적으로도 유례를 찾아보기 힘든 특이한 존재이자 장르이다.

희작의 웃음의 특색은 '웃음을 위한 웃음'이다. 이른바, '교훈을 위한 웃음'이 아니라는 점이다. 따라서 작자의 비판정신이라든지 교훈성이 내포되지 않는 희작의 웃음은 종래 일본문학계에서도 그다지 중요시되지 않았다. 그리고 1945년 이후 50년대까지 일본문학에 있어서 '근대'란 무엇인가라고 하는 성찰이 전면적으로 행해지면서 이

러한 희작문학은 전근대의 유산으로서 간주되기에 이른다. 문학적 근대의 지표를 '자아확립'으로부터 찾을 때 희작문학은 인생관적 가치 면에서 보잘것없는 '위안慰み의 문학'이라고 하는 부정적 시각으로부터 벗어날 수 없게 되리라.

　그러나 바야흐로 21세기 지금 전 세계에서 맹위를 떨치는 자국의 강력한 대중문화콘텐츠의 자양분이 바로 이러한 오락문학이었음을 서서히 자각하고 있는 듯하다. 그 일례로 국문학연구자료관의 '국제적 공동연구 네트워크구축을 위한 일본어의 역사적 고전서적사업'에 2014년부터 정부의 천문학적인 연구비가 지원되고 있다. 범국가적 정책으로서 소프트파워의 중요성을 인식하고 지원하고자 할 때, 방대한 종수를 차지하는 희작문학이야말로 핵심 자양분이 되어 줄 것이다.

2.『동해도 도보여행기』와 역사 문화적 배경

『동해도 도보여행기』東海道中膝栗毛[2]는 장편소설인 만큼 그 범위가 방대하다. 즉 1802년 초편 간행 후, 속편(『續膝栗毛』)으로 이어지면서 1822년까지 쓰여졌기에 그 분량이 광범위하다. 현재 학계에서는 주인공인 야지彌次, 기타하치北八가 여행출발을 결심하게 되는 과정을 묘사한 발단(1814년 간행)을 덧붙여서, 이하 5편추가까지를 이세참배伊

2　작품성립 사정상 작품명은『浮世道中膝栗毛』(1편), 『道中膝栗毛』(2, 7편, 발단), 『東海道中膝栗毛』(3, 4, 5편), 『膝栗毛』(6, 8편)의 변화를 보인다. 본 역서에서는『동해도 도보여행기』로 통일한다.

勢參宮, 6·7편을 교토京都 구경, 8편(1809년 간행)을 오사카大阪 구경을 묘사한 정편正編으로서 취급하고 있다.

『동해도 도보여행기』 정편의 권수는 〈초편(1802)~8편(1809)+발단(1814)=18권〉과 같이 도식화할 수 있는데, 『속편 도보여행기』續膝栗毛는 1810년부터 1822년까지 23권이 발행되어 일단 완결된다. 베스트셀러이면서 롱셀러인 셈이다.

한편 희작인 본 작품에서는 색욕과 식욕으로 똘똘 뭉친 듯한 야지·기타가 주인공인지라 훌륭한 인물상이라든지 사색하게 하는 철학적 사상 등은 엿볼 수 없다. 어디까지나 대중의 문학으로서 대중과 융합할 수 있었던 『동해도 도보여행기』는, 실생활을 있는 그대로 묘사하면서, '골계'의 표현에 있어서 다양한 문예성을 발휘하고, '골계'의 문학으로서 스스로의 위치를 확립할 수 있었다(즉 '골계본'이라는 장르를 창출했다)는 점에 있어서, 높은 문학사적 가치 평가가 부여되어 마땅한 작품인 것이다.

그러면, 야지·기타의 원래 여행목적이었던 '이세참배'의 당대적 의미는 무엇이었을까. 『동해도 도보여행기』가 완결되고 8년 뒤인 1830년文政13年=天保元年, 에도시대 최대의 대규모 이세신궁 참배행렬이 군집하였다. 불과 3개월 사이에 5백만 명이 이세에 집결했다고 한다. 이는 당시 일본 총인구가 3100만~3300만 명이라고 추정되는 가운데, 총인구의 5분의 1 정도가 한 해 동안 이세참배여행을 떠났음을 뜻한다. 당시 "이세에 가고 싶어, 이세 길을 보고 싶어, 죽기 전에 단 한 번만이라도伊勢に行きたい伊勢路が見たい、せめて一生に一度でも♪"라는 노래가 유행할 정도였다니 가히 짐작할 만하다.

야지·기타가 『동해도 도보여행기』 정편에서 걷고자 했던 동해도 53역참[3]과 도보거리, 여비에 대해 살펴보자.

동해도는 에도江戸[동경]의 니혼바시日本橋로부터 교토京都의 산조 오바시三条大橋까지 총 492킬로미터로, 53개의 역참이 있어서 53번 갈아타야 하므로 '東海道53역'이라고 불렀다. 그럼 야지·기타는 하루에 몇 킬로미터를 걸었을까. 작품 속 숙박지를 세어 보면, 에도를 출발하여 11일 만에 동해도와 이세의 갈림길에 위치한 역참 욧카이치四日市에 도착하였음을 알 수 있다. 이후 야지·기타는 원래 여행목적인 이세참배를 위하여 동해도를 벗어나 이세가도로 접어들어 마쓰자카松阪에서 1박, 야마다山田[이세]지역에서 2박 후, 교토, 오사카를 구경하게 된다. 그렇다면 교토京都까지는 14일에서 15일 정도로, 하루에 33킬로미터 이상 걸었다는 계산이 나온다.

여비는 얼마나 들었을까. 이 또한 작품 속에서 찾아보면, 1박2식의 숙박비가 보통 200문[6,000엔]이므로 하루 300문(1문은 약 30엔)이 소요된다 치면, 15일로 4관500문[135,000엔]이 든다. 메밀국수 한 그릇이 16문[480엔]이었으므로 여비 또한 만만치 않게 들었다고 생각된다. 가마를 타게 되면 할인한 가격이 그래도 200문이었으므로 여비는 더욱 불어나게 된다.[4]

● ● ●

3 실은 원작에서 야지·기타는 욧카이치 역참까지는 동해도를 가나, 이후에는 동해도를 벗어나 이세가도를 걸어서, 교토, 오사카까지 간다.

4 참고로 당시 책값을 알아보자. 18세기 말 황표지[단편만화] 가격은 8문[240엔]~10문[300엔], 19세기 초·중엽 합권[중장편만화] 가격은 88문[2,640엔]~110문[3,300엔], 교쿠테이 바킨의 합권 원고료는 2냥[40만 엔]: 佐藤悟, 「文政末·天保期の合巻流通と価格」, 『日本文

3. 《53역참골계 도보여행기 그림》[5]

희작이 19세기에 접어들면서 서민들의 오락문화 상품으로 완전히 자리매김하게 되는 한편, 이들과 동시기에 승패를 겨루는 오락게임이 서민들 사이에서 크게 발달하였고, 그중 '그림주사위판'絵双六 놀이가 있었다. 약 신문지 한 장 크기의 지면에, 그림을 그려 넣은 구획 칸이 있어서, 목적하는 구획 칸에 빨리 도착하는 사람이 승리한다. 이 주사위놀이의 그림은 다른 우키요에와 마찬가지로 다색목판화錦絵(니시키에) 기법으로 제작되고 있었다. 즉 우키요에의 일종인 것이다.

그리고 이들 중 제재를 『동해도 도보여행기』로 하는 한 무리의 그림주사위판 작품 군이 존재한다. 에도시대의 비주얼화상의 대표적 장르였던 우키요에와 희작이 결합하여 이른바 '동해도 도보여행기 패러디 그림주사위판'이 탄생한 것이다.

그중 본 역서 『동해도 도보여행기』의 이해를 돕기 위하여, 그림으로 보여 주는 비교적 충실한 축약본이라고 할 수 있는 《53역참골계 도보여행기 그림五十三駅滑稽膝栗毛道中図会》(이하 《즈에図会》라고 약칭)을 참고용 인용 도판으로 사용하고자 한다. 특히 초판초쇄本藍(천연염료를 사용한 연한 남색)로서 1848년~1854년 무렵嘉永期 간행이라고 필자가 추론 중인 동경도립중앙도서관 소장본을 인용, 게재한다. 작가는 이치엔사

• • •

学』2008年 10月, 日本文学協会.

5   이하 서적이 아닌 그림 작품인 경우 《 》로 표기. 『일본대중문예의 시원, 에도희작과 짓펜샤잇쿠』, 53쪽~232쪽에서는 《五十三駅滑稽膝栗毛道中図会》 및 관련 그림주사위판에 대해 폭넓게 다루고 있다.

이 구니마스一猿斎国升. 구성은 에도 간다 핫초보리神田八丁堀를 출발점振出しℓ으로 53역참을 돌고 돌아서 교토를 도착점上り으로 하고 있다. 즉 골계본『동해도 도보여행기』(正編) 18권의 에피소드를 55개의 구획 칸에 나누어 그려서 한 장짜리 다색목판화錦絵로 완성시키고 있는 것이다. 장르는 풍속화[우키요에] 중 '그림주사위판'에 속한다.

　희작 중에서 ② 화류소설, ③ 황표지, ④ 합권, ⑤ 골계본이라는 장르를 처음으로 한글 번역했던『근세일본의 대중소설가, 짓펜샤 잇쿠 작품선집』에서의 오류를 반성하며, 두 번째로 도전하는 역서이다. 그러나 여전히 들인 시간에 비해 역자의 실력 부족을 통감하지 않을 수 없었다. 그중에서도 가장 어려웠던 일본어의 한글 번역용어를 본 역서 말미에 '색인 및 번역용어모음집'으로 제시하였다. 이전 역서에 게재했던 용어 또한 재정리하여 망라함으로써, 차후 에도희작 작품의 번역에 조금이라도 도움이 되기를 소망하며, 오역 또는 더 나은 한역에 대한 독자들의 지적과 질타를 바라마지 않는다.

2019년 여름
강 지 현

『동해도 도보여행기』 6편

(상: 후시미~교토, 하: 교토에서 / 1807년 정월 간행)

『동해도 도보여행기』 7편

(교토에서 / 1808년 정월 간행)

『동해도 도보여행기』 8편

(오사카에서 / 1809년 정월 간행)

일러두기

1. 번역텍스트
   (1) 中村幸彦校注『東海道中膝栗毛』(新編日本古典文学全集, 小学館, 1995년. 도판은 동 전집 수록본 및 二又淳 소장본)의 본문 및 참고용 인용도판으로《五十三駅滑稽膝栗毛道中図会》(東京都立中央図書館蔵소장본 061-S53)를 사용하였다. 도판게재를 허가해 주신 분들께 감사드립니다.
   (2)『東海道中膝栗毛』는 속편은 물론이고 정편(발단 및 1편부터 8편까지)만이라도 충실하게 전부 현대일본어역한 텍스트는 아직 없다. 따라서 나카무라 유키히코가 각주만 붙여서 古語원문을 그대로 번각 게재한 위 책『東海道中膝栗毛』의 본문을 번역텍스트로 이용하였다. 몇 편을 발췌하여 현대일본어역한 기 간행본의 경우, 의역과 오역이 많았으므로 참조하지 않았다.

2. 범위
   정편 중 3편부터 8편까지를 본 역서에 담았다. 발단은 출판 경위 및 성격이 다른 편과 상이하며, 1·2편은『근세일본의 대중소설가, 짓펜샤 잇쿠 작품선집』(소명출판, 2010년, 이하 '기존역서')으로 이미 출간했기에 제외시켰다. 동해도를 걸어 도착하는 이세신궁참배길이 5편추가까지 전개되며, 6·7편이 교토 구경 길, 8편이 오사카 구경 길에 해당된다.

3. 직역과 의역
   (1) ( )의 활용
   원문의 특색을 살리는 동시에 언어유희의 이해를 위하여 최대한 직역을 원칙으로 삼았으나, 우리말로 번역했을 때 문맥이 이어지지 않는 부분은 역자가 적절한 내용을 ( )안에 작은 활자로 보충 첨가하였다. 즉 ( )안 내용은 앞뒤를 이어 주는 부연 관계로, 원문에는 없는 문장임을 알 수 있도록 괄호표시 한 것이다.
   ex) 소금에 절인 정어리(같이 붉게 녹슨) 칼로 무얼 벤다는 거여? / 어쩐지 으스스하고, (여우에게 홀리지 않을 주문으로) 눈썹에 침을 바르며 걷는데,
   (2) [ ]의 활용
   ① 용어의 간단한 설명 및 한자 또는 원어 표기를 [ ]안에 가장 작은 활자로 넣었다. 즉 [ ]안 내용은 앞의 단어와 = 관계이다.
   ex) 각반[脚半: 종아리 덮개]. / 요메가타[嫁が田: 며느리의 논]. / 반혼단[反魂丹, 한곤탄]. / 드립지라[あげうず, 아교즈]. / 오십문[28,500엔]. / 규정 최고의 무게 실은 말[本馬: 36관]. / 노자나불[廬舎那佛, 비로자나불].
   ② 같은 상황에 대해 원어와 우리말이 다른 표현을 사용할 경우, 번역의 엄격성과 언어유희에 대한 이해를 위하여 직역한 후, 가독성을 위하여 의역을 [ ]안에 병기하였다.

ex) 물을 공양하자[묻혀 무녀에게 흔들어 뿌리자]. / 해치웠잖어[속여댔잖어]. / 살아 있는 말의 눈알을 빼어가 버렸어[눈감으니 코 베어 갔네]. / 대신 (생선에) 취하는[식중독에 걸리는] 건 보증합죠. / 강에 빠졌구나[계략에 걸려들었구나].

③ 기본적으로는 ②를 원칙으로 하나, 직역이 가독성을 심각하게 훼손하는 경우, 먼저 의역한 후 직역을 [ ] 안에 병기하는 경우도 있다.

ex) 말발[아래턱]. / 기절했다[눈알을 돌렸다]. / 야지 "관서지방 처자는 수완[손]이 좋군[접객이 능하군]." 과자장수 "손도 발도 없지만~."

4. 화자 및 인명

원문에 준하여 대화문 앞에 발화자를 넣었으며, 동일인물일지라도 인명의 표기법이 다양한 이유는 원문에 의거했기 때문이다.

5. 교카

5-7-5, 7-7이라는 31자의 음절로 이루어진 교카[狂歌]의 맛을 살리기 위해 우리말 번역도 가급적 5-7-5, 7-7이라는 31자의 정형을 지키고자 했다. 이해를 돕기 위해 모든 교카의 해설과 원문을 각주에 첨가하였다.

6. 삽화

원문의 삽화는 모두 그대로 게재하면서, 그림에 대한 역자의 설명을 덧붙였다.

7. 생략과 첨가

연구재단 명저번역사업의 취지에 맞추어 본문 스토리를 번역하는 데 목적을 두었다. 따라서 스토리를 벗어난 작자 및 주변 인물들에 의한 서문, 범례, 권두, 권말 부분은 기존역서와 마찬가지로 번역하지 않는다. 또한 스토리 이해에 필수불가결한 내용을 각주로 매긴다는 원칙하에, 소학관 전집본의 각주는 취사선택하였고, 역자의 연구 성과를 반영한 각주로 새로이 구성하였다.

8. 소제목

독자의 이해를 돕기 위하여 역자가 임의로 에피소드별 소제목을 붙였다.

9. 중복 설명

기승전결이 없는 옴니버스형식의 스토리이므로 어느 편부터 읽어도 상관없도록, 각 편의 에피소드 이해를 위해서 필요하다고 생각되는 단어 － 화폐 및 무게의 환산, 음식, 장소 등 － 에 대한 설명 또는 각주는, 전 편에 나온 경우에도 중복 게재하였다.

ex) 4돈쭝[3,200×4=12,800엔]. / 5관[3.75×5=18.75킬로그램].

10. 사투리

원문에서는 각 지방마다 다양한 사투리가 사용되며, 역자 또한 서울사람과 지방사람의 대화라는 특색이 부각되도록 사투리를 사용한 부분이 많다. 에도는 표준어, 오사카 교토는 경상도, 동북지역 또는 기타지역은 충청도 및 강원도, 동해도 지역은 전라도로 크게 설정하였으나, 도회지 말투와 시골 말투의 대비라는 본 작품의 가장 큰 특징을 살리기 위하여 이 범주를 벗어나는 경우도 있다. 한 인물 또는 동일지역인물이라면 가급적 같은 지방사투리를 사용하도록 하였다.

11. 차별어 및 비속어, 외설적 표현은 원문을 준수하였다.

12. 화폐

　　당시 물가에 의하여 화폐가치는 지금과 다를 수 있으나 기본적으로 1문[文]을 30엔으로 환산하였다. 따라서 1文=30円 / 1匁=3,200円 / 1朱=6,250円 / 1分銀=25,000円 / 1分金=5万円 / 1両=20万円으로 환산하게 되었다. 그러나 현재 일본의 물가에 비추어 볼 때 이 도식의 2분의 1 가치가 타당한 경우도 있다.

13. 본문 표기는 교육부의 하기 외래어 표기법에 따른다.

　(1) 장음

　　지명 및 인명의 장음은 표기하지 않는다.

　　ex) 니가타[新潟]. 기헤[義平]. 간페[勘平]. 호테[布袋]. 오이가와강[大井川]. 오에야마산[大江山]. 오기[大木]. 도토미나다여울[遠江灘].

　(2) 격음, 복모음, 받침

　　어두 및 어중은 다음 원칙을 준수한다.

　　たちつてと: 어두-다지쓰데도. / 어중-타치쓰테토.

　　きゃきゅきょ: 어두-갸규교. / しゃしゅしょ: 어두·어중-샤슈쇼. / じゃじゅじょ:어두·어중-자주조.

　　ちゃちゅちょ:어두-자주조. / 어중-차추초.

　　① 어두의 격음은 표기하지 않는다. ex) 교카[狂歌]. / 구니토시[国俊]. / 덴류[天竜]. 'ちゃ[茶賀]치'는 '쟈[자가마루]', 'ちゅう[忠臣蔵, 昼三]'는 '쥬[주신구라, 주삼]', 'ちょう[長太]'는 '죠[조타]', 'ち[千束]'는 '지[지즈카]'.

　　② 어중의 격음은 표기한다. ex)'ちゅう[越中]'는 '츄[엣추]', 'ちょう[中之町]'는 '초[나카노초]'

　　③ 어두 및 어중의 'つ[坪井, 見付, 提]'는 '쓰[쓰보이, 미쓰케, 쓰쓰미]', 어두의 'じょ[浄瑠璃]'는 '죠[조루리]', 'しゃ[三味線]'는 '샤[샤미센]', 어말의 'ん[沢庵]'은 'ㄴ[다쿠안]'과 같이 표기한다.

　(3) 지명의 겹쳐 적기

　　외래어 표기법에 "한자 사용 지역의 지명이 하나의 한자로 되어 있을 경우, '강, 산, 호, 섬' 등은 겹쳐 적는다."는 규정에도 불구하고 기존 역서에서는 겹쳐 적지 않고 '오이 강[大井川]' 등으로 번역하였으나, 본 역서에서는 '오이가와강[大井川]' 등으로 겹쳐 적으면서 붙여 쓴다.

　　ex) 오에야마산[大江山]. 시오이가와강[塩井川]

14. 기타 표기

　(1) 띄어쓰기와 붙여쓰기

　　① 인명 표기의 경우, 성과 이름 사이는 띄어 쓴다.

　　② 고유명사와 -마을, -신궁, -강, -기리, 절 등을 결합 시 붙여 쓴다.

　　　ex) 오이가와강[大井川]. / 도토미나다여울[遠江灘]

　　③ 단, '13.(3)겹쳐 적기'로 역자가 덧붙인 경우가 아닌, 원문에 있는 경우에는 띄어쓰기로써 구별하였다. 가독성을 높이기 위하여 역자가 덧붙인 경우에는 [ ]표기 후 붙여 쓴다.

　　　ex) 다니마치[谷町] 거리를 안당사[安堂寺] 마을에서 반바[番場] 들판으로 나와. / 레이후[霊

22

符사창가 색시. / 오야마야[小山屋]요정의 문간.

(2) 한자

인명, 지명, 상품명 등 한자 병기가 필요한 고유명사 및 언어유희의 경우, 일본식 한자로 표기하나 가급적 각 편에서 처음 나올 때만 한자를 병기하고자 하였다. 그러나 작품내용 이해를 돕기 위하여 중복 병기한 경우도 있다.

(3) 고유명사의 한자어

① 우리한자발음으로 읽는 것이 자연스럽다고 판단되는 경우 그대로 읽은 후, 원어발음을 [ ]안에 병기한다.

ex) 반혼단[反魂丹, 한곤탄]. / 금대원[錦袋円, 긴타이엔]

② 우리한자발음으로 읽는 것이 부자연스럽다고 판단되는 경우 번역 후, 범용인 경우 원어발음을 병기한다.

ex) 마부노래[小室節]. / 작은 칼[脇差, 와키자시]

③ 우리한자발음으로 읽는 것이 부자연스럽고 번역어 대입이 부적절하다고 판단되는 경우 원어발음 그대로 활용한다.

ex) 교카[狂歌]

④ 위 원칙에 의하여 한 고유명사에 원어발음과 우리한자발음이 혼용되는 경우가 있다.

ex) 가도데 팔만궁[門出八幡宮]. / 사나게 대명신[猿投大明神]

(4) 행정구역 및 절, 신사

문맥에 따라 くに国는 지방 또는 지역, むら村는 마을, まち/ちょう町는 마을 또는 거리 또는 동네, てら/じ寺는 -사 또는 절, じんじゃ神社는 -신사로 번역하며, 가독성을 높이기 위하여 역자가 덧붙인 경우에는 [ ]표기 뒤에 붙여 쓴다.

ex) 야와타[八幡]마을 오니지마[鬼島]마을. / 아와좌[阿波座]동네 에치고동네[越後町]. / 기요미즈절[清水寺].

(5) 실존인물

주로 각주에서 설명하면서 괄호 안에 생몰연대 또는 천황인 경우 재위기간을 표기한다.

ex) 미나모토노 라이코[源頼光: 948-1021]. / 세이와천황[清和天皇: 858-876]

17. 부록의 색인 및 번역용어모음집에서는 원어발음을 우선시하여 다음과 같이 표기하였다. 즉 교육부 외래어표기법과 일본어 발음이 현저하게 차이가 나는 이유인, 격음과 복모음을 어두 어중에 사용하였다. 각주에서도 이 경우를 준용하는 경우가 있다.

かきくけこ: 카키쿠케코. / たちつてと: 타치츠테토

きゃきゅきょ: 캬큐쿄. / しゃしゅしょ: 샤슈쇼. / じゃじゅじょ: 쟈쥬죠. / ちゃちゅちょ: 챠츄쵸.

ex) 본문에서는 '찻죽[茶粥, 자가유]'. 각주 및 색인에서는 '챠가유[茶粥]: 찻죽'

『동해도 도보여행기』 발단~5편 추가의 줄거리

그림주사위판 《53역참골계 도보여행기 그림五十三驛滑稽膝栗毛道中図会》(이하 《즈에図会》라고 약칭)의 도판 인용 및 번각을 통하여, 원작『동해도 도보여행기』의 발단~5편추가의 주요 에피소드를 소개하고 줄거리를 대신하고자 한다.*

--------------------------------- 【 발단 】 ---------------------------------

(1) 출발: 니혼바시[日本橋]

【도판1】《즈에図会》간다 핫초보리 = 원작 발단의 에피소드**

도치멘[栃麺]가게의 야지로베[弥次郎兵衛] 혼례를 올리는 장면.

여자 "정말 이모히치 씨, 여러모로 신세를 졌습니다."

야지 "헌데 혼례식은 끝났는데 예의 지참금은 어찌 됐나? 이모시치 씨 잘 부탁합니다."

이모시치 "아차, 그런데 오늘밤에는 맞출 수 없겠네. 내일은 받아서 곧 가져오게 할 테니까."

(문밖에서 기타하치) "세상없어도 오늘밤 안으로 돈 열다섯 냥 마련하지 못하면 큰 낭패인데, 야지 씨 어떻게 해 줄 거야. 맙소사, 이것 참 큰일 났네."

● ● ●

*   이하 번각은 『일본대중문예의 시원, 에도희작과 짓펜샤잇쿠』 53쪽~232쪽을 참조하였다.

**   범례1. 원작 에피소드를 동일한 장소에서 그림주사위판화한 경우: 【도판1】《즈에図会》간다 핫초보리= 원작 발단의 에피소드

       범례2. 원작 에피소드를 다른 장소에서 그림주사위판화한 경우: 《즈에図会》가와사키=원작 4편상·후타가와 에피소드를 앞서 차용 → 뒤 4편상 본문에 게재

       범례3. 원작에 없는 에피소드인 경우: 【도판8】《즈에図会》오이소

(2) 제1역참: 시나가와[品川]

【도판2】《즈에図絵》시나가와

= 원작 1편 에피소드

(기타하치) "이봐 야지 씨, 이것저것 몽땅 팔아 치우고 이렇게 나오니 참 좋잖아."

야지 "그렇지. 핫초보리 집 중에서도 독채였으니까 말이여, 이세참배부터 해서 관서지방까지 구경할 정도의 여비는 충분하지 뭐. 자, 여행 도중에 맘껏 익살을 떨 작정이니까, (각오는) 됐겠지? 어서 걷자고."

**(3) 제2역참: 가와사키[川崎]

《즈에図絵》가와사키

= 원작 4편상·후타가와 에피소드를 앞서 차용 → 뒤 4편 상 본문에 게재

(4) 제3역참: 가나가와[神奈川]

【도판3】『즈에図絵』가나가와

= 원작 1편·가나가와의 에피소드

(야지가 이세참배 꼬마에게) "네놈들은 오슈[奥州: 현재 아오모리현] 출신이구나. 나도 오랫동안 그쪽에 있었으니까 모두 잘 알고 있지."

(기타하치) "이봐 야지 씨 관둬. 당신 아까부터 그 녀석들에게 속아서 떡을 빼앗기고 있다고."

(5) 제4역참: 호도가야[保土ヶ谷]

【도판4】《즈에図会》호도가야

= 원작 1편·호도가야의 에피소드

(호객녀에게 나그네 1) "그렇게 해선 안 되지! 봇짐이 빠지고 손목이 찢어진다고~ 놔라 놔!"

(호객녀에게 나그네 2) "묵고 싶어도 자네들 낯짝을 봐서는 밥을 못 먹겠네."

(6) 제5역참: 도쓰카[戸塚]

【도판5】《즈에図会》도쓰카

= 원작 1편·도쓰카의 에피소드

(야지) "것 참 고맙군. 기타하치 어때, 미남자
는 각별하다고~ 아들아, (여종업원과)
잠깐 할 얘기가 있으니까 어디에든 꺼
지라고~."

(기타하치) "이렇게 함부로 말을 하니 이젠 부자지간 행세도 관뒀다!"

(7) 제6역참: 후지사와[藤沢]

【도판6】《즈에図会》후지사와

= 원작 1편·후지사와의 에피소드

(야지) "아뜨뜨, 뜨거 뜨거~ 이거 참 큰일
이네! 이봐 할멈! 이 경단은 어찌 된
거? 입안이 불붙는군. 아뜨뜨 아뜨뜨
아뜨뜨뜨~."

(할멈) "뭘요 식었길래 아까 데웠는디 그 때 숯불이 들러붙은 거겠지유. 불에 타서 죽지는 않는
다니께유."

(기타하치) "이거 재밌군 재밌어. 아하하 아하하 아하하~."

(8) 제7역참: 히라쓰카[平塚]

【도판7】《즈에図会》 히라쓰카

= 원작 1편·후지사와의 에피소드

(짐꾼1) "어르신, 300문[=9,000엔] 삯의 가마를 150이라면 당신이 짊어지고 간다 했으니, 깎아 드립죠. 자, 150문 내서 가

마 한쪽을 짊어지소 (다른 한쪽은 내가 멜 테니)."
(짐꾼2) "옳소 옳소, 어르신께 짊어지게 하고 너는 타는 게 좋겠어."
야지 "또 아주 큰 낭패로군. 이것 참 실례했네 실례했어."

(9) 제8역참: 오이소[大磯]

【도판8】《즈에図会》 오이소

호랑이바위[虎が石].
(야지?) "거기서 방귀가 나오지 않도록 꽉 힘을 주시게. 됐나?"

(기타하치?) "어때, 으윽~ 들어서, 이래도 들리질 않네."

(10) 제9역참: 오다와라[小田原]

【도판9】《즈에図会》 오다와라

= 원작 1편·오다와라의 에피소드

기타하치 "아이고 아이고, 목욕통바닥이 빠져서 큰일일세 큰일~, 아프다 아파~, 뜨겁다 뜨거워 뜨거워~."

야지 "이것 참 우스워라. 나막신을 신고 목욕통에 들어갔나 보네. 하하하하 하하하하~ 이거 목숨에 별탈은 없겠군."
여관주인 "아이고 맙소사, 어처구니없는 짓을 하는 손님일세."

2편

(11) 제10역참: 하코네[箱根]

【도판10】《즈에図会》하코네

= 원작2편 상·하코네의 에피소드

기타하치 "수건을 머리에서 뺨까지 얼굴에 두르면 호남으로 보인다니까, 어떻게든 저 여자에
　　　게 수작해서 반하게 할 작정이어."

야지 "이것 참 기묘하군."

여자1 "어머 어머, 저 사람은 엣추 샅바로 얼굴을 두르고 있어."

여자2 "<u>오호호호 우스워라.</u>"

여자3 "<u>오호호호호 오호호호호.</u>"

**(12)

【도판11】《즈에図会》미쓰케

= 원작2편 상·미시마의 에피소드를 늦게 제28
역참 미쓰케에서 차용

(유녀1) "에그머니나 에그머니나, 누구 좀 와 주소~".

(유녀2) "깜짝이야."

(기타하치) "무슨 일이여 무슨 일 무슨 일?"

(야지) "아이고 아파라 아파 아파, 여봐 자라가 들러붙었네. 누구 좀 와 주게, 와 줘 와 줘~. (어
　　　제) 샀던 자라가 기어 나왔어. 큰일이야 큰일 큰일~."

(13) 제11역참: 미시마[三島]

【도판12】《즈에圖會》 미시마
= 원작2편 상·미시마의 에피소드

(야지) "야 야 야~ 이건 무슨 일이람. 허리춤 전대의 돈이 전부 돌이여. 아이고 아이고, 큰일 났다. 큰일 났어. 이건 어젯밤 함께 묵었던 주키치 놈이 호마의 재 도둑놈임에 틀림없어. 어서어서 여관주인을 부르라고 불러 불러!"

(기타하치) "그럼 이제 여기서부터 에도로 돌아가지 않겠나."

(14) 제12역참: 누마즈[沼津]

【도판13】《즈에圖會》 누마즈
= 원작2편 상·누마즈도착 전 에피소드

(야지) "아 아프다 아파, 무슨 영문이람. 아 아파 아파. 돈은 도둑맞지, 머리는 부닥치지, 나 이젠 죽고 싶을 정도라네. 아 아파 아파 아파~."

(편지함을 짊어진 파발꾼) "이 찢어죽일 놈이, 조심하라고! 아앗사 아싸 아싸 아싸~."

(15) 제13역참: 하라[原]

【도판14】《즈에圖會》 하라
= 원작2편 상·요시와라의 에피소드를 앞서 차용

(거지낭인) "예에, 아무쪼록 노전을 보태어 도와주시옵소서."

(기타하치) "아니 글쎄 우리도 어젯밤 호마의 재에게 여비를 도둑맞아 땡전 한 푼 없소. 아무쪼록 저희를 도와주십시오."

(16) 제14역참: 요시와라[吉原]

【도판15】《즈에図会》요시와라
= 원작2편 상·요시와라의 에피소드

(야지) "이 과자는 얼마냐? 하나에 3문[90엔]이라고? 그렇다면 다섯 개 먹었으니 3×5는 6문 [180
　　　엔] 내마. 됐지?"
(꼬마) "3문씩 다섯 개를 늘어놓고 가시라요."
(기타하치) "턱없는 꼴을 당하게 하는군."

(17) 제15역참: 간바라[蒲原]

【도판16】《즈에図会》간바라
= 원작2편 하·간바라의 에피소드

노파 "여보쇼, 모두 이층으로 와 주소. 도둑이 와서 어딘가로 떨어졌지라. 어서어서 등불을 밝
　　　히소, 밝히소."
(기타하치) "아이쿠 아이쿠 아이쿠, 아프다 아파 아파~, 찾는 물건을 가지러 (이층에) 올라갔던
　　　거요."

**(18) 제16역참: 유이[由井]

《즈에図会》유이
= 원작8편 하·오사카의 에피소드를 앞서 차용 → 뒤 8편 하 본문에 게재.

(19)제17역참: 오키쓰[興津]

【도판17】《즈에図会》오키쓰
= 원작2편 하·오키쓰의 에피소드

야지 "뭐여, 콩고물인가 했더니 이건 겨잖애[겨를 묻혔잖아]. 에잇 웩 웩 웩~, 속이 메슥거려서
   안 되겠군."

기타하치 "그것 봐. 경단은 관두라고 했는데 말을 안 들으니까 (그런 꼴을 당하지)."

**(20)제18역참: 에지리[江尻]

《즈에図会》에지리
= 원작4편 하·아카사카의 에피소드를 앞서 차용 → 뒤 4편 하 본문에 게재.

(21)제19역참: 후추[府中]

【도판18】《즈에図会》후추
= 원작2편 하·후추의 에피소드

기타하치   "어이 젊은이, 한잔 마시게."

(유곽사환?) "예 예 예."

(유곽사환) "어르신 예, 실례합니다. 한잔 드십시오."

(기타하치?가 유녀에게) "이사카와[유녀이름] 씨, 어떤가?"

(21) 제20역참: 마리코[鞠子]

【도판19】《즈에図会》마리코
= 원작2편 하·마리코의 에피소드

(참마가게주인) "이 못생긴 년, 맛이 어떠냐!"
(마누라) "때릴 테면 처때려 봐!"
야지 "허참 재미 겁게 있네. 하하하하~."

(22) 제21역참: 오카베[岡部]

【도판20】《즈에図会》오카베
= 원작2편 하·우쓰노야 고갯길의 에피소드

(찻집여인) "에그머니나, 조심하지 미끄러지셨네. 가엾어라."
야지 "아이고아이고, 아프다 아파 아파~ 에라 열 받네."
(기타하치) "아하하하 아하하하~."

**(23) 제22역참: 후지에다[藤枝]

《즈에図会》 후지에다

= 원작3편 하·닛사카 시오이가와강의 에피소드를 앞서 차용 → 뒤 3편 하 본문에 게재.

**(24)

【도판21】《즈에図会》 후쿠로이

= 원작3편 상·후지에다의 에피소드를 늦게 제27역참 후쿠로이에서 차용

(기타하치) "아이쿠 아이쿠, 물웅덩이로 미끄러져서 못 일어나겠네. (말을) 진정시키게. 아이고 아이고 아이고."

야지? "여봐 여봐! 마부는 어디 갔나? 아 이것 참 큰일 났네. 빨리 도망쳐 도망치라고."

(25) 제23역참: 시마다[島田]

【도판22】《즈에図会》 시마다

= 원작3편 상·시마다의 에피소드

기타하치 "어서 빨리 가라고. 자네 하지 않아도 될 쓸데없는 농담을 해서 관리사무소[問屋] 영감이 열 받는 거라고. 어서어서~."

(관리) "이 자식, 기다려라~."

야지 "이것 참 이상하네. 죄송합니다 죄송합니다."

(26) 제24역참: 가나야[金谷]

【도판23】《즈에図会》 가나야
= 원작3편 상·가나야의 에피소드

(가마꾼1) "짝아~ 이러니 가벼워서 훨씬 좋은 걸."

(순례) "저것 봐, 보라고."

야지 "아프다 아파, 이런 가마에 태워대다니 가만 안 둬 가만 안 둬 가만 안 둬. 엉덩방아를 찧어서 일어설 수가 없다고. 아프다 아파 아파~."

(가마꾼2) "뜻밖의 사태로군."

(27) 제25역참: 닛사카[日坂]

【도판24】《즈에図会》 닛사카
= 원작3편 상·닛사카의 에피소드

무녀 "비석에도 딱 한 번 성묘를 오셨을 뿐이므로, (비석이) 지금은 울타리 밑 돌담이 되어서 개가 오줌을 뿌립니다. 물 한번 공양해 준 적이 없지요. 정말 정말, 오래 죽다 보면 갖가지 고생을 합니다."

야지 "지당한 말씀, 지당한 말씀, 자네 말대로네."

(야지) "지당하네, 지당해, 지당해. 슬픈지고 슬픈지고."

(기타하치) "야지 씨, 슬픈가? 몹시도 우는군 하하하, 하하하."

**(28)

【도판25】《즈에図会》 후지에다

= 원작3편 하·닛사카 시오이가와강의 에피소드를 앞서 제22역참에서 차용

맹인 "어디 (말뼈다귀 같은) 자식이 내가 장님
　　　이라고 사람을 따돌리고 선수를 친 대
　　　가다. 이건 첨벙, 하하하하, 꼴 좋~다."

(29) 제26역참: 가케가와[掛川]

【도판26】《즈에図会》 가케가와

= 원작3편 하·가케가와의 에피소드

(기타하치) "이거 참 성찬이군. 공짜로 마실
　　　수 있다니, 절묘하다 절묘해~."
(야지) "저 맹인이 아까 강에 빠트려 댄 앙
갚음으로 (기타하치가) 술을 마셔 주니 절묘하군."
(이누이치) "네놈이 방금 따라 준 술이 벌써 없다고, 네놈이 마셔 버렸지?"
(사루이치) "뭐라고? 나는 지금 막 따랐네. 야, 야, 또 술병[도쿠리] 안의 술도 없어 없다고."

**(30)

【도판27】《즈에図会》 쓰치야마

= 원작3편 하·후쿠로이에 도착하기 직전 에피소드를 늦게 차용.

(남자) "이놈 기다려! 이놈들 안 기다리면 혼
　　　날 줄 알아."
(야지?) "아이고 도둑일세."
(기타하치?) "이러니까 빨리 출발해선 안 된
　　　다는 거여."

(31) 제27역참: 후쿠로이[袋井]

**《즈에図絵》후쿠로이

= 원작3편 상·후지에다의 에피소드를 늦게 차용 → 앞 3편 상 본문에 게재.

(32) 제28역참: 미쓰케[見付]

**《즈에図絵》미쓰케

= 원작2편 상·미시마의 에피소드를 늦게 차용 → 앞 2편 상 줄거리에 게재.

(33) 제29역참: 하마마쓰[浜松]

【도판28】《즈에図絵》하마마쓰
= 원작3편 하·하마마쓰의 에피소드

(야지?) "아이고 용서해 주십시오."

(기타하치?) "저희는 아무런 원망 받을 일을 한 적이 없소. 나무아미타불 나무아미타불 나무아미타불 나무아미타불, 비나이다 비나이다 비나이다, 뿅빵 뿅빵 뿅빵 뿅빵 뿅빵."

(34) 제30역참: 마이사카[舞阪]

【도판29】《즈에図絵》마이사카
= 원작3편 하·마이사카의 에피소드

(기타하치) "이놈[뱀]은 해치웠다."

야지 "뱀은 떠내려 보내도 되지만 칼을 함께 떠내려 보내다니 재미 겁게 있군."

승객들 "칼이 뜨는 것은 처음 보았네. 그럼 죽도이구먼, 아하하하 아하하하~."

4편

(35) 제31역참: 아라이[新居]

【도판30】《즈에圖会》 아라이
= 원작4편 상·아라이의 에피소드

(무사) "이 몸은 고향에서 에도까지 가는 여행길일지라도 짚신은 한 컬레로 족하네만, 어떤가
　　홀륭하지 않나?"

야지 "그건 아직 여행길이 야속하옵니다[서투르십니다]."

무사 "(자넨) 어떻게 걷길래 그렇다는 건가?"

야지 "예이, 그 대신 종아리덮개가 몹시 쓰였지요."

무사 "요상하네~ 어찌하여?"

야지 "매일 꼬박 말만 탑니다요. 아하하하, 아하하하, 아하하하~."

(36) 제32역참: 시라스카[白須賀]

【도판31】《즈에圖会》 시라스카
= 원작4편 상·시라스카의 에피소드

(가마꾼) "이봐 짝아~ 아까 그 돈은 어떻게 했나?"

(기타하치의 혼잣말) "이 가마를 타려고 할 때 슬쩍 발견해 두었던 이불 밑의 4문짜리 동전 백
　　개. 이놈으로 가마꾼에게 술을 사는 것도 나름 재미있네. 장하다 장해~."

(37) 제33역참: 후타가와[二川]

【도판32】《즈에図会》 후타가와
= 원작4편 상·후타가와의 에피소드

(종복무사) "이 자식, 우비바구니를 흙투성이 발로 부딪치다니. 가만 안 놔두겠다, 가만 안 놔두
　　　겠어. 당장 찔러 죽여 주마. 각오해라!"
(야지) "벨 수 있다면 베 봐! 죽도[竹光]잖아 바보자식."
(기타하치) "야지 씨 내버려 두라고. 저런, 영주님 출발하시네."

**(38)

【도판33】《즈에図会》 가와사키
= 원작 4편 상·후타가와의 에피소드를 앞서
제2역참에서 차용

기타하치 "누님 어때요? 제 부탁을 들어줄 생각은 없는감요?"
(비구니복장의) 여자 "그쪽은 터무니없는 사람이랑께. 오호호호 오호호호~."
야지(가 여자에게) "담배 한 모금 빌려주게나. 자네들은 어디로 가나? 우리와 함께 묵는 건 어
　　　떤가?"

(39) 제34역참: 요시다[吉田]

**《즈에図会》 요시다
= 원작8편 상·오사카의 에피소드를 앞서 차용 → 뒤 8편 상 본문에 게재.

(40) 제35역참: 고유[御油]

【도판34】《즈에図会》고유
= 원작4편 상·고유의 에피소드

(기타하치) "여봐, 야지 씨 나라고. 잘 봐, 여
우가 아녀. 그렇게 때려선 안 된다고.
아파라 아파 아파~."

야지 "뭐라고 이 순 여우새끼! 아주 자신만만 우쭐해서 기타하치로 둔갑하다니 기가 찰 노릇
이군. 그런 걸로 통할 리가 없지. 자 어때 어때?"

(41) 제36역참: 아카사카[赤坂]

【도판35】《즈에図会》아카사카
= 원작4편 상·아카사카의 에피소드

(기타하치) "야지 씨, 이제 어지간히 하고
풀어 줘. 사람들이 흘금흘금 봐서
꼴불견이라고."
(백구) "항항항항~."

**(42)

【도판36】《즈에図会》세키
= 원작4편 상·아카사카의 에피소드를 뒤늦게
제47역참에서 차용

(야지?) "이거 큰일이네 큰일. 이러니까 관두
라고 했던 거야. 어이구 참으로 죄송
합니다."

(기타하치?) "거봐 거봐, 넘어졌다 넘어졌다 넘어졌어. 아이고아이고아이고~."
(새신랑) "누구야? 아파라 아파 아파 아파~."

**(43)

【도판37】《즈에図会》에지리

= 원작4편 하·아카사카의 에피소드를 앞서 제18역참에서 차용

(불량배) "이 새끼, 이런 것을 사람에게 던지다니 가만 안 두겠어. 용서 못 하겠다 바보새끼야~."

야지 "아이고 아이고, 제발 제발 용서해 주십시오, 용서해 주십시오."

(44) 제37역참: 후지카와[藤川]

【도판38】《즈에図会》후지카와

= 원작4편 하·후지카와의 에피소드

(부친) "이 사람 참 깜짝 놀랄 잡놈이여, 정신 나간 우리 딸을 붙들고 농락하려고 했나? 그랬다면 가만 못 있지 못 있고 말고 못 있고말고!"

기타하치 "아이구 아이구, 미쳤다고는 몰랐네. 용서하게 용서하게 용서하게~."

(45) 제38역참: 오카자키[岡崎]

【도판39】《즈에図会》오카자키

= 원작4편 하·오카자키의 에피소드

기타하치 "이 떡은 어느 쪽도 3문인가?"
여자 "그렇습니다."

(기타하치) "이쪽은 싼데 이쪽은 비싸니까, 싼 쪽을 3문짜리를 4문에 삽시다. 대신 비싼 쪽을 2문으로 깎아 주게. 그런 까닭에 이 2문(떡)을 다섯 개 삽니다~ 아하하하, 아하하하~."

(46) 제39역참: 지리후[池鯉鮒]

【도판40】《즈에[図会]》지리후
= 원작4편 하·지리후의 에피소드

야지 "이 조리 한 켤레가 18문이라고 했겠다? 약간 크고 작음이 있으니 큰 쪽을 11문으로 살 테
　　니까 작은 쪽을 7문으로 깎아 주게. 그럼 그런 까닭에 이 7문 쪽을 한 개 삽니다이지 뭐."

(47) 제40역참: 나루미[鳴海]

【도판41】《즈에[図会]》나루미
= 원작4편 하·나루미 역참 직전인 아리마쓰
마을의 에피소드

(기타하치) "야지 씨 이젠 관둬. 여기 주인은 장기에 넋을 잃고 있어서 소용없다고."

야지 "이건 얼마지?"

주인 "예이 그것 말씀입니까. 가만있자, 당신 수중[품/패]에 금은[금전/장기 말]은 없을 거~. 무
　　슨 일이 있어도 질[깎을] 수는 없지."

야지 "그럼 이건 얼마여?"

(48) 제41역참: 미야[宮]

【도판42】《즈에図会》미야
= 원작4편 하·미야의 에피소드

기타하치 "안마사양반, 어때 춤 한번 잘 추지. 자 장단을 맞추게나, 옆방 노래에 딱 맞지. 좋아
　　　좋아 좋아 좋구나~."
(안마사) "당신 춤을 잘 추시네요. 얼씨구 좋다 얼씨구 얼씨구."
야지 "이것 참 우습군 우스워."
장님여악사 "내미는 손 당기는 손[춤동작/조수의 간만/유객의 왕래]에 ♪, 이 몸은 어디까지나 ♪,
　　　파도에 뜬 채 노를 베개 삼아 잔다네 ♪. 좋아 좋아~."

**(49)

【도판43】《즈에図会》이시베
= 원작 4편 하·미야의 에피소드를 늦게 제51
역참에서 차용

주인 "아아 이런 곳에 샅바[훈도시]가 떨어져 있군. 이건 분명 옆방 손님 거겠죠. 허 이것 참 가
　　　소로운 일이구먼."
야지 "이거 큰 낭패일세. 쿨쿨쿨쿨~."

5편

(50) 제42역참: 구와나[桑名]

【도판44】《즈에図絵》구와나
= 원작5편 상·구와나의 에피소드

야지 "앗 뜨거뜨거뜨거뜨거~ 기타하치 빨리
도와 줘! 구운 대합이 뱃속으로 앗뜨
거, 굴러가서 앗뜨거뜨거 불알에 불
이 난다고 앗뜨거뜨거."

기타하치 "이것 참 큰일 났네, 큰일 났어 큰일 났어. 아하하하 아하하하 아하하하."
아주머니 "얼른 일어나서 허리끈이라도 푸시죠. 오호호호 오호호호 오호호호."

**(51)

【도판45】《즈에図絵》이시야쿠시
= 원작5편 상·욧카이치의 에피소드를 직후역
참에 차용

(기타하치) "야지 씨네. 빨리 와 줘. 이 선반이
떨어지고 있어서 어떻게 할 도리가 없
다고. 금방이라도 손이 빠질 것 같아."

(야지) "기타하치냐, 아이구 무서워라. 이 안에 시신이 있다고. 빨리 도망쳐! 도망쳐!"

(52) 제43역참: 욧가이치[四日市]

【도판46】《즈에図絵》욧카이치
= 원작5편 상·욧카이치 직후인 오이와케 마을
의 에피소드를 앞에 차용

(곤피라 참배객) "이번엔 3백 문 걸고 이 찐빵
스무 개 먹기는 어떻습니까?"

(야지) "거 합시다. 그 대신 먹지 않으면[못하
면] 3백과 찐빵 값은 그 쪽이 내는 건
데 괜찮나?"

(기타하치) "야지 씨 이거 불안한데."

(53) 제44역참: 이시야쿠시[石薬師]

《즈에図会》이시야쿠시

= 원작5편 상·욧카이치의 에피소드를 늦게 차용 → 앞 5편상 줄거리 및 본문에 게재.

** (54)

【도판47】《즈에図会》 미나쿠치

= 원작5편 하·간베에서 시로코까지 가는 길의
에피소드 차용

야지 "아야 아프다 아파. 이놈 마부야 조심해! 어떡할 거? 엉덩방아를 찧어서 아프다고 아파
아파아파."

(55) 제45역참: 쇼노[庄野]

《즈에図会》쇼노

= 원작5편추가·야마다[山田:이세]의 에피소드를 앞서 차용 → 뒤 5편추가 본문에 게재.

(56) 제46역참: 가메야마[亀山]

【도판48】《즈에図会》 가메야마

= 원작5편 하·구모즈를 나와 마쓰자카 도착직
전 에피소드

(야지?) "어쩐지 으스스해서 안 되겠군. 저봐 저봐 왔어 왔다고."
(기타하치?) "빨리 달아나! 달아나! 달아나!"

**(57)

【도판49】《즈에图绘》쇼노
= 원작5편추가·야마다의 에피소드를 앞서
제45역참 쇼노에서 차용

(이발사) "예 안녕히 계십시오. 잘 어울립니
다요."
(기타하치) "이거 어때? 전혀 목이 안 돌아가
네. 야지 씨, 그 담뱃갑 좀 집어 줘."

(야지) "이거 참 기묘하네, 아하하하 아하하하 아하하하."

【 기타 】

(58) 제47역참: 세키[関]

**《즈에图绘》세키
= 원작4편 상·아카사카의 에피소드를 뒤늦게 차용 → 앞 4편상 본문에 게재.

(59) 제48역참: 사카노시타[坂の下]

**《즈에图绘》사카노시타
= 원작7편 하·교토의 에피소드를 앞서 차용 → 뒤 7편하 본문에 게재.

(60) 제49역참: 쓰치야마[土山]

**《즈에图绘》쓰치야마
= 원작3편 하·후쿠로이 도착하기 직전 에피소드 → 앞 3편하 본문에 게재.

(61) 제50역참: 미나쿠치[水口]

**《즈에图绘》미나쿠치
= 원작5편 하·간베에서 시로코까지 가는 길의 에피소드 → 앞 5편하 본문에 게재.

(62) 제51역참: 이시베[石部]

**《즈에图绘》이시베
= 원작 4편 하·미야의 에피소드 → 앞 4편하 본문에 게재.

지금까지의 줄거리

에도[지금의 도쿄]에서 혼자 사는 가난뱅이 중년 야지로베弥次郎兵衛와 그에게 얹혀사는 젊은이 기타하치北八. 어느 날, 이세신궁 참배 후 교토 오사카까지 보고 오자고, 가진 재산 전부 팔아 치워 마련한 여비로 배낭여행을 떠났는데….

東海道中膝栗毛

『동해도 도보여행기』6편

―교토로 가는 길, 그리고 교토에서―

1807년 정월 간행

▲ 서두그림: 구로모지[조장나무] 다발에 꽂은 매화가지(꽃잎의 주황색, 가지의 녹색, 화가 의 낙관이 있으면 초판초쇄본).

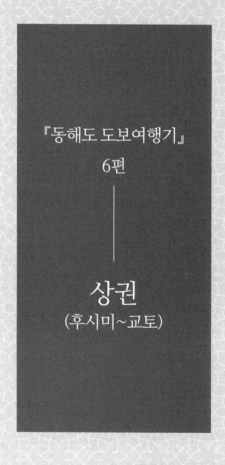

『동해도 도보여행기』
6편

──

상권
(후시미~교토)

이세, 나라 지나
교토 가는 길

1) 여행길의 즐거움

속담에 말하기를 '객지에서 당한 창피는 그때뿐'이라고, (여행객이) 휘갈기고 가는 낙서의 고향 이름은 (사찰)기둥난간에 머물며 오고가는 동향인의 눈을 저절로 즐겁게 한다. 쓰고 가는 삿갓에 일부러 '귀머거리'라고 표시하고는, 자기 혼자 내심 기뻐하는 것도 모두 여행길의 장난. 동숙하는 목침[나무베개]에 맺는 (남녀의 하룻밤) 연분은 이즈모出雲 신의 장부에도 적혀 있지 않은 인연.

말 옆구리에 나란히 같이 탄 손님끼리는 골목 이웃집 사이가 아닌데도 허물없이 각자 입에서 나오는 대로 지껄이고, 실컷 먹고, 빚쟁이를 길동무로 하지 않으니 (빚을 결산해야 하는) 그믐날의 근심이 없다. 쌀통 짊어지고 나서지 않았으니 쥐 쫓는 성가심도 없고, 그 이름도 유명한 (멋쟁이) 에도 토박이 사내조차 (부녀자나 먹는다는 촌스런) 고구마에 수염을 쓰다듬고[흐뭇해하고], 꽃도 무색하리만치 아름다운 교토 여성조차 (비녀 아닌) 경단 꼬치로 머리를 긁는다. 어이없는 방탕 끝에 야반도주하여 바삐 달리는 자가 있는가 하면, 아득히 먼 여행길 도중에 딴짓하며 관광유람으로 느릿느릿 걷는 자도 있다.

소나무가로수 밑동에 걸터앉아 곤피라金比羅[1]신궁 참배객은 (신에게 바칠 제주가 들어 있는) 술통을 열고, 도로 한가운데 소변을 내뿜으며 신사 순례할 적에 (본당의 방울을 흔들어 기도하듯 소변 본 후에 남근의) 귀두를 흔드는 여행 중의 행태. 실로 삶의 재충전[센타퀴]이니, 세탁[센타퀴]한 옷을 걸치고 모모히키股引[2]바지, 짚신[와라지]차림으로 어디까지 든 발길 닿는 대로 떠다니는 구름, 흐르는 물 같은 여행의 즐거움 이루 말할 수 없도다.

여기에 동쪽 도읍지 에도[지금의 도쿄]에 있는 간다神田지역 핫초보리八丁堀 근처에 사는 야지로베弥次郎兵衛 기타하치北八라고 하는 게으름뱅이 두 명, (신이 불게 하신 바람에) 이세伊勢신궁을 참배한 뒤 (다리 끌며) 야마토大和[지금의 나라현]로 향하는 길을 돌아 (검푸른 색의 착색제가 산출되는) 나라奈良 가도를 지나, 야마시로山城[지금의 교토 남부]의 우지宇治[지금의 교토 우지시]마을에 다다랐다.

• • •

1 곤피라[金比羅]: 해상안전의 신을 모시는 시코쿠 가가와현 고토히라신궁.
2 모모히키[股引]: 통 좁은 여행용바지. 지금의 레깅스와 유사.

2

후시미 요도가와강에서

1) 왁자지껄한 요도가와강의 밤배를 타고

여기서부터 교토로 향하려고 서둘러 가다 보니 이윽고 **후시미**伏見[지금의 교토 남부, 교토 후시미구]의 교바시京橋다리 근처에 이르렀다. 해도 서녘으로 기울어 왕래하는 인부 (발걸음) 빠르고 (오사카까지) 내려가는 배의 승객을 불러 모으는 뱃사공들의 목소리 요란하게, "자~ 자~ 지금 떠나는 배[3]요. 안 탑니꺼? 오사카의 하치켄야八軒屋[요도가와강 덴만다리의 남쪽

• • •

3 이 배를 '삼십석 배[산짓코쿠부네]'라고도 속칭한다. 쌀 30석 정도의 무게를 실을 수 있는 배라는 뜻으로, 뱃사공 4명, 손님 32명이 정원이다. 손님과 짐을 싣고 후시미[교토]와 오사카 사이의 요도가와강을 왕래하는 정기선인데, 하루 두 편 즉 낮에 출발하는 낮배와 밤에 출발하는 밤배가 있었다. 야지 기타는 밤에 후시미를 출발하여 아침 일찍 오사카에 도착하는 하행선 밤배를 먼저 탔다. 이 하행선보다 두 배의 시간이 걸리는 상행선은 오사카를 새벽에 출발하여 12시간 후 저녁 무렵 후시미에 도착하는 낮배와 본 작품에 의하면 밤배도 있었던 듯하다. 사공 네 명 중 한 명은 상앗대질을 하고, 나머지 셋은

▲ 밧줄로 끌며 강을 거슬러가는 상행선.

야지　"옳거니, 이게 예의 그 요도가와강淀川 밤배로구먼. 어때 기타

하치, 교토부터 먼저 구경할 생각으로 왔지만 차라리 이 배를 타고

오사카부터 먼저 해치울까?"

기타하치　"것도 좋겠군. 여보시오 합승석[일인석에 두세 사람을 태우는 저

렴한 자리도 있습니까?"

뱃사공　"있데이. 탈 거라면 얼른 타소. 곧 출발하니께. 이보시오 짚

신 벗고 타소. 억수로 얼간이데이."

기타하치　"에라이, 뭐라고 나불대는 거여! 기가 센 바보등신이네."

야지　"이것 봐 기타하치, 네놈 짐도 함께 내 보자기에 싸 놓자고."

기타하치　"사공양반, 이거~ 어디에 앉아야 하지?"

뱃사공　"거기 스님 옆에 끼어드소."

야지　"실례합니다. 아이고 어여차."

하고 둘은 함께 배 뒷머리 칸에 끼어들어 앉는다.

승객　"이거 참 억수로 잔뜩 채워대는구먼. 사공양반, 이불 하나 빌려

주소."

뱃사공　"옛다 잡으소. 자~자~ 모두 됐능교? 밑에 계서 주이소. 뜸[억

새덮개]⁴을 씌울 테니께."

. . .

밧줄로 강기슭에서 배를 끌어덩겨 약 45킬로미터의 강을 거슬러 올라간다. 본 작품에서
야지 기타가 착각하여 나중에 타게 되는 상행선은 밤배이며, '배는 오른쪽으로 상앗대질
하고 왼쪽으로 밧줄을 끌어당겨 (후시미로) 올라가는데'라고 묘사된다. 이리하여 교토에
서 2박3일한 야지 기타는 7편 마지막에서 낮 배를 타고 오사카로 향한다.

4　억새덮개[苫, 토마]: 비바람을 막기 위하여 배 중앙에 설치한 봉에 씌우는 멍석.

상인1 "화폐 사소[금은화폐를 동전으로 환전하소]~ 화폐는 필요 없나~."

상인2 "다시마 과자, 설탕 떡 설탕 떡~."

상인3 "데운 술 필요 없나~ 된장 양념한 곤약구이, 곤약구이~."

　그 사이 뱃사공들 배에 억새덮개 다 씌우고 상앗대질을 시작하며,

노래 "배는 순풍에 돛을 달고 달린다♪

　　　우리는 사무치는 연정에 애를 태운다♪

　　　허어이♪ 허이허이허이~

　　　어쩐지 이거 참 날씨가 억수로 험악해졌데이. 내릴지 모르겠

　　　다 아이가."

2) 각 지방 승객끼리의 장기자랑

승객 "사공양반, 어젯밤엔 주쇼지마^{中書嶋}[유곽지역] 섬이었제? (유녀를

　　사느라고) 몸을 정갈히 하지 않응께 이거 비가 내리겠고마. 하하하

　　하하. 근디 모두 책상다리 하고 앉으시지 않겠나. 지금 잘 앉아 두

　　지 않음 나중에 곤란해지니까네."

교토사람 "이보래이 당신 쬐끔 비켜 주이소. (선물로 산) 조릿대찹쌀

　　떡[지마키]⁵ 위에 앉아 있데이."

오사카사람 "이거 참 결례를. 아무튼 합승석인지라 피차일반 아무쪼

● ● ●

5　치마키[粽]: 조릿대 잎에 싸서 찐 찹쌀떡.

록 참고 용서해 주이소."

교토 "좋데이. 당신 오사카 어디에 사노?"

오사카 "내는 도톤보리道頓堀.[6]"

교토 "그랑교? 도톤보리 사람들은 모두 예능의 달인이데이. 어떻노
여기에서 뭐든 하나 하시지 않겠능교?"

나가사키사람 "거 참 좋당께. 배안의 졸음을 쫓기 위해서 이녁들 하
나씩 예능을 하시면 좋당께. 우리는 나가사키長崎[지금의 규슈 나가사키시]
사람인디, '노모가와시마野毛川嶋[나가사키 교외의 지명]의 일본호박[보부라]
베개로 비녀 뚝' 이라도 해볼랑께."

에치고사람 "거 참 좋겠슈. 지들은 에치고越後[현재의 니가타현] 사람인데
유, 나가사키 성님이 하시면 지도 우리 고장 민요인 오케사, 마쓰자
카松坂[7]라도 노래하쥬."

기타하치 "것 참 재밌겠군. 우선 나가사키 손님부터 시작하시지요."

나가사키사람 "좋아부러 좋아부러. 이걸 할랑께."

라고 무턱대고 손을 두드리며,

노래 *"이녁 좋은 연(날리기에서), 내를 떨쳐 버리고*
굉장한 미인과 연분을 맺어부러요. ♪

• • •

6 道頓堀: 오사카 남쪽으로 극장이 즐비하고 근처에 화류계도 많았던 번화가. 현존하는 지
명으로 식도락으로 유명한 관광지임.

7 오케사: 에치고, 사도지방의 유명한 민요.
마쓰자카부시[松坂節]: 에치고로부터 동북지방에 걸쳐서 불려지는 민요로 축가이다. 마
쓰자카 음두라고 하여 군무곡으로도 사용됨.

이런~ 개구리가 튀면 나무통 덮게나♪[8]

그래도 튀면 절굿공이 놔두게나 절굿공이 놔두게나♪

이런 이런 이런 뭐더냐~"

승객　"얏~ 야아 잘한데이~."

에치고사람　"지도 하쥬. 그리고 모두 '딱 탁' 하고 장단 맞춰 주세유."

나가사키　"좋아부러 좋아부러. 알았당께."

승객 일동 손뼉을 치며　"딱탁 딱탁~."

에치고노래　"오초야 오랜만이여, 건강하였냐 오초야♪."

승객일동　"딱탁 딱탁~."

에치고노래　"니가타에서 제일가는 물소 뿔 빗[9]을♪."

승객　"딱탁 딱탁~."

에치고　"자네에게 주려고 6백 문[18,000원]으로 산 겨♪."

승객　"딱탁 딱탁~."

야지　"하하하하하, 재밌군 재밌어."

교토　"야아 에도 손님에게 뭔가 부탁하지 않겠나?"

야지　"그야 뭐 거문고 샤미센 호궁[10] 뭐든 약간씩은 합니다만, 여기
　　엔 그런 게 없으니까 부질없는 노릇이지요."

교토　"당신 말투로 보이까네 성대모사가 되겠고마. 에도출신 가부
　　키배우 아무라도 흉내내 보소."

• • •

8　이하 외설적 의미를 내포하는 후렴구이다.

9　대모[玳甲: 거북이등껍질]보다는 저렴한 물소 뿔로 제작한 빗을 말함.

10　호궁: 샤미센보다 약간 작은 동체를 무릎위에 수직으로 세우고 활로 켜는 악기.

야지 "성대모사도 스무 가지나 서른 가지 정도는 합니다만, 누구로
할까. 겐노스케源之助[11]? 미쓰고로三津五郎[12]? 아니 고라이야高麗屋[13]로 합
지요. 그런데 에도 가부키배우는 당신들로선 모를 테니 소용없는
노릇이지요."

오사카 "글쎄 괜찮다 아이가. 한번 하이소."

야지 "자랑이 아니라 성대모사는 에도에서도 최고라고 불리는 사내
요. 누구든 '뒤'[14]를 노래해 주는 사람이 있으면 멋지게 해 보일 텐데
말이여."

교토 "뒤를 노래한다는 건 '첫머리 소개'를 일컫는 말이가? 내가 하
겠데이. 샤미센 소리를 입으로 내지. *뚜뚜 따당 풍 땅~*."

(교토사람) 노래 "*여기 에도의 사카이초堺町거리와, 후키야초葺屋町[15]거리
에 유명한♪*

가부키배우 성대모사는 어떠하리♪.

누구일까♪. 마쓰모토의 고시로松本幸四郎=高麗屋일세♪.

치치치치치 칭~."

승객 "야앗~ 마쓰모토松本!"

• • •

11 源之助: 四代目沢村宗十郎. 1784-1812. 본편이 간행된 1807년 당시 젊은 축의 인기배우
    였음.
12 三津五郎: 三代目板東三津五郎. 1775-1831. 유약한 미남자의 연애연기와 무용의 명수
    였음.
13 高麗屋: 五代目松本幸四郎. 1764-1838. 철저한 악역연기의 명인이었음. 속칭 '하나다카
    코시로'.
14 성대모사를 할 때 파트너가 되어 뒤에서 불러 주는 노래와 소개말을 일컫는 은어.
15 에도의 2대극장이라고 할 수 있는 나카무라극장이 堺町에, 이치무라극장이 葺屋町에 있
    었다.

야지 *"감쪽같이, 탈취한 이 한 권, 이것만 있으면~ 출세의 실마리. 소*
원성취 고마운지고."[16]

교토 "거참 형편없고마. 내는 에도에 5, 6년 살다가 최근에 돌아왔다
아이가. 고라이야高麗屋는 그런 말투가 아이라이까네."

오사카 "내가 하나 하겠데이."

교토사람노래 *"아까는 아주 못했습니다♪. 그럼 또 다음 배우이름은♪,*
누구일까~."

오사카 "역시 방금 한 거고마."

이 오사카사람은 에도에도 살아서 성대모사 또한 그런대로 할 줄
알기에, 문구도 일부러 똑같이 말한다. *"감쪽같이, 탈취한 이 한 권, 이*
것만 있으면~ 출세의 실마리. 소원성취 고마운지고. 이거 참 미흡한
솜씨라 (실례를 범했소)."

승객 "야앗~ 고라이야高麗屋!"

교토 "거참 참말로 놀랍데이, 놀라워. 오사카 분 쪽이 진짜고마. 당
신 쪽은 고라이야로는 안 들린다 아이가."

야지 "당연히 안 들리겠지. 이건 신슈[지금의 나가노현] 마쓰모토[지금의
마쓰모토시] 사람인 고시로幸四郎의 제자 도시로胴四郎[유사음을 이용한 가상의
이름]의 성대모사네."

교토 "그런 걸 테지. 하하하하하."

라고 배 안이 일동, 야지로가 한방 먹은 것을 우스워하며 와자그르르

• • •

16 가부키의 악인이 보물이나 비법이 적힌 책등을 훔쳤을 때 내뱉는 전형적인 대사.

웃는다. 야지는 풀이 죽어 입을 다문다.

3) 찻주전자를 요강인 줄 알고

이 와중에 배는 벌써 **요도**[淀][요도가와강변에 위치한 성곽마을. 지금의 교토시 후시미귀마을을 지난다.

야지 "한데 기타하치, 어처구니없게도 깜박했어. 배 타기 전에 소변을 보았으면 좋았을 걸, 그때 그일[17]처럼 배에서는 아무래도 위험해서 소변 보기 어렵다고. 난처하네. 어이 사공양반, 배를 강가에 잠깐 세워 줬으면 좋겠는데."

뱃사공 "뭍으로 올라가는 기가?"

야지 "소변 소변~."

뱃사공 "에이, 뱃전에 쭈그려서 내갈기소, 내갈겨."

야지 "그게 가능하다면야 말할 나위 없지. 아이고 이제 정말 나올 것 같군."

라고 우왕좌왕한다.

이 야지로 기타하치, 배 뒷머리 칸과 가운데 칸의 경계부분에 있었는데, 가운데 칸의 3인석 다 빌려서 열두세 살 되는 앞머리 상투 튼[18] 소년시중을 거느린 은거 노인인 듯한 영감님, 저녁 무렵부터 야지로

• • •

17 4편 하, 미야에서 구와나까지 7리[28킬로미터]의 바다를 건너는 배 안에서, 죽통을 잘못 사용하여 배 안을 오줌천지로 만들었던 일화가 있음.

▲ 억새덮개를 한 하행선 밤배. 안에는 야지 기타가?!

기타하치와 이야기를 나누거나 하고 있었는데, 아까부터 이불 뒤집 어쓰고 누워 뒹굴면서,

은거 "여보시오. 당신 소변보는 데 곤란하시면 실례지만 내 요강屎 瓶[19] 빌려드릴까예? 이보래이 조마쓰야 조마쓰야! 아니 이 녀석 벌 써 잠이 처들었고마. 여보쇼 그 언저리에 있을 끼라예. 괜찮데이. 그쪽에 갖고 가이소."

야지 "것 참 고맙습니다."

어둠 속에서 옆자리를 여기저기 더듬어 찾으니 장방형 상자모양 화로 뒤에 다음 그림과 같은 도자기주전자가 있었다. 관서지방에서 는 이것을 '기비쇼[규스: 찻주전재][20]라고 한다. 지금 에도에서도 가끔 보 인다. 야지로 이것을 요강이라고 짐작하여 끄집어내서, "허어, 여기 에 있었습니다. 이놈은 평범하게 생긴 요강이네요." 라고 (주전자)손 잡이 부분을 (요강)입구라고 짐작해서 (바지)앞섶에 대었지만 구멍이 없으므로, 그럼 입구에 끼워 놓는 마개가 안쪽으로 들어가 버린 것이 겠지 하고 손가락을 넣어서 쑤셔댄다. 그 사이에 자꾸만 소변이 샐 것처럼 되자 조바심이 나는데 때마침 (주전자)뚜껑이 떨어지니, 옳거 니 여기에도 입구가 있었네 하고 위쪽에서부터 '쏴쏴~' 하고 소변을

• • •

18 마에가미: 성인처럼 머리의 중앙을 밀지 않고, 이마 위의 머리를 세워 모아서 묶은 미성 년자의 스타일.

19 시빈: 병자나 노인이 누운 채로 오줌을 누는 데 쓰이는 그릇. 모아 두었다가 나중에 버리 는데, 금속 또는 도자기 제품이 일반적이다.

20 본문에 직접 주전자모양이 그려져 있음.
규스[急須]: 녹차를 넣고 더운물을 부어서 우려내는 데 쓰는 손잡이가 달 린 조그만 도자기주전자.

누고 만다.

야지 "예 감사했습니다."

하고 옆자리로 살짝 밀쳐놓는다.

드디어 일어나 바로 앉은 은거노인, "이거 참 억수로 추워졌데이. 조마쓰! 일어나서 불 피우지 않을 끼가? 술이라도 마시제이. 이보래 이 눈 뜨지 않을 껴! 눈뜨지 않을 껴! 이거 참 소용없데이." 하고 그 주변을 이리저리 더듬어 찾더니, 화롯불을 불쏘시개나무에 옮겨 작은 초롱에 불을 켜고 배 칸막이 목재들보[21]에 매단다. 그리고 찻주전자를 집어 들고,

은거 "야아 이건 뭐꼬? 옳거니, 차를 끓일 작정으로 물을 마 넣어 둔 것 같데이."

라고 말하면서 억새덮개[뜸] 사이로부터 찻주전자를 내밀어 야지로가 담아 놓은 소변을 강물에 비워 버리고, 곧바로 나무통에 든 술을 옮겨 담아 예의 화로위에 (찻주전자를) 걸며,

은거 "여보쇼 에도 손님, 술 한 모금 어떻노?"

기타하치 "이거 참 준비가 좋으시군요."

은거 "이제 된 것 같고마."

조린 반찬[니시메][22] 따위를 대바구니 도시락에서 꺼내고, 잔에 술을 조금 따른 은거는 "어디 데워졌나 보까~ 아니 이런~ 불쾌한 향이 풍

• • •

21 후나바리[船梁]: 배 양측 바깥판자 사이에 설치한 두꺼운 각재. 배에 옆으로부터 가해지는 수압을 방지하는 동시에, 승객 칸[자리]을 나누는 역할도 한다.
22 니시메[煮染]: 어패류랑 야채류를 설탕, 간장으로 조미하여 물기 없게 조린 음식.

긴데이. 툇 툇 툇! 이거 참 술이 변질됐나? 설마 그럴 리 없고마. 당신
이 한번 마셔 봐 주소."

라고 기타하치에게 술잔을 내민다.

기타하치 "예 이거 참 어쿠쿠쿠쿠쿠~."

라고 받아들고 단숨에 쭉 마셔 버렸다. 그런데 어쩐지 짭짜름한 듯하
고 이상한 냄새가 나는 술이라고 생각하는 사이에 속이 메슥거려와
(가슴을) 쓸고 또 쓸면서, "예 잘 먹었습니다."

은거 "동행 분에게 드리소."

기타하치 "그럼 야지 씨, 자~."

하고 술잔을 돌린다.

　야지로는 아까부터 이를 보며 의아해 하고 있었다. '분명 저건 내
가 소변을 눈 요강인데 그걸로 술을 데우다니 무슨 영문이람. 아님
내 실수로 요강이라고 오해해서 소변을 눈 것인가?' 두 사람이 얼굴을
찌푸리는 것을 보며, '하여튼 엉뚱한 짓을 하고 말았다'고 마음속으로
우스워 견딜 수 없었다. 그런 줄 모르고 기타하치가 그 안의 술을 마
시는 것을 보고 웃음보가 터져 나올 만큼 웃겼으나 꾹 참고 있었는데,
기타하치가 술잔을 내밀기에,

야지 "아니 나는 됐네. 오늘밤은 왠지 술이 안 땡기는구먼. 술잔만
　(받은 셈치고) 예 그 쪽에 드립지요."

은거 "못 마시는 기가?"

기타하치 "뭘요~ 뒤집어쓸 정도(로 마시지)요. 야지 씨 왜 안 마셔? 술
　이라고 하면 제일 먼저 목에서 소리 내는[사족 못 쓰는] 당신이. 이거~
　어쩐지 수상쩍은데."

은거 "옳지, 짐작 가는 일이 있데이. 방금 그쪽 분이 어둠 속에서 요강이라고 착각허서 이 안에 소변을 담은 거 아입니꺼? 어쩐지 소변 냄새가 난다 싶었는데, 이거 참 당신 그라니께 안 마시는 거 아이가."

기타하치 "그럴지도 모르지요. 구와나桑名의 나룻배에서도 이 사람이 배 안에서 오줌을 누는 바람에 난리도 이만저만 아니었습지요. 그 정도 실수는 할 법한 인물이요. 에잇 더러워, 웩 웩!"

은거 "그러면 그렇지, 찻주전자에 뭔가 가득 있다 싶었는데, 내는 또 이 꼬마 녀석이 물을 넣어 둔 것이라고 생각허서 강에 버렸는데 아무래도 소변 찌꺼기가 남아 있던 거 아이가."

기타하치 "얼토당토않은 일일세. 속이 메슥메슥하네."

은거 "아이고 이거 웩 웩! 조마쓰야 등 두들기라. 아이고 더러워라 웩 웩~."

야지 "이거 참 안됐네. 저기, 뭔가 약이라도 드시지요. 그러나 소변에 체한 것에는 뭐가 좋을지 모르겠군. 여보시오, 누구든 환약[알약] 같은 걸 소지하고 계시면 좀 주시지요."

승객 "예, 아무래도 소변에 체한 데 좋은 약은 갖고 있지 않습니다."

야지 "이거 난처한 일이군요."

기타하치 "야지 씨 억세덮개를 좀 걷어 올려 줘."

야지 "어떡하려고?"

기타하치 "소변을,"

야지 "누는 거냐?"

기타하치 "토하는 거라고."

야지 "어디 보자, 뱃전에 얼굴을 쑥 내밀고 하게나. 내가 붙잡고 있
어 주지. 자 됐나? 쉿~쉿~ 쉿~ 어때? 아직이냐? 에잇 강물 속이니
까 개가 없어서 안 좋군."

기타하치 "왜? 개가 있으면 어떡할 건데?"

야지 "네놈이 소변을 토하는데 흰둥아[시로] 와라 와라 와라 와라 하
고 불러 주지."[23]

기타하치 "젠장 터무니없는 소리 하네. 웩 웩!"

그동안에 간신히 다 토해 낸 은거노인은 강물로 양치하며 입을 씻
는다.

은거 "어떻노? 그쪽 분 괜찮나?"

기타하치 "그럭저럭 좋아졌습니다."

하고 입을 헹구고 진지한 얼굴. 야지로는 내심 우스운 것을 숨기고
있었다.

4) 요강 술을 마시다

이 은거노인 호인인 듯 특별히 화도 내지 않으며,

은거 "야, 정말 피차 지독한 봉변을 당했데이. 입가심으로 남은 술을

• • •

23 어린아이에게 소변을 보게 할 때 흰둥이라든지 검둥이라든지 개 이름을 부르며 그 개를
향해서 오줌을 누게 하는 습관이 있었음. 기타하치가 오줌 냄새나는 술을 토해내는 것을
아이에게 오줌을 누게 하는 엄마 입장이 되어 기타하치를 어린아이 취급하는 장난.

하고 싶은데, 데울 그릇이 없어졌고마. 우짤꼬."

조마쓰 "그라믄 이쪽에 있는 진짜 요강尿瓶으로 술 데워 드릴까예?"

은거 "참말로 그렇고마. 진짜 요강 쪽이 깨끗하데이. 후지노모리藤の森[현재 교토시 후시미구 후카쿠사][24]마을에서 오늘 막 사와서 아직 한 번도 소변을 누지 않았응께 그걸로 데우자."

기타하치 "당치도 않은 말씀을. (그건) 사양합지요."

야지 "바보 소리 하지 마. 엽차는 도자기주전자의 차가 맛있다고. 술 데우기는 요강이 그만이지~."

기타하치 "아무렴 요강의 술을 먹을 수 있겠냐고."

야지 "그러면 저기 영감님, 역시 아까 그 '찻주전자'라던가 하는 것으로 합지요."

은거 "찻주전자는 강에 내던졌다 아이가. 요강 쪽이 새 것이니께 깨끗하데이."

라며 나무통의 술을 요강에 비워서 화로위에 걸고,

은거 "조마쓰야 거기 있는 찻잔茶碗[25] 건네주래이. 자 자 진짜 술이고마. 옛다 당신들께 드립지예."

하고 찻잔을 내민다. 야지로 얼른 받아서, "잘 먹겠습니다."

은거 "(아까는 안 먹겠다더니) 비위가 좋은 양반이데이. 안주 드릴까요. '볶음껍데기煎殼[이리가라]'[26] 먹습니꺼?"

- - -

24 후지노모리[藤の森]마을 일대는 후카쿠사 도자기[深草燒]가 유명하다. 은거는 후카쿠사 도자기 요강을 구입한 것이다.

25 챠왕: 찻잔 또는 밥공기를 일컫는 도자기 그릇.

야지 "예 예, 이건 무엇인지요?"

은거 "그건 기름기를 뺀 고래고기니께 '볶음껍데기'라 캅니더."

야지 "(안주로) 아주 먹을 만하네요. 자 기타하치, 따를까?"

하고 기타하치에게 찻잔을 돌린 뒤 요강을 집어 들고 따른다. 새 요강이라고 듣고, 아무렴 별일 없겠지 하고 한잔 받아 단숨에 마셔 버리고,

기타하치 "소변이 섞이지 않은 술은 맛 또한 각별하군요. 예 드릴까요?"

은거 "모든 승객 분들께 한잔씩 드리래이."

기타하치 "그러하시다면 옆의 분~."

하고 옆에 있던 에치고사람에게 내민다.

에치고 "아이고 한잔 받겠슈."

라고 찻잔을 받는다. 기타하치 요강에서 따르려고 한다.

에치고 "그건 오줌 누는 거름통도자기 아닌가유?"

기타하치 "무얼~ 이 요강은 새 거니까 깨끗하네."

하고 따라 주니 단숨에 싹 비우고,

에치고 "캬아 좋다 좋아. 자 나가사키 성님 하시지유."

하고 찻잔을 돌리니 나가사키사람 받아서, "뭐 이거 미안하네요잉."

은거 "차례차례 그쪽 분에게 드려 주소."

나가사키 "하면 이녁에게 드리제."

• • •

26 이리가라[煎殼]: 고래 고기를 볶아서 기름기를 뺀 뒤 말리거나 조려서 먹는 음식. 오사카 지방 음식이다.

하고 그다음 사람에게 내민다. 이 자는 병자인 듯 창백한 얼굴에 때에 찌든 사내, 목덜미에 솜을 두르고 이불에 기대어 있었으나, 4인석 정도를 다 빌려서 간호하는 영감과 두 사람 일행이었다.

병자 "지는 술은 안 되니께, 그쪽이 어디 받으시래이."

하고 동행하는 영감에게 양보한다. 영감은 아까부터 요강이 깨끗하다는 것도 듣고 있었던바, 아무 상관없이,

영감 "여보시오 외람되지만 그 요강 이쪽에 주이소. 자작하겠습니더."

이 영감 애주가인 듯 계속해서 두 잔을 해치운 뒤 순서대로 찻잔을 원래 자리로 되돌려 보내니, 야지로베 받아서 (은거노인에게) 건네주며,

야지 "자 영감님 올립지요."

은거 "아이다 당신이 우선 한잔 마시고 주이소."

야지 "예 예 그러하시다면 저기 그 요강, 이쪽으로."

환자네의 영감 "예 예 그쪽으로."

하고 요강을 돌려보낸다. 기타하치 들고서 야지로에게 남실남실하게 가득 따라 준다. 단숨에 꿀꺽 마신 야지, 찻잔을 내던지며,

야지 "야아아아아아~ 이건 터무니없구먼. 웩 웩!"

기타하치 "아지 씨 무슨 일이여?"

야지 "무슨 일이기는 고사하고 이건 술이 아녀! 소변이야 소변!"

영감 "아하, 맙소사 이거 낭패일세. 실수했습니더. 잘못해서 우리네 병자의 요강과 바꿨습니더. 자 자 술 넣은 것은 여기에 있소. 옛다 바꿔 주이소."

기타하치 "하하하하하 이것 참 아주 잘됐군 잘됐어."

야지 "아이고 이제 어떡하면 좋지. 이 정도라면 차라리 내 소변을 먹은 거는 아직 참을 수 있겠지만[그래도 낫지만], 저 환자 녀석의… 빌어먹을 아주 역하다 역해. 웩 웩~ 퉷 퉷 퉷!"

기타하치 "하하하하 저 환자의 얼굴을 보게나. 부스럼 병癒[특히 매독]인 듯, 머리부터 목덜미 언저리까지 (고름이) 질퍽질퍽."

야지 "야아아아아~ 더 이상 말하지 말게. 목이 찢어지는 것 같으이. 아 괴로운지고. 웩 웩!"

기타하치 "하여튼 자네는 소변이 화근이 되서 벌을 받는구먼. 배에서는 이제 (금연) 아닌 '금변禁便'을 하는 게 좋겠어. 그래서 한 수 떠올랐는데 어때 어때."

남에게 소변 /마시게 한 그 벌로/ 자신도 마셔

좋은 꼬락서니네/ 좋은 찻주전자네.[27]

5) 장삿배 상인의 폭언

이 소동에 배 안의 사람들 잠에서 깨어나 크게 웃는 가운데, 배는

• • •

27 '소변을 남에게 마시게 한 그 벌로, 자신도 마시니 꼴좋다[요이 기비 좋은 찻주전자[기비 쇼네]'. '기비'를 '기분[꼴]'과 '찻주전자'라는 동음이의어로 앞뒤로 연결한 교카. 원문은 'せうべんを人にのませしそのむくひおのれものんでよいきびしよなり'.

어느새 **히라카타**枚方[지금의 오사카부 히라카타시. 요도가와강배의 중계지]라는 곳이

가까워진 듯 장삿배²⁸ 수 척 여기로 저어와,

상인 "밥 안 먹을 끼가? 술 안 마실 끼가? 어서어서 모두 처일어나

소. 잘도 처자는 녀석들이데이."

하고 이 배에 (자기네 배를) 갖다 붙이고 거리낌 없이 억새덮개를 잡아

당겨 열어제치며 큰소리로 외쳐댄다. 이 장삿배는 거친 말투를 명물

로 친다는 것 잘 알려진 사항이다. '파는 말에 사는 말[가는 말이 고와야

오는 말이 곱다. 눈에는 눈 이에는 이]'이기에,

승객 "이봐 밥 처갖고 오그라. 좋은 술이 있나?"

기타하치 "과연 배가 고프군. 여기도 밥을 부탁합니다."

상인 "니놈도 밥 먹을 끼가? 엣다 먹어라. 그쪽 놈은 어떻노? 배고픈

것 같은 상판때기 해대고 있는데, 돈이 없나?"

야지 "야아 이 등신들, 뭐라고 나불대는 거여!"

승객 "이 국은 맛없는 주제에 아주 미지근해서 안 되겠고마."

상인 "미지근하면 (차라리) 찬물을 타서 처먹그라."

승객 "뭐라 지껄이노. 그라고 이 감자도 우엉도 처썩었데이."

상인 "그럴 끼다. 좋은 놈은 집에서 몽땅 삶아 먹어치웠다 아이가."

나가사키사람 "야 이 녀석 뻔뻔스런 놈이랑께. 무신 일이가, 그 말투

는 잉~."

에치고사람 "대갈통 때려 주까."

• • •

28 이 음식물 파는 배를 '구라왕카후네[食らわんか船: 안 먹을 껴 배]'라고도 속칭한다.

상인 "시건방진 소리 씨부렁대지 말고 싸게 돈 내놓으래이. 어이 거기 영감탱이, 돈 어쨌노?"

영감 "이 강도새끼들은 방금 막 처받은 주제에, 이봐 싸게 꺼지그라. 필시 니들 마누라는 낮에 동냥질해서 (얻은) 생쌀을 말이여 처먹응께 지금쯤 배가 부글부글 부풀어 올라 흰 거품을 물고 있을 끼다."

상인 "맞나? 니 집은 아마 시조四条강변의 움막[가마보코, 蒲鉾][29] 아이가? 비가 올 것 같데이. 물이 (오두막집에) 차기 전에 싸게 꺼지그라."

야지 "야아 이놈들~ 듣자 듣자하니 터무니없는 놈들이구먼. 뺨을 후려갈겨 주지!"

승객 "여보게, 자네 화내지 말그라. 저건, 여기 장삿배는 저렇게 말을 거칠게 하는 게 명물이데이."

야지 "그렇다 쳐도 지나치니까."

상인 "와~ 바보래이 바보!"

라며 노를 저어 떠나간다.

야지 "이봐 처기다려! 바보라니 누구에게 하는 말이여!"

하고 혼자 열불 내며 일어서는 바람에 그만 승객의 무릎을 밟고 쿵하고 넘어진다.

에치고사람 "앗 아야야야야야, 이런 내 무릎팍 밟았슈~."

나가사키사람 "내 낯짝 모질게 쳤다잉~ 아야야야야야야야."

야지 "이거 참 죄송합니다."

• • •

29 시죠의 가마보코: 교토 시죠 강변에 밀집했던 거지들의 움막집을 지칭함.

하고 간신히 앉는다.

6) 용변 보러 뭍에 오르다

　이리하여 배가 히라카타를 지났을 무렵, 금방이라도 비가 올 듯하던 하늘이 갑자기 어두워져 비가 내리기 시작하더니 앗 하는 사이에 순식간에 퍼붓는 장대비, 억새덮개 틈으로 새어 들어오니, 승객은 야단법석 소란피우기 시작하고, 뱃사공도 이런 상황에서는 조종이 불편해졌다. 이윽고 배를 저어 제방 가까이 대고서는 잠시 정박하여 날씨를 살피는데, 여기는 후시미와 오사카의 중간지대로 상행선도 하행선도 모두 합류하여 혼잡하였다. 삐거덕 삐거덕 소란스럽게 물가에 모여들어 이제나저제나 하고 비가 개는 것을 기다리고 있었다.

　약 두 시간 정도 지났을까 싶을 무렵, 간신히 비가 그치고 구름 사이로 달빛이 **야와타야마**산八幡山=男山[현재 교토부 야와타시]에 비치기 시작했으므로 배 안의 모두 용기백배하였다. 야지로 기타하치도 억새덮개 잡아당겨 열어 얼굴을 내밀고 이 (아름다운) 경치를 바라보고 있었는데,

야지　"허어 이제 몇 시쯤일까. 한데 기타하치, 또 난처한 일이 있구
　　먼. 변소에 가고 싶어졌어."

기타하치　"에잇 더러운 말만 하는군."

야지　"아무래도 배에서는 못 하겠네. 야아, 다행히 여기 정박해 있는
　　사이에 얼른 둑에 올라서 해치우고 오지."

▲ 야와타야마산의 이와시미즈 팔만궁 신전 모습.

기타하치 "정말 다른 배에서도 사람들이 용변 보러 뭍에 오르는 것 같군. 빨리 그렇게 하게. 아니 나도 '동반'하고 싶어졌네. 저기 사공 양반, 잠깐 다녀오고 싶은데 괜찮겠나?"

사공 "용변 보러라면 퍼뜩 갔다 오소. 우린 이제 곧 밥을 다 먹으면 즉시 배를 출발시킬 끼다."

야지 "짚신은 어디 있지?"

기타하치 "뭘, 맨발로 내리자고. 탈 때 발을 씻으면 되니까."

라고 두 사람 배에서 제방으로 내린다.

야지 "참으로 경치 좋네. 어디쯤에서 해치울까."

기타하치 "이크, 거기에는 물웅덩이가 있다고. 좀 더 그 쪽으로. 야 아 과연 달빛 좋네."

봄밤 일각이/ 천금씩 시세라면/ 삼십 석 배에서
보는 요도강 달빛/ 그 삼십 배 가치네.[30]

7) 되돌아가는 배를 타다

이렇게 읊조리며 그만 절경에 넋을 잃고 바라보고 있었는데, 어느

• • •

30 '(소동파가 읊었듯이 봄날 밤의) 일각[잇코쿠=한 시간]이 천금[천 냥]씩의 시세라면, 삼십 석[산 집코쿠]배에서 보는 요도강의 달빛(은 그 삼십 배인 3만 냥 가치는 된다네)'. 일각=천금[천 냥]×30=30,000금[3만 냥]. '냥'은 금화의 단위임. 원문은 '一刻を千金ヅ丶の相場なら三十石の よど川の月'.

새 강가에 정박해 있던 배들이 차례차례 저어 나가는 낌새에, 기타하치 야지가 탔던 배도 이제 곧 출발할 듯, 사공들 배를 붙들어 맸던 밧줄을 풀고 상앗대 쭉 내밀고는 둘을 불러댄다. 그런데 어느 배에서도 승객들 중 둑에 올랐던 자들이 한꺼번에 물가로 내려와 혼잡한 가운데, 야지로 기타하치 가까스로 사람들을 헤치고 뛰어올라 탄 배는 오사카의 하치켄야八軒屋를 출발한 상행선이었다.

이 두 사람, 뱃사공이 소리쳐 불러대는 바람에 몹시 당황하여 여태 타고 온 후시미의 배인 줄 알고 그 옆에 나란히 정박해 있던 오사카의 상행선에 뛰어올라 탔는데, 억새덮개 안이 어두워 다른 배라고도 알아차리지 못한다. 더군다나 이 배에서도 승객 중에 제방에 올랐던 자가 두세 명 있었으므로 그들인가 짐작했고, 배 안에서도 서로 얼굴 생김새조차 모르기에 이들을 추궁하는 자도 없었다. 그 사이 배가 출발하는 것을 계기로, 사람들 초저녁 무렵부터 이야기를 나누어서 피곤했던지 밀치락달치락하며 서로 다리를 교차시켜 누웠는데, 야지로 기타하치도 어둠 속에서 여기저기 더듬거려 찾다가 감촉이 아주 비슷한 남의 봇짐을 자기 짐이라고 생각해서 가까이 끌어당겨, 곧 그것을 베개 삼아 드러눕더니 그다음에는 소리 높이 코를 골며 세상모르고 잠이 든다.

그러는 동안에 배는 오른쪽으로 상앗대질하고 왼쪽으로 밧줄을 끌어당겨 (후시미로) 올라가는데, 벌써 야와타八幡와 야마자키山崎[야와타의 맞은편 기슭]를 뒤로 하고 요도가와강변 둑淀堤[31]을 지나, 날도 거의 밝을 무렵 후시미에 도착하고 말았다. 억새덮개 사이로 햇볕도 하얗게 스며들고 까마귀 울음소리 널리 퍼진다. 배 도착했노라고 승객 일동 잠

에서 깨어 떠들어대니, 기타하치 야지로도 억새덮개 열어 제치고 삿
갓과 봇짐 손에 들고, 사공이 걸쳐 놓은 널다리[통행용 널빤지]를 건너
강기슭으로 오른다.

<hr />

31 요도즈츠미[淀堤]: 일명 '천 냥 소나무[千両松]'라고도 하는 곳으로, 소나무 가로수가 멋지
   게 펼쳐진 제방이다.

후시미 강기슭여관에서

1) 되돌아온 줄 모르고

항구여관船宿[후나야도]에 이르렀는데, 뒤를 이어 여기에 오는 승객들을 보아하니 안면 있는 얼굴이라곤 한 사람도 없다. 이것 참 이상하다고 주변을 어슬렁어슬렁 둘러보면서,

야지 "이봐 기타하치, 우리한테 술 먹게 해 준 노인장은 무슨 일일까?"

기타하치 "글쎄 말이여. 또 그 나가사키사람이랑 에치고 순례자들이 올 법도 한데, 아마 여기에 들르지 않고 간 것 같군. 우리는 여기에서 천천히 식사하고 출발하자고."

라고 원래 **후시미**伏見[지금의 교토 남부]에 당도한 것을 전혀 눈치 채지 못한다.

항구여관여자 "모두들 식사 드릴까예?"

야지 "어~이 여기 두 상이인분] 부탁하네."

여자 "네 네."

라며 갓 지은 밥에 두부우동八杯豆腐[여덟 잔 두부]32이 든 넓적 공기를 곁들여 갖고 온다. 이것은 후시미 강변여관船宿의 향토음식이다. 이 두 사람은 처음이었으므로 이런 것은 모르고 애당초 오사카에 도착한 줄만 알고 태연하게,

야지 "오늘은 이렇게 하자고. 지금부터 나가마치長町거리의 훈도 가와치야分銅河内屋라던가 하는 여관에 가지. 그곳 또한 야마토大和의 하세初瀬[지금의 나라현 사쿠라이시]찻집에서 건네준 문서에 적힌 곳이니까, 그곳에 투숙한 뒤 곧장 연극[시바이]이라도 보러 가지 않겠나?"

기타하치 "난 또 신마치新町[오사카의 유곽]라던가 하는 곳을 빨리 보고 싶으이."

야지 "그려, 것도 나쁘지 않구먼. 아앗! 뜨거뜨거뜨거뜨거~ 더럽게도 뜨거운 국물일세. 퉷퉷퉷~."

그들 옆에서도 배에서 내린 일행 서너 명 마찬가지로 식사하면서,

"다베 씨, 당신 도라야虎屋[오사카 고라이바시에 소재했던 빵집]의 찐빵은 어쨌노?"

다베 "로쿠베 씨 들어 보소. 재수 옴붙었데이. 어제 일부러 거기까지 가서 사왔는데, 다이부쓰야大仏屋[오사카 니시요코보리 요쓰바시에 소재했던 항구여관]여관에 완전 잊어뿔고 왔다 아이가."

동행인 "그냥 한걸음에 달려가 찾아오이소. 여기에서 불과 백 리[약

• • •

32 하치하이도후[八杯豆腐]: 가늘고 얇게 자른 두부를 물 넉 잔, 간장 두 잔, 술 두 잔 등의 비율로 혼합한 국물로 끓인 두부. 여덟 잔이 되는 혼합비율은 물 여섯 잔, 간장 한 잔, 술 한 잔이라는 설도 있음. '두부우동'이라고도 한다.

▲ 후시미의 항구여관에서 아침식사 하는 야지 기타.

40킬로미터]밖에 안 된다 아이가."

다베 "하하하하, 그런 말[농담] 하지도 말그라. 하하하하하."

이 이야기를 듣던 야지 의아하다는 듯, "여보쇼, 당신들이 방금 말씀하신 '도라야'라는 곳은 분명 오사카이지요?"

로쿠베 "그렇습니더."

야지 "그 도라야의 찐빵을 잊어버렸다고 말씀하신 '다이부쓰야'라던가 하는 곳은 어디입니까?"

로쿠베 "그건 신마치다리新町橋[33] 서쪽 끝을 남쪽으로 가는 곳이데이."

야지 "그 신마치다리 남쪽으로 가는 곳까지는 여기에서 얼마나 되는지요?"

로쿠베 "여기에서는 백 리고마."

야지 "글쎄~ 오사카는 뜻밖에 넓은 곳이군. 안 그려? 기타하치."

기타하치 "뭘, 대충 듣고 넘기라고. 우리를 놀리는 거지. 여기에서 백 리나 된다니 있을 법한 일이여? 터무니없지."

다베 "아니 당신, 여기를 어디라고 생각하는 기가? 여기는 후시미伏見[지금의 교토 남부]의 교바시京橋데이."

야지 "뭐? 후시미라고? 이거야 원 기타하치의 말처럼 네놈들~ 사람을 농락하지 마. 우리는 어젯밤 후시미에서 배를 타고 왔다고."

다베 "뭔 말이데이? 모모야마桃山[지금의 교토시 후시미구 모모야마초]의 여우에게 말여 홀린 거 아이가? 모두 여기로 물러나 있그라."

• • •

33 신마치바시[新町橋]: 오사카 신마치유곽의 대문을 들어가는 곳에 위치한 다리.

야지 "물러나 있으라니 어처구니없군. 그리고 내가 여우에게 홀렸다고? (이래 뵈도) 에도 토박이라고! 당치도 않구먼."

2) 뒤바뀐 봇짐

한참 옥신각신하는데, 이 오사카사람의 일행인 듯 두세 명 달려온다. "무슨 일이가 무슨 일? 뭘 다투고 있노? 그것보다 내는 엄청난 봉변을 당했다 아이가. 내 짐을 배에서 잃어버렸응께 방금 전까지 찾아다녔는데, 도무지 모르겠다 아이가"라고 하는데, 한 명이 야지로 옆에 있는 짐을 발견하고, "야아 곤스케 씨, 저기에 있데이. 그라이까네 내가 말했다 아이가. 먼저 내린 사람들에게 물어보라꼬 말했다 아이가."

곤스케 "참말로 이거네."

하며 가지려고 하자 야지로 잽싸게 말리며,

야지 "이봐 뭔 짓거리여? 이 짐은 내 거라고."

곤스케 "뭐라꼬 주둥아리 놀려대는 기가? 네 놈들 위험한 짓 해대지 말그라. 이것 보래이. 보자기 끄트머리에 내 이름이 적혀 있고마."

라는 말을 듣고 야지로 깜짝 놀라 찬찬히 살펴보니 자신의 짐이 아니었다. 간이 콩알만 해져서는,

야지 "정말로 이거 다르네. 자 돌려주지. 우리 건 어디 있지?"

곤스케 "바보소리 작작하그라. 아무럼 네놈들 짐을 누가 알겠노?"

야지 "이거 참 곤란하게 됐군. 기타하치 어떻게 했지?"

기타하치 "당신이 내 것도 집어서는 같이 묶어 자기 곁에 두었잖아.

어째서 내가 알겠냐고."

야지 "허, 참 이상하네. 여보쇼 확실히 여기는 후시미가 틀림없는
지요?"

전원 "하하하하, 무슨 말을 지껄여대는 건지. 저 낯짝 보소. 희한한
낯짝이데이."

기타하치 "아니 이 자식들은 시건방진[후토이: 굵은] 놈들일세."

곤스케 "굵은 것도 가는 것도 다 필요없고마. 요컨대 네놈들은 강도
라 카이. 짐에 별 이상이 없으이까네 용서하지. 싸게 꺼져 뿌라."

야지 "이거 참 엉뚱한 봉변을 당하는데 도대체가 모르겠네. 기타하
치 어찌 된 영문일까."

기타하치 "그러니까 나도 모르겠어. 애당초 어젯밤은 며칠이었지?"

야지 "음 가만있자, 어젯밤 그 시각에 달이 떴으니까 아마 24, 5일쯤
이겠지."

기타하치 "이번 달은 큰 달이여 작은 달이여? 어제는 무슨 날이
었지?"

야지 "그러니까 가만있자, 일전에 그때 어디에선가 묵었을 때, 갑자
甲子 날이라고 했잖나."

기타하치 "그래그래, 그 찻물밥茶飯³⁴은 맛있었지."

야지 "납작 공기에 담긴 커다란 우엉이, 거 참 진기했지."

• • •

34 챠메시: 찻물로 지어 소금으로 간을 맞춘 밥, 또는 밥상에 곁들인 간략한 식사를 총칭하
기도 한다. 여기에서는 갑자 날 밤에 다이코쿠텐[大黑天]에게 영업번창을 비는 행사를 하
면서 올린 음식을 지칭함.

전원 "와하하하하하, 이거 아무래도 적敵[=저쪽]들은 제정신이 아이라
까네. 와하하하하하."

라고 배꼽을 잡고 폭소한다. 그중에서도 연장자인 다베, 잠시 생각하
더니, "옳거니, 짐작 가는 일이 있데이. 과연 그다지 영리해 보이지도
않는 작자들이니까네 남의 물건 훔칠 정도의 활약은 못 하겠고마. 이
건 이런 거겠지. 이보래이 거기 당신들, 어젯밤 후시미에서 타신 뒤
도중에 배가 정박했을 때 볼일 보러 말이요 제방에라도 오르신 일 있
겠지라?"

야지 "있습니다."

다베 "그것 보게나. 우리가 탄 배에도 그 때 상륙한 사람이 꽤 있었
는데, 이윽고 배가 출항한다고 하자 모두들 허둥지둥 탔다 아이가.
그때 그쪽 분들은 하행선과 상행선을 착각혀서 자신들이 타고 온
배인 줄 알고 이 쪽 배에 타신 거겠지예."

기타하치 "정말 그렇겠군요. 우리도 배를 탔을 때는 어둡기도 해서
착각한 줄 모르고 어쩐지 자리도 다른 듯했습니다만, '합승석이니
까 에라 모르겠다' 하고는 피곤한 나머지 그만 그대로 잠들고 말았
습니다. 오늘 아침 이곳에 와 보니 승객들 중에 안면 있는 얼굴이
한 명도 없는 것이 이상하다고 말하고 있었습지요."

야지 "그러고 보니 과연 방금 전 배 선착장에서, '한데 본 적 있는 듯
한 곳이네'라고 생각했었습니다만, 봤을 테죠, 역시 초행길인 후시
미인 걸요. 하하하하, 결국 그래서 당신들의 짐을 우리 거라고 생
각해서 실수를 했습니다."

기타하치 "이것으로 (전후사정을) 완전히 알겠군."

야지　"야아 알기는 알겠지만 우리 짐은 어찌 됐을까?"

다베　"그것도 알겠데이[뻔하지]. 당신들이 타셨던 하행선에 짐만 남아, 지금쯤 오사카의 하치켄야에서 봇짐이 허둥지둥 당신들을 찾아다니고 있겠지라. 하하하하하."

기타하치　"얼토당토않은 일을 다 겪네. 원통한지고."

야지　"될 대로 되라지. 어쩌겠냐고. 돈은 허리전대胴卷에 넣어서 가지고 있으니까 기껏해야 너하고 나 갈아입을 옷뿐인 짐이여. 내버려 두자고. 그쯤이야[그 점에 있어선] 에도 토박이잖아."

(그 짐이) 아까웠지만 어쩔 수 없었다. 지금부터 또 배를 타고 오사카까지 찾으러가는 것도 어리석다고, 곧장 교토로 가기로 합의해서 출발하니, 이 사람들도 제각기 여기를 떠난다.

기타하치 야지로 맥 빠진 얼굴로 어슬렁어슬렁 **교토간선도로**京街道[후시미街道라고도 함]에 당도하여,

떠난 후시미/ 요도의 물레방아/ 돌 듯 우리도
뒤로 돌고 돌아서/ 또 온 것은 무슨 일.[35]

• • •

35 '후시미를 떠났는데 (그 이름도 유명한) 요도의 물레방아가 (돌듯이 우리도) 또다시 뒤로, 돌고 돌아 (후시미로 돌아)온 것은 무슨 일'. 교카 원문은 '伏見出て淀の車がまたあとへまわりまわつて來たは何事'.

4

스미조메, 후카쿠사,
후지노모리에서

1) 유녀를 뿌리치다

그로부터 후시미 마을을 지나 **스미조메**墨染[지금의 교토시 후시미구 후카쿠사 스미조메최라고 하는 곳에 다다랐다. 여기에는 약간의 사창가가 있었는데 처마마다 친 긴 발 안으로부터 줄무늬 무명솜옷에, 검정벨벳의 덧깃半襟[36]까지 분을 덕지덕지 발라 얼굴만 눈처럼 하얀 여자, 달려 나와 야지로의 옷소매를 붙잡고 "저기에 들어오세요. 잠깐 놀다가지 않겠어예?"

야지 "뭐여~ 관두게 관둬!"

하고 뿌리치니 또 기타하치를 붙잡고,

• • •

36 한에리[半襟]=가케에리[掛襟]: 여성용 속옷인 쥬반[襦袢]의 옷깃 위에 덧대는 장식용 천. 덧깃.

여자 "당신 어때에?"

기타하치 "이렇데이."

하고 눈꺼풀 뒤집으며 메~롱[37]을 한다.

여자 "어머! 싫어라. 이거 나쁘데이[이야이나]."

기타하치 "나쁘데이['이야이나' → '아사이나'] 사부로 요시히데朝比奈三郞義秀

[1176-?]일지라도 머물지 않겠네.[38] 젠장 처놔라!"

여자 "어머! 무서워~"하고 확 놓아 버리고 집 안으로 들어간다.

야지 "아하, 여기가 일전에 들었던 스미조메구먼."

스미조메의/ 새하얀 유녀 얼굴/ 검정 승복 아닌

석회창고의 쥐가/ 입은 승복이려나.[39]

후카쿠사深草[현재 교토시 후시미구 후카쿠사]마을은 집집마다 도자기세공품

• • •

37 벳카코=아칸베: 조롱하거나 거절하는 뜻으로, 손가락으로 아래 눈꺼풀을 끌어내려서 빨
간 속을 보이는 짓. 이때 혀를 내밀기도 한다.

38 '이야이나[나빠라=싫어라]'에서 유사음인 '아사이나[朝比奈]'라는 인명을 연상, 아사이나와
관련된 유명한 가부키무용을 이용한 언어유희. 즉 나가려고 하는 소가노 고로를 아사이
나 사부로가 고로 갑옷의 허리아래부분[구사즈리]을 잡아당기며 말리는 가부키무용이 있
다. 이를 패러디하여 즉 고로가 떠나려는 여행객, 아사이나가 붙잡는 유녀입장으로, 아
무리 붙잡아도 고로[기타하치 자신]는 머물지 않을 거라는 고로의 입장이 되어 말한 언어
유희.

39 '스미조메 유녀 얼굴이 (분 발라) 새하얀 것은, (승려의 검은 윗[스미조메]이라기보다) 석회창
고의 쥐 옷이려나.' 즉 '원래 검은 피부의 유녀가 새하얗게 분칠 한 것은, 지명과 같은 중
의 검은 옷이라기보다는, 석회창고에 사는 쥐가 하얀 석회가루를 옷처럼 뒤집어쓴 것
인 양 보인다.', '스미조메 유녀가 새하얗게 분칠을 한 모습이 마치 석회창고의 쥐 같네.
검정색 승복[스미조메]이라는 (지명과는 달리) 마치 회색 승복[네즈미고로모]이로구나'라는
뜻. 교카 원문은 'すみぞめのおやまのかほの眞白さは石灰藏のねづみごろも賦'.

을 팔고 있기에,

　소 모양을 한/ 도자기 세공품을/ 사는 사람도
　소마냥 침 흘리며/ 넋 놓고 바라보네.[40]

이리하여 **후지노모리**藤の森[현재 교토시 후시미구]마을에 이르렀는데,

　이나리야마/ 소나무 솔방울에/ 걸린 것은
　드리운 샅바마냥/ 등꽃 후지노모리.[41]

2) 죽은 아들을 빼닮은 야지

　여기[후지노모리]에 후시미 이나리신사伏見稲荷社[42]를 배례하면서,
기타하치　"어때? 이쯤에서 잠시 쉬지 않을래?"
야지　"좋아 좋아."
하고 갈대발을 세워서 둘러친 찻집에 들어가,

●　●　●

40　'소 모양 도자기 세공품에 사는 사람도, (소마냥) 침 흘리며 넋을 잃고 바라보누나.' 교카
　　원문은 'やきものゝ牛の細工に買う人もよだれたらして見とれこそすれ'.
41　'이나리야마[稲荷山]의 소나무 솔방울에 걸린 것은, 마치 드리운 샅바 앞부분이 등나무꽃
　　같은 후지[등꽃]노모리이려나.' 이나리야마 산중턱에 후지노모리 신사가 있다는 것을 형
　　용한 교카. 원문은 '稲荷山山松のふぐりにかゝれるはふどしのさがり藤のもりかな'.
42　후시미 이나리신사伏見稲荷社: 전국 이나리신사[오곡의 신을 모심]의 총수격 신사. 후지노
　　모리 신사와는 다름.

야지로　"어럽쇼 감주가 다 있네. 할멈 한잔 주구려."

노파　"예 예 데워 드리겠습니다."

기타하치　"이봐 야지 씨, 여기 할멈이 당신에게 관심 있는지, 저것 봐 자꾸 이쪽을 보면서 이상야릇한 눈길을 주는구먼."

야지　"바보소리 해라. 할멈 어때? 빨리 주게나."

노파　"에이그 쪼매 지달리소."

하면서 이 노파 야지로의 얼굴을 보고는 눈물을 훔치기를 반복하므로 이상하게 생각해서,

야지　"할멈 무슨 일이라도 있나? 자네 눈이 안 좋은가?"

노파　"지는 당신 얼굴을 보고 억수로 슬퍼서 견딜 수 없데이."

야지　"그건 어째서?"

노파　"어엉 어엉~."

기타하치　"이것 참 괴상하군. 할멈 뭐가 슬픈데?"

노파　"지는 최근에 자식 하나를 잃었는데에, 그 아이와 저분이 닮기도 닮기도~."

야지　"허어, 나와 닮았다고? 그러면 자네 아들도 잘생겼을 텐데, 아깝게 됐구먼."

노파　"그 굵고 탁한 목소리의 말투부터 (시작해서) 당신처럼 여기저기 큰 곰보자국이 있고 검은 피부에 코는 들창코라든지 큼지막한 눈까지 그대로데이, 그대로데이."

야지　"그러면 내 얼굴의 안 좋은 부분만 빼닮았구려."

기타하치　"'안 좋은 부분만'이라니 뻔뻔스러워라. 좋은 부분은 한 군데도 없는 주제에."

노파 "그뿐만이 아닙니더. 저 한쪽 옆머리가 벗겨지신 것까지 저토록 닮을 수 있는 기가."

야지 "남 얼굴 헐뜯기가 끝났으면 그 감주 빨리 주게나."

노파 "참말로 잊어버렸고마."

라고 찻잔 두 개에 감주를 따라서 내민다. 둘 다 이를 마시고,

기타하치 "엄청 엷은 감주군."

노파 "엷어지기도 했겠지라. 지는 슬퍼서 그만 눈물을 그 안에 떨구었데이."

야지 "에잇, 어처구니없는 일을. 눈물만이라면 또 모르되 보아하니 자네 콧물을 흘리고 있는데 그것도 이 안에 떨어지지 않았나?"

노파 "지는 보시는 바와 같이 언청이⁴³이니께 콧물과 침을 같이 그 안에 떨구었데이."

기타하치 "젠장, 이거 참 정나미 떨어지는 말을 하는구먼. 이놈은 이제 못 먹겠군."

야지 "난 그만 다 먹고 말았어. 분통 터지네. 어서 가자."

기타하치 "할멈 얼마여?"

노파 "예 6문[180엔]씩 주이소."

기타하치 "콧물은 덤이군.⁴⁴ 예 신세졌수다, 탯 탯~"

여기를 출발하여 뒤돌아보면서,

• • •

43 미쓰구치[三ㄱ口]: 윗입술 가운데가 세로로 갈라져서 토끼 입처럼 되어 있는 입술. 토순. 따라서 콧물이 입술 위에서 멈추지 않고 입술 가운데로 흘러 떨어진다는 발상임.

44 '콧물까지 주셨는데 콧물 대금은 받지 않는 걸 보니 콧물은 덤이었나 보구려'라는 놀림 말.

넋두리에다/ 눈물까지 섞어서/ 콧물마저도

훌쩍이며 들이킨/ 노파네 감주일세.[45]

• • •

45 교카 원문은 'くりごとになみだをまぜて水ばなもすゝりこんだるうばがあまざけ'.

5

방광사 앞에서

1) 구름 위 거대한 불상

이렇게 둘은 발길 닿는 대로 길을 따라 가다 보니, 차츰 도읍지[교토]
가까워지면서 도로 몹시 붐빈다. 자연히 사람들 풍속도 온화한데다
가 의상은 화려해진 여자들 치장에 넋을 잃고 바라보는 가운데 벌써
(방광사의) 대불大仏[지금의 교토시 히가시야마구에 위치][46] 앞에 이르러,

기타하치 "이런 이런 엄청난 절이구먼. 저 봐, 사찰 정문 위로부터
　　부처님이 엿보고 있어."

야지 "옳거니, 이게 예의 그 대불이구먼. 과연 이야기로 들었던 것보

• • •

46　방광사方広寺는 1589년 도요토미 히데요시가 건립한 사찰. 간세이 10년(1798) 7월 2일
　　벼락이 떨어져 대불상은 소실되었으므로 본 6편이 간행된 분카 4년(1807)에는 존재하지
　　않았다.

다 대단하군. 그리고 이 돌을 보게.[47] 굉장하군, 굉장해."

대불 불당은/ 드높아 구름 속에/ 들어갔단다
이건 커다란 것 중/ 하늘 위 으뜸이려니.[48]

이렇게 읊조리고 사찰 정문 안으로 들어가 이윽고 불당[대불전]에 오
른다.

47 정면 돌담에는 각 지방의 지명과 영주들의 가문 등이 새겨져 있었음.
48 '대불의 불당은 (너무 높아) 구름 속으로 들어갔단다. 이것은 실로 커다란 것 중에 으뜸이
   려니.' 교카 원문은 '大佛の御堂は雲に入とてやこれは大きなものゝ天上'.

『동해도 도보여행기』
6편

─────

하권
(교토)

6

교토 방광사에서

1) 기둥의 구멍 빠져나가기

대불전 방광사大仏殿方広寺[지금의 교토시 히가시야마구], 본존상은 노자나불廬舎那仏[비로자나불][49]의 좌상, 높이 6장 3척[약 19미터],[50] 불당은 서향으로 동서 27칸[약 49미터],[51] 남북은 45칸[약 82미터]이다. 야지로 기타하치 여기에서 삼가 염불하며 배례하고,

야지 "와아! 이야기로 들었던 것보다도 엄청나잖아. 이렇게 하고 계

• • •

49 廬舎那仏[비로자나불]: 화엄경 등의 교주로, 만물을 비추는 우주적 존재로서의 부처. 밀교에서는 대일여래와 같음. 毘盧遮那仏=毘盧舎那仏=盧遮那仏=遮那仏=盧遮那仏.

50 丈[장]: 약 3미터=10자. 尺의 10배.
　尺[척, 자]: 약 30센티미터. 寸의 10배.
　寸[촌, 치]: 약 3센티미터.

51 켄[間]: 칸. 일본 건축에서 기둥과 기둥 사이의 거리. 한 칸은 약 6척=1.82미터.

▲ 방광사대불전 지붕을 가리키는 야지 기타. 소가 끄는 짐수레가 교토거리를 지난다.

신 저 손바닥에 다타미깔개를 여덟 장 깔 수 있다던데."

기타하치 "너구리 불알과 같네.[52]"

야지 "불경스런 말을 하는구먼. 그리고 저 콧구멍으로부터는 사람이 우산을 쓰고 나올 수 있다고 하더라고."

기타하치 "그거라면 그래도 사람이 쓰고 나오니까 괜찮지만, 우리 동네 술주정뱅이 아무개의 콧구멍으로부터는 부스럼[매독의 증상]이 혼자서 솟아났다고."

야지 "바보 소리 작작해라. 부처님 뒤로 돌아가 보자. 어럽쇼, 부처님 등에 창문[채광창]이 나 있네."

기타하치 "저건 아마 바닷물을 뿜어내는 곳이겠지."

야지 "뭐? 고래도 아니고.[53]"

기타하치 "저런 저런, 아니 기둥에 난 구멍으로 모두들 빠져나가고 있구먼."

야지 "정말이네. 이것 참 절묘하다 절묘해!"

이 불당기둥 밑 부분에는 딱 사람이 빠져나갈 수 있을 만큼 도려낸 구멍이 있었다. 시골에서 올라온 참배객들 장난삼아 이것을 통과한다. 기타하치도 마찬가지로 빠져나가고는,

기타하치 "거 참 재미있군. 한데 나는 빠져나갈 수 있지만 야지 씨는 뚱뚱하니까 통과할 수 없을 걸."

• • •

52 '너구리불알은 8장깔개'라는 속설에 의함.

53 고래 머리 부분에는 물을 뿜는 부위가 있는데, 등에서 뿜는 것처럼도 보이므로 한 말장난. 불상의 채광창[明かり窓, 아카리마도]을 지칭함.

乙 を や
大 仏
殿 の
は ー
羅 敷

春 光 亭
笑 山

▲ 대불전 기둥을 재보며 감탄하는 기타와 참배객들. 휴식중인 야지.

야지 "나도 아무렴 이까짓 것."

하고 기타하치를 밀어제치고, 네발로 기어 기둥구멍에 몸을 절반 정도 밀어 넣었는데 도무지 빠져나갈 수 없었다. 뒤로 되돌아가려고 하자 허리춤에 찬 작은 칼[와키자세]날의 밑이 옆구리에 걸려 참을 수 없이 아팠다. 야지로 얼굴이 시뻘겋게 되어, "아이고 아파라 아야야야야. 이거야 원 엉뚱한 짓을 하고 말았네."

기타하치 "어럽쇼 무슨 일이야? 빠져나올 수 없나?"

야지 "이봐 손을 잡아당겨 줘."

기타하치 "하하하하하, 이것 참 우습군."

하고 야지로의 양손을 꽉 잡아당긴다.

야지 "아이고 아야야야야."

기타하치 "약한 사낼세. 좀 참으면 될 텐데."

야지 "뒤쪽에서 발을 끌어 주게."

기타하치 "알았네 알았어."

하고 뒤로 돌아가 양발을 붙들고, "여엉차 여엉차!"

야지 "아이고 아파라 아파."

기타하치 "좀 견디게나. 상당히 나오기 시작한 것 같으이. 여엉차 여엉차!"

야지 "아이고 기다리게 기다려. 허리뼈가 부러질 것 같네. 야 이거 역시 앞쪽에서 끌어내 주게."

라고 하므로 기타하치 또 앞으로 돌아가 양손을 붙들고 당긴다.

기타하치 "여엉차 여엉차! 야, 또 이쪽으로 상당히 나왔네."

야지 "이거야 원 못 참겠군. 아이고 아야야야야. 기타하치 이건 안 되겠네. 처음처럼 다시 뒤로 되돌려 주게."

기타하치 "에라, 여러 말을 하는군."

또 뒤로부터 발을 붙들고, "여엉차 여엉차!"

야지 "잠깐 잠깐 잠깐. 이거야 원 아무래도 앞쪽에서부터 당겨 주게나."

기타하치 "에라, 그렇게 앞으로 돌아갔다가 뒤로 돌아갔다가, 끌어당겼다가 도로 되돌리고 하면 영원히 끝이 없겠네. 이거, 좋은 방법이 있군."

옆에서 보고 있던 참배객에게 부탁해서,

기타하치 "여보시오, 당신 아무쪼록 이쪽에서 잡아당겨 주십시오. 내가 저쪽으로 돌아가서 다리를 끌어당길 테니까."

야지 "바보 같은 소리 작작해. 양쪽에서 끌어당기면 나갈 길이 없잖아."

기타하치 "나갈 길이 없어도 양쪽에서 끌어당기면 앞으로 돌아갔다가 뒤로 돌아갔다가 하는 수고를 안 해도 되잖아."

참배객1 "야아 양쪽에서 저 사람의 몸을 잡아 늘리면 그냥 나올 수도 있을 거래요."

기타하치 "이거 좋은 수가 있군. 식초를 한 되 정도 사와서 야지 씨 자네에게 마시게 하지."

야지 "왜? 식초를 마시면 어떻게 되는데?"

기타하치 "글쎄 식초를 마시면 살이 빠진다고 하니까."

참배객2 "하하하하하, 그런 걸 해 봤자 지금은 시간에 못 맞추니까 이렇게 하시라요. 어디 가서 망치 빌려 와서 머리를 뒤쪽으로 때려

박는 게 좋겠드래요."

기타하치 "과연, 그쪽 논리가 빠르겠군. 하지만 그래선 목숨이 남아
나지 않겠네."

참배객2 "그러니까 그런 점은 아무래도 책임지지 못하겠드래요."

이 와중에 시골 참배객 한 명이 "이거 참 예 딱하게 됐구먼유. 지는
예 먼 고장 사람이니께 아무것도 모르지만, 다른 사람의 고통을 헤아
려서 졸건을 말해 볼까유?"

기타하치 "부디 저 사람을 도울 수 있다면 말씀해 주십시오."

시골참배객 "예 그러니까 말이쥬. 어떻게든 저 사람의 발끝을 쪼개
서 산초열매 알갱이를 사이에 끼우면 저절로 쑥 빠져유."

기타하치 "하하하하하, 그건 뱀이 여자에게 들러붙었을 때겠지.[54] 어
차피 그런 걸 거다 싶었네."

참배객3 "이거 제 지혜를 빌려드릴까요. 여하튼 저 분의 몸을 부드
럽게 해서 끌어내는 게 좋을 테니께라, 요로코롬 하쇼잉. 모래흙을
가지고 와서 뿌리시랑께.[55]"

시골사람 "그라몬 모래흙을 흩뿌리지 말고 가장 큰 통[棺]을 사오세
유. 손발을 쬐끔만 (꺾어) 꾸부리면 들어갈 거래유."

야지 "젠장, 열 받는 소리 하네. 농담할 때가 아니라고. 기타하치, 빨
리 어떻게든 해 주지 않겠나?"

• • •

54 뱀이 여자 음부에 들어갔을 때, 그 뱀 꼬리를 갈라서 산초열매 알갱이를 끼우면 빠져나
온다는 속설이 있음.
55 기도한 깨끗한 모래를 굳어진 사체에 뿌리면 부드러워져 납관하기 쉽고 극락왕생한다
고 함.

기타하치 "잠깐만. 아하, 당신 허리춤에 찬 작은 칼날 밑이 옆구리에 걸려 아픈 거로군."

하고 손을 집어넣어 여기저기 만지작거리다가 간신히 칼을 빼낸다.

야지 "과연. 이걸로 가까스로 여유가 생긴 것 같네."

기타하치 "어디 보자, 야아 그런데 어느 분이든 앞쪽에서 밀어내 주십시오. 내가 발을 잡고 이쪽으로 끌어낼 테니까. 여엉차 여엉차!"

참배객4 "저것 봐, 나온다카이. 이제 조금이래이, 힘을 쓰소."[56]

야지 "악악 윽윽윽윽윽윽!"

기타하치 "하하하하하, 나오는 녀석이 힘을 쓰니까 큰 웃음거리여."

야지 "아이고 아프다 아파~"

기타하치 "됐다, 영차 영차! 자, 나왔다 나왔어!"

하고 간신히 끌어내니, 야지로 비지땀을 계속 닦으며 후유하고 안도의 한숨을 짓는데,

야지 "아이구 고마워라. 이거 참 모두들 수고하셨습니다. 저는 이세伊勢 여관에서 출산을 했습니다[57]만, 낳는 것보다 태어나는 몸이 여간 괴로운 게 아니군요. 이것 봐, 옷이 닳아 해어져 갈빗대가 아직도 따끔따끔하군."

* * *

56　출산 장면에서 산파가 산모에게 하는 말. 다음 기타하치의 대사는 산모가 힘을 쓰는 게 아니라 아기가 힘을 쓰니 우습다는 놀림 말.

57　5편추가편에서 이세여관에 묵었을 때 복통에 시달리던 야지를 산파가 산모로 착각하는 소동 끝에, 변소로 달려간 야지가 맘껏 '순산' 했다고 하는 장면이 있음.

우산 쓰고서/ 나오는 콧구멍보다/ 기둥에 있는

구멍 오오 무서워/ 몸 오무려도 안 돼.[58]

이렇게 흥겹게 읊조리니 폭소가 일어나고, 그리고 나서 경내를 둘
러본다.

· · ·

58 '우산 쓰고 나오는 (부처님의) 코(구멍)보다 (콧대[하나바시라] 아닌) 기둥[하시라]에 있는, 구
멍[아나], 오오[아니] 무서워라 (우산 오므리듯) 몸을 오무려도 (나올 수 없었으니)'. '하시라'를
동음이의어인 '콧대'와 '사찰기둥'으로 앞뒤 연결하고, '아나'가 '구멍'과 '오오'의 동음이의
어임을 이용한 교카. 원문은 '傘さして出るお鼻よりはしらなるあなおそろしや身をすぼ
めても'.

33칸당을 지나

연화왕원蓮花王院의 33칸당三十三間堂[현재 교토시 히가시야마구][59]에서,

야아 드높은/ 호국사 오중탑과/ 비교해 보자

연화왕원 삼십/ 삼칸당의 길이를.[60]

. . .

59 산쥬산겐도[三十三間堂]: 천태종 사찰. 1164년 헤이케 일족에 의해서 창건된 연화왕원의
    본당이다. 본당의 길이는 66칸. 2칸마다 기둥을 세워서 기둥 간 간격이 33칸이므로 '33
    칸당'이라고 불려진다. 천수관음보살 천개를 본당에 모신다.

60 오중탑: 진언종의 총본산 사찰인 호국사[東寺]의 오중탑은 높이가 29칸이므로 교토에서
    높은 것의 상징적 존재이다. 교카 원문 'いやたかき五重の塔にくらべ見ん三十三間堂のな
    がさを'를 직역하면 '야아 높은 오중탑과 비교해 보자, 33칸당의 길이를'.

1) 답답한 싸움

이로부터 이[33칸당] 문 앞을 북쪽으로 향하여 가니 특히 왕래가 붐빈다. 과연 도읍지[교토]의 풍속은 남녀 모두 어딘지 모르게 부드럽고 온순하며, 마부, 짐 운반하는 인부까지 세탁해서 빳빳하게 풀 먹여 단단히 주름잡은 무명솜옷을 단정하게 입고, 그 '(무슨) 말씀하시는 건지예'라고 (여자들이) 귀엽게 말하는 것도 재밌다. 둘은 흥에 겨워 보는 것마다 신기하다고 길을 따라 가는데, 왕래가 갑자기 소란스러워지면서 늙은이 젊은이 할 것 없이 달려가는 사람마다, "호오호 좋아좋아 아앗사 아싸~ 호오호 좋아좋아 아앗사 아싸~."

야지 "무턱대고 사람들이 달리니 뭐여? 야아 건너편에 뭔가 있는지 어마어마한 인파네. 여보세요, 뭡니까?"

건너편에서 오는 사람 "저기에 굉장한 싸움이 있고마."

기타하치 "교토의 싸움이라니 신기하겠군."

잰걸음으로 가서 보니, 산더미 같은 구경꾼으로 지나갈 수 없을 정도였다. 둘은 사람들을 헤치고 밀어제치며 이것을 보는데, 그 싸움하는 사람 중 한 명은 생선장수인 듯 거기에 바구니[반다이]⁶¹ 같은 것이 내려져 있다. 상대는 목수職시[장인]⁶²풍의 사내, 둘 다 매우 다부진 젊은이이다. 그러나 도읍지[교토]는 사람의 마음까지 느긋해서 싸움일지언

• • •

61 반다이[盤台]: 생선장수가 생선을 나르는 데 쓰는 얕고 큰 타원형 또는 원형의 대야. 이 대야는 보통 에도에서 사용하였으며 관서지방에서는 바구니를 사용하였음.
62 당시 협객기질을 지니는 대표적 직업으로 생선장수와 장인[목수]을 들 수 있다.

정 처음부터 그다지 (욕설을) 주고받지도 않고 양지바른 곳에서 둘이
마주 보며,

생선장수 "이보래이, 자네 쪽에서 처부딪치고 그런 말 하는 게 아이
다. 이 자식 대갈통 갈겨 주까?"

상대 장인 "하따마[관둬라]~ 그쪽 손이 움직이는데 이쪽이 얌전히 있
겠나."

라고 말하면서 수건을 정성스럽게 접어 (싸움용) 머리띠로 두른다.

생선장수 "잘도 입방아를 찧는 녀석이데이. 대관절 넌 어디 출신이
가?"

장인 "나 말이가? 나는 호리가와堀川강가 아네가 골목姉が小路 내려간
곳이고마."

생선장수 "이름은 뭐라카노?"

장인 "기베喜兵衛라 칸다."

생선장수 "나이는 몇이가?"

장인 "스물넷이다."

생선장수 "하따마, 네놈 스물넷 치고는 억수로 어려 보이네. 거짓말
해대지 말그라."

장인 "무슨 소리가. 진짜고마. 액년 전해의 재액前厄[63]으로 올해 마누
라 년을 잃었데이."

생선장수 "거 참 억수로 낙담했겠고마. 고소한 꼴을 당했네."

• • •

63 마에야쿠[前厄]: 액년[厄年] 다음으로 조심해야 한다는 해. 액년 전 해. 액년은 19세, 25세,
33세, 42세 등을 지칭한다.

장인 "아니 그뿐만이 아이다. 젖을 처먹는 자식새끼가 있응게 억수로 어려운 지경에 처했다 아이가."

생선장수 "그렇겠지. 난 너보다 두 살 위고마."

장인 "그렇게 지껄이는 걸 보니, 너도 어리고마. 집은 어디가?"

생선장수 "이치조一条 이노쿠마猪熊거리 동쪽으로 들어간 곳이데이."

장인 "맞나. 거기에 장님으로 눈이 안 보이는 순파쿠寸伯[64]라카는 침술사가 있을 낀데."

생선장수 "오냐, 침술사가 있다면 어쩔 껀데?"

장인 "야아 우리 친척잉게, 네놈이 줄행랑치면 전갈해 놓겠데이."

생선장수 "아이고야. 무슨 네 전갈을 누가 하겠냐고. 억수로 꼴통 아이가."

구경꾼 하품하면서 "주베十兵衛 씨, 이제 안 갈 끼가?"

주베 "잠깐만, 이제 곧 서로 치고받겠지."

구경꾼1 "아니 난 집에 손님을 내버려 두고 왔으이까네."

주베 "그라몬 그 손님 데려오그라. 내친 김에 가선 두른 돗자리라도 한 장 건네주지 않겠나."

또 이쪽에 있는 구경꾼, 처마 밑에 쭈그리고 앉아 수염을 뽑고 또 뽑으면서, "보소. 저쪽 사내가 아무래도 굉장한 놈이데이."

구경꾼2 "아니 이쪽 사내도 굉장한 말발[아래턱]이데이."

구경꾼3 "과연, 그 '말발'로 생각나네. (수다쟁이) 부인은 어떻노? 아

• • •

64 순파쿠寸伯: '수바쿠'라고도 한다. 아랫배가 아프는 부인병이다. 병명을 의사이름으로 하는 골계.

112

픈 곳은 괜찮나?"

구경꾼2 "예 송구합니더. 아주 좋은 듯했는데예, 어제부터 억수로 나빠져서 그만 어젯밤 죽었습니더."

구경꾼3 "거 참말로 자네 딱하게 되었데이. 장례식은 언제가?"

구경꾼2 "막 치르던 참이었는데 굉장한 싸움이 있다꼬 사람들이 달려가이까네 지도 얼떨결에, 가서 보고 돌아올 테이까네 그때까지 기다리라 카고 대기시켜 놓았습니더."

라고 제각기 느긋한 소리를 해대며 유유자적 구경하고 있었는데,

그 장인 사내 "야 이보래이, 좀 더 이쪽으로 처다가온나. 양지가 없어져서 추워졌다 아이가."

생선장수 "오냐 가까이 왔다만, 어쩔 끼가?"

장인 "네놈이 아까 내를 갖다가 꼴통이라꼬 나불대던데 와 내를 꼴통이라 켔노?"

생선장수 "꼴통이니께 꼴통이데이."

장인 "뭐라꼬 입을 놀리는 기가? 그렇게 말하는 니가 꼴통이고마."

생선장수 "아이다 내는 꼴통 아이다. 똑똑하데이."

장인 "니가 똑똑하다면 내도 똑똑하고마."

생선장수 "오냐 너도 똑똑하나? 그라몬 이 싸움은 관두제이."

장인 "글쎄 혹여나 서로 몸싸움해서 옷이라도 잡아 찢으면 손해니께 관두까."

생선장수 "억수로 늦어졌고마. 이제 돌아가야제."

장인 "내도 자네가 처가는 도중이니께 함께 가 주겠고마. 오늘은 날씨 한번 좋았데이."

생선장수　"따스하니 좋다 아이가."

라고 서로 인사하며 이 두 사람 나란히 함께 돌아간다. 구경꾼도 슬금슬금 뿔뿔이 흩어져 모두 돌아가니, 야지로 기타하치 배꼽 빠지게 웃으며,

야지　"하하하하하, 과연 관서지방 사람은 느긋하군. 저런 아둔한 싸움이 어디 있냐."

기타하치　"저 와중에 손익을 따져서 그만두었으니[65] 포복절도할 노릇이여."

귀족들 계신/ 도읍지는 자연히/ 싸움 중지도

와카 읊기 놀이로/ 손익을 계산하네.[66]

65 돈에 구애받지 않는 호탕한 에도사람과 달리, 관서지방 사람은 셈속이 빨라 타산적이라는 의미를 내포함.

66 '귀족들이 계시는 도읍지는 자연히, 싸움 그만두는 것도 손익을 따지네[와카카루타와 읊기카루타].' 와카 읊기는 귀족들의 교양으로 여겨졌기에, '귀족' '와카[정형시]' '읊기'를 연상법으로 이용한 교카. 와카카루타와 읊기카루타[歌と詠み]: 백인일수의 와카가 적힌 딱지와 그 짝을 이루어 읊는 딱지라는 일차적 뜻에서, 이것을 버리고 저것을 취한다고 하여 '타산적'이라는 이차적 의미가 있음. 원문은 '公家衆のゐます都はおのづから喧嘩やめるもうたとよみなり'.

기요미즈절에서

　이렇게 몹시 흥겨워하며 어느새 **기요미즈언덕**^{清水坂}[현재 교토시 히가시야
마귀에 다다르니, 길 양쪽 찻집 처마마다 부채질해대는 두부꼬치구이
[덴가쿠]⁶⁷ 요리의 부채소리, 시끄러울 정도로 소리쳐 부르는 목소리들,
"저기예 어서 오세요. 찻집에 들어오지 않으시겠어예." "명물 파우동
[난바우동]⁶⁸ 드시지 않겠어예, 쉬다 가세요 쉬다 가세요."
야지　"뭐 좀 먹어도 좋겠지만 좀 더 가서 먹기로 할까."
　머지않아 **기요미즈절**^{清水寺}[현재 교토시 히가시야마귀에 당도하여 경내를 둘
러보고, 오토와^{音羽} 폭포를 보며,

　유명한 폭포/ 오토와 탓이련가/ 꼭대기까지

● ● ●

67　도후덴가쿠[豆腐田樂]: 꼬치두부에 양념된장을 발라 구운 음식.
68　난바우동[難波饂飩]: 오사카 난바의 명물인 굵고 흰 파를 길게 썰어서 넣은 우동.

거슬러 오른 잉어/ 아니 세이겐의 사랑.[69]

본당[본존]은 십일면 천수관세음十一面千手観世音보살이다. 옛날[778년] 사문연진沙門延鎭[大和国小島寺의 승례]승려가 꿈속에서 얻은 불상으로, 사카노우에 다무라마루坂上田村丸[70]장군이 건립했다던가. 기타하치 야지로베 잠시 이 불전에서 쉬면서,

기요미즈절/ 경내에 심은 벚꽃/ 빽빽한 것이
참으로 많소이다/ 손도 많은 천수관음.[71]

• • •

69 '그 이름도 유명한 오토와 폭포가 있기 때문일까, (폭포) 꼭대기까지 거슬러 올라간 (잉어[고이] 아닌) 세이겐의 사랑[고이].' 인형극과 가부키에서 유명한 기요미즈절의 승려 세이겐의 사쿠라히메에 대한 격렬한 '짝사랑[고이]'을, '잉어[고이]의 등용문'이라는 관용구와 동음이의어로 결부시킨 교카. 원문은 '名にしおふ音羽の瀧のあるゆへ鯉のぼりつめたる 清玄の戀'.
약혼자인 소노베를 싫어하여 기요미즈절에서 우연히 만난 미키노죠를 연모하는 미녀 사쿠라히메를 짝사랑하던 기요미즈절의 승려 세이겐은, 사랑의 망집에 씌어서 사찰을 쫓겨나고, 사쿠라히메는 죽고 세이겐도 살해당한다. 그러나 저승에서까지 뱀이 되어 사쿠라히메를 쫓아다니는 세이겐이었다.

70 坂上田村丸: 758-811. 헤이안 초기의 장군. 기요미즈관음의 도움을 소재로 한 요곡[謠曲] 「田村」가 있다.

71 '경내에 심은 벚꽃은 빽빽하니, 참으로 많구나[사테모 다쿠산] 손도 많은[데모 다쿠산] 천수관음.' '데모 다쿠산'에 '손도 많은[手も沢山]'과, 떠오르는 연상어구 '사테모 사테모 다쿠산의 벚꽃이구나'의 '참으로 많은[さても沢山]'이라는 뜻을 걸친 교카. 원문은 '境内にうゑし さくらはすき間なくてもたくさんな千手くはんおん'.

116

1) 기요미즈 무대에서 뛰어내리기

본당 옆의 조금 높은 곳에 책상을 마주하고 앉아 있는 늙은 승려, 참배객이 눈에 들어오면, "본 사찰 관세음보살의 초상화는 지금부터 나갑니다. 실로 영험이 뚜렷하기로는 장님이 말을 하고, 벙어리의 귀가 들리고, 걸어온 앉은뱅이가 낫는다오. 한번 배례하는 자는 아무리 병 없고 건강할지라도 순식간에 서방극락정토로 구해 주겠다[데리고 가겠다]고 하는 기원이요. 모두들 받아서 돌아가시오. 시주금[72]은 많이 아주 조금.[73] 신심 깊은 분은 없으신지요."

기타하치 "잘도 지껄이는 중놈일세. 한데 야지 씨, 익히 소문으로 들었던 '우산을 쓰고 뛰어내린다'[74]고 하는 것은 이 무대로부터지?"

승려 "옛날부터 본 사찰에 발원[기원]하는 분은 부처님께 서약하고 여기에서부터 아래로 뛰어내리시지만 다치지 않는 것이 거룩한 점입니다."

야지 "여기에서 뛰어내리면 몸이 산산조각 나겠지."

기타하치 "가끔은 뛰어내리는 사람이 있는지요?"

• • •

72 명가금[冥加錢]: 부처님의 가호를 기대하고 바치는 돈.

73 앞뒤가 맞지 않게 말하는 골계. 장님, 벙어리, 앉은뱅이의 신체적 부자유가 맞지 않으며, 무탈한 자를 저승으로 이끈다고 하며, 초상화를 사는 대금은 적어도 좋다고 해야 할 것을 섞어서 말하고 있다.

74 기요미즈 본당[관음당] 앞에 있는 무대는 깎아지른 벼랑 위에 세워져 있으므로, 과감하게 큰 결단을 내릴 때 '기요미즈 무대에서 뛰어내리듯'이라는 관용어를 사용한다. 실제로 우산을 쓰고 기요미즈 무대에서 뛰어내리는 모습이 그림에서 우의적으로 그려지는 경우가 많았다.

승려 "그렇데이. 걸핏하면 실성한 녀석들이 와서 뛰어내리는구마. 요전번에도 젊은 여자가 뛰어내렸다 아이가."

기타하치 "허어, 뛰어내려서 어찌 됐습니까?"

승려 "뛰어내려서 떨어졌다 아이가."

기타하치 "떨어져서 그다음에 어찌 됐소?"

승려 "글쎄, 꼬치꼬치 캐묻는 녀석일세. 이 여자는 죄업이 깊으이까네 부처님이 내리신 벌로 기절했다[눈알을 돌렸다] 아이가."

기타하치 "(눈 아닌) 코는 돌리지 않았소?"

승려 "야아, 매독에 걸렸는지 코는 없었다 아이가."

기타하치 "그리고 정신을 차렸는지요?"

승려 "정신을 (점차) 차리게 되었다 아이가."

기타하치 "되어서 어찌 됐소?"

승려 "거 참말로 집요한 사람이고마. 그걸 물어서 뭐 할라꼬?"

기타하치 "야아 제 버릇으로 듣기 시작한 것은 아주 끝까지 듣지 않으면 직성이 안 풀리니까요."

승려 "그라몬 말해 주까. 그리고 나서 그 여자가 본디 그러한 기질도 있었는지 갑자기 실성했다 아이가."

2) 백만 번 염불외기에 끼어들다

기타하치 "으음, 실성해서 어찌 됐소?"

승려 "백만 번 염불외기百万遍[75]를 시작했다 아이가."

기타하치 "백만 번 염불외기를 시작해서 어찌 됐습니까?"

승려 "징을 두들기며."

기타하치 "징을 두들기며 어찌 됐소?"

승려 "나무아미타불."

기타하치 "그리고 나서 어땠소?"

승려 "나무아미타불."

기타하치 "여보게나 백만 번 염불외기 다음에는 어찌 됐습니까?"

승려 "나무아미타불."

기타하치 "그다음 말일세."

승려 "하따마 조급하기는. 백만 번 염불외기 아이가. 염불을 우선
마치고나서 볼 일이데이."

기타하치 "에잇 그 염불 백만 번 끝날 때까지 기다리고 있으라고? 어
처구니없군."

승려 "아니 당신 듣기 시작한 것은 미주알고주알 듣지 않으면 안 된
다꼬 말하지 않았나? 좀 더 참고 들으소. 지루하면 당신들도 백만
번 염불외기 도와주소."

기타하치 "것 참 재밌겠군. 야지 씨 당신도 여기 걸터앉아요. 자 그
럼 나무아미타~불."

승려 "이왕이면 징소리 넣어 드리지예."

하고 무턱대고 징을 울려대며, "허어, 나마이다~ 쩽쩽~.

• • •

75 햐쿠만벤[百万遍]: 많은 사람이 둥글게 둘러 앉아 징소리와 함께 하나의 커다란 염주를
돌리며 '나무아미타불'을 백만 번 외는 법회.

기타하치　"이거야 원 엄청 재밌어졌네. 나마다~ 나마다~."

승려　"지가 용변 보고 오는 동안 부탁합니더."

하고 기타하치에게 징을 들이밀고는 어딘가로 가 버린다. 기타하치는 완전 몰입하여, "허어, 나마다~ 쨍쨍 찌키찌 쨍 찌키쨍~."

야지　"자네 징 두들기는 게 서투르군. 나한테 넘겨줘 봐."

기타하치　"뭘 문제없다고. 쨍쨍~ 나마다~ 나마다~ 쨍쨍쨍쨍~."

하고 정신없이 두들겨대며 떠들므로, 본존을 안치하는 불당의 수호승 나와서, 이 모습을 보고 소스라치게 놀라,

당지기승려　"이 보소 이 보소, 댁들은 무슨 일이오? 권화소權化所[76]에 들어앉아 이런 무례할 데가."

하고 꾸짖자 둘은 정신이 번쩍 들어 두리번거리며,

기타하치　"허어, 아까 스님은 어디 갔지? 아직 백만 번 염불외기의 중간 휴식도 안 했는데."

당지기승려　"무슨 헛소리 하는 거요? 여기를 어디라고 생각하나?"

기타하치　"예, 여기는 기요미즈, 아쓰모리敦盛 씨의 무덤이 자빠져 있는."[77]

당지기승려　"이거 이놈, 실성한 것 같구면."

기타하치　"미치광이이기에 이 백만 번 염불외기."

•••

76　칸게쇼[權化所]: 불당 내에서 신도의 기부를 받거나, 부처의 초상화나 부적을 대금을 받고 건네주거나 하는 방.
77　'여기는 어디냐고~ 뱃사공에게 물으니 여기는 스마노우라 아쓰모리 씨의 무덤이 있는 곳'이라는 유행가에 빗대어 한 말. 다이라노 아쓰모리[平敦盛: 1169~1184]는 겐페이 전쟁 중 이치노타니 전투에서 구마가이 나오자네에게 패한 헤이케의 젊은 무장.

당지기승려 "뭐라고 주둥이를 놀려대는 거냐. 냉큼 나가지 않겠나?

여기는 지체 높은 분들이 기원하는 곳이거늘."

하고 목청 돋우어 말하는데, 내실[대기실]에서 봉을 든 사찰 파수꾼 나

와서 내쫓으므로 둘은 허겁지겁 기요미즈언덕을 내려가,

기타하치 "중대가리 놈이 얼토당토않은 봉변을 당하게 했군."

기요미즈 무대/ 뛰어내린 엉뚱한/ 이야기로서

희롱당한 이 몸은/ 분통 터지는구나.[78]

이 오토와산音羽山을 내려간 곳에 기요미즈清水도자기의 도공가게 즐

비하여 오가는 이의 발걸음을 멈추게 한다. 이곳五条坂 명물이다.

하늘의 은총/ 있어 훌륭하겠지/ 하늘님 모신

대일산의 흙으로/ 빚는 도공이니까.[79]

• • •

78 '무대에서 뛰어내리는[톤다] 얼토당토않은[톤다] 이야기로 기요미즈에서 희롱당한 이 몸
이야말로 분통 터지는구나'라는 뜻. '기요미즈에서 희롱당하다'는 기요미즈의 '미즈[水:
물]'와, '(水で) 히야카스[冷やかす]: 물로 차갑게 하다'가 '희롱하다'는 뜻도 내포하므로, '물'
을 앞뒤로 연결시켜서 읊은 교카이다. 원문은 '舞臺からとんだはなしは清水にひやかさ
れたる身こそくやしき'.
79 '하늘[天道]의 은총도 있어서 훌륭하겠지 도공이, (대일여래[大日如來=天道] 모시는) 대일산
[大日山]의 흙으로 빚으니'라는 교카. 원문은 '天道の惠みもあらんすへもの師大日山の土を
製せば'.

▲ 기요미즈도자기가게에 들린 야지 기타. 녹로대의 원반 홈에 막대기를 집어넣어, 수동으로 회전시키며 질그릇을 빚고 있는 도공.

교토 산조로 가는 길

1) 소변과 무를 교환하다

　　이리하여 그날도 벌써 7경[오후 4시 전후]무렵이 되었으므로 서둘러
산조三条[지금의 교토시 中京区]에 숙소를 잡으려고 길을 재촉해 가는데, 건너
편으로부터 소변통과 무를 짊어진 남자 "무 소변 하이소 하이소~."

기타하치　"하하하하하, 호박이 피리를 부는 요술은 봤지만, 무가 소
　　변 보는 것은 여태 한 번도 본 적이 없구면."

야지　"저게 예의 그 무와 소변을 교환하는 거겠지."

거름장수　"커다란 무와 소변 하이소 하이소~."

라고 부르며 가는데, 이쪽으로부터 종복무사中間 같은 누추한 행색의
사내 두 명이, "여보게 여보게, 우리 둘이 여기서 소변을 보겠는데 그
무 세 개 주지 않겠나?"

거름장수　"우선 이쪽으로 와서 해 보소."

하고 이곳 '즈시'로 둘을 데리고 간다. '즈시'란 에도에서 말하는 '골목'
이다. 야지로 기타하치 이를 보고 어떻게 하는 걸까 모르겠네 하고
뒤를 따라가다가 멈추어 서서 보니,

거름장수 "자 하지 않으시겠나."

하고 소변 통을 내려서 바로 놓자, 한 남자가 "그러면 내가 먼저 하겠
데이" 하고 이 통 안으로 둘 다 소변을 다 보자, 거름장수 통을 기울여
보고 "이제 이뿐으로 나오지 않는 기가?"

종복무사 "마지막에 방귀가 나왔응께 이제 소변은 그뿐이고마."

거름장수 "이거야 원 안 되겠데이. 한 번 더 몸을 잘 흔들어 보소."

종복무사 "글쎄, 소변을 슬쩍 눈속임해 놓고 뭐 하는 기가? 있는 대
　　로 죄다 눴다 아이가."

거름장수 "그라몬 무 세 개는 도저히 못 주겠고마. 두 개 갖고 가소."

종복무사 "이보래이 소변은 적어도 우리 것은 품질이 좋데이. 찻죽
　　茶粥[자가유][80]만 먹는 다른 사람들과 달라서 우린 고기만 먹는다 아
　　이가."

거름장수 "그렇다 쳐도 너무 적다 아이가."

종복무사 "글쎄 까다로우시네. 집에 갖고 가서 물을 섞으면 세 되 정
　　도는 되겠고마. 얼른 세 개 주소, 주소!"

거름장수 "그렇게 주소 주소라고 한들 이까짓 걸로 줄 순 없다 아이
　　가. 어디 가서 차라도 마시고 와서 좀 더 하이소 하이소."

• • •

80　챠가유[茶粥]: 찻잎을 달인 물로 끓인 죽. 특히 관서지방의 서민들이 조식으로 애용하
　　였음.

하고 입씨름하는 것을 둘은 재미있게 보고 있었는데,

기타하치 "여보세요, 다행히 내가 소변을 보고 싶어졌으니까 실례지만 여러분에게 드립지요. 이것을 더해서 무 세 개를 가지시지요."

종복무사 "호의는 감사하옵니다만, 그라몬 미안하이까네."

기타하치 "글쎄 괜찮소. 어차피 나도 때마침 가지고 있던 거니까. 너무 약소합니다만."

종복무사 "그러하시다면 소변 받자올까요."

라고 소변 통을 기타하치 앞에 갖고 와서 바로 놓는다.

기타하치 "아니아니, 역시 거기에 놔두십시오. 내 것은 한두 칸[약 2,3미터]이나 맞은편으로 내갈겨집니다."

거름장수 "이거 참 놀랍네 놀라워. 야아 당신 것은 이곳 게 아니다 아이가. 어쨌든 소변은 관동지방 것이 좋습니더. 이곳 것은 엷어서 값이 안 나간데이."

기타하치 "좀 더 일찍이었다면 더 나왔을 텐데. 나는 천성적으로 소변을 자주 보므로 평소에 소변 통을 목에 걸고 다녔던 사내라네."

종복무사 "거 참 부러운 일일세."

거름장수 "그러하시다면 당신 이 통을 목에 걸고 가시지 않을 끼가? 지가 어디까지든 모시고 갑지예."

기타하치 "야아 요즘엔 그 정도까지는 아니라오."

거름장수 "일행분도 있을 것 같은디. 저기 당신도 내친김에 볼일 보고 가시지 않을 끼가?"

야지 "야아 나는 예전에는 한꺼번에 소변 한두 말[되]어치 보는 게 전혀 어렵지 않았었는데, 어찌 된 영문인지 요즘엔 소변이 막혀서 좀처럼 안 나오니 몹시 난감하다오."

거름장수 "허어, 소변이 막혔다면 좋은 수가 있다 아이가. 당장 좋아
진데이."

야지 "어떻게 하면 좋아지나?"

거름장수 "그 술집 같은데서 술통 주둥이로부터 생각대로 술이 나오
지 않는 경우가 있다 아이가. 그럴 때는 통 위쪽에 송곳을 양손바
닥 사이에 끼고 세게 비벼 돌려서 구멍을 내면 금방 밑에서 좔좔하
고 술이 내뿜어지는 법이니께, 당신의 소변이 막히신 것도 이마자
리에 송곳을 비벼 돌리시면 곧 소변이 트이겠지예."

기타하치 "하하하하하, 이것 참 훌륭하네[가관이네]. 그런데 늦어졌군.
어서 갑시다."

하고 둘은 (그들과) 헤어져서 간다.

2) 건방진 궁녀의 길안내

맞은편으로부터 오는 쓰개[가즈키][81]를 쓴 두세 명의 여자일행, 과연
도읍지 여성의 풍속답게 나긋나긋하여 모두들 투명하리만치 하얀 피
부의 미인. 기타하치 넋을 잃고, "와아 와아 진짜 여자가 온다! 예쁘다

• • •

81 가즈키, 가쓰기[被]=기누가즈키[衣被]: 헤이안시대 이후 신분 높은 귀부인이 외출할 때 얼
굴을 가리기 위해 뒤집어쓴 홑옷. 당시 에도에서는 금지되었으므로 교토를 표상하는 특
별한 풍속이 되었다.

▲ 가쓰기 쓰개를 쓴 교토여성.

예뻐~."

야지 "웃기는 여자들이네. 모두 옷을 뒤집어쓰고 오는구먼."

기타하치 "저게 '쓰개[가즈키, 가쓰기]'라고 하는 거야. 저 아름다운 여자
　　와 내가 말을 하는 걸 보여 줄까."

하고 곧바로 그 여인의 곁으로 달려가서 "저기 잠깐 물어보고 싶소.
여기서부터 산조三条[지금의 교토시 中京区]에는 어떻게 가는지요?"라고 묻
자, 이 여인 궁녀인 듯 턱없이 거만스러웠다. "그대 산조에 가고자 하
는 거라면 이 거리를 내려가면 이시가키石垣라고 하는 곳이 나올 테
니, 거기를 좌측으로 가면 곧 산조 다리라네." 본디 궁녀란, 사람을 대
수롭지 않게 여기며 조금 젠체하는 남자를 보면 나쁘게 조롱하는 경
향이 있으므로 고조五条다리를 산조라고 가르친다.

기타하치 "예 이거 참 감사합니다."

라고 아무것도 모르므로 감사인사를 하고 잠시 지나쳐 가다가, "야지
씨 저건 뭐지? 엄청 건방진 계집들이네."

야지 "하하하하하, 턱없이 만만하게 다뤄진 거라고. 망신스러운 놈."

교토 고조에서

1) 씨름꾼 일행과의 잘못된 만남

그로부터 이윽고 그 이시가키라고 하는 곳을 지나 왼쪽으로라고 가르쳐진 길을, 산조에 가는 줄 알고 어느새 **고조**五条[지금의 교토시 下京区] 다리에 도착했을 무렵에는 벌써 날이 저물고, 통행인 "여보세요, 시루타니滑谷[지금의 시부타니] 쪽은 어떻게 가는지요?"

기타하치 "허어, 그대 시루타니에 가고자 하는 거라면 이 거리를 똑바로 가면 곧 시루타니가 나올 테니, 저런 넘어지면 일어나서 가거라. 소똥을 짓밟았으면 개의치 말고 닦아서 가거라."[82]

통행인 "야아 이 녀석 무례한 말투를 써대는구만. 이 정신 나간 놈이!"

• • •

82 앞의 궁녀 말투를 흉내 내고 있음.

기타하치 "뭐? 정신이 나갔다니 무슨 소리여? 길을 물으니까 가르쳐 주는 거라고."

통행인 "야아 잔소리 주절대지 말랑께. 대갈통을 후려쳐 주까?"

이 남자의 일행인 듯한 두세 명이 덤벼들려는 것을 보니, 모두 올려다봐야 할 만큼 덩치 큰 사내들, 허리춤에 긴 허리칼[나가와키자시]을 차고 말투 행색 모두가 자못 씨름꾼 같은 자들이기에 기타하치 순식간에 기가 죽어, "예 죄송합니다."

야지 "이 녀석은 취한 술주정뱅이인지라 여러분 용서해 주십시오."

씨름꾼 "아~니, 용서 못 하겠당께. 네놈들 집은 어디다냐?"

야지 "아니 여행객이옵니다."

씨름꾼 "여행객이라면 여관이 있겠지라. 어서 지껄이랑께[대거라]."

야지 "지금부터 이 산조에 숙소를 잡으려고 하는 참이옵니다."

씨름꾼 "뭐라꼬 입을 놀린다냐? 이 산조라니 뭔 소리다냐? 우린 지금 산조 아미가사여관을 떠나왔당께. 여기는 고조 다리랑께."

야지 "야아 여긴 산조가 아니옵니까? 그것 보라지 기타하치야, 아까 계집들이 얼토당토않은 엉터리를 가르쳐댔다고."

씨름꾼 "네놈들은 어디로부터 왔다냐?"

야지 "기요미즈 쪽으로부터."

씨름꾼 "와하하하히하, 틀림없이 여우에게 말이여 쳐홀린 거겠지라. 겁나게 시간낭비했당께. 내버려 둬 내버려 둬! 알고 본즉 바보천치 녀석들이여."

하고 웃어대며 지나간다.

2) 사창가에서의 술자리

야지 기타하치는 뜻밖에 고조 다리에 오다니 분하게도 예정이 틀어져 버렸다고 투덜대면서 다리 건너편으로 건너간다. 여기저기 갈팡질팡하다가 번화한 왕래에 끌려서 엉겁결에 다리 옆을 왼쪽으로 들떠서가니, 뭔지는 모르겠지만 길 양쪽에 걸어 놓은 초롱불 처마마다 비추고 샤미센 악기소리 떠들썩하니, 유곽을 구경하며 다니는 유흥객이 부르는 노래, 수건으로 얼굴을 감싼 사내들이 어른거리는 것에 섞여서 엿보며 걷는다. 이곳은 **고조신치**五条新地라고 하여 약간의 역사[1761년 조성]가 이어지는 사창가이다. 집집마다 앞문을 닫았는데 쪽문만을 열어 놓고 문간에 선 여자가 나지막한 목소리로 저기에 저기에 하고 야지로의 소매를 잡아당긴다. 뒤돌아서 쪽문 안을 들여다보니 손님에게 얼굴을 내보이는 유녀가 늘어서 있었다.

야지 "어때 기타하치, 여기는 기생집[사창개인 듯한데 (이렇게 된 바에야) 차라리 오늘밤은 여기서 묵는 게 어떨까?"

기타하치 "그렇군. 짐은 아무것도 없겠다. (나쁜 조짐이 좋은 조짐이 되도록) 액막이로 그 것도 멋없지 않지."

여자 "어서 들어오시지 않겠어예?"

야지 "들어가기는 들어가겠네만 여기는 얼마냐?"

여자 "어머 건실하시네예. (하룻밤) 묵으실 건지예?"

야지 "물론이지."

여자 "아직 초저녁初夜[저녁 8시경] 전이니께 7돈쭝[3,200×7=22,400엔][83]씩 주시지예."

기타하치 "관서지방의 사창[기생]은 화대를 깎아서 산다고 하더군. 절
   반으로 값을 내려보자고."

야지 "여하튼 간에 4백 문[12,000엔][84]씩이라면 묵고 가지. 그걸로 못
   하겠다면 인연이 없는 걸로 단념하겠네."

여자 "좋사옵니다. 들어오시지예."

기타하치 "그걸로 괜찮나? 마침 계집[유녜]도 둘 있군."

하고 이 집으로 들어가자, 여자가 이층으로 안내하는데, 지붕이 낮은

이층으로 야지로 머리를 쿵, "아이고 아파라."

기타하치 "무슨 일이여?"

기타하치 "오호호호호호, 위험하옵니다."

하고 담배합을 가져온다. 그 사이 유녀 둘, 한 명의 이름은 기치야^{吉弥},

다른 한 명은 긴고^{金五}, 둘 다 굵게 짠 줄무늬 비단옷에 검정 벨벳으로

덧댄 깃, 대들보가 받힐 만큼 낮은 이층을 꼿꼿이 서서 걷는 (작은) 여

자. 한손으로 긴 옷자락을 (끌리지 않게) 옆쪽으로 들어 올리며 왔다.

'에이그 피곤해라'[85] 하며 앉는다.

기타하치 "턱없이 어두운 등불이네. 어서 좀 더 이쪽으로 가까이 오
   시지 않겠나?"

기치야 "당신들은 어디신지요?"

• • •

83 돈쭝[匁,]: 금[小判] 한 냥의 60분의 1. 1匁=3,200円로 환산.

84 분카 4년(1807) 시세로는 동전[錢]一貫文 = 9匁.
    호도가야 역참 여관에서의 하룻밤 숙박비가 200문[6,000엔], 도쓰카 역참 여관 매춘부의
    화대도 동일하게 200문[6,000엔]이었음.

85 관서지방 유녀가 손님과 동석할 때 제일 처음 발하는 상투어.

▲ 가모가와강에 걸린 고조다리를 건너면, 우측이 고조신치사창가, 좌측이 강변에 난간을 낸 찻집들, 멀리 사찰지붕이 보인다.

(63) 제52역참: 구사쓰[草津]

【도판50】《즈에図会》 구사쓰

= 원작 6편 하·교토의 에피소드

야지 "맘껏 드시게. 사양할 필요 없다네."
유녀 "손님 그럼 대접받겠사옵니다."

야지 "그러니까 어딘가였지."

긴고 "오호호호호호, 롯카쿠六角[육각거리 가라스마루의 육각당앞] 아침시장에 그쪽 같은 분이 자주 보이는데, 사투리를 쓰고 계셨응께 분명 여행하는 분이겠지예."

기치야 "로쿠조六条[86]님께 참배 오셨는지예?"

야지 "뭐 그런 셈이지."

기치야 "저기예, 술 한잔 드시지 않겠어예?"

야지 "그렇군. 빨리 술을 먹고 싶군."

기치야 "그렇게 말 전하지예. 안주는 뭐로 할까예?"

긴고 "길모퉁이 가게의 초밥이 맛있지 않을까예."

기치야 "지는예 가친난바[떡국][87]가 좋은데예."

야지 "가친[떡]이든 야친[집세]이든 개의치 않네. 빨리 해 주게나."

기치야 "금방 옵니데이."

하고 이 유녀 술과 안주를 시키러 아래층으로 내려간다. 뒤에 남은 유녀는 그동안 허리끈 사이로부터 거울을 꺼내어 등불 옆에 다가가 얼굴을 고친다. 이윽고 아래층에서 술병과 술잔을 내어오고, 큰 넓적 공기를 한 사람 앞에 하나씩 큰 칠그릇 쟁반에 얹어서 갖고 온다. 야지로 소스라치게 놀라, "뭐여! 이 큰 넓적 공기를 개인별로 할당하다니 신기하군. 교토는 인색한 곳이라고 들었는데 이런 건 또 호사스럽

• • •

86 동육조[東六条]에 있는 동본원사[東本願寺]와 서육조[西六条]에 있는 서본원사[西本願寺]를 지칭함.
87 가친난바: 난바산 파를 넣은 맑은 장국의 떡국.

구먼."

기타하치 "시작하자고. 이크크크크크 (술이 넘친다 넘쳐). 넓적 공기
　　　는 뭐지? 아하, 파에 어묵[한펜][88]은 알겠는데 이곳에선 어묵을 굽는
　　　지 새까맣게 탔군."

기치야 "오호호호호, 그건 '가친[떡]'이라예."

　이것은 관서지방에서 만드는 난바떡으로, 파를 넣은 떡국용 떡이
다. 이 유녀 술을 못하는지 자신이 좋아하는 음식이기에 손님에게 추
천해서 주문해 가져오게 한 것이다. 기타하치 '가친'이라고 하는 것을
모르므로, "허어, 가친이라고 하는 것은 들어 본 적도 없네. 무슨 생선
이지?"

기치야 "어머나 우스워라. '아모[떡]'라예."

기타하치 "으음, '하모[갯장에]'로군. 어디보자 아니 이건 떡이네 떡!"

야지 "집어쳐. 관서지방 사람은 주변머리가 없군. 술안주로 떡이라
　　　니 나 원 참. 이걸로 술을 먹을 수나 있겠냐고."

긴고 "다른 안주 일러서 오겠습니데이."

하고 곧장 아래층으로 내려갔는데 머지않아 사발요리를 갖고 온다.
안에는 관서지방에서 유행하는 새조개초밥이다. 이 유녀의 기호품인
듯 이 초밥을 시킨 것이다.

기타하치 "뭐어, 이건 개량조갯살[명주조갯살]을 초밥으로 한 거로군."

긴고 "새조개 초밥이라예."

• • •

88 한펜, 한페이[半片]: 상어 등의 생선살에 마, 녹말 등을 섞어서 갈아 으깬 다음 네모모양이
　나 반달모양으로 만들어 찌거나 삶거나 한 식품. 지금도 오뎅 등의 재료에 사용함.

야지 "내오는 것도 내오는 것도, 괴상한 것뿐인지라 이제 술도 못 먹
겠네 못 먹겠어."

이 와중에 여러 가지 잡담도 나누었으나 생략한다.

3) 화대 논쟁

여기에 이불을 나란히 깔고 그 사이를 허리높이 병풍으로 칸막이
를 한다. 그러자 마흔 정도 먹은 여자 이곳의 안주인인 듯 화대를 받
으러 왔다. 병풍을 열고 "실례합니데이."

야지 "어이 누구여?"

여자 "예, 화대를 받으러 왔사옵니다."

하고 청구서를 내민다. 야지로 펼쳐 보고 "뭐여, 4돈쭝[3,200×4=12,800엔]
씩 8돈쭝이라는 화대는 알겠는데, 4돈쭝[12,800엔] 가친난바, 2돈쭝
[6,400엔] 초밥, 1돈쭝 8푼[3,200+320×8=5,760엔][89] 술, 5푼[1,600엔] 양초, 도합
16돈쭝 3푼[52,160엔], 이거야 원 가당치도 않은 얘기군. 제 잡비는 따로
받는 건가? 난 또 술도 안주도 화대에 포함된 거라고 생각했지. 여봐
기타하치, 이와 같다고."

기타하치 "어디 보자, 뭐야 이거야 원 당신들~ 우리를 타지사람이라
고 해서 술값을 따로 받았다 처도 무지막지하게 비싸구먼. 이 4돈

• • •

89 은화단위는 「匁」[몬메: 돈쭝. 3,200엔]와 그 10분의 1인 「分」[훈: 푼. 320엔].

쭝 가친난바라고 하는 것은 그 큰 넓적 공기 말인가? 떡이라면 고작 서너 개 넣고 파를 아주 조금 처넣은 것을 1돈쭝[3,200엔]씩[4인분]이라니, 과연 교토사람은 인색하군. 빤히 들여다보이는 심보네. 양초까지 적을 건 없잖아. 이런 건 덤으로 해 두게나.”

여자 “오호호호호, 교토사람을 나쁘게 말씀하시는 당신께서 쩨쩨하시데이. 5푼[1,600엔]짜리 양초 값, 깎으라느니 어쩌라느니 말씀하실 건 없다 아이가. 그리고 모두 드신 다음에 비싸느니 싸느니 말씀하신들 안되는 거 아입니꺼?”

야지 “에잇 성가시네. 자 1부一分[5만 엔][90] 갖고 가게나. 끝수[우수리] 정도는 깎아 주게.”

하고 1부 금화[金1分=1分金=5만 엔] 내던져 준다. 마지못해서 받은 안주인 아래층으로 내려가자, 야지로 어안이 벙벙해진 얼굴로 축 처져서는 “아이고 엉뚱한 봉변을 당했네 그려 기타하치야.”

기타하치 “한데 나는 아깝지 않네. 아무래도 (오늘밤은) 별스럽게 인기 있을 듯한 느낌이여.”

4) 유녀와의 달콤한 하룻밤

그사이 기타하치의 상대유녀 기치야 와서는 “어머나 감질나라. 저

• • •

90 부[分]: 한 냥[一両]의 4분의 1. 金1分=1分金 =5万円.

기에 나 혼자 두고 여기에서 뭐 하고 있대요? 어서 주무시지 않을 끼가" 하고 손을 잡고 자기 쪽으로 끌고 간다.

기타하치 "여봐 여봐, 내 허리끈을 풀어서 어쩔 건데?"

하고 일부러 야지에게 들리도록 큰 소리로 말한다. 여자 기타하치를 냅다 쓰러뜨리고 "괜찮아예. 오늘 밤은 굉장히 따뜻하잖아예. 당신은 가만히 계세요. 제가 잘 할께예"라고 모름지기 관서지방 방면의 유녀는 첫 대면부터 허리끈을 풀고 허물없는 모습으로 손님을 접대하는 것이 정해진 법도인 듯하다. 그중에서도 이 기치야는 중년여인[오오토시마: 30대 초중반]으로 빈틈없이 싹싹한 인물, 기타하치에게 옷을 벗게 해서 내던지고, 자신도 허리끈을 풀어 기타하치에게 자기 옷을 걸쳐 주며 자못 깊은 관계의 단골인 양 허물없는 모습으로 대우하므로, 기타하치 넋을 잃고 드러누워 있었다.

밤도 점차 깊어 감에 따라 멀리서 개 짖는 소리 쓸쓸하고 시간을 고하는 북소리[91] 벌써 축시[오전 2시 전후] 정도 되었는데, 기치야 잠에서 깬 모습으로, "저기예 저기예 곤히 주무시고 계시네예."

기타하치 "아아 으음~ 뭐여 뭐여."

기치야 "지는 화장실에 다녀올께예."

하고 일어나서는 베갯머리 맡에 내던져진 기타하치의 옷을 입고 허리끈을 마짝 죄어 매고, "당신 옷 잠깐 빌려 주세요. 지는 이걸 입고 사내인 체해서 아래층 가게사람들을 속여 주겠데이."

• • •

91 관서지방에서는 시각을 알리기 위하여 담당자가 북을 치며 돌아다닌다.

기타하치　"잘 어울리는군. 절묘하다 절묘해!"

기치야　"머리가 이래선 안 되겠네에."

하고 수건을 집어 들어 뒤집어쓰고 아래층으로 내려간다.

5) 유녀의 야반도주에 말려들다

한편 기타하치는 그로부터 자지도 않고 기다리고 또 기다려도 예의 기치야는 좀처럼 오지 않는다. 그렇다면 다른 손님에게라도 간 것일까 하고 한참 기다리고 있었는데, 어느새 7경[오전 4시 무렵]을 알리는 사찰 종소리까지 울리고, 머지않아 날도 새려고 하자, 기타하치 참다 못해 무턱대고 손뼉을 치자, 아래층에서 안주인 뛰어 올라와서 "어느분이 부르셨습니꺼?"

기타하치　"어~이 여기일세 여기! 여봐, 내 유녀는 아까 아래층으로 내려갔는데 그 후로 얼굴도 안 내미는구먼. 잠깐 불러 주시오."

안주인　"글쎄 그 일로 아래층에선 야단법석입니더."

기타하치　"왜? 왜?"

안주인　"그 유녀가 남자 옷을 입고 달아났으이까네."

기타하치　"뭐? 달아났다니 도망친 건가? 거 참말로 큰일이네 큰일! 그 남자 옷이라고 하는 건 내 것이네."

안주인　"그렁교? 거 참, 와 또 당신 것을 입었는데에?"

기타하치　"야아, 아래층에 가서 모두를 속이고 올 테니까 빌려 달라고 하길래."

안주인 "그래서 빌려주신 건가에?"

기타하치 "그렇다네. 한데 그 유녀가 야반도주한 것은 이쪽으로선 모르는 일이니까, 어쨌든 여기 고용인임에는 틀림없겠지. 옷은 반드시 이 집에서 어떻게든 해 주지 않으면 안 되니까 아래층에 그렇게 말해 주시오. 빨리 빨리!"

안주인 "뭐 어쨌든 그렇게 말씀 올립지에."

하고 아래층으로 내려갔는데, 머지않아 이곳 주인인 듯 거칠고 굵게 짠 비단 솜옷[도테라]을 입은 뒤룩뒤룩 살찐 덩치 큰 남자, 주방장, 하인들 두세 명 대동하고 우르르 이층으로 몰려왔다.

주인, 기타하치의 베갯머리 맡을 가로막고 서서, "이보래이 기치야에게 옷을 빌려주었다고 하는 녀석은 자네가?"

기타하치 "그래 나다 나~."

주인 "네놈이가? 엉큼한 짓을 처해 줬고마. 얼른 처일어나라. 어디 낯짝 한번 보제이."

기타하치 "아아 이 깍쟁이[제이로쿠][92]놈들은 어째서 나에게 그런 식으로 주둥이를 나불대는 거냐?"

주인 "나불댔다만 어쩔 끼가? 네놈 기치야년에게 옷을 빌려줘서 야반도주시킨 이상 행선지는 처알고 있겠고마. 이실직고 처하그래이."

기타하치 "얼토당토않은 소리 하네. 아무렴 내가 알 리 있나."

• • •

92 제이로쿠[贅六], 사이로쿠[才六]: 에도사람들이 관서지방 사람을 비웃거나 욕할 때 쓰는 말. 구두쇠, 깍쟁이.

주인 　"야아 야아 그렇게 주둥이를 놀려대도 네놈이 다른 사람 부탁을 받고 길잡이를 해댄 것에 틀림없데이."

기타하치 　"이거 네놈들 묘하게 트집을 잡는구먼!"

주인 　"입방아 찧지 마라. 끌어내라!"

　모두 달려들어 기타하치를 꼼짝달싹 못하게 한다.

6) 오랏줄에 묶인 알몸뚱이신세

　이 북새통에 야지로 잠에서 깨어나 이 모습을 보고 벌떡 일어나서 뛰쳐나와, "이는 내 일행인데 네놈들 이 자를 어떡하려고?" 하고 주인을 밀어제치자, 주방장 "야아 이 녀석도 같은 도둑 패거리겠고마. 둘 다 꽉 묶그라!"

　모두가 하나같이 힘깨나 쓰는 작자들, 야지로 기타하치를 양쪽에서 잡아 일으켜 세우고 아래층으로 내려보내, 가는 (삼) 줄로 마침내 둘을 친친 감아서 묶었다. 도통 이해할 수 없었던 야지로는 자세한 사정 이야기를 듣고 기겁하였다. 기타하치도 새삼스럽게 유녀에게 옷을 빌려준 실수를 후회하면서, 의심을 산 데다가 이러한 봉변을 당해서 억울했지만, 지당한 논리에 변명도 성립되지 않고 부엌 기둥에 묶인 면목 없음이여.

　더욱이 날도 완전히 밝아서 근처 사람들 하나둘 문안을 오는데, 그중에 이 또한 동업자로 기생집 주인으로 보이는 조금은 이치를 아는 듯한 유력자 풍 남자, 이름은 주키치+ʰ "내는 지금 들었는데 기치야

(64) 제53역참: 오쓰[大津]

【도판51】《즈에図会》오쓰

= 원작 6편 하·교토의 에피소드

주인 "이 코흘리개자식, 사람을 바보로 만들다니."

(하인) "어떻게 납작하게 만들어 주랴."

야지 "이 사내는 약간 모자란 작자이기 때문에 부디 이제는 용서해 주십시오."

년이 엄청난 짓 해댔다카네. 그 길잡이를 한 녀석들은 어찌 됐노?"

주인 　"저기에 묶어 두었다 아이가."

주키치 　"집주인 불러서 맡기소."

주인 　"여행객이니께 거짓말 해대서 진짜 집을 말하지 않는고마."

주키치 　"거참 난처한 일이데이."

하고 둘이 묶여 있는 옆으로 온다.

주키치 　"여보게 자네들은 사리판단을 틀렸데이. 그야 글쎄 친구 사이라면 부탁받지 않을 수도 없는 노릇이지만, 시방 이렇게 들통난 이상 어쩔 수 없데이. 사실대로 얘기해서 자신들의 결백을 입증하는 게 좋다 아이가."

야지 　"아니 저희들은 도통 아무것도 모릅니다. 단지 이 작자가 그저 재미로 옷을 빌려줬을 뿐인데 의심을 산 것이니, 부디 당신의 중재로 저희를 살려 주십시오. 여기 두 손 모아 빌고 싶어도 묶여 있는지라 두 발 모아 빕니다. 이봐 이봐 기타하치 자네도 부탁해."

기타하치 　"예 나무 곤피라[신사에서 모시는 해상신] 대보살님, 이 재난을 벗어날 수 있도록 나무 귀명정래 귀명정래[부처에게 예불하는 기도문]~."

주인 　"에잇, 뭐라 나불대는 기가? 곤피라님께 기도하는 거라면 그런 결론 안 듣는데이. 마침 네놈이 알몸으로 있응께 물을 끼얹어 주겠고마. 목욕재계하고 처기도하그래이."

기타하치 　"야아 저는 본디 곤피라를 신앙하옵니다만, 지금까지 소원을 빌 때 다른 사람과 달리 물을 끼얹어 추운 인상 지어서는 듣지 않았습니다. 어쨌든 옷을 잔뜩 입고 두부비지 된장국에 데운 술(한잔) 걸친 다음에 고타쓰[93]난방기에 깊숙이 들어가서 목만 빼내고 소원을 빌면 금방 영험이 있사오니, 하다못해 옷은 입지 않더라도 한잔 뜨겁게 해서 주시지 않겠습니까?"

주인 "빌어먹을. 엉덩이나 핥으래이!"

야지 "야아 지당하시옵니다. 저야말로 이 사내놈의 사건에 말려든 몸. 이유 없는 재난. 그리고 이런 봉변을 당하면 지병인 위경련[또는 복통][94]이 일어나서 아야 아야야야야야~."

주인 "위경련으로 아프다면 몸통 중간의 밧줄을 좀 더 단단히 매어 주까?"

야지 "아뇨 아뇨, 제 위경련은 민요甚句[95]를 춤추면 가라앉으므로 아무쪼록 (춤출 수 있게) 이 밧줄을 풀어 주십시오."

주키치 "하하하하하하, 거 참 도무지 형편없는 녀석들이고마. 간타勘太 씨 용서해 주이소. 고작 상대는 억수로 바보데이. 아무렴 기치야년 에게 꾀여서 옷을 빌려준 것에 불과하겠제."

주인 "그렇겠네예. 그렇게 말씀하시니 과연 영리하게 보이지도 않는 놈들이데이. 특별한 일도 있을 리 없겠고마. 돌려보내 주까?"

기타하치 "거 참으로 감사합니다만 저는 이 알몸인 채로는 돌아갈 수 없습니다."

주인 "갈 수 없다면 가지말그라 가지마! 이쪽으로서도 할 말이 있

• • •

93 고타쓰: 각로. 나무틀에 화로를 넣고 그 위에 이불 등을 씌운 책상모양의 실내난방장치.
94 샤쿠[癪]: 위경련 또는 복통.
95 진쿠[甚句]: 대표적인 민요. 흔히 7,7,7,5의 4구 형식이며 가락은 지방에 따라 다름. 대표적으로 봉오도리 춤의 반주곡이다. 이 춤을 추려면 손발을 여기저기 움직이며 추어야 하므로 자유롭게 해 달라는 뜻.

응께."

기타하치 "야아 그렇다면 갑지요."

주키치 "어서 어서 가이소. 아주 바보 같은 작자들이고마."

하고 둘의 밧줄을 풀어 주자,

야지 "기타하치 네놈 탓으로 엉뚱한 봉변을 당했어."

기타하치 "당신보다도 난 이처럼 옷을 빼앗겨서 엣춰! 재채기~ 아이
고 춥다 추워."

주인 "하하하하, 억수로 불쌍하데이. 뭐든 한 장 쥐어 주까?"

기타하치 "감사합니다. 아무 거라도 부디 받고 싶습니다."

주인 "에라 비렁뱅이 놈이 하는 것 같은 말을 주절댄데이. 저 작자에
게 걸맞도록 헛간에 있는 거적 한 장 갖고 와서 주래이."[96]

하인 "야아 여기에 어제 볏섬이 있네. 이걸 입고 가소."

기타하치 "뭐? 그걸 입으라고? 에잇 몰인정한 소리를 하는군."

주인 "모처럼의 내 호의고마. 입고 가지 않겠나?"

기타하치 "예 감사합니다만 저는 역시 알몸이 편하옵니다."

야지 "남사스러운 사내일세. 내 우비를 빌려주지."

하고 야지로가 무명우비木綿合羽[97]를 집어 들어 기타하치에게 입히면서,

보기도 싫네/ 몹시 창피 당하여/ 벌거숭이 꼴

* * *

96 거지가 거적[코모, 멍석]을 쓰고 다녔다고 해서 거지의 이칭으로 '멍석쓰기[코모카부리]'가
     있다.

97 모멘갓파[木綿合羽]: 무명우비. 감청색 무명으로 만든 소매가 있는 우비로 주로 방한용임.

148

부끄럽게도 우비/ 걸친 신세 되었네. [98]

결국에는 폭소가 일어나고, 둘은 가까스로 이곳을 빠져나오게 되었다.

<hr />

98 '보기도 싫구나, 몹시 창피[아카하지]를 당하여 완전 벌거숭이[아카하다카]가 되고, 부끄럽게도[곳파즈카시] 우비[갓파]만을 걸친 신세가 되었도다'라는 교카. '아카'를 '몹시'와 '완전'이라는 뜻으로 걸치고, '갓파'와 '곳파'라는 유사음을 걸쳐서 사용하였다. 원문은 'うとましやかいたる恥も赤はだか合羽づかしき身とはなりたれ'.

東海道中膝栗毛

『동해도 도보여행기』7편

—교토에서—

1808년 정월 간행

▲ 서두그림: 시중드는 가무로소녀를 데리고, 유곽 시마바라 입구 버드나무 밑에 서 있는 텐진급 고급유녀(의복, 버드나무, 지면 등에 엷은 먹빛이 있으면 초판초쇄본).

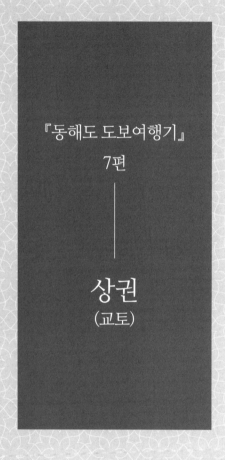

『동해도 도보여행기』
7편

―――

상권
(교토)

1

교토 둘째 날,
고조에서 산조로 가는 길

1) 교토의 진품 명품

어떤 사람의 시구에 '*꽃처럼 존엄한/ 교토에 본산本寺/ 또 본산이로구나*' 라고 읊은 것은, 교토에는 실로 사찰 각 종파의 총본산 사원들이 많은지라 그 불당 불탑이 광대무변할뿐더러 장엄하고 수려함이 이루 말할 수 없음이라. 특히 꽃 피는 봄, 낙엽 물드는 가을에는 동서남북 사방으로 이름난 명승지가 있어서 가모가와賀茂川라는 이름난 술과 더불어 사람의 넋을 빼놓는다.

상인이 좋은 옷을 입는 풍습은 여타 지역과 달라서 '교토사람은 옷치레' 라는 소리가 니시진西陣의 직물 짜는 가게로부터 나와 더욱더 평판을 드높이니, 교토옷감 그 빛깔이 화려함은 호리카와堀川[가모가와강의 지류] 강물로 씻어냈기 때문일까. 궁중귀족에게 납품하는 가게의 분과 가와바타川端 가게의 치아 검게 물들이는 오배자 가루로 화장한 교토

여인의 차림새는 흰 눈을 무색게 할 정도이다.

신젠코지新善光寺사찰 미에이도御影堂 승방의 쥘부채, 후시미伏見의 부채에 향긋한 바람 부는 교간지行願寺사찰 향당香堂·革堂 앞의 조릿대 잎 찹쌀떡[치마키],[1] 마루야마丸山·円山의 달콤한 전병[가루야키 센베이]과자,[2] 방광사方広寺사찰 앞의 대불떡大仏餅,[3] 다이고醍醐지역의 땅두릅나무 순, 구라마鞍馬지역의 산초나무순 소금절이는 『정훈왕래』庭訓往来교과서[4]에도 명기되어 있고, 도지東寺·護国寺사찰 지역의 순무, 미부壬生지역의 채소[5]는 명물선집 책에도 버젓이 적혀 있다.

2) 벌거숭이 기타하치와 우시와카마루

그 밖에도 명품 진품 수많은 교토에 우연히 들어선 풍류객 두 명, 야지로베 기타하치는 고향집 몰래 빠져나와 이세신궁 참배하는 김에 겸사겸사 기분 내키는 대로 교토구경에 나섰는데, 요도가와강淀川의 하행선 번지수를 잘못 짚어 봇짐을 잃고, 고조신치五条新地 사창가에서

• • •

1 치마키[粽]: 조릿대 잎에 싸서 찐 찹쌀떡.
2 센베이[煎餅]: 밀가루나 쌀가루를 반죽하여 얇게 구운 과자.
　　가루야키 센베이軽焼煎餅]: 찹쌀가루에 설탕을 섞어 부풀려 구운 과자.
3 다이부쓰 모찌[大仏餅] : 떡 위에 대불의 불상 문양을 찍어서 만든 떡.
4 테이킨 오라이[庭訓往来]: 무로마치시대[1338-1573]에 처음 글을 배우는 사람의 교육을 위하여 편집된 서간문체의 가정교육 교과서. 에도시대에는 서당의 교과서로 널리 쓰였음.
5 미부나[壬生菜]: 겨잣과의 채소. 배추와 같은 종류이나 잎이 좁게 갈라져 있고 마디가 없음. 절임거리 또는 국거리 등으로 사용되었다.

는 술기운에 지레짐작하여 벌거숭이가 된 기타北하치. 입었다着た는 이름에도 걸맞지 않게 동행하는 야지로베의 무명우비木綿合羽를 빌려 입을 정도의 처지인지라, 이러한 도읍지 풍경도 재미없었다. 어정어정 걸어가는 고조신치로부터의 귀갓길 아침 바람 몸에 스며드니, **고조五条다리**에 접어들어 이곳은 옛날 우시와카마루牛若丸가 천 명의 목을 베기로 발원하신 곳[6]이라고 하길래, 기타하치 맥없이 고개를 떨구고 생각에 잠기더니,

> 이러한 몸은/ 우시와카마루의/ 알몸인지라
> 벤케이 격자무늬/ 솜옷이 그립도다.[7]

3) 공중목욕탕인 줄 알고

이리하여 가모가와강賀茂川 동쪽으로 건너 가와라 좌대신河原左大臣의

• • •

6 牛若丸[源義経: 1159-1189]는 15세 때 아버지의 원한을 달래기 위하여 고조 다리를 건너는 행인 천 명의 목을 베겠다는 소원을 신불에게 다짐한다. 그런데 고조 다리를 지나던 승려 벤케이만은 실력이 막상막하라 베지 못하고, 이후 벤케이는 요시쓰네의 충복이 된다는 일화가 노[能]의 『다리벤케이』[橋弁慶]에 있음.

7 '이런 알몸이 되어서 쓰라리고 괴롭네. 벤케이 격자무늬 무명솜옷이라도 입고 싶을 정도로구나.' 교카 원문은 'かかる身はうしわか丸のはだかにて弁慶じまの布子こひしき'.
'우시[牛]'에 '쓰라리다[憂し]', '마루'에 '전부, 완전'이라는 동음이의어가 있음을 끝말잇기 기법으로 활용하고, 우시와카마루의 충복인 '벤케이[弁慶]'에, 격자무늬 솜옷을 뜻하는 '벤케이지마[弁慶縞]'를 동음이의어로 활용한 교카. 벤케이지마[弁慶縞]: 감색[군청색]과 옥색, 감색[군청색]과 다갈색 등 두 가지 빛깔의 실을 가로 세로로 사용하여 짠 굵직한 격자[체크] 무늬의 옷감. 외출용이 아닌 서민의 평상복임.

▲ '머리에 땔감, 장작, 또는 사다리, 양념절구공이, 망치 등을 얹은' 여자행상인들을 시조거리에서 만나는 야지 기타 일화를 앞서 그린 도판. 그녀들을 '오하라메'라고 하며, 여기서는 장작과 다듬잇돌을 얹고 있다.

별장[8] 옛터, 가도데 팔만궁[門出·首途八幡宮][9] 신사조차 들르지 않고 그냥 지나처, 다카세가와강[高瀬川]의 상행선[高瀬舟][10] 끌어당기는 밧줄 따라 산조三 쏘방면으로 걸어가면서,

기타하치 "생각하면 생각할수록 우스운 꼴이 되었군. 부디 헌옷가게라도 보이면 어떤 솜옷이든지 간에 한 장 갖고 싶은데 야지 씨, 좋은 꾀는 없을까?"

야지 "뭐 사지 않아도 되게끔 하면 되지. 에도 토박이가 고향을 몰래 빠져나와 이세신궁참배하고 빈털터리 알몸으로 귀향하는 것은 예삿일이여."

기타하치 "그렇다 쳐도 추위서 못 견디겠어."

야지 "그러면 다행히 여기에 공중목욕탕[錢湯][센토]이 있군. 어때, 잠깐 몸 좀 녹이고 가지 않겠나?"

기타하치 "정말 거참 묘안이네 묘안! 야지 씨 그럼 먼저 실례. 고마운지고."

하고 쏜살같이 어느 상점 격자문 안으로 들어가 벌거벗으려고 하자,

그 집 주인 "이 보래이 이 보래이! 당신 누구고? 뭐 하시능교 뭐 하시능교?"

• • •

8 헤이안 시대 가와라 좌대신 미나모토노 도루[河原左大臣源融: 822-895]의 별장이 있었던 곳. 이 별장은 미야기현 중부의 마쓰시마[松島]해안에 위치하는 경승지 '시오가마[塩竈]'를 모방해서 만든 것으로 유명함.

9 가도데 하치만궁=마쓰토요 하치만궁[松豊八幡宮]: 헤이안 시대 초기 세이와천황[清和天皇: 858-876]무렵에 창건된 신사. 왕자인 사다즈미 친왕[貞純親王: ?-916]을 주신으로 모심.

10 다카세부네[高瀬舟]: 물윗배의 한 가지로, 뱃머리가 높고 뱃바닥이 넓고 평평하여 얕은 여울에서도 다닐 수 있게 되어 있는 작은 배.

라고 힐책하기에 기타하치 주변을 휘둘러보니 공중목욕탕이 아니다.

"에잇 열 받는군. 공중목욕탕인 줄 알았지."

주인 "하하하하, 우리 집 간판 천에 '탕湯'자가 있응께 그래서 대중목욕탕[錢湯의 '湯': 더운물]인 줄 알았고마. 저건 제생탕濟生湯이라 카는 침제약[11] 이름이데이."

야지 "거참 정말 실소감일세."

4) 답답한 헌옷가게 주인

기타하치 "갑절로 더 추워지네. 억울한지고."

라고 투덜대면서 가는 길에 초라한 헌옷가게 한 채. 헌 무명솜옷 헌 겹옷을 가게 앞에 매달아 놓고 있었다. 기타하치, 야지로베를 설득해서 무명솜옷 한 장 구입하려고 그 가게에 멈춰 서서 이것저것 만지작거리다가, 군청색 무명솜옷을 집어 들고 비쳐 보며,

기타하치 "여보시오, 이 무명솜옷은 얼만가?"

헌옷가게주인 "예 예, 이쪽에 앉으시지예. 이봐, 차 안 갖고 올 끼가? 담뱃불도 없데이. 빨간 숯불 하나 얼른 갖고 온나."

기타하치 "아니 차도 담배도 필요 없습니다. 이건 얼마냐고 물었는데?"

• • •

11 침제약[振出し薬]: 조그만 삼베 주머니 등에 넣고 뜨거운 물에 담가 흔들어서 우려내어 마시는 약.

주인 　"예 예, 그건 억수로 좋습니데이. 싸게 해 드리겠고마."

점원소년 　"예, 차 드시지예."

주인 　"조키치長吉, 그건 미지근하다 아이가. 와 뜨거운 차를 안 드리노?"

점원소년 　"글쎄 마님께서 아침엔 찻죽茶粥[자가유]12이니께 차를 우리지
　　　　말라꼬 말씀하십니더. 그건 어제 우려낸 그대로의 차입니더."

야지 　"과연, 어제 갓 우린 차인 만큼 완전 갓파河童의 방귀 같군[형편없
　　　군]. 야아, 방귀 말이 나온 김에 지저분하나 주인양반, 화장실에 가
　　　고 싶네. 변소를 잠시."

주인 　"예 예, 뒷간에 가실라꼬예."

점원소년 　"뒷간은 미지근하지 않습니데이. 잘 끓고 있을 낍니더."

주인 　"뭐라꼬? 뒷간을 누가 끓였노?"

점원소년 　"그게 그라니께 아까 막 지가 다녀왔응께, 얼릉 가서 보이
　　　소. 모락모락 김이 나고 있을 끼다."

주인 　"에라이, 더러운 얘기 하는 녀석이고마."

기타하치 　"그런 것보다 이 무명솜옷은 얼마냐니까? 빨리 정해 주게.
　　　추워서 못 견디겠네."

주인 　"추우시면 좀 더 그쪽으로 다가가소. 저렇게 햇볕이 잘 들고 있
　　　다 아잉교. 어제도 옷 사러 오신 양반이 이거 참 억수로 따스한 집
　　　이라카며 거기에서 온종일 햇볕을 쬐다 가셨는디, 그 양반이 이젠
　　　옷을 안 사 입어도 되겠고마, 매일 이 집에 햇볕 쬐러 오겠데이, 이

· · ·

12 챠가유[茶粥]: 찻잎을 달인 물로 끓인 죽.

렇게 말했다 아잉교."

기타하치 "에라이 속 터지는군. 이건 안 파는 건가 어떤가?"

주인 "예 예, 사시는 거지예?"

5) 뒤바뀐 입장

기타하치 "싸게 해 주게."

주인 "그 군청색 무명솜옷 말이지에."

　주판알 탁탁~. "35돈쭝[3,200×35=112,000엔].[13] 완전 **빠듯**하이까네 더는 무리다 아잉교."

기타하치 "비싸다 비싸. 우린 에도사람인데 헌옷은 직업상 얼마든지 거래하고 있으니까 에누리 부르지 말라고. 이실직고 하시지."

주인 "허어, 직업상이라 카면 댁도 헌옷가게 하시능교?"

기타하치 "아니 나는 전당 장사네."

주인 "전당이라 카면 뭐꼬. 잡으시능교 잡히시능교?[14]"

야지 "잡히는 게 이 남자의 장사라네."

기타하치 "그러니까 전당 잡힐 때의 계산으로 쳐서 착수하지 않으면

* * *

13　匁[몬메]: 돈쭝. 금[小判] 한 냥의 60분의 1. 金一両 = 銀60匁. 분카 4년(1807) 시세로는 金一両 = 銀66匁. 錢一貫文(錢1000文 또는 960文) = 銀10匁. 따라서 헌옷가격을 한 냥[20만 엔]의 절반 정도로 부르고 있음. 1匁=3,200円로 환산. 1文=30엔. 현재 일본의 물가에 비추어 볼 때 이 도식의 2분의 1 또는 3분의 1 가치가 타당할 듯하다.

14　"전당을 잡아서 돈을 꿔 주는 쪽이시오 아니면 전당을 잡혀 돈을 꾸는 쪽이시오?"라는 뜻.

살 수 없네. 이 무명솜옷은 아무리 쳐도 1관[1,000×30=30,000엔] 이상
은 꿔주지 않을 테니까, 2주[二朱銀=25,000엔][15] 정도에 사지 않으면 손
해라고."

주인 "뭔 소리가. 과부 집 전당포에 갖고 가도[16] 금 일 부[1分金=50,000
엔][17]는 군소리 없이 꿔 줄 끼다."

기타하치 "터무니없는 소리 하는구먼. 어떻게 일 부[50,000엔]나 꿔 줄
수 있겠냐고."

주인 "아무렴 일 부 값이 안 붙을 리 없데이."

기타하치 "아니면 자네, 곧 (돈을 갚고) 도로 찾아가겠나?"

주인 "찾아갈 끼다."

기타하치 "그렇다 해도 믿을 순 없지. 그것보담 요전번 모모히키股引
[직업용 쫄바지]의 거래 시비는 어쩌시려나? 그리고 겹옷 저당으로 단기
간 꿔 준 돈도 있고. 그것도 자네, 자식들이 위장병脾胃虛을 앓는데
다가 마누라가 전염병으로 죽었는데도 송장 껴안은 채 장례비용을
마련할 길이 없다고 간청하길래 꿔 준 것을, 의리가 없군. 이 무명
솜옷은 차라리 그 겹옷 대신에 공짜로 잡아 놓겠네."

• • •

15 2슈[二朱銀=25,000엔= 南鐐一片: 은화 한 닢는 금 한 냥의 8분의 1. 1슈[1朱]는 금 한 냥[1兩]의
16분의 1.
1文=30円. 1匁=3,200円. 1朱=12,500엔. 1分銀=25,000円. 1分金=5万円. 1兩=20万円.

16 '아무리 싸게 쳐도'라는 뜻. '전당포집 주인이 죽은 뒤 과부가 장사를 하면 전당 가격을
모르기 때문에 싸게 판다 쳐도'라는 의미에서 파생된 관용어인 듯.

17 푼[分, 부]: 〈1〉 금 한 냥의 4분의 1. 〈2〉 은 한 돈[匁, 몬메]의 10분의 1. 〈3〉 동전 일 문[文]
의 10분의 1.
은 열 돈[10몬메]은 은 60돈[60몬메]을 금 한 냥의 시세로 치면 금 한 냥의 6분의 1. 한 돈[몬
메]은 금 한 냥의 60분의 1.

주인 "아 이 보소, 억수로 형편없는 소리 하고 있고마. 언제 우리 집

　　사람이 전염병으로 죽었노? 재수없는 소리 한데이."

라고 주인 몹시 화를 낸다. 우스워하던 야지로베, "아무래도 이 사내

는 함부로 입을 놀려서 못씁니다. 이해해 주십시오. 그리고 여러모로

번잡한 그 무명솜옷도 1관[30,000엔]으로 깎아 주시지요."

주인 "좋습니더. 아침 장사데이. 깎아 드리겠고마. 짝짝짝~."[18]

기타하치 "어쨌든 무명솜옷 하나 얻어걸렸군."

하고 야지로에게 대금을 지불케 하고 예의 그 무명솜옷을 입는다. 야

지로베에게 무명우비를 돌려주고는 이 집을 나가려고 간판 천[노렌]을

보니, '도라네虎屋[호랑이네]'라고 적힌 것에 착안하여,

　　　와토나이 삼관/ 3관 정도나 하는/ 헌 무명솜옷

　　　부친 노일관에게/ 1관에 구입했네.[19]

6) 헌옷의 정체

　　그로부터 기타하치는 금세 기운을 회복하여, "어때 야지 씨, 굉장

· · ·

18 '아침장사는 복을 부른다'는 관용어에 의함. 박수를 세 번 쳐서 거래 성립을 뜻함.

19 '3관 남짓 하는 헌 무명솜옷을 1관에 손에 넣었도다'. 교카 원문은 '和藤内三貫あまりの古

　布子老一くわんにもとめこそすれ'.

　　지카마쓰[近松: 1653-1724]作 가부키 『고쿠센야전투』[国性爺合戦]의 주인공 와토나이[和藤

　内]하면, 호랑이와 싸워서 복종시킨 장면으로 유명하다. 와토나이 이름은 国性爺鄭三官,

　그 아버지는 老一官鄭芝竜이므로, 三官과 三貫, 一官과 一貫을 동음이의어와 끝말잇기

　수법으로 구사한 교카.

하지? 헌옷가게 놈을 허튼소리로 정신줄 놓게 해서 1관으로 낙찰하다니 싸게 샀지 뭐. 봐~ 아직 옷깃에 때도 안 묻었다니까."

야지 "군청색 짧은 무명 윗도리紺看板[20]가 무사저택 하인으로 보여서 내 종복인듯 하니 딱 좋구면."

기타하치 "근데 이 근방은 뭐라는 곳이지? 엄청 세련된 여자가 드문드문 눈에 띄는군."

야지 "옳거니, 보라색 두건 쓴 사내들이 보이니까 아마 **미야카와동네** 宮川町[고조에서 시조 사이의 환락개]가 아닐까 싶으이."[21]

기타하치 "온다 와! 아름다운 여자들이 온다! 나도 마침 옷을 사서 다행이여. 정말 맨몸뚱이 위에 그 무명우비어선 저치들과 마주쳐 지나가는 것도 남사스럽지."

하고 황급히 옷깃을 여미어 허세부리면서, 맞은편으로부터 오는 유녀랑 게이샤와 마주쳐 지나간다. 그러자 한 유녀 뒤돌아서 기타하치를 보며, "하쓰네 씨, 보래이. 저분 옷에 큼지막한 가문[잉어그림]이 붙어 있데이. 어머 우스워라 오호호호호호."

하쓰네 "정말로 바보 같은 분이데이. 에그머니나 주책이고마. 오호

• • •

20 콘간반紺看板: 무가저택에 근무하는 하급무사나 고용인이 착용하는 군청색의 짧은 무명 윗도리로, 등에 주군의 가문문양을 희게 나타낸다. 하오리[羽織] 비슷한 짧은 겉옷의 한 가지로, 옷고름이 없고 옷깃을 뒤로 접지 않으므로 활동적인 작업복으로 착용한다. 핫피[半被], 한텐[半纏]의 일종임. 직공이나 점원이 상호나 가문을 넣어서 입는 윗도리 작업복은 '시르시반텐[印半纏]'이라고 한다.

21 가부키에서 여자역할을 하는 남자배우는 머리를 민 부분에 보라색 두건을 얹는다. 이로 인해 남색을 업으로 하는 남자는 보라색두건을 착용하게 되었다. 宮川町는 가모강 동쪽, 시조에서 고조 사이에 위치했던 사창가로 남색을 파는 찻집도 있었다.

▲ 미야카와동네의 게이샤와 유녀. 멀리 극장의 망루가 보인다.

호호호호."

라고 웃으면서 지나가므로 야지로베도 알아차리고,

야지 "어럽쇼 어럽쇼 기타하치, 네놈 옷을 봐. 등 옆쪽에 커다란 가문이 들러붙어 있다고."

기타하치 "어디에 어디에?"

하고 뒤돌아서 찬찬히 보니, 장대 깃발[노보리][22]을 군청색으로 염색한 무명솜옷이므로, 얼핏 봐선 모르지만 양지에 나오면 커다란 가문이 또렷이 비쳐 보인다.

기타하치 "이거, 큰일 났군 큰일 났어."

야지 "하하하하하, 옷자락 쪽에는 잉어가 폭포를 거슬러 올라가는 게 보이니까, 요놈은 장대 깃발로 어물쩍 만든 거로구먼."

기타하치 "젠장, 헌옷가게 놈이 엉뚱한 봉변을 처당하게 했군. 어쩐지 싸다 싶었지. 가서 때려눕혀 주자."

야지 "뭘 내버려 두라고. 모두 네놈이 얼간이여서 일어난 일이여. 상대편은 장사잖어, 어쩔 수 없다고."

기타하치 "에잇 분통 터지네."

정색하고 투덜대며 **시조**四条거리에 나온다.

● ● ●

22 노보리[幟]: 무사들의 가문을 나타내는 군기, 종교시설 및 오락시설(극장)의 깃발, 5월 단오에 사용하는 남아용 깃발(잉어모양으로 만든 천을 깃발처럼 장대에 높이 매다는 鯉幟) 등 여러 종류가 있으나, 여기서는 잉어그림을 가문으로 새긴 깃발인 듯하다.

교토 시조의 기온에서

1) 교토 극장에 입장

　그 이름도 유명한 가모가와강 동쪽 제일가는 **기온동네**祇園町[현재 교토시 히가시야마귀]의 번창함이란. 길 양쪽 극장에서 치는 망루의 북[야구라다이코]²³ 소리에 섞여 *텐카라 텐카라♪* 하는 소리 우렁차고, 연극의 그림간판[나다이칸반]²⁴ 호화롭다. 화려한 같은 모양으로 차려입은 극장의 동서쪽 출입문지기들, "자 자 절찬일세 절찬(상연)일세. 지금이 산고로三世嵐三五郎의 할복장면이오 할복 장면~. 이다음이 아라키치二世嵐吉三

• • •

23　야구라[櫓]: 가부키극장, 씨름판과 같은 흥행장 입구 위에 높이 마련하여 장막을 둘러친 구조물. 공인의 표지로 삼았음.
　　야구라다이코[櫓太鼓]: 이 망루에서 흥행장의 개장, 폐장을 알리기 위해 치는 북
24　나다이칸반[名題看板]: 연극제목과 출연배우의 그림 등을 그려서 내건 극장 간판.

郞와 도모키치初代藤川友吉[25]의 무용극. 절찬 절찬 절찬 (상연 중)~."

하고 목이 쉬도록 불러댄다.

에도에서의 담뱃불용 노끈 파는 극장종업원은 교토 오사카의 경우 모두 여자이다. 기타하치와 야지로베의 소매를 잡아당기며,

여자 "저기에 손님들 한 막 보고 가시지 않겠능교?"

기타하치 "그렇군. 어때 야지 씨, 교토의 연극이라도 한 막 볼까?"

야지 "재밌겠군. 종업원, 얼마면 볼 수 있지?"

여자 "됐습니데이. 지가 어떻게든 할 테이까네 우선 오시지예."

하고 둘을 양쪽 손으로 잡아 끌며 극장 안으로 데리고 들어가 이층으로 올라가자, 관람석 할당하는 자가 와서 둘을 이층정면 앞자리로 안내한다.

2) 천태만상 객석 - 호빵 값은 차 한 잔

마침 중간 휴식시간인지라 객석 돌며 먹거리 파는 장사꾼들 저마다 입을 모아 "미즈카라[다시마과자], 우지야마[틀에 찍어 낸 과자][26] 우지

● ● ●

25 三世嵐三五郎[?-1838]: 당대 관서지방의 주연배우.
　二世嵐吉三郎[1769-1821]: 당대를 대표하는 관서지방의 미남역할전문 주연배우.
　初代藤川友吉[?-1808]: 본 7편의 간행연도이기도 한 1808년 타계한 관서지방의 젊은 여자 역할전문 주연배우.
26 宇治山=落雁[라쿠간]: 볶은 메밀가루, 찹쌀가루, 콩가루, 보릿가루 등에 설탕, 물엿을 섞고 소금과 물을 조금 넣어 반죽한 다음 틀에 찍어 말린 과자.

야마, 호빵饅頭 필요 없으싱교?" "차~ 드시지 않을 랑교? 차~ 어떻노?"

"연극안내그림책番付絵本[연극팜플렛]! 연극안내그림책!"

야지　"대만원이군. 허나, 에도 연극의 절반도 없구먼."

기타하치　"아아, 지루해라. 한잔 마시고 싶어지네."

야지　"난 배가 고픈 네리마練馬 무다.²⁷ 과자라도 사먹자."

상인　"미즈카라, 우지야마!"

야지　"뭐라고? 직접[미즈카라=테즈카라] 던져 버린다[우지야마 → 웃챠루]
　　고? 멋대로 하게."

상인　"호빵 어떻노?"

기타하치　"요놈이 제일로 익숙하군. 여보게, 호빵 서너 개 주게나."

야지　"예 예, 3문[90엔]씩입니더."

옆자리 관람객　"이 보래이 호빵장수! 이 무슨 영문이가? 내 도시락 눌
　　러 찌그러뜨렸다 아이가."

상인　"예 예, 용서하이소."

야지　"앗, 아야야야야야~ 발을 세게도 밟았네."

상인　"예 이거 참. 저기 쪼매 용서해 주이소."

기타하치　"여봐, 뭐 하는 짓거리여? 사람 머리 위를 불알을 질질 끌
　　며 처지나가네. 에잇 지저분하다 지저분해."

　　옆자리 관람객 다로베太郎兵衛 "야, 곤베權兵衛 씨 뭘 사 오셨노?"

곤베　"다로베 씨 지달렸제? 내사마 지금 저 자리에서 말이제, 억수

• • •

27　腹がへりまの大根だ: '고프다'라는 '헤르[減る]'에, 에도의 '네리마[練馬]'를 합성 축약시켜
　　'헤리마'로, 이어서 네리마 지역의 특산품인 '무'를 연결시킨 언어 유희적 표현.

▲ 중간휴식시간에 행상인들에게 먹거리를 구입하는 관객들. 휘장이 쳐진 본무대를 향해 긴 복도식 하나미치통로가 뻗어 있다.

芝居ハ四条鴨川

子東ゆあり永禄

年中ホ江物の浪

人名古屋

三座工門とうめり出雲の

お國とう風流女とかうゝ川

歌舞妓を各付て男女立合る

狂言と走る比野の森祇

로 맛있는 걸 먹고 있응께 그걸 보다가 늦어졌고마. 자 자, 이런 거데이."

하고 죽순 껍질로 싼 꾸러미를 내민다.

다로베 "허어, 고등어 누름 초밥²⁸이고마. 이거 참 굉장하고마 굉장해. 그 밥은 도시락 대신으로 하고 생선은 떼어내서 술안주로 하입시더. 그게 좋겠데이."

곤베 "그라몬 죽순 껍질은 갖고 가서 짚신[조리] 끈으로 쓰겠데이. 아따마, 한잔 하제이."

하고 작은 사기 술잔[猪口]을 꺼내 보자기에 싼 호리병[德利²⁹]에서 따라 마신다. 기타하치 이를 보고 낮은 목소리로, "야지 씨 봐~ 맛좋은 듯 마시는 게 부럽구먼."

야지 "에라이, 열 받는 소리 하는 녀석일세."

기타하치 "여기 도련님, 호빵 한 개 드릴까요."

하고 자기가 먹다 남은 호빵 하나, 옆자리 아이에게 준다. 이걸로 관계를 터서 술을 마시려는 속셈이다.

다로베 "이거 참 고맙습니데이."

기타하치 "댁들 좋은 걸 드십니다~."

다로베 "당신도 술은 좋아하시능교?"

기타하치 "그럼요, 그럼요. 끼니보다도 좋아하지요."

• • •

28 사바노스모지[鯖の酢文字] = 사바즈시[鯖鮨]: 주로 오사카 지방에서 만드는 누름 초밥으로, 식초에 절인 어육[여기서는 고등어이나 달걀부침 등에 밥을 얹어서 네모난 나무틀에다가 눌러 굳힌 후 적당한 크기로 자른 초밥인 '오시즈시'의 일종.

29 도쿠리[德利]: 더운물에 넣어 술을 데우기 위한 목이 갸름하고 길쭉한 작은 술병.

다로베 "거 참 재미가 좋으시겠네예. 어이, 곤베 씨 한 잔 더 받을까나. 이크크크크~, 이거 참 좋은 술이데이."

곤베 "그렇고마. 참말로 이웃 양반, 따분하시지예? 이거라도 한 잔 드시지 않을랑교?"

하고 밥공기를 내민다. 기타하치, 잽싸게 손에 받아들고, "예 고맙습니다."

다로베 "헌디, 식지나 않을지. 여보쇼 주전자銚子[30]째 그쪽에 드리겠고마."

하고 찻집의 오지주전자土瓶를 기타하치에게 건네주니, 뜻밖이라는 표정으로 받아들고 따라서 마시니, 미지근한 차이다.

기타하치 "에잇, 차잖아. 퉷퉤 퉷퉤~."

다로베 "미지근해졌지예?"

기타하치 "아주 미지근한 김에 계속해서 이것에다가 아무쪼록 그 호리병德利의 것을 채워 주시게나."

다로베 "아이고, 이거 낭패고마. 이것 보래이. 이케 되었다 아이가."

하고 호리병을 거꾸로 들어 보인다.

야지 "하하하하, 개망신일세."

　기타하치 낮은 목소리로 "억울한지고. 호빵 하나 날려 버렸네."

하고 투덜투덜 입속에서 불평을 하면서 부루퉁해 있었다.

• • •

30 쵸시[銚子]: 술을 술잔에 따르기 위한 긴 손잡이가 달린 그릇으로 주전자와 비슷한 모양새. 현재는 '도쿠리'[德利]와 같은 형태의 술병을 지칭한다.

3) 교토 연극 관람기 — 교토말을 몰랐던 죗값

그러는 동안 휘장 막 안에서 박자목[딱따기] "따악 따악~."

관람객 "여어~ 개막 소개꾼[31]~."

소개꾼 "동서 동서[주목 주목]~."[32]

박자목 "따악 따악~."

어느새 개막 인사말도 끝나고, 휘장 막 안에서 북소리 "둥둥 두둥 둥둥."

박자목 "따악 따악 따다다다다."

샤미센 "뚜뚜땅 땅땅~."

막이 열리고 하나미치花道[33]통로로부터 단역배우들 우르르 나오자, 관람객의 험담 "어이~ 무~ 열 다발 한데 묶었고마~."[34]

기타하치 "뭐? '무'라니 저 배우에게 하는 말인가? 뭔 소리람."

관람객 "억수로 나온데이."[35]

. . .

31 고죠[口上]: 극장 등에서 무대에 나가 배우를 소개하거나 흥행물의 내용 등을 설명하는 사람. 또는 그러한 개막 소개인사.

32 동서동서[東西東西]: 극장 무대에서 관객에게 인사할 때의 서두의 말. '만당하신 여러분, 조용히 하여 주십시오' 라는 뜻이 담김.

33 하나미치: 가부키극장 등에서 무대왼편의 객석을 가로질러 마련된 통로. 무대의 연장임.

34 무: '서투른 배우'를 지칭하는 은어. 열 다발을 한데 묶어 싸게 파는 무처럼 연기가 싸다, 즉 서투르다는 뜻. 생선회를 먹을 때는 식중독에 걸리지 않도록[아타라나이] 무를 곁들여 먹었는데, '인기 없다[아타라나이]'를 동음이의어로 사용한 데서 유래한 은어라는 속설도 있음.

35 '요 데케마스노[억수로 나온데이]'는 뭐서툰 배우가 '많이 나왔다'는 뜻으로 한 말인데, 기타하치는 '잘하네요[요쿠 데키마스네]'라고 동음이의어인 에도말로 오해해 버린 것임. 따라서 에도에서 배우를 칭찬하는 말인 '고마운지고'라고 합지요'라고 다음에 받은 것임.

기타하치 "'고마운지고'라고 합지요."

이 기타하치, 연극을 무척이나 좋아하는지라 막이 열리자 넋을 잃고는 이것도 저것도 다 잊어버리고 무턱대고 큰 소리로 칭찬하므로, 관람객 일동 우스워하며 기타하치 쪽을 보고 있자니,

기타하치 "어이 어이~ 무야~ 무야~."

이 무라고 하는 것은 관서지방에서는 서투른 배우를 지칭하는 말이다. 기타하치 그 이유는 모른 채 남이 무! 무! 라고 하는 것을 듣고 아는 체하여 배우만 보면 무! 무! 라고 외쳐대므로 관람객, 기타하치를 업신여겨 "어이~ 종복무사[모로퀴님~"이라고 기타하치를 비웃는다. 관서지방에서 말하는 '모로퀴[종복무사]'는 에도에서 말하는 '오리스케[종복무사]'라고 하는 뜻이다. 기타하치가 군청색 무명솜옷을 입고 있었기에, 관람객은 종복무사용 윗도리작업복看板을 착용했다고 생각해서 이렇게 말한 것이었다.

그러나 '종복무사[모로퀴]'의 연유를 모르는 기타하치는 "야지 씨 들었나? 이곳 배우에겐 별난 이름이 다 있군. '무'라느니 '종복무사'라느니, 설마 배우의 아호俳号=俳名는 아닐 테지."

야지 "아마 배우의 별명이겠지."

기타하치 "그럼 지금 나온 배우가 '종복무사'이겠군. 어이, 어이~ 종복무사 고마운지고!"

라고 말하자, 관람객들 와~ 하고 박수갈채하며 연극은 보지 않고 기타하치 쪽만 보며 일제히 웃으면서, "야아~ 이층 정면 관람석의 종복무사님~. 아주 잘한다 잘해!"

관람객 "바보야 바보! 이층 정면 관람석의 종복무사 바보야아~이."

기타하치　"뭐라고? 이층 정면 관람석의 종복무사라니 뭔 소리여? 코흘리개자식들이!"

야지　"하하하하하, 코흘리개 철부지란 바로 네놈이라고."

기타하치　"어째서 어째서?"

야지　"관서지방에서 모로쿠[종복무사]라고 하는 건 오리스케[종복무사]라는 뜻이여. 네놈이 군청색 짧은 무명 윗도리看板를 입고 있으니까 그래서 모두에게 놀림 받는 거라고."

기타하치　"젠장 그렇군. 그럼 일치감치 그렇게 말해 주면 좋으련만."

관람객　"바보야 바보!"

기타하치　"아니 이놈들은 뻔뻔스런 자식들일세."

하고 무턱대고 큰소리치며 씩씩거리자, 관람객 일동 요란하게 떠들며 "싸움이야 싸움~" 하고 대소동이 벌어지니, 관람석 지키는 종업원 네다섯 명이 와서 기타하치를 붙잡고 끌어내리려 한다.

기타하치　"이봐~ 어쩔 건데?"

관람석파수꾼　"당신, 연극에 방해된다 아이가. 이리 오이소."

관람객　"그 녀석 퍼뜩 돌려보내소~."

기타하치　"뭐라고 지껄여대는 거냐?"

파수꾼　"글쎄 됐다 아이가."

야지　"이봐 네놈들 이 작자를 어쩌려고?"

파수꾼　"아니 당신도 오이소 오이소."

하고 둘을 허공으로 들어 올려 메어 아래층으로 날라서 내려 주었다. 이러쿵저러쿵 제각기 조잘조잘 교묘히 구슬리기에, 몹시 흥분했지만 할 수 없이 "에잇 귀찮다"고 둘은 투덜투덜 불평하며 극장을 나와, 기온동네 쪽으로 향한다.

기타하치 "젠장 개망신일세, 하하하하하."

　　입장료 완전/ 날려 버리고 낡은/ 무명솜옷으로
　　연극도 군청색의/ 종복 옷도 망쳤네.[36]

4) 기온신사참배 – 두부꼬치구이 집에서의 음식값 논쟁

　　그로부터 계속 나아가서 **기온 신사**[야사카 신사]에 참배한다. 본사本
社의 중앙은 수호신 우두천황牛頭天皇[=스사노오노 미코토], 동쪽 신전은 여덟
왕자 왕녀八王子들, 서쪽 신전은 황후 이나다공주稲田姫를 제신으로 한
다. 성무천왕聖武天皇이 다스리던 시절, 기비대신吉備大臣이 당나라로부
터 귀국할 당시 하리마播磨의 히로미네広峯[37]지역에 이 신들께서 출현
하신 것을 우러러 모셨다고 한다. 그 밖에 섭사攝社, 말사末社[38] 이루 적
지 못할 정도로 많다. 참배객이 날마다 군집하니 찻집 수많은 가운데
기온의 현미보리차香煎[코센] 향기 드높고, 치약장수는 앉은 자세에서

• • •

36　'낡은 무명솜옷인 군청색 종복의 의복으로 인해, 입장료도 연극구경도 날려 버렸구나.'
　　'날려 버리다'라는 '보니 후루'에 '낡은'이라는 '후루'를, '종복용 의복'과 '망치다'라는 '다이
　　나시'를 동음이의어로서 활용한 교카. 원문은 '木戸錢を棒に古手の布子にてしばゐも紺の
　　だいなしにせし'.
37　하리마[播磨]의 히로미네[広峯]: 지금의 효고현 남서부에 있는 히메지시 히로미네산 히로
　　미네 신사.
38　본사의 제신과 인연이 깊은 신을 모시는 신사의 격은, 본사 다음에 섭사, 말사 순이다.

▲ 남쪽의 신사기둥문을 들어서면 찻집, 누각문을 들어서면 본당이 위치한 기온신사의 풍경.

잽싸게 칼을 뽑아 적을 치는 무술(로 구경꾼을 모아), 약 효능을 기세 좋게 떠들어대고, 성대모사, 노[가면극] 교겐[희극], 신사경내가 비좁을 만치 넘쳐난다. 이곳에서도 갖가지 사투리 관련 우스운 일이 있었으나, 간와테感和亭 鬼武가 펴낸 『구관첩』旧観帳[39]에서 그 내용을 여러 번 말한지라 여기는 생략한다.

야지로베 기타하치 빠짐없이 순례하고 남쪽 누각 문을 나서자, 두부꼬치구이豆腐田楽[40]가 명물인 니켄 찻집二軒茶屋의 빨간색 앞치마를 두른 많은 여자들이 모퉁이에 서서 재잘댄다. "쉬다 가세요, 쉬다 가세요. 여기로 들어오지 않으실랑교? 저기에 식사하지 않으실랑교?"

야지 "아하, 여기가 센류川柳[41]에 '두부 자르는/ 얼굴에 기온의/ 모여든 인파'라던 곳이구먼. 저런, 기타하치 봐봐. 이것 참 묘하군 묘해."

살짝 들여다보니 여자가 두부 자르는 소리, "통토토토토토토토통통."

기타하치 "정말 재밌네 재밌어. 아니 근데 여기서 한잔 해치우는 건 어때? 약간 배[하라]가 고파 온来た[기타] 기타노北野의 신목神木[42]이다."

여자 "어서 안으로 들어가세요."

어느새 둘은 안으로 안내받아 들어간다.

• • •

39 골계본 『有喜世物真似/旧観帳』[성대모사 구관첩] 초편~3편[1805~08년]. 3편은 잇쿠와의 합작이라는 설이 있음. 간와테 오니타케는 잇쿠의 절친임.

40 덴가쿠 토후: 두부꼬치에 된장 양념을 발라 구운 음식.

41 센류: 하이쿠와 같은 형식인 5/7/5의 3구 17음으로 된 단시. 구어를 사용하고, 세태 풍속을 풍자와 익살을 주로 하여 묘사하는 것이 특징임.

42 '공복이 느껴진다'는 '하라가 기타(腹が来た)'에, '교토 기타노 텐만궁의 매화나무'를 지칭하는 말 '기타노의 신목(北野의 神木)'을 덧붙인 장난말.

여자 "차 드세요."

기타하치 "꼬치구이로 밥을 먹지. 술도 조금."

여자 "예 예."

야지 "교토에서는 어쨌든 타지 사람이다 싶으면 터무니없이 비싸게 받는다니까 방심할 수 없다고."

기타하치 "정말 그래그래. 서푼[3문=약 90엔]이라도 밑지면 아주 부아가 치밀 노릇이지."

어느덧 여종업원 술잔을 갖고 오고, 전채 요리로 간장 친 나물을 사발에 담아 가지고 온다.

여자 "금방 오뎅['꼬치구이'의 여성에]이 됩니데이. 자 한 잔 드세요."

야지 "좋지 좋아. 저기 종업원, 술은 얼마씩이지?"

여자 "예 예, 우리 집 술은 좋사옵니다. (네 말들이 큰 통으로)[43] 60돈 [3,200×60=약 192,000엔] 값어치합니데이."

야지 "에잇 그래선 알 수 없지. 이 사발은 얼마?"

야지 "그것 말잉교? 5푼[5分=약 1,600엔][44]입니데이."

기타하치 "밥을 빨리 부탁합니다."

여자 "예 예, 잘 알겠습니다."

하고 밥상 두 상에 나무밥통과 꼬치구이를 가지고 온다.

여자 "예, 오뎅[꼬치구이]이 다 됐습니데이."

• • •

43 시토다루[四斗樽]: 술이나 간장 네 말들이 큰 통.

44 은화단위로 '돈쭝/돈: 匁[もんめ]'과 그 10분의 1인 '푼: 分[ふん]'이 있다. 銀1匁=3,200円. 1分=320円으로 계산하였다.

야지　"이거 참 이상한 꼬치구이구먼."

여자　"그건 칡가루국물[45]을 바른 거라예. 된장양념[46] 바른 건 이제 곧."

야지　"꼬치구이는 얼마씩이지?"

기타하치　"하하하하, 아무리 먼저 값을 듣는 게 좋다고 해도 꼬치구이까지 안 물어도 되잖아. 자 한 잔 시작하게."

야지　"이크 이크~, 과연 좋은 술이네. 싱거워서 도무지 못 마시겠군. 한 잔 더 계속해 봐야지."

기타하치　"이봐 당신 잔소리하면서 혼자서 마시는구먼. 이쪽으로 좀 넘기라고."

야지　"헌데 이걸론 안 되겠군. 여보시오, 뭔가 안주를 하나."

여자　"예 예."

하고 이윽고 술안주 담은 넓적 쟁반硯蓋[스즈리부태]을 가지고 온다.

야지　"이 넓적 쟁반은 얼만가?"

여자　"예 2돈 5푼[약 8,000엔]이옵니다."

기타하치　"거참 비싸다 비싸."

야지　"헤헤~ 내버려 두라고. 너무 치사하게 굴어대면 나한테 혼내 줄 묘안이 있지."

하고 차례차례 안주를 내올 때마다 그 값을 듣고, 나온 것은 깡그리 다 먹어치운다.

• • •

45　구즈히키: 갈분가루[칡가루]에 설탕, 간장 등으로 간을 맞추어 걸쭉하게 끓인 국물.
46　원문에서는 된장[오미소]의 여성어인 '오무시'를 사용함.

야지 "자 자 종업원, 계산을 부탁합니다."

여자 "예 금방 가겠습니다."

하고 청구서와 저울[47]을 같이 갖고 왔다.

야지 "어디 보자 기타하치 보게나. 대충만 봐도 이 청구서라네."

기타하치 "어럽쇼 어럽쇼, 12돈 5푼[약 4만 엔]이라니 엄청나게 비싸다 비싸. 2주二朱[금 한냥의 8분의 1 二朱銀=25,000엔 또는 12,500엔][48]정도일 텐데. 야지 씨 깎아 달라고 해."

야지 "아니야 싸네 뭐. 엣다, 잔돈을 갖고 오게. 자자 기타하치 짐이 생겼네. 이걸 모두 갖고 가는 거라고."

하고 넓적 쟁반[스즈리부타], 넓적 공기[오히라], 사발[돈부리] 등등 모두 휴지로 닦아 가며 정리하므로,

기타하치 "야지 씨, 그걸 어쩌려고?"

야지 "여봐 종업원, 이거 모두 갖고 갑니다."

여자 "아니 그건."

야지 "글쎄 아까 이 사발은 얼마냐고 물었더니 5푼이라고 하지 않았나? 그리고 넓적 쟁반은? 이라고 하니 2돈 5푼이랬지. 됐나? 넓적

• • •

47 관서지방에서는 은화가 주 화폐단위로, 저울에 은화 무게를 달아서 중량으로 그 가치를 환산했다.

48 ① 은 60돈[60몬메]=금 한 냥. 은 10돈[10몬메]=금 한 냥의 6분의 1. 한 돈[몬메]은=금 한 냥의 60분의 1.
② 2주[二朱銀]=25,000엔= 南鐐一片: 은화 한 닢] =금 한냥의 8분의 1. 1주=금 한 냥의 16분의 1. 1文=30円. 1匁=3,200円. 1朱=12,500엔 1分銀=25,000円. 1分金=5万円. 1両=20万円.
한편 南鐐一片(2朱銀)=12,500엔이라고 해서 1朱=6,250円이라는 설도 있음. 현재 물가에 비추어 환산하면 2분의 1가치에 해당하는 후자가 타당할 수 있음.

공기가 3돈, 됐나? 이 대접[하치]은? 이라고 물으니 이것이 3돈 5푼이라고 네년이 말했음에 틀림없으렸다. 그래서 다 합하여 12돈 5푼 건넸으니 불만 없으렸다."

여자 "오호호호호, 농담도 술술 잘하는 분 아잉교. 오호호호호호."

야지 "아니, 오호호가 아닐세. 정말로 갖고 가겠네."

하고 정색하며 보자기에 싸려고 하므로 여자는 간이 콩알만 해져, "저기에, 지가 말한 건 술안주였다 아입니꺼."

야지 "글쎄, 안주 가격을 물을 작정이라면, 이 넓적 쟁반에 담은 안주는 얼마냐고 묻지요. 그것을 '이 넓적 쟁반은'이라고 했더니 2돈 5푼이라고 했잖는가?"

여자 "그렇대도 그게 글쎄."

야지 "무슨 할 밀이 있을라고."

하고 주거니 받거니 말다툼하는 곳에 사정을 듣고 앞치마를 두른 사내, 부엌에서 나와, "예 이거 참 지당한 손님 말씀. 좋습니다. 갖고 가십시오. 그 대신 도구 값은 받았습니다만, 드신 것의 값은 아직 받지 않았습니데이. 그것을 계산해 주십시오."

야지 "아무렴 그렇고말고. 먹은 건 기껏 해 봤자지. 지불합지요. 얼마가?"

남자 "예, 78돈 5푼[251,200엔]입니데이."

야지 "터무니없는 소리를 하는구면. 누굴 장님인 줄 아나? 이거 고작해야 5백[15,000엔]이나 6백문[18,000엔]어치를 먹게 하고선 가당찮은 소리를 지껄여대는구면!"

남자 "그게 저희 집에서는 뭐니 뭐니 해도 생선은 오사카[大阪]로부터 도보로 짊어져 가져오게 하니께 운임비가 억수로 든다 아입니꺼."

야지 "생선은 그렇다 쳐도 채소류는 뻔하다고. 그 처음에 내온 간장

친 나물은 얼마치인가?"

남자 "예 그건 말이지예 7돈 5푼[24,000엔]."

야지 "야아, 그게 7돈 5푼이라니 해도 해도 사람을 너무 바보취급 해

대는구먼! 3문[90엔]이나 4문[120엔]어치 것을."

남자 "그런 말씀 마이소. 그건 교토 명물인 도지채소東寺菜[49]라 카는

겁니데이. 저희 집에선 따로 경작하게 혀서 벌레 먹은 채소는 뺀다

아입니꺼. 그리고 줄기도 굵고 가는 게 없게끔 엄선해서 드린다 아

입니꺼. 지저분한 이야기지만 거름도 명주 체로 곱게 걸러서 뿌린

다 아입니꺼."

야지 "턱없는 소리 하네. 그런 있을 수도 없는 일을. 어쨌든 먹은 음

식 값으로 2주[25,000엔 또는 12,500엔] 정도 주지."

남자 "아뇨 아뇨 그래선 안 된다 아입니꺼. 글쎄 비싸다고 생각하오

시면 드신 것을 남김없이 되돌려 주이소."

이 한마디에 난처해진 야지로베, 기를 쓰고 다툰들 논리 일변도에

당하여 완전히 꼼짝 못 하고 당황하니,

기타하치 "에잇 귀찮아. 야지 씨 소용없다고."

야지 "분통 터지네. 할 말이 있지만 셈속만 밝히는 것 같아 모양새가

• • •

49 토지나[東寺菜]: 교토의 東寺 九条근처 또는 壬生 근처가 원산지인 겨잣과의 채소. 미즈나
[水菜], 쿄나[京菜], 미부나[壬生菜]라고도 함. 배추와 같은 종류이나 잎이 좁게 갈라져 있으
며, 절임거리, 국거리 등으로 쓰임.

안 좋군. 용서해 주지. 단단히 각오하고 있으라괴어디 두고 보자괴."

하고 눈을 매섭게 부라려 쏘아보며 일어나 허둥지둥 이곳을 나선다.

여자 "잘 오셨습니다. 또 가까운 시기에."

야지 "똥이나 먹어라~ 하하하하하."

　　또 두 번 다시/ 기온의 찻집에서/ 꼬치구이의
　　된장 발라 실패한/ 처지야말로 분하다.[50]

• • •

50 '또다시 기온의 꼬치구이 찻집에서 된장 바른 것처럼 실패를 하다니 유감천만이로다'라
는 뜻. '꼬치구이'의 연관어인 '된장', '된장을 바르다'의 동음이의어인 '실패를 하다'를 활
용한 교카. 원문은 '又してもぎをんの茶やにでんがくのみそをつけたる身こそくやしき'.

교토 시조거리에서

1) 여자행상인과의 사다리 흥정 끝에

그로부터 기온신사 경내를 나와 다시 이전의 **시조**[四条]거리를 가는데, 날도 어느덧 7경[오후 4시]이 지날 무렵인지라 산조[三条]에 여관을 잡아 휴식을 취하고자 서둘러 길을 따라 간다. 그들을 앞서가는 이 근처 시골의 여자행상인들, 한결같이 머리에 땔감, 장작, 또는 사다리, 양념절구공이, 망치 등을 얹고 네다섯 명이 함께 가면서 "사다리 사시지 않겠습니꺼?~ 절구공이 필요 없으십니꺼?~"

기타하치 "이것 봐. 엄청난 것을 머리에 이고 가네."

야지 "저 또 엉덩이를 흔드는 꼬락서니 하곤 좋~군. 하하하하."

여자상인 "장작 사시지 않겠습니꺼?~"

라며 앞으로 계속 나아가는데 가모가와[賀茂川]강변에 당도하자 여자들, 여기에 각자 짐을 부리고 부싯돌로 (담뱃불을 붙여) 담배 등을 피우며 쉰다.

야지   "아하 과연 도읍지로군. 어느 계집 할 것 없이 반반한 낯짝일 세. 잠깐 놀려 줄까."

기타하치   "당신 또 끽소리 못 하게 되려고."

야지   "바보 같은 소리 작작해. 네놈도 아니고."

그리고 담뱃대를 꺼내 여자행상인 옆에 다가가, "실례합니다만 불 좀. 뻑 뻑, 뻑 뻑, 뻑 뻑~. 헌데 당신들~ 턱없이 무거운 것을 잘도 머리 에 이고 걸으시는구먼요."

여자   "그렇지예."

기타하치   "뭘 이 정도 걸 갖고. 나로 말할 것 같으면 20관[3.75×20=75 킬로그램][51]이나 30관[112.5킬로그램] 되는 돌을 머리로 맘대로 다루곤 했지."

여자   "당신은 우동가게의 가루 빻는 사람 아잉교."

야지   "에라 넌 입 다물고 있으라고."

여자   "당신들 아무쪼록 이 절구공이 사시지 않을랑교?"

야지   "뭐? 절구공이? 아아, 사고 싶지만 이건 가늘군. 우리 집에서는 뭐든 재목[목재] 같은 그리고 네모난 절구공이가 아니면 쓸모가 없 다네."

여자   "오호호호호호, 네모나게 만든 절구공이로 된장을 짓이기시려 면 아마 절구통도 사각형이겠네예."

• • •

51   1관=3.75킬로그램.

야지　"그렇고 말고 그렇고 말고. 우리 집에선 움막六藏[52]에서 된장을 으깨지."

여자　"오호호호호, 억수로 싹싹하고 재치 있는 분이데이. 저 절구공 이가 싫으시다면 사다리 사시지 않을랑교?"

야지　"하하하하하, 사다리라 재밌네. 얼만가?"

여자　"오늘은 좀처럼 잘 팔리지 않응께 싸게 해 드리지예. 6돈[19,200엔 =약 600문] 주이소."

야지　"2백 문[6천 엔] 정도라면 받아들이지."

여자　"저기요 입에서 나오는 대로 말씀하시네예. 쪼매 높여서 사주 이소."

야지　"싫다 싫어."

여자　"좋습니더. 이걸 갖고 귀가하면 야단맞을 끼다. 2백으로 깎아 드리겠고마."

야지　"이런, 깎는다고? 무정한[한심한] 소리를 하는구먼."

여자　"억수로 싸다 아잉교."

야지　"아무리 싸다고 한들 사다리를 사서 어쩌라고. 집도 없는 주 제에."

여자　"됐다 아잉교. 자 갖고 가이소."

야지　"이거 참 살못했네. 실은 우리는 나그네로 오늘밤은 산조에 묵 으려고 하니까, 사다리를 사더라도 어찌 할 방도가 없다네."

• • •

52　아나구라: 사각형으로 짓는 간이 창고.

여자 "무신 말씀이가? 필요 없는 것을 가격 흥정하실 건 없다 아
   잉교."

야지 "그야 정말, 가격 흥정한 게 어리석은 짓이었던 만큼, 필요 없
   는 거라도 옷소매나 품속에 들어가는 거라면 사주기라도 하겠지
   만, 도대체가 이 사다리인지라 정말 어쩔 수가 없다네."

여자 "아무리 그렇다 한들 우리를 농락하신 건가예? 이쪽은 장사데
   이. 그런 것 안 된다카이. 갖고 가이소."

라고 여자들 네다섯 명, 저마다 요란하게 지껄이기 시작하더니 야지
로를 가운데에 둘러싸고 잇달아 다그친다. 모름지기 이 여자행상인
들 한결같이 기가 아주 드센지라 좀처럼 납득해 주지 않는다. 구경을
좋아하는 교토 사람들, 무슨 일인가 하고 겹겹이 빙 에워싸니, 야지로
베 도망가지도 못하고 몹시 난감해져서 갖가지 변명을 하고 또 욕을
해 보아도 좀처럼 들어 주지 않았다. 상대는 모두 여자인지라 싸움도
되지 않는다. 어쩔 수 없이 동전 2백 문[6천 엔] 내주고 마침내 사다리
를 사들였는데, 사람들 눈앞이기에 버리지도 못한다. 구경꾼들 와하
고 한바탕 웃고는 흩어졌다.

야지 "이거 참 맥없이 당했군. 기타하치 저 언저리까지 짊어져 주
   게나."

기타하치 "에라이, 턱없는 소리를 하네. 당신이 들라고."

야지 "또 한 번 물먹었네. 열불 나는군."

   어찌하리오 /사다리의 부모와/ 자식과 같은
   이런 애물단지를/ 떠맡은 처지라니.[53]

2) 처치곤란 애물단지 사다리

이리하여 **시조**四条거리를 데라마치寺町동네로 내려가는 도중에 들고 있으려니 더 무거워져서 투덜대며, "여봐 기타하치, 자네도 인정머리라곤 없는 녀석이군. 조금만 들어 주라고."

기타하치 "과연, 당신 마음씀씀이 때문이긴 하지만 딱한 일이여. 오죽 무거울까. 이렇게 하지. 그 여자들처럼 머리에 얹어서 들어 보라고."

야지 "그렇군 그렇군."

하고 수건을 접어 머리에 얹고 그 위에 사다리를 이고 양손으로 붙잡고 가니,

행인 "이건 뭐꼬? 위험해서 못 쓰겠고마."

야지 "예 예, 맞은편이 전혀 안 보여서 못 걷겠네."

행인 "이거 '조몬'이 간다 카네. (화재 진압할) 찬물 갖고 나오지 않을끼가."

'조몬이 간다'는 것은 '화재가 있다고 한다'는 말이다.

행인 "어디에 조몬이 가는데?"

행인 "봐라 저기에 사다리 갖고 간다 아이가. 바보야 바보."

야지 "뭐라고 처나불대는 거냐?"

• • •

53 '사다리의 부모도 아닌데 이런 애물단지 사다리의 자식을 떠맡아 버린 처지가 한심하구나.' 사다리의 부모는 사다리 양쪽의 세로 봉을 말하며, 사다리의 자식은 가로 봉들을 말한다. 교카 원문은 'いかにせん梯子の親とこのよふなやつかいものをひきうけし身は'.

▲ 사다리를 짊어진 야지와 뒤따르는 기타. 웃으며 구경하는 교토사람들.

행인 "쓸개 빠진 놈이고마. 하하하하하."

야지 "야아, 이 등신자식들."

하고 사다리를 머리에 인 채 휙 하고 뒤돌아보았기에 그 사다리 앞과 뒤로 행인의 머리를 탁!

행인 "아야야야야야, 뭐꼬? 어처구니없데이. 이 인파 속에서 긴 물건 가로놓아 대다니 억수로 얼간이데이. 대갈통 처갈겨 주래이."

야지 "무슨 허튼소리 나불대는 거냐?"

행인 "내 이마의 혹이 없어졌데이. 그 언저리에 없는지 봐 주이소."

야지 "젠장, 내가 알 리 있냐고. 바보스런 면상 하고는."

행인 "잘도 입방아를 찧는 녀석이데이. 혼줄 내 주래이."

하고 모두가 하나같이 고집스러운 사람들인 듯 여럿이 우르르 덤벼들므로, 기타하치 뜯어말리며, "이거 이쪽이 나빴네. 모두들 용서해 주십시오. 어서어서 야지 씨 걸으시게."

야지 "분통 터지는 녀석들일세. 기타하치 아무래도 혼자서는 못 들겠네. 뒤쪽에 어깨 좀 집어넣어 주지 않겠나?"

기타하치 "어디보자, 이거 나까지 터무니없는 봉변을 당하게 하는구먼."

이 또한 정말/ 이야깃거리라네/ 아득하니 먼
교토까지 상경한/ 사다리 하나라니.[54]

• • •

54 '(다리가 불편한 거지조차 기어서 교토에 온다는데,) 다리 있는 사다리가 상경하지 말라는 법은 없으니 이 또한 이야깃거리일세.' 교카 원문은 '是もまた咄しのたねよはるばると京へ

야지　"에라이, 노래 읊을 때가 아니라고. 아무쪼록 내팽개쳐 버리고
　　싶은데."

하고 지금은 2백 문[6천 엔]의 돈도 아깝지 않고, 애물단지 사다리 팽
개치고 가려고 왕래가 적은 골목길에 들어가 살그머니 버려 두고 도
망치려는데, 그때 하필이면 다른 사람에게 들켜서 꾸중을 듣는다. 할
수 없이 짊어지고 걷다가, 또 어딘가에 버려야지 버려야지 하고 생각
하는 사이에 얼떨결에 **산조**三条[현재 교토시 中京区]거리에 당도했다. 그러자
여관호객꾼으로 보이는 사내 "저기예 손님들 투숙하시는 기가?"

야지　"투숙 투숙!"

호객꾼　"우리 집 쪽에 오실랍니꺼?"

기타하치　"자네 어딘가?"

호객꾼　"바로 저기입니더. 어서어서 오시지 않겠습니꺼 오시지 않
　　겠습니꺼."

하고 데리고 오하시三条大橋[55]다리 쪽으로 간다.

・・・

のぼりし梯子一脚.

55　에도를 출발하여 도착하는 교토의 입구가 가모강[賀茂川]에 걸린 산조 오하시[三条大橋]이
　　다. 동해도의 종점이며, 이 다리 끝에는 현재 야지 기타의 동상이 세워져 있다. 이로부터
　　서쪽으로 더 가면 나오는 가모강의 지류 다카세강[高瀬川]에 걸린 다리가 산조 고바시[三
　　条小橋]이다.

『동해도 도보여행기』
7편

———

하권
(교토)

교토 산조에서

1) 사다리의 공덕

이미 그날은 바야흐로 해도 서녘으로 기울어 집집마다 등불을 밝히고 빗장을 걸어 잠글 무렵, **산조 고바시**三条小橋다리를 건너 예의 여관 쪽에 도착했다.

여관호객꾼 "자 자, 투숙객입니더!"

여관집주인 "이거 참 잘 도착하셨습니데이."

야지 "예 신세지겠습니다."

주인 "짐은?"

기타하치 "이 사다리 하나."

주인 "이거 참 억수로 별난 짐이고마. 이 봐 오타코[하녀이름]야! 안으로 안내해 드리지 않을 끼가~."

여자 "예 예, 오세요."

▲ 산조 고바시 근처의 '고바시여관'에 도착한 호객꾼, 야지 기타.

하고 안으로 안내하는 대로 따라가 둘이 객실로 들어가자, 주인이 오더니, "오늘밤은 손님이 극히 적은 관계로 목욕물을 데우지 않습니더. 바로 저기, 고바시小橋다리 내려간 곳에 억수로 깨끗한 목욕탕이 있습니더. 거기라도 다녀오시지예."

기타하치 "난 됐으니까 야지 씨 당신 가고 싶으면 다녀오라고. 교토 물로 씻으면 엄청나게 피부가 하얘진다던데."

야지 "이 이상 하얘지면 재미없으니까 관두겠네."

주인 "근디 손님들은 이 근처 시골에서 오셨는지예?"

기타하치 "아니 우린 에도입니다."

주인 "그랑교. 지는 또 사다리를 가지셨으이까네, 이거 근처 마을 분으로, 구입해서는 자택으로 갖고 가시는 건가 싶었습니데이. 근디 와 에돗분이, 사나리를 뭐 하시게요?"

기타하치 "야아~, 이것엔 사정이 있습지요. 저건 에도에서부터 부탁받아 온 것입니다."

주인 "그건, 와 저런 것을."

기타하치 "들으시지요. 우리와 허물없는 사람인데 태생은 여기 교토 사람으로 지금 에도에서 가정을 꾸리고 있습니다. 그런데 교토의 생가로부터 머나먼 길을 저 사다리를 짊어지우고 보내오셨습니다. 이유는 그 부모님께서 문맹인지라 다른 사람에게 편지를 써 달라고 부탁하는 것도 면목이 없다던가 해서지요. 저 사다리만 보내온 참뜻은, '올라오너라'고 하는 마음이겠지요. 그래서 또 그 아들이 답장을 보내고 싶었지만 역시 마찬가지로 문맹인지라, '이, 로, 하'의 '이'자도 쓸 수 없는[56] 주제에 무척이나 지기 싫어하는[오기가 센] 사람, 우리가 이번에 당신 고향에 간다고 했더니, 마침 잘됐으니까 전달을 부탁하고 싶은 게 있다고 하기에, 가능한 한 뭐든지 전해 주겠다고 하자, 들으시지요, 꾀죄죄한 거지 중 한 명과 저 사다리를 건네주며 이것을 부친 쪽에 전해 달라고 합디다. 그래서 내가 이거 참 사다리는 좋지만 스님은 살아 있는 사람이니까 갖고 가기 힘들다고 하자, 그 남자가 말하기를 그렇다면 사다리만 갖고 가서 교토에 도착하면 아무쪼록 스님을 한 명 부탁해 그 스님에게 당목撞木채[57]만 들게 한 후 사다리와 함께 부친이 있는 곳에 보내주십시오라고 하니, 그건 무슨 까닭으로 그렇게 하는 거냐고 물었더니, 야아 교토의 생가로부터 올라오너라 하고 보내왔으니까 그 답장이라고 부탁받아 갖고 온 것입지요."

주인 "하하하하, 사다리를 보내서 올라오라고 한 건 알겠는데예, 그 답장으로 사다리와 또 스님에게 당목 채만 들려서 보낸 건 와요?"

기타하치 "그거야 올라가고 싶지만 돈[=징][58]이 없다는 뜻."

야지 "하하하하하, 훌륭합니데이. 그러나 머나먼 여행길, 사다리쯤 되고 보면 버들고리 행장에도 잘 들어가지 않을 낀데, 오죽 고생하셨을꼬."

• • •

56 '이, 로, 하'는 일본어초급학습자들이 배우는 말. 한국어로 하면 '가, 나, 다, 라'와 같음. 즉 낫 놓고 ㄱ자도 모르는.
57 당목[撞木, 슈모쿠=鉦叩き, 가네타타키]: 스님이 염불을 외며 징[叩き鉦, 타타키가네]을 칠 때 사용하는 T자형의 막대. 채.
58 '징[鉦, 가네]'과 '돈[金, 가네]'이 동음이의어인 '가네'임을 이용한 장난. 즉 징[鉦, 가네] 없이 채만 들려 보낸 이유는 돈[金, 가네]이 없기 때문이라는 뜻.

기타하치 "야아 별반 그렇지도 않았습지요. 여행할 때는 사다리를 소지하고 걷는 게 뜻밖에 편리한 법이지요. 말 같은 것에 탈 때 사다리를 걸치고 타면 턱없이 타기 좋고, 그리고 여러 강을 건널 때 덕 보는 일이 있습니다. 오이가와강大井川에서도 아베가와강安倍川에서도 연대[59]가마를 타고 건너면 월천꾼 품삯이 4명분에 그 연대 삯이 1명분 나옵니다. 그런데 사다리 지참이니까 월천꾼 품삯만 들고 연대 삯이 이득이 됩니다. 당신들도 앞으로 만약 여행하실 일이 있으면 사다리는 꼭 소지하시는 게 좋네. 이건 사람들 생각이 미치지 못하는 편리한 것입니다."

주인 "야아 그 누가 여행하려고 해서 아무렴 사다리 갖고 가야지 하는 데 생각이 미칠까요. 하하하하하, 한데 방금 말씀하신 스님은 여기에서 고용하시는 기가?"

기타하치 "그렇지요. 꼭 고용하지 않으면 안 됩니다."

주인 "그라모 마침 잘 됐네에. 평소에 후원하고 있는 좋은 스님이 지들 집에 있습니더. 이 자를 데리고 가이소. 바로 소개해 올릴까예." 하고 일어나려고 한다. 기타하치 기겁하여 "여보세요 잠깐만요. 지금 당장은 필요 없습니다. 애물단지 사다리를 떠맡아서 곤란하기까지 한데 거기다가 살아 있는 스님을 거두어들여서 어쩌라고요. 그렇지 야지 씨?"

야지 "아니아니, 그건 네놈 담당이니까 나는 모르겠네만 어쨌든 그

· · ·

59 蓮台: 지붕 없는 약식 가마. 강을 건너는 길손을 태우던, 두 멜대에 판자를 댄 간단한 가마. 월천꾼 4명이 함께 메었음.

스님을 빨리 부탁하는 게 좋을 것 같군."

기타하치 "에라 당신까지 가당찮은 소리를 하는구먼."

주인 "글쎄 방금 그쪽이 말한 대로라면 반드시 부탁하시는 게 아

잉교?"

기타하치 "그건 그렇지만."

주인 "우야든지 간에 지한테 맡겨 주이소."

기타하치 "그런 것보다 난 밥을 빨리 먹고 싶네."

주인 "밥상도 곧 올리겠습니다만, 스님은 우짤끼고?"

기타하치 "암 스님, 빨리 먹고 싶군. 배가 고파서 못 견디겠네."

주인 "예 예, 잘 알겠습니데이."

하고 일어나서 부엌으로 갔는데 머지않아 여자가 밥을 내온다. 식사
하는 동안 갖가지 자질구레한 일이 있었지만 너무 장황하므로 생략
한다.

2) 아마추어연극 '히라가나 성쇠기'

이윽고 밥상을 물렸는데 여관 주인은 기타하치의 엉터리거짓말에
속은 체하며 이 또한 장난이 지나친 자인지라 반은 재미삼아 나이 예
순 가까운 꾀죄죄한 수염투성이 큰 스님 한 명, 꾀어 들여와서 "야아
이제 진지 잡수셨능교? 헌데 방금 전에 말씀드린 것은 이 스님 아잉
교." 하고 소개시킨다. 그러자 이 스님 찌부러진 납작코[60]로 코맹맹이
소리를 냈다. "예, **효**[요]거 참 잘 묵으셨습니다. 소승 이름은 **햔**테씨[란

테쓰, 丸哲]라고 합니다. 이 댁 혀[에르신이 말씀하시기에 왔습니다."

야지 "이거 참 고생 많소. 자자 여기로 여기로."

기타하치 "여보게 주인장, 여러 가지로 수고해 주셨네만 딱한 일이
있습니다."

주인 "뭐가예?"

기타하치 "야아~ 실례지만 저 분으로는 충분치 않을 거요. 왜인고
하니, 조금쯤은 아마추어연극 같은 것을 했다고 하는 스님이 아니
면 안 됩니다."

주인 "그건 와 그런데예?"

기타하치 "야아~ 아까 말씀드린 바와 같이 저쪽 본가에 가서, 오르고
싶지만 돈이 없소라는 답변을 한 다음에 예의 아들이, 3백 냥 없으
면 오를 수 없소라고 하는 거니까 그 뜻을 표현하지 않으면 안 됩
니다. 그런데 그 『성쇠기』平仮名盛衰記 우메가에梅ヶ枝의 「무한의 종無間
の鐘」이라는 무용극[61]에서, 당목 채를 국자에 빗대어 *치치치치치 칭
♪ '아아~ 돈 3백 냥이 필요하구나~'* 같은 연기를 그 스님에게 시키
지 않으면 안 되니까 어렵지~."

주인 "야아, 잘 됐습니다. 이 스님도 실은 바카무라 헨노스케[바보마

• • •

60 당시 매독에 걸린 사람의 증상이라고 여겨졌다.

61 죠루리 및 가부키 『히라가나 성쇠기』 제4막 간자키 유곽에서, 유녀 우메가에가 애인 카
지와라 겐다를 위하여 3백 냥이 필요하다며, 무한의 종에 빗댄 세면대[쵸즈바치]를 국자
로 친다고 하는 내용의 무용극. 관음사라는 절에 있는 무한의 종을 치면, 현세에는 무한
한 부를 얻지만 내세에는 무한 지옥에 떨어진다고 하는 전설이 있음.

을 이상한 놈'이라는 뜻]라고 해서 전에는 시골축제연극宮芝居[62]에서 여자역을 하던 자이니께, 억수로 잘 할 끼다. 마침 우리 집 딸년이 지금 「무한의 종」을 배우고 있데이. 뭐든 재미. 조루리[창]가락을 부르게 할까에?"

간테쓰 "햐고말고요 햐고말고요. 내사마 후메가에를 할 테이까네, 누군가 헨다[겐다, 梶原源太]를 해 주이소."

야지 "이거 재밌겠군. 찌부러진 코의 우메가에에, 기타하치! 겐다는 네놈이 적격이여."

기타하치 "에라 바보 소리 작작해. 질 나쁜 농담이여."

하고 정색해서 불평하는 와중에 주인의 지시로 열서너 살 되는 딸, 샤미센을 안고 오자 여관 마누라, 하녀, 부엌데기까지 객실 옆 작은 방에 한데 모여 간테쓰스님을 치켜세우면서 구경한다. 야지로 우스워하며 "여봐 기타하치, 저처럼 주인아주머니랑 여종업원들이 구경하는데 어디 한번 박수갈채 받을 요량은 없나? 어때?" 라고 부추기자, 기타하치 약간 들뜨기 시작해서 "과연, 관객이 많으면 보람이 있지. 에라 모르겠다. 겐다는 내가 하지. 그 대신 대사는 되는대로 치겠는데 괜찮나?"

간테쓰 "홍습니다. 홍습니다. 자 오토라[여관집 딸 이름]야 헨다가 등장하는 부분부터 해 주소."

야지 "하하하하하, 수염투성이 우메가에도 좋지만, 깃발 새로 염색

• • •

62 미야시바이[宮芝居]: 제례 때 신사 경내에서 상연하는 소규모 연극.

▲ 여관집 딸의 샤미센 반주에 맞춰 연극하는 우메가에역의 땡중 간테쓰.

한 옷을 걸치고 있는 겐다도 희한하네."

기타하치 "여봐, 동서 동서[주목 주목]~."[63]

이 와중에 따님이 조루리가락을 부르기 시작한다. "*매일 밤 매일 밤 다녀오는, 가지와라겐다 가게스에梶原源太景季♪, 지토세千年가게 안을 엿보니, 마침 좋을 때 다행이라고, 쏙 들어가니 우메가에는♪, 고타쓰[64]상 쪽으로 몸을 휙 돌리고, 새침한 얼굴로 피우는 담뱃대♪.*"

기타하치 "이봐, 뭐가 마음에 안 드는지 무슨 생각엔가 무척이나 잠 긴 듯한 모습. 나 같은 낭인의 곰팡내 나는 옷깃에는 달라붙지 않 겠지[아부하지 않겠지].[65]"

조루리 "*쏙 일어서는 것을♪ (우메가에가) '잠깐만요.*'"

간테쓰 "휼[술]자리만을 나갈 작정으로 효[오]늘 혀기에 불려 온 것은, 편지로 핱[알]려서 납득하고 계시잖아요."

조루리 "*얄미운 남자'라고 눈에 쉬이 고이는♪, 눈물은 사랑의 관례로 다♪.*"

기타하치 "아아 이봐, 다가오지 마 다가오지 마. 냄새나서 못 견디겠 군. 그쪽으로 쑤욱 비켜 비켜. 엄청 냄새나는 우메가에로군."

간테쓰 "그건 햔[안]되옵니다. 헨다 씨."

기타하치 "에잇 다가오지 말라고 하는데도. 이거 간추려서 하자고.

• • •

63 동서동서[東西東西]: 극장 무대에서 관객에게 인사할 때의 서두의 말. '만당하신 여러분, 조용히 하여 주십시오'라는 뜻이 담김.
64 고타쓰[炬燵]: 나무틀에 화로를 넣고 그 위에 이불 등을 씌운 것. 이 속에 손이나 발을 집 어넣고 몸을 녹이는 난방기구.
65 옷깃에 달라붙다: (무엇을 얻으려고) 권세에 아부한다.

이봐 스님, 아니 우메가에, 배내갑옷[66]은 어찌됐나?"

간테쓰 "칠난즉멸[67]이라고 3백 돈쭝[96만 원][68]에 전당잡혔어요."

기타하치 "뭐라? 담보로 했다? 그건 왜?"

간테쓰 "무릇 저의 가래톳 종기便毒, 橫根[69]로부터 관절염骨疼[70]이 되어 청미래덩굴山歸来[71]약 마시면 마실수록 종기는 질척질척. 이 **효**[코]를 살리고 싶은 마음 하나로, 돈이라면 단지 3백 돈쭝 때문에 납작코를 떨어뜨리나. 아아 **효**[코]가 필요하도다~.[72]"

셋 내려간 노래[73] *"이 팔 십육으로 연애편지 받아서♪, 이 구 십팔로 그만 그 연정의 마음♪, 사 오 이십이라 평생에 한번♪, 저는 허리끈 풀었다오♪."*

간테쓰 "에잇 뭐여. **햐**[새]람 마음도 모르고 **효**[노]래 불러대는군.[74] 형

. . .

66 우부기누노 요로이[産衣の鎧]: 가지와라 겐다가 요리토모로부터 하사받아 성인식 때 착용했던 갑옷이다. 자신의 화대 대신으로 전당잡힌 이 갑옷을 되찾기 위해 우메가에는 3백 냥이 필요했던 것이다.

67 '일곱'에 해당하는 '시치[七]'에, '담보/전당'에 해당하는 '시치[質]'를 동음이의어로 이용하여 전당잡혔다고 한 언어유희. 칠난즉멸: 일곱 가지 난이 즉시 소멸된다.

68 원래 연극의 300냥[1両=20万円×300=6천만 원]이, 300돈쭝[銀1匁=3,200円×300=96만 원]으로 구차해지는 골계.

69 요코네: 매독으로 인해 음부 옆에 생기는 종기.

70 호네우, 호네우즈키, 호네가라미[骨疼, 骨絡み]: 매독이 전신에 퍼져 뼈에 들어가 뼈마디가 쑤시는 통증.

71 청미래덩굴[山歸来]: 백합과의 넝쿨 작은 나무. 뿌리는 한방에서 매독치료로 사용한다.

72 원래 연극대사 '돈이라면 단지 3백 냥 때문에 사랑하는 남자를 죽이나. 아아 돈이 필요하도다~'[金ならたった三百両で, 可愛い男を殺すか。ア丶金がほしいなァ]를 비틀고 있다.

73 산사가리 우타[三下り歌]: 샤미센의 조율 방법의 하나로, 셋째 줄을 본 가락보다 한 음정 낮추어 부르는 노래. 약간 우울하고 편안한 느낌이 든다.

74 이상의 대사는 다음의 연극 원문을 그대로 인용하고 있다. 「金ならたった三百両で, 可愛い男を殺すか。ア丶金がほしいなァ」二八十六で, 文付けられて, 二九の十八で, ついその

214

[정]말 그거야.”

야지 “야아 기다려 기다려.”

하고 이자 또한 참을 수 없게 되어 부엌으로 가서 예의 사다리, 가겟방에 옆으로 뉘어져 있던 것을 들고 왔다. 윗미닫이틀[들보]에 걸쳐서 이층인 셈치고 야지로 중간 단으로 올라가면서 손수건을 접어 부자 손님大尽 풍으로 살짝 머리에 얹고, “자자, 겐다의 모친 안주安寿[75] 역이네. 어서 스님 하시지요.”

간테쓰 “전해 듣기로는 무한의 **흉**[종]을 치면 부유함이 맘대로, **히**[지]금부터 **햐**[새]요노 나카야마小夜の中山에, 아득하니 길은 떨어져 있지만 골똘히 생각한 나의 일념, 이 **혜**[세]면대를 **흉**[종]에 빗대어, 돌이든 돈이든 뜻하는 바는 무한의 **흉**[종].”[76]

하고 담뱃대 얼른 집어들어 여러 가지를 한다. 이때 야지로 사다리 위에서 돈주머니[우치가에][77]의 동전을 후두둑후두둑 내던지며 직접 조루리가락을 부른다. “‘*그 돈 여기에*’ 하고 *3백 문[9천 엔]♪, 돈주머니의 동전 내던진다♪. 심산의 세찬바람에 황매화나무[=금화]의♪, 꽃 흩뜨려 놓은 듯 하지는 않고♪.*”

간테쓰 “여기에 3문[90엔] 저기에 5문[150엔] 주워 모아서 **혓**[빛]백 동,[78]

. . .

心。四五の二十なら、一期に一度。わしゃ帯とかぬ。「エヽなんぢゃの。人の心も知らず、面白さうに唄ひくっさる。

75 연극 원문에서는 延寿이다. 延寿는 우메가에에게 3백 냥을 2층으로부터 던져 줘서 아들 겐다의 재난을 구하게 한다.

76 이상의 대사는 연극 원문에 충실하면서도 코맹맹이 소리로 바꾸는 데 골계가 있다.

77 우치가에[內替え]: 천 지갑. 길고 가는 천주머니로, 돈을 넣어서 허리에 감는다.

78 연극 원문은 ‘2층 장지문 안으로부터 그 돈 여기에 하고 3백 냥 후두둑후두둑 내던진다.

이건 고용된 품삯, 선불이라니 고마운지고."

하고 긁어모아 소매 안에 넣으려고 한다.

3) 사다리의 죄와 벌

그러자 야지로베 사다리 위에서 간테쓰를 붙잡고, "그건 주는 게 아닐세. 내 것이네" 하고 낚아채려고 하는데, 간테쓰는 내주지 않으려고 다투는 바람에, 윗미닫이틀에 걸친 사다리 떨어진다. 야지로베 뒤로 자빠지며 쿵하니 떨어지니, 사다리는 간테쓰의 위가 되고 딸도 옆구리 뼈를 맞아서 으앙 하고 울기 시작한다. 야지로 허리뼈를 어루만지며, "아이고 아야야야야."

간테쓰 "아아 우우 우우."

주인 "무신 일이가 무신 일이가."

온 집안 식구가 갈팡질팡하기 시작하면서 담배합을 뒤엎거나 사각등[행등]을 차거나 해서, 객실 전체가 완전히 캄캄해져 울며불며 난리법석이 되었다. 주인 간신히 등불을 가지고 와서 "아아 이거 딸아 이는 우째 됐노? 야아 우메가에 눈이 이상하데이. 봐라봐라 정신 차리라."

• • •

심산의 세찬 바람에 황매화나무의 꽃 흩뜨려 놓듯이 여기에 석 냥, 저기에 다섯 냥 … 주워 모으는 마음도 들떠 소매를 잡아 찢어서 '3백 냥'을 패러디한 문구. 3백 냥[6천만 원]의 금화 → 3백 돈쭝[96만 원]의 은화 → 3백 문[9천 엔]의 동전으로 점점 구차해져 가는 데 골계가 있다.

**(65)

【도판52】《즈에図会》사카노시타

= 원작7편 하·교토의 에피소드를 앞서 제48역참에서 차용.

(야지) "아차 아뿔싸 맙소사 사다리가 넘어지네, 살려 줘~."

(중) "아이고 아파라 아야 아야."

(주인) "엄청난 소리구먼. 이건 도대체 무슨 일이여? 아이고 딸 눈이 뒤집혔네 [졸도직전이네]. 아아아아~ 큰일 났네. 어서어서 조용히 조용히 조용히."

(딸) "으응~ 후우후우~~~."

▲ 기절한 여관집 딸의 맥을 짚는 의사. 우는 안주인과 물을 들고 온 바깥주인. 엎어진 담배합을 사이에 두고 당황한 간테쓰와 야지.

간테쓰 "아아, 아아~ 괴로워라. 내사마 기겁해서 깜짝 놀란 탓인지 훑[불]알이 위쪽으로 치켜올라갔고마. 아야야야야야."

야지 "거참 곤란한 일이네. 여보시오 주인장, 우메가에의 불알을 묶어서 매달았습니다."

기타하치 "불알이 올라간 데는 좋은 수가 있네. 아까 보아하니 이 가게에 '동전고약'이라는 간판이 보이던데 그것을 뒷목덜미의 움푹 파인 곳에 붙이면 불알이 내려가지."

주인 "무신 말씀이가. 동전고약을 목덜미에 붙인들 뭐가 내려간다 카노."

기타하치 "글쎄 내려가는 이치라오. 왜냐고 묻겠지요. 동전이 올라가면 금화[불알'의 동음이의에]가 내려간다.[79]"

주인 "에잇 난 또 무신 말이라고."

간테쓰 "아아 내사마 그럭저럭 나은 듯한데, 따님은 우째 됐노?"

여관안주인 "이보래이, 순파쿠寸伯[80]선생님 집에 아무라도 잠깐 뛰어갔다 와 주지 않겠나?"

간테쓰 "내사마 이젠 됐응께, 의사양반 불러 오겠데이. 그 대신 (장례 치를) 절에는 누구든 다른 사람 보내소."

주인 "에라이, 뭐라고 주둥이를 놀려대는 기가?"

• • •

79 금화, 은화, 동전을 서로 환전할 때 동전 시세가 올라가면 금화 가치가 떨어진다. '킨[金]'이 '금화'와 '불알'의 동음이의어인 점을 이용한 언어유희.

80 슌파쿠, 스바쿠, 스바코[寸白]: 하복부병을 일으키는 기생충. 심한 발작성의 간헐적 복통인 산증疝気, 센키의 별명이기도 하다. 의사의 이름을 '기생충' 또는 '산증'이라고 지은 작자의 장난이다.

기타하치 　“정말 딱한 일이군요. 따님은 어디를 맞으셨지요?”

주인 　“옆구리, 억수로 맞았다 카며 아파합니데이.”

야지 　“아픈 옆구리는 도읍지[교토] 출신, 사람들에게 맞아서 지독한 봉변을 당하니,[81] 아아 가엾기 짝이 없는 일일세.”

주인 　“야아 당신, 남의 딸에게 상처를 입히고서 말장난[地口, ㅁ슴] 할 때가 아이다 아이가?”

야지 　“하하하하하, 남의 딸에게 상처를 입혔다니 나는 어쩐지 부끄럽네.”[82]

주인 　“야아 웃을 때가? 대체로 당신들은 수상쩍다 아이가.”

야지 　“수상쩍다니 뭐가 수상쩍은데?”

주인 　“뭐가라니 시건방진 소리한데이. 잘 좀 생각해 보소. 내사마이 나이까지 여관업 하고 있었지만서도, 여태껏 사다리 들고 온 손님을 재운 적은 없다 안 카나. 도대체 먼 지방분이 뭐 하러 사다리를 갖고 다니시는지, 내사마 전혀 이해할 수 없데이. 혹시 지붕으로부터 침입하는 일당 아이가 하고 집안사람들이 투덜거리고 있었는데, 과연 위험한 짓 마다하지 않을 무리로 보인다 아이가.”

• • •

81 '원래 우리는 도읍지 출신, 색정에 꼬드겨져 이런 모습이 되었네'라는 가부키무용의 반주음악[長唄]『홀로 완큐』[一人椀久]의 문구를 유사음으로 말장난[地口, ㅁ슴]한 것임. 즉, 원래[지타이]와 아픈[이타이], 우리는[와래라와]과 옆구리는[히바라와], 색정에 꼬드겨서[이로니 소야사레]와 사람들에게 맞아서[히토니 도야사레], 이런 모습이 되었네[곤나 나리니 나라레태]와 지독한 봉변을 당하니[횬나 메니 아와레테]가 유사음인 점을 이용한 언어유희. 원문은「じたい我らは都の生まれ、色にそやされ、こんななりになられた」→ '이타이히바라는 都の生れ、人にどやされ、ひょんなめにあはれて'.

82 '남의 딸에게 상처를 입혔다'라는 말에는 '숫처녀에게 실수를 했다'라는 뉘앙스가 있기에 부끄럽다고 한 것.

하고 주인 욱해서 약간 말을 난폭하게 한다. 이 '침입하다'라는 말은 관서지방에서는 밤도둑을 '침입자'라고 하기 때문이다.

야지로베 원래 울컥하고 화를 잘 내는 성질이어서 "아아, 당신 이상한 소리를 하는구먼. 우린 명명백백 올바른 나그네님이시다. 묘하게 배배 꼬인 소리를 하면 용서가 안 되지."

주인 "아이고, 잘난 체하네. 뭐라 캐도 당신들이 사다리 갖고 계셨으이까네 일어난 일 아이가."

마누라 "이보래이, 그런 사람 상관 말고 이쪽으로 와 주이소. 딸아이가, 아이고머니나 눈빛이 이상하다 카이."

하고 눈물 머금은 목소리로 떠들므로 주인도 허둥지둥. "이것 보소. 만약 딸아이가 죽으면 당신은 살인을 한 하수인[살인범]이데이. 그렇게 각오하고 있으라."

마누라 "아이고머니나 제정신이 아니데이."

주인 "이거, 눈이 뒤집혀 뿌렀네. 야아~ 오토라야아~ 오토라야아~."

마누라 "애야~ 애야~."

하고 부부는 딸을 부둥켜안고 물이니 정신 차리게 하는 약이니 요란하게 떠들며 울고불고 하므로, 야지로 갑자기 당황하기 시작하여, "아아, 이거 기타하치 어찌 된 일일까. 나 이제 여기에는 못 있겠네."

주인 "애야 애야 오토라야, 죽지 말려무나. 우짤꼬."

마누라 "오토라야아~."

주인 "오토라야아~."

야지로 "아아, 한심하구나. 이거야 원 못 견디겠네 못 견디겠어."

라며 갈팡질팡해서 앉았다 일어섰다 떠들어대자,

주인　"이봐 당신 아무데도 가선 안 된데이."

야지　"예 예, 아무데도 가지는 않겠사옵니다. 이봐이봐 기타하치, 애
당초 네놈이 나쁘다고. 뭘 사실대로 말하면 될 것을 함부로 거짓말
한 것에서 비롯되어, 무한의 종이니 뭐니 쓸데없는 짓을 시작했기
때문에 이 난리가 난 거라고. 원래는 네놈이 장본인이니까 살인의
하수인[살인범]은 그쪽에 넘기마."

기타하치　"어럽쇼 엉뚱한 소리를 하네. 당사자는 당신이지."

야지　"그럼 가위 바위 보를 해서 진 쪽이 살인의 하수인이다."

기타하치　"바보 같은 소리 작작해. 난 몰라 모른다고."

　이윽고 의사도 왔다. 약 등을 처방하고 갖가지로 간호하는 사이에
딸은 겨우 숨을 다시 쉬었으므로 모두 안도하였다. 야지로 한시름 놓
으며 진정하고, 이렇게 된 바에는 사과하는 것 이상 좋은 방법은 없다
고 기타하치에게 부탁해서 여러 가지로 용서를 구하고, 사죄문을 써
서 가까스로 이 말썽이 수습되었다. 단 기타하치가 보증인으로 도장
찍고 그럴듯하게 적은 그 증서.

각 서一禮之事

　하나, 저는 이번에 히라가나 성쇠기 조루리 중에 안주역 맡
은 바 틀림없나이다. 그런데 우메가에가 무한의 종 칠 때, 그
돈 여기에 있다는 것을 말하고 돈주머니의 동전 내던지려고
하다가, 사다리 미끄러지는 바람에 간테쓰님의 불알 위로 치

켜 올라가셨을 뿐만 아니라, 당신 따님에게 상처 입힌 점, 정말이지 예의 사다리 윗미닫이틀에 걸쳤기 때문에 일어난 일, 역정 날 짓을 하여 죄송한지라, 여러모로 사죄드린바 용서해주셔서 황송하기 그지없나이다. 이렇게 된 이상 앞으로는 숙박을 염치없이 요구하더라도[숙박을 부탁할 때][83] 사다리 따위 결코 지참하지 않겠나이다. 훗날을 위하여 (각서 한통) 위에 말한 바와 같습니다.

월　일
당사자 야지로베
증 인 기타하치

이 사죄문으로 일은 수습되고 여관집 딸도 점차 병세가 좋아지니 화해의 술잔 서로 주고받는다. 밤도 깊었으므로 둘은 이윽고 드러누웠다.

머지않아 날이 밝아 집안사람들 일어나기 시작하는 소리에 눈을 떴다. 식사를 마치고 일찌감치 출발하려고 해서,

야지 "이거 참 신세 많이 졌습니다. 특히 여러모로 폐를 끼쳐 죄송합니다."

주인 "안녕히 가십시오."

• • •

83 '숙박을 부탁해도': 내가 숙박료를 내는 경우인데도 무전숙박인 것처럼 '염치없이 요구해도'라는 표현을 쓰는 골계.

마누라 "여보세요 사다리가 있습니데이."

야지 "아니 이제 그건 이쪽에 놔두십시오. 오늘은 여기저기 구경하
고 저녁 무렵에 또 신세질 테니까."

주인 "아이다 아이다, 가져가이소. 그리고 우리 집은 오늘 밤엔 형편
이 안 좋데이."

애당초 주인은 이 둘을 수상쩍게 여기고 있었기에, 사다리도 맡는
것이 꺼림칙한 게 어떤 뒤탈이 있을지도 모르겠다고 받아 주지 않으
므로, 할 수 없이 또 예의 사다리를 짊어지고 이곳을 떠난다.

5

교토 셋째 날,
천본거리에서 기타노 텐진신사까지

1) 수전노의 말잔치

기타하치 "어때, 오늘은 어느 쪽을 어슬렁대지?"

야지 "야아, 아직 (가모가와강) 동쪽에 구경하고 싶은 곳이 있지만,
뭐 오늘은 기타노의 텐진님北野天神[현재의 교토시 上京区에 있는 신새]께 가자."

하고 차츰 길을 물으며 호리카와堀川 거리로 나와,

기타하치 "헌데 생각나는 일이 있군. 그때 이세 후루이치伊勢古市유곽
에서 교토사람과 동석했는데, 분명 그 사람은 **천본거리**千本通[현재의 교
토시 上京区] 나카타치우리中立賣 동네라던가 했는데, 기타노의 텐진님
께 가는 도중이라고 했잖아."

야지 "아 맞다. 헨구리집 요타쿠로辺栗屋与太九郎 말이지?"

기타하치 "맞아 맞아. 그 녀석 집에 찾아가서 술이라도 퍼마셔 줄까?"

야지 "뭘 그런 구두쇠 가지[아타지케나스비]⁸⁴가 마시게 하겠냐고."

기타하치 "그런 걸 내 계략에 빠뜨려서 술값을 떼어먹자고."

하고 행인에게 천본거리를 물어 나카타치우리 동네에 이르렀다.

헨구리집 요타쿠로네를 겨우겨우 찾아서 예의 사다리를 처마에 기대어 세우고 야지로베 "실례합니다." 하고 격자문[85]을 열고 들어가니, 요타쿠로 "누꼬? 이거 참 뜻밖이데이. 잘 상경하셨다 아이가."

야지 "그런데 참 이세에서는 신세 많이 졌습니다."

요타 "무신 그런 말씀을. 어서 여기로 들어오소."

기타하치 "예 오랜만입니다."

요타 "야아, 이런 이런, 아직 밖에 일행분이 있는 것 같데이."

기타하치 "두 명뿐. 아무도 없습니다."

요타 (없다면서) 근데 저건 뭐꼬?"

야지 "사다리 말이요?"

요타 "뭐고 사다리가 동행이신 기가. 참말로 놀랍데이."

기타하치 "야아, 당신 집은 나카타치우리, 살짝 올라간 곳이라고 말씀하셨으니까, 만약 높은 곳이면 사다리 걸쳐서 올라가려고 일부러 구입해서 지참했습니다."

요타 "하하하하, 이거 참 훌륭하데이. 근디 아무 대접도 못 해드리지만서도, 식사는 어떻노?"

야지 "예, 오늘 아침 여관에서 먹었을 뿐으로 점심은 아직 안 했습

---

84 아타지케나스비: 인색하다는 '아타지케나이'에 가지[나스비]를 붙여서 의인화한 당시의 유행어.

85 교토 상점의 일반적인 현관문 형태이다.

니다."

요타　"거 참 기대가 크겠데이. 술 같은 걸 드리고 싶지만서도 이 근
　　　처에 술집은 없고."

기타하치　"술집은 바로 옆에 있잖소?"

요타　"야아, 저곳에선 소매로 팔진 않는다 안카나. 모처럼 오셨는데
　　　담배라도 피우소."

기타하치　"담배는 저희 거니까 저희 맘대로 합지요."

요타　"당신들 하다못해 좀 더 나중에[늦은 계절에] 들리셨다면 억수로
　　　좋은 것이 있다 아이가. 가쓰라가와강桂川의 어린 은어, 팔팔한 것
　　　을 소금구이나 생선꼬치구이魚田[86]로 하면 정말이지 억수로 맛있응
　　　께 말로 표현할 수 없을 정도다 아이가. 야아 차라리 시조四条의 양
　　　식장[이케스][87]이 가깝다면 모시고 갈 것을. 그곳 장어는 가모가와강
　　　賀茂川에 씻겨서 참말로 다르데이. 억수로 맛있다 아이가. 그리고 거
　　　긴 달걀부침을 진짜로 맛있게 부쳐서 먹게 해 준다 아이가. 뭐랄까
　　　이만큼 크게 잘라서 김이 폴폴 나는 것을, 얇은 남경南京[중국]풍 대접
　　　[하치]에 담아 내오는데, 그 맛이란 정말이지 입안에서 녹는 것 같다
　　　아이가. 실로 그것보다 또 가을에 오시면 가지각색의 송이버섯이
　　　데이. 이곳 명물로 이게 또 다른 곳에는 없다 안 카나. 싱싱한 것을
　　　맑은 장국으로 해서 고추냉이[와사비] 약간 떨어뜨려 술안주로 할 것

• • •

86　교덴[魚田] : 물고기를 꼬챙이에 꿰어 양념된장을 발라 구운 요리.
87　이케스: 잡은 물고기를 얼마동안 가두어 기르는 시설. 활어조. 강 또는 연못이나 해안가
　　　바닷물 속에 대나무울타리를 쳐서 기른다.

같으면 정말이지 아무리 먹어도 전혀 질리지 않는다 안 카나."

라고 말뿐이고 아무 것도 내오지 않으므로 참다못한 기타하치, 살짝 빠져나와 옆집 술집에 마시러 간다. 이야기에 열중해서 요타쿠로는 기타하치가 도망친 것을 전혀 몰랐다.

요타 　"야아, 다른 한 분은 어디에 가셨능교?"

야지 　"벌써 돌아갔습니다."

요타 　"아이고 전혀 몰랐다 아이가. 언제 가 뿌렀노?"

야지 　"아까 송이버섯 맑은 장국이 나온 도중에 퇴석했습니다."

요타 　"거 참 아쉽데이. 후반에 나올 과자[88] 이야기를 아직 안 했는데."

야지 　"아니 정말, 진작부터 대접 잘 받았습니다. 덕분에 시장하군. 이만 작별인사 올립지요."

요타 　"야아 기다리소. 마침 잘 왔다 아이가. 잠깐 이야기가 있다카이. 그 이세 후루이치에서 같이 놀았을 때 일이고마. 그때 들어간 돈이 금화 한 냥[20만엔]이었는데예, 내사마 계산을 잘못해서 (1인당 1부 1주강[약 66,666엔]이어야 하는데) 돈 1부 2주, 이쪽에서 지불해 두었으이까네 이것 보래이. 여행용 가계부에 기생집 청구서든 뭐든 이렇게 세세하게 기록해 두었는데, 집에 돌아와서 계산해 보니 당신들 한 명당 124문[3,720엔]씩 내 쪽에 건네주지 않으면 계산이 안 맞는다 아이가. 얼마 안 되이까네 어쨌든 큰일은 아니지만서도, 받

· · ·

88 요리 마지막에 입가심으로 가볍게 먹을 수 있도록 나오는 과자, 면 종류와 같은 후식을 지칭함.

는 것보다 좋은 것은 없응께 두 사람 분 248문[7,440엔] 받을까예.[89]"

야지 "에라, 당신도 이제 와서 치사한 소리를 하는구먼. 그 정도 것 내버려 두게. 이쪽도 대신 치른 게 있습니다."

요타 "그야 드릴 게 있으면 드릴 테이까네 말씀하이소. 계산은 계산 이데이. 우선 이쪽이 받는 것이 이만큼이니께 이렇게 하입시더. 잔 돈은 깎아 드리겠데이. 2백 문[6천 엔] 주이소."

야지 "젠장 남사스럽네. 그때 받았으면 됐을 것을."

하고 잔소리를 늘어놓았지만 수긍하지 않는다. 이러쿵저러쿵 다퉈봤 자 끝이 나지 않고 야지로베, 성가시다며 2백 문 내어 주자,

요타 "하하하하, 이거 참 현금으로 바로 갚으시네예. 지금부터 당신 들은 텐진님北野神社께 가시겠지예? 그렇다면 가는 김에 히라노님平野 神社과 금각사金閣寺절에 가시는 게 좋다 아이가. 늦어지니께 싸게 다 녀오이소."

야지 "쓸데없는 참견일세."

하고 부루퉁한 얼굴로 나가니, 옆집 술집으로부터 기타하치 불쑥 나 오더니, "어때? 진수성찬이 있었습니까?"

야지 "분통 터지는 일을 당했다고. 뭘 네놈이 찾아오지 않아도 됐을 것을, 돈 2백 문 거저 빼앗겼다고."

기타하치 "하하하하하, 왜 왜? 좋다고. 대신 그 애물단지 사다리를

• • •

89 1냥[20만 원]÷3명=1인당 1부 1주강[약 6만 6천 엔]. 따라서 1주[12,500엔]강이어야 하는데 2주[25,000엔]나 지불해 버렸다는 요타쿠로. '강[強]'의 부분을 1인당 124문으로 계산하고 있는 요타쿠로이다.

여기에 내팽개쳐서 곤란하게 하자고."

야지 "뭐가 곤란하겠냐? 당장 팔아서 돈으로 바꾸겠지. 그 새끼에게
사다리까지 거저 빼앗겨선 재미없지. 역시 짊어지고 가자."

2) 기타노 텐만궁 순례길

그로부터 길을 묻고 물어 가다 보니 기타노의 **시모노모리**^{下の森}라고
하는 곳에 이르렀다. 여기는 매우 번창한 곳으로 극장 같은 곳도 있
고 흥행장^{見せ物, 90} 유랑 연예인^{豆蔵, 91} 전단지 낭독 판매원^{読売, 92} 야담가<sup>講
釈, 93</sup> 또 빈 차 솥^{空茶釜[매춘부]94}이라 별칭 하는 갈대발로 둘러 친 찻집풍
의 가게, 군데군데 있었다. 여기에 재미있는 취향도 있었으나 작자
생각하는 바 있으므로 생략한다.

이로부터 **기타노 텐만궁**^{北野天満宮[현재의 교토시 上京区]} 신사 경내로 접어드
는 길에, 나물밥^{菜飯95}에 두부꼬치구이 파는 찻집 즐비하다. 빨간 앞치

• • •

90 미세모노: 진기한 물건이나 곡예, 요술 등을 보여 주는 흥행.

91 마메조: 성대모사, 마술 등을 보이며 물건을 팔거나 금품을 구걸하는 길거리 연예인.

92 요미우리: 시정의 사건, 사고, 소문 등을 판목에 새겨서 인쇄한 전단지를 낭독하면서 파
     는 업자. 지금의 신문의 원조이다.

93 고샤쿠: 무용담, 복수담, 군담 등에 가락을 붙여 야담가[講釈師, 메이지이후 講談師]가 해석
     하면서 들려주는 이야기.

94 가라 챠가마: 차를 파는 것처럼 가게 앞에 실제로는 안이 빈 차 솥을 걸어 두고 몰래 매
     춘을 장사하는 찻집.

95 나메시: 소금에 절인 순무, 무 잎 등을 썰어 넣고 지은 나물밥. 두부꼬치구이와 세트로
     해서 식사 대신한다.

마 두른 여자, 처마 아래에 나와서 "거기예~ 쉬다 가지 않을 끼가? 나물밥, 오뎅['꼬치구이'의 여성에] 드시지 않을 끼가? 차 드시고 가지 않을 끼가?"

야지 "여보시오, 우린 텐진님께 참배하고 귀갓길에 자네 집에서 쉴 테니까 이 사다리를 여기에 놔두도록 하지요."

여자 "예 예, 맡아 두겠습니더. 싸게 다녀 오이소."

야지 "부탁합니다."

하고 사다리를 찻집 모퉁이에 기대어 세워놓고 지나가서, "아이고, 무거운 짐 부렸네. 아무렴 귀갓길에 들릴쏘냐. 봐라 기타하치, 사다리를 버린 지혜가 어때?"

기타하치 "하하하하, 재미딱지 하나 없네."

경당経堂, 願成就寺절 앞에서부터 우콘右近 승마장에 이르렀다. 이곳은 항상 빌려주는 말이 많이 나와 있고 승마 연습을 한다. 구경꾼 엄청나다.

기타하치 "어럽쇼, 굉장한 인파네. 뭔가 있는 것 같은데." 다가가서 사람을 헤치고 보니 달리는 말을 탄 사람, "이랴 워워~."

구경꾼의 함성 "와아!~."

구경꾼1 "모두 억수로 서툴고마. 시치켄北野上七軒유곽에서 돌아오는 길인지 허리가 휘청거리고 있데이. 저 곤약 알줄기[96] 보는 듯한 머리의 영감이 억수로 잘 타댄다 아이가."

• • •

96 곤약의 알줄기는 토란과 비슷한 모양새이므로, 곤약처럼 검은 피부에 토란처럼 민둥 머리를 형용한다.

구경꾼2 "저건 당연한 것 아이가. 이 승마장 주인이고마."

구경꾼1 "그랑교. 저런, 저쪽 사내 보래이. 고삐를 엇갈리게 잡고 저런 손놀림을 하고 있데이. 저건 아마 직물 짜는 가게의 임시고용인이겠지. 그리고 저런, 12방北山十二坊, 蓮台寺절의 제자스님이 염주 알 손가락 끝으로 굴리는 듯한 모양새로 말고삐 쥐고 있데이."

3) 인파 속 치한

기타하치 "나도 안장 한번 얹어서 타고 싶군. 맞은편에서 보고 있는 처자 위에."

하고 인파 속을, 두세 명의 여자 일행이 서서 보고 있는 뒤로 돌아가 구경하면서, 앞에 있는 아가씨의 엉덩이를 슬쩍 꼬집는다.

아가씨 "에그머니나 아프데이. 누꼬? 저기 오마루 씨, 여기로 와 주지 않겠능교?"

마루 "무신 일이가?"

아가씨 "누군가 내 엉덩이를 꼬집었다 안 카나."

중년여인 "그건 여자가 없는 나라에 태어난 분이겠고마.⁹⁷ 상관 말거래이. 내버려 두소."

야지 "에라이, 기타하치냐. 질 나쁜 장난 치지 말라고."

• • •

97 심한 경멸의 의미.

기타하치　"뭘~ 난 몰라."

하고 말하자마자, 얄밉기도 해서 그 중년여인의 엉덩이를 꼬집어 주려고 한눈파는 체하며 옆에 다가가, 중년여인의 엉덩이인 줄 알고 업고 있는 아이의 엉덩이를 힘껏 꼬집는다.

아이　"아야 아파 아파~."

　으앙 하고 운다.

중년여인　"누꼬? 나쁜 짓거리 하는구마!"

업혀있는 아이　"저 아저씨가 꼬집었데이."

여자　"에잇 나쁜 사람 아이가."

야지　"용서하십시오. 이것 참 남사스러운 사내여."

하고 풀죽어 빠른 걸음으로 이곳을 지나쳐 갔다.

4) 기타노 텐만궁 참배

　남쪽 정문으로부터 들어가 텐만궁 본전에 참배한다.

　　부적과 지갑/ 목에 걸고 다니며/ 소중히 하자
　　지갑 아니 사이후의/ 궁을 옮긴 신사니.[98]

• • •

98 '스가와라 미치자네의 혼을 모시는 다자이후 텐만궁을 옮긴 기타노 텐만궁이다. 사이후의 궁으로서 재난방지에 영험하신 이 궁의 부적과 마찬가지로 목에 걸고 다니는 중요한 지갑(사이후)도 소중히 하자.' 다자이후[大宰府]의 약칭 '宰府[사이후]'와 지갑에 해당하는

기타노 텐만궁은 옛날 오우미近江[지금의 시가현] 지역, 히라比良신사의 신관 요시타네良種가 (스가와라 미치자네)신의 계시를 받고 아사히절朝日寺의 승려 사이친最珍, 우쿄노 아야코右京文子 등과 함께 힘을 합하여 사당을 만들고, 천덕天德 3년(959)에 우대신 모로스케師輔경이 우람한 큰 건물로 신축하셨다. 지금의 기타노궁北野宮이 이것이다. 신전 앞에 와타나베노 쓰나渡辺綱가 헌납했다고 전해지는 석등 있는데 이끼가 끼어 있다.

쓰나의 이름/ 여태껏 썩지 않는/ 석등에 있네
옛날을 지금처럼/ 별 세 개의 가문이.[99]

동향 관음東向観音은 매화나무와 벗나무 두 가지로 스가와라菅原道真[845-903]님이 몸소 새기신 것이라고 한다.

영험하심이/ 사방에 향기로운/ 관세음보살
매화와 벗나무로/ 만드셨다 하므로.[100]

• • •

財布[사이후]'가 동음이의어인 점을 활용한 교카. 원문은 'おまもりを首にかけつゝとうとまんさいふのみやをうつす神垣'.

99 '그 유명한 쓰나가 봉납한 석등, 아직도 별 셋의 문양이 있어서 썩지 않고 있는 것을 보았도다.' 와타나베노 쓰나[953-1024]는 미나모토노 라이코의 사천왕 중 한 명으로서, 라쇼몬의 귀신퇴치 전설로도 유명하다. 가문은 둥근 별 세 개 밑에 한 일자를 그은 문양이다. 교카 원문은 '綱の名はいまだに朽ぬ石燈籠むかしを今に三ツぼしの紋'.

100 교카 원문은 '御利益は四方にかほれる觀世音梅さくらにてつくりたまへば'.

▲ 석등이 늘어서 있는 기타노 텐만궁 경내.

그로부터 기타노신사 경내를 빠져나와 **히라노[平野]** 신사에 참배한다. 여기의 제신은 네 분으로 이마키신今木神: 日本武尊, 구도신久度神: 仲哀天皇, 후루아키신古開神: 仁德天皇, 히메신比口羊神: 天照大神이다.

> 즐거운 식사/ 위해 정식상차림/ 납작공기에
> 아니 히라노신께/ 기도를 올립시다.[101]

5) 은어와 생강

여기 **가미야가와강**紙屋川 기슭에 찻집 두 채가 있었다. 둘은 공복을 느껴 식사하려고 이 찻집에 들어가니, 여자들 맞이하면서 "잘 오셨습니더. 안으로 쑥 가이소."

야지 "뭐 맛있는 게 있을까? 밥도 먹고 싶고 술도 마시고 싶으이. 우선 소소한 것으로 한잔 빨리 부탁합니다."

하고 안쪽 툇마루에 걸터앉자, 여자 술 주전자銚子와 넓적 잔盃을 가지고 온다. 안주는 말린 은어조림이다.

야지 "빨라서 이거 고맙군. 종업원아가씨 한 잔 따르게나. 이크 넘

● ● ●

101 '즐겁게 식사를 하기 위해서 정식상차림의 납작 공기 아니 히라노 신에게 기도하자' 혼젠[本膳]=이치노젠[一の膳]: 일본요리의 정식상차림에서 첫 번째로 나오는, 주가 되는 상. 보통은 된장국, 생선회, 졸임, 야채절임, 밥 등 일곱 가지 품목이 차려진다. 이 상차림의 중심요리라고 할 수 있는 납작공기[히라완, 平椀]의 '히라'와 지명 '히라노[平野]'의 '히라'를 끝말잇기로 사용한 교카. 원문은 'こゝろよく飯くふために本膳の平野の神を祈りこそせめ'.

친다 넘쳐~."

여자 "안주 올리겠어예. 이건 저의 '온 마음 그대로'라예."

야지 "허어, 이 은어가 자네의 기개라니 뭐지?"

여자 "내사마 당신이 '강 은어'['귀여워'의 유사음][102]라는 마음이데이."

야지 "이거야말로 고맙군. 그럼 자네에게도 주지. 어디, 나도 내 기개의 안주 드리지요."

여자 "오호호호호, 이 생강이 와 당신의 마음잉교?"

야지 "나는 '날생강'['부끄럽네'의 유사음]~."[103]

기타하치 "하하하하하, 억지로 잘도 갖다대는군. 그런데 종업원아가씨, 꼬치두부에 밥 빨리 주게."

여자 "예 예, 이제 금방."

이윽고 여자, 꼬치두부와 밥을 갖고 온다.

6) 공야당 승려와의 밥잔치

둘은 식사하면서 보니, 칸막이 건너편에 몹시 누추한 승복행색의 두 명이 있었다. 더러워진 삼베옷을 입고 이들도 두부꼬치구이에 밥을 먹으면서 한 승려가 말하는 것을 듣자 하니, "어때 얏카이보^{役戒坊}[밭

●　●　●

102 강 은어의 '가와 아유'와 귀엽다의 '가와유이'가 유사한 발음임을 이용한 말장난.

103 말린 생강이 아닌 잎 달린 날생강인 '하지카미'와 부끄러움/부끄럽다의 '하니카미/하즈카시'가 유사한 발음임을 이용한 말장난.

▲ 호리병박을 두들기며 죽봉에 짚을 감아 매단 차선을 팔고 다니는 공야승은 검은 승복에 두건차림이다. 주인집 아기를 업고 있는 소년점원이 구경하고 있다.

음을 직역하면 '애물단지승려', 네놈 머리는 어디에서 매노?"

얏카이   "암, 못카이보持戒坊[발음을 직역하면 '말썽꾼승려],[104] 자네도 내가 매는
곳에서 매그래이. 거기는 억수로 잘 맨다 아이가. 내사마 오랫동안
논코 상투[105]로 매었었는데, 지금은 유행하지 않으이까네 이것 봐
라. 라이시雷子[106]풍으로 매게 했는데, 억수로 기분이 상쾌해서 더할
나위 없데이."

라고 말하면서 하늘색浅葱[아사기] 두건을 벗으니 이 스님, 몸에는 삼베
옷 두르면서 머리는 빈모를 쓸어 올려 말아 맨, 연극의 미남 배우형[야
쓰시][107]머리이다. 야지로베 기타하치 이것을 보고 소스라치게 놀라면
서 우습기도 하여 신기한 듯 엿보고 있으려니,

얏카이['못카이'의 오기]   "아하, 과연 잘도 매어댔고마. 내사마 우리 제
자 승에게 매게 하는데, 정말 정말 정수리 면도[사카야키][108]가 엉망이
니께 보래이, 어느새 이케 뒷머리부분까지 바싹 면도해 버렸데이."

하고 이 자 또한 두건을 벗으니, 뒷덜미의 움푹 파인 곳에 상투가 있
을 정도로 바싹 밀어 버린[소리사게][109] 종복무사[얏코]풍이다.

• • •

104 얏카이[厄介] 못카이: '귀찮다, 성가시다'는 '얏카이[厄介]'의 강조표현임. '役戒坊 持戒坊'라
   고 승려의 이름처럼 보이는 한자를 써서 애물단지, 말썽꾼, 식객이라는 뜻을 풍기게 하
   는 골계.
105 논코마게: 겐로쿠시대[1688-1704]부터 교호[1716-1736]무렵까지는 멋쟁이의 머리로 유행
   했던 헤어스타일. 19세기 초반에는 고풍스런 복고풍이 된다.
106 라이시[雷子]: 당시 관서지방의 인기배우 아라시 산고로[嵐三五郎: ?-1833]의 아호. 그가 유
   행시킨 헤어스타일로 했다는 의미.
107 야츠시: 가부키에서 지체 있는 집안 자제가 의절당해 영락한 모습으로 유랑하는 역할이
   전형적으로, 미남배우가 맡는 역할이다.
108 사카야키[月代] : 에도시대 남자가 이마에서 머리 한가운데에 걸쳐 머리를 밀었던 것.

도저히 이해가 안 되던 야지로, 참다못해 "저기 옆에 계신 손님, 저희는 먼 고장 사람입니다만, 여기저기 걷다 보니 각양각색 여러 가지 희한한 일도 보고 듣고 했습니다만, 승려님들이 머리 맨 것을 보는 것은 실로 지금이 처음, 아무래도 납득이 안 갑니다. 실례입니다만 댁들은 어디 분이신지요?"

얏카이보 "아하, *이 머리의 불심검문이려냐?*[110] 우린 공야당^{空也堂[四条堀} _{川에 위치]}[111]의 승려이고마."

야지 "그렇군요. 이야기로 듣고 있었습니다. 그 차선^{茶筅[챠센]}[112] 파는 분이군요."

얏카이 "그렇고마. 우리 종파의 행색은 옛날부터 유서가 있으이까네, 이케 몸에는 먹물들인 승복을 착용하면서도 머리는 완전히 속된 범부[중생] 풍이고마."

야지 "그걸로 잘 알겠습니다만, 왜 또 댁들이 계신 곳을 '공야당'이라고 하는지요?"

얏카이 "그건 말이데이, 우리 종파에서는 무신 영문인지 대대로 모

• • •

109 소리사게[剃下げ]: 두발을 넓게 면도하여 양쪽 빈모를 조금만 남기는 헤어스타일로, 하급 무사가 매는 천박하고 촌스런 머리스타일로 여겨졌음.
110 가부키『스케로쿠 인연의 에도벚꽃』[助六所縁江戸桜]에서 스케로쿠가 머리띠에 대한 질문을 받고 하는 대사 "이 머리띠의 불심검문인가"를 의식하고 있다.
111 공야당[空也堂]: 헤이안 시대의 승려 구야[空也; 903경-972]가 시작했다고 함. 징이나 바리때, 호리병박을 두드리며 찬불가나 가락을 붙인 염불을 부르면서 춤추며 걸어 다님. 오로지 염불만이 극락왕생의 길이라고 여기므로, 육식과 처자식을 허용한다. 현재의 京都市中京区蛸楽師通油小路西入ル亀屋町光勝寺를 지칭함.
112 차선[茶筅] : 더운물을 부은 말차를 저어서 거품을 일게 하는 도구. 길이 10센티미터 정도 되는 죽통의 하반부를 잘게 쪼개어 그 끝을 안쪽으로 구부린 것.

두 엄청난 대식가로 밥이든 뭐든 얼마든지 잘 먹응께, 오전공양 오후공양에 불려가도 억지로 권하면서 '더 먹겠소? 어떻소?食うやどう[구야도][113]하고 사람마다 말하던 것을 그대로 '공야당空也堂[구야도]'이라 카는 기다."

못카이 "그라이까네 이것 보래이. 여기에 잠깐 들렀을 뿐인데, 둘이서 밥 세 그릇[오하치] 먹었다 아잉교."

야지 "거참 터무니없는 대식가네요. 하기야 우리도 제법 먹곤 했지. 언제던가 시나노信濃[지금의 나가노현]에 갔었지요. 좌우지간 그쪽은 밥의 명산지[많이 먹기로 유명한 곳]이니까 우선 아침에 쓱 일어나자 다과 삼아 대머리장님의 머리만 한 주먹밥을 내옵니다만, 그쪽 작자들은 어린애조차 그것을 열네다섯 개씩이나 먹습니다. 우리는 때마침 몸이 안 좋아서 변변히 식욕도 없었습니다만, 열일고여덟 개 정도나 먹었을까요. 그러자 이윽고 밥이 다 되었다며 거기 주인이 말하기를, 에도 손님은 몸 상태가 나쁘다고 하시니까 오늘 아침은 보리밥을 지었습니다라며 좌우지간 참마 즙을 갈기도 잘 갈아서 양념절구통 스무 개 정도를 거기에 늘어놓았다고 상상해 보십시오. 그러자 참마 즙을 밥공기에 담는 것이 귀찮다고, 집안사람들 모두 그 절구통을 하나씩 맡아 보리밥을 그 안에 산더미처럼 담아서 먹고 있네! 나도 금식이나 마찬가지 상태로 있었지만 보리는 매우 좋아하는 음식이었기에 참을 수 없어서, 하다못해 (한 숟가락 아니) 한 절구라도

· · ·

113 '空也堂'이 '먹겠소? 어때요?(食うやどう)'와 동음인 '구야도'인 점을 건강부회한 말장난.

뜨려고 먹기 시작했더니, 입에 닿는 감촉이 얼마나 좋던지 쭈룩쭈룩 아무렇지도 않게 미끄러져 들어가, 마침내 절구로 대여섯 통이나 먹었던가 했지요. 허나 지금은 도무지 식사량이 줄었습니다."

얏카이 "허 참 그쪽도 밥은 풋내기[아마추에]가 아이다 아이가. 어떻노? 밥잔치飯盛り[메시모리]하지 않겠나?"

야지 "그 메시모리[매춘부: 밥 푸는 여자]가 여기에도 있을까?"

얏카이 "하하하하, 당신이 말하는 건 역참 매춘부 아잉교? 그게 아이다. 우리 무리끼리 하는 말로, 술 마시는 자들이 '술잔치酒盛[사카모리]'라고 하는 것과 동격으로, 서로 밥을 주고받는 것을 '밥잔치'라 칸다. 쪼메 해 보제이. 다행히 내도마 아직 밥을 덜 먹었으이까네 *상대가 필요한 보물 상자~*[114]다 아이가."

기타하치 "이쩐지 재미있을 것 같은데 그건 어떻게 하는 것인지요?"

얏카이 "글쎄 우야든지 간에 해 보소. 여보쇼 종업원아가씨! 잠깐 와 주소. 밥공기 추가데이."

여자 "예 예." 하고 밥공기에 가득 가져오자,

얏카이 "자 시작하지 않겠나? 야아, 주인 역으로 내부터 하겠고마." 하고 엽차 부어서 먹는 밥공기에 밥을 담아 후딱 먹어치우고, "자자, 당신 드릴까예." 하고 야지로에게 그 밥공기를 들이대며 주격을 잡고, "술잔치라면 술 따르기[오샤쿠]일 텐데, 밥잔치이니께 주격

- - -

114 일본의 전래동화 '우라시마 타로'의 '열어서 원통한 보물 상자'[아케테 구야시키 다마테바코]의 뉘앙스와 발음을 의식해서, '상대가 필요한 보물 상자'[아이테 호시사노 다마테바코]라고 말한 것임.

[오샤쿠시]으로 풀까요?"라며 야지로가 들고 있는 공기에 밥을 수북이 담는다.

야지 "이거 내가 먹는 건가?"

얏카이 "하모하모."

야지 "아하, 알았습니다. 술잔을 돌리는 것과 같은 이치로군."

　야지로 그 밥 한 공기를 다 먹고 그릇을 얏카이 쪽에 권하자,

얏카이 "이거 훌륭하데이. 한 그릇 더 하겠능교?"

야지 "아니 우선 댁부터."

못카이 "글쎄 당신 이어서 한 그릇 더하소. 내가 거들겠고마."

하고 억지로 또 한 공기 수북이 담자,

야지 "그럼 댁이 도와서 먹어 주시오." 하고 밥이 들어 있는 채 공기를 못카이에게 넘기니, 못카이보, 세 입 정도 먹고 "이것도 술이라면 '입댄 잔 그대로 내미는 거[쓰케자시]'지만서도, 밥이니께 '먹다 남긴 거[구이사시]'[115]이구면."

야지 "에라이, 댁의 그 수염투성이 양치질하지 않은 입으로 먹다 남긴 건 사양하겠네. 게다가 저런 저런, 콧물을 떨어뜨리고 말이지."

못카이 "무신 말 하는 기가. 그런 말 해서 (술자리친목 아니) 밥자리친목이 꾀해질 리 있나. 퍼뜩 잡수시고 아무에게라도 권하는 게 좋다 아이가."

• • •

115 쓰케자시[付け差し] : 자신이 입을 대었던 잔이나 담뱃대를 그대로 내밀며 권하는 것. 유곽 등에서의 친밀감의 표현.
구이사시[食い止し]: 먹다 만 음식.

야지　"거참 정나미 떨어지는구먼. 아이고, '밥잔치'라고 하는 건 불결한 게로군. 나는 더 이상은 사절하겠네."

얏카이　"야아 당신, 보리밥을 절구로 네다섯 통 잡숬다고 안 했나? 비겁한 소리 하신데이. 이렇게 합시더. 한번 가위 바위 보[116]로 갑시더."

야지　"그럼 가위 바위 보로 갈까."

못카이　"좋데이. 그 대신 절대로 좋다 싫다 군말 없기데이."

하고, 예의 공기 위에 밥을 더 담아서,

못카이　"자 자, 사쓰마 권薩摩拳이다. 3이야!"

야지　"5다 5!"

못카이　"10! 대단하지? 대단하지? 자 자, 잡수소. 그라니께 밥공기 추가네이."

하고 억지로 들이밀자, 야지로 체면상 오기를 부려 가까스로 먹어 치운다.

얏카이보　"한 그릇 더 하소. 공기를 바꿀 때다카이."

야지　"아니 더 이상은 사절 사절!"

얏카이　"이거 참 형편없고마. 당신은 촌사람 아이가. 통보리나, 맷돌로 거칠게 쪼갠 보리 섞은 것을 늘 잡수시고 있으이까네, 이런 순 쌀밥은 잘 못 잡수시는 거겠지에."

야지　"뭘 우린 멧돼지 뿔 같은[상아처럼 흰] 밥이 아니면 안 먹습니다."

• • •

116 켄자케[拳酒]: 가위 바위 보를 해서 진 사람에게 술을 마시게 하는 게임.

얏카이 　"그란교. 이게 멧돼지 뿔(같은 흰쌀밥) 아이가."

야지 　"그럼 그릇 바꿀 때 댁에게 흑기사[聞아이][117]를 부탁합시다."

얏카이 　"거 참 좋데이. 이왕이면 커다란 걸로 (마지막 술잔 아니) 마지막 밥그릇 삼지 않겠나?"

하고 채소절임이 들어 있는 사발[돈부리]을 비우고 밥을 담아 게 눈 감추듯 먹어 치우고 못카이보에게 돌리자 이자 또한 듬뿍 담아서 깨끗이 먹고는, "자 드리겠고마. 야아, 밥으로 끈적끈적하네." 하고 툇마루의 세숫대야에 사발을 넣어서 씻고, "자 깨끗이 행궜데이. 마지막 밥그릇! 마지막 밥그릇!"

야지 　"아니 아니, 더 이상 안 되네. 그리고 더럽군. 남이 뒷간 다녀온 손을 씻는 세숫대야에 행군 사발, 그걸로 어떻게 먹을 수 있겠냐고."

얏카이 　"그라모 이 밥공기로."

야지 　"야아 이젠 배가 터질 것 같네. 게다가 듣게나. 방금 한 그릇 해 치우고 있을 때 뭔가 품안에서 뚝 하는 소리가 나서 더듬어 보니, 엣추살바[越中褌] 끈이 끊어질 만큼 배가 팽팽하게 당겨 오는 것을, 이젠 정말 용서하게 용서해."

얏카이 　"하하하하하, 이제 관두소. 마지막 그릇이데이. 이 보래이 종업원아가씨, 얼마가? 계산해 주이소."

여자 　"예 에, 참께 힐까예?"

얏카이 　"그렇데이."

• • •

117 아이[聞]: 술을 대작하는 자리에 제삼자가 끼어들어 대신 마시는 것. 흑기사.

여자　"술과 두부꼬치의 대금은 80문[2,400엔]으로 됐는데에, 밥은 572문 [17,160엔] 받고 싶습니더."

얏카이　"거 참 억수로 싸다 아이가. 각자 부담으로 할까."

하고 이 대금 계산해서 절반 지불하니,

야지　"그건 너무하네. 밥은 댁들이 잔뜩 먹고서 나는 겨우 한 상이나 두 상 먹은 걸, 절반씩 나누는 것은 찬성할 수 없네."

못카이　"무신 말씀 하는 기가. 한 자리에서 밥 잔치한 걸, 잘 안 먹은 건 당신 사정 아이가."

하고 입씨름하다가, 이 또한 논리일변도에 야지로베 할 수 없이 마침내 반으로 나누어 이곳 계산을 마친다. 두 승려는 벌써 앞서 나가 버렸다.

기타하치　"하하히하하, 좋~은 구경거리여. 자 야지 씨 어때 가지 않겠나?"

야지　"그려, 가고 싶지만 너무 과식해서 움직일 수가 없네. 어서 손을 잡아당겨 슬슬 일으켜 세워 주게."

기타하치　"에라 한심하구먼. 어서 일어나!"

야지　"이거 말이야, 거칠게 다루지 말게. 밥이 입에서 나올 것 같다고."

기타하치　"참으로 지저분한 소리 하네. 자자, 일어나 일어나라고."

라고 하면서 야지로의 손을 잡고 일으켜 세워 주니, 가까스로 일어나 나간다.

여자　"편안히 가세요."

기타하치　"예 신세졌습니다. 자자, 야지 씨 가지 않겠나. 어떡할래? 어떡할래?"

애당초부터/ 사람을 희롱하여/ 몇 그릇이나
무턱대고 밥 먹은/ 공야사찰의 승려.[118]

7) 말 그늘에 숨었다가

그로부터 또다시 **텐진 신사** 경내로 되돌아왔는데, 동쪽 문으로부터 이치조一条거리로 나가는 길을 몰라 얼떨결에 원래 왔던 남문으로 나왔다. 그런데 뜻밖에 예의 사다리를 맡긴 찻집 문간 근처인 것을 야지로베 알아차리고,

야지 "잠깐 잠깐, 아까 그 사다리가 역시 저기에 기대어 세워져 있군. 젠장 이쪽으로 안 왔으면 좋았을 걸. 기타하치, 또 되돌아갈까?"

기타하치 "과연, 저기에서 쉬지 않고 지나쳐 가다가 행여 발견되었을 때, 예의 사다리 갖고 가라고 할 테고, 그렇다고 해서 또 되돌아가는 것도 성질나는군. 어디 좋은 꾀가 있을 법 한데."

하고 멈추어 서서 궁리를 하고 있자니 우콘右近 승마장의 빌려주는 말 한 마리, 거간꾼博労[말장사꾼]이 끌고 오는 것을 보자마자,

기타하치 "야아, 좋은 수가 있다 있어. 저 말 옆구리 쪽에 바싹 붙어서 찻집 앞을 시나가면 말이 그늘이 돼 주니까 설마 발견할 수는

• • •

118 희롱하다[茶にする]의 '차'의 연상어[緣語]로 '밥'을 사용하고, '먹는'[食う, 그의]과 '공'[空, 그의]을 동음이의어로 활용한 교카. 원문은 'はじめから人を茶にして何ばいもやたらに飯を空也寺の僧'.

(66) 도착: 교토[京都]

【도판53】《즈에図会》교토·도착[京·上り]
= 원작7편 하·교토의 에피소드를 뒤에 차용

'(여행을) 결심한 징조가 좋다고 마음도 가벼이 쉰다섯을 넘어
도착한 교토 오늘은 설날'

기타하치 "야지 씨, 여러 가지 것을 떠들어대서 에누리해 준 거여. 어차피 하는
수 없으니까 당신이 그걸 들고 걷게. 우하하하 우하하하 우하하하."

(야지) "이런 것을 깎아대서 완전 망했다. 정말 어쩔 수 없군."

(오하라 여자1) "돈을 받았으면 이제 됐어요."

(오하라 여자2) "야, 꼴 좋~다."

(은거영감) "엄청난 덜렁이어."

(예복차림의 무사) "이것 참 쾌씸한 일이로구나."

「하나 남으면 오쓰[大津], 두개 남으면 구사쓰, 세 개 남으면 이시베, 네 개 남으
면 미나쿠치[水口], 다섯 개 남으면 미야[宮]로 돌아간다.」

없지 않을까?"

야지　"옳거니 그게 좋겠군. 이거 참 훌륭한 생각이네, 훌륭한 생각
　　이여."

하고 뒤에서 오는 빌려주는 말을 가늠하고 있는 사이에, 드디어 곁에
다가왔으므로 둘은 함께 나란히 말 그늘에 숨어서 가는데, 마침 그 사
다리를 맡긴 찻집 앞에 이르자 말은 멈추어 서서 움직이지 않는다.
둘은 앞질러가다가 찻집에 들키기라도 하면 부질없다고 같이 말 옆
구리 쪽에 붙어 멈춰서 있다. 거간꾼 말을 치며, "젠장 할, 이 몹쓸 새
끼는 뭐 하는 기가? 날이 저문다 안 카나" 하고 때리지만 움직이지 않
는다. 이윽고 말은 소변을 힘차게 좔좔좔~. 그 물방울이 튀어서 야지
로 기타하치는 소변 투성이가 된다.

야지　"에라이, 이거 또 한심한 꼴을 당하네."

기타하치　"아이고 냄새야 냄새. 저런, 야지 씨 당신 쪽으로 흘러가네."

야지　"빌어먹을 새끼가 엉뚱한 봉변을 당하게 하는군. 이런 이런."

하고 휙 비켜서니, 건너편 찻집 문간에 있던 여지 눈치 빠르게 발견하
고, "저기예 저기예, 이쪽입니데이. 어서 들어오이소."

기타하치　"이크 봐라, 들컸다."

야지　"이거 감당 못 하겠군. 못 하겠어."

하고 쏜살같이 달려 나가니, 찻집주인 뛰쳐나와, "이보래이, 사다리가
있사옵니더. 어~이, 어~이" 하고 소리쳐 불러대도 귀도 기울이지 않
고 둘은 (시뻘겋다 못해) 시커멓게 되어 달린다. 둘은 숨을 헉헉거리며
간신히 달려 나가 시모노모리 下の森를 지나, 원래의 **천본거리** 千本通로 나
왔다.

▲ 미부채소를 경작중인 듯한 농민에게 길을 묻는 야지 기타.

오늘 밤은 **시마바라**島原의 유곽을 구경하다가 싼 기생집이라도 있으면 하룻밤 지내자고 합의하고, 가는 도중에 통행인에게 물으며 천본거리를 (남쪽으로) 내려가다 보니, 마을을 벗어나 도지東寺·護国寺사찰에 당도한다.

> 꺾기 위해서/ 손 내미는 사람은 /귀신이리라
>
> 도지사찰 부근의 /꽃 만발한 가운데.[119]

그로부터 미부절壬生寺을 참배하고, 여기에 갈대발을 문 앞에 세워두른 이상야릇한 찻집[120]에 끌려들어가, 그날 밤 숙소로 정하고 드러누웠다. 이튿날 시마바라를 구경하고 슈자카노朱雀野[시마바라 일대의 지명]로부터 단바丹波간선도로를 가로질러 요도淀의 오하시大橋다리[121]에 당도하여, 여기에서부터 하행선(낮 배)을 얻어 타고 오사카로 향했다.

• • •

119 '동사 부근에 만발하게 피어 있는 꽃을 꺾으려고 손을 내미는 사람은, 쓰나에게 팔을 내밀었던 그 귀신과 같은 사람이리라.' 요곡 『라쇼몬』羅生門에, 東寺 근처에 위치한 라쇼몬에 살고 있던 귀신[茨木童子]의 팔을 와타나베노 쓰나가 잘라냈다는 이야기가 묘사된다. 원문은 '手折んと手を出す人ぞ鬼ならめ東寺わたりの花のさかりに'.

120 교토의 공창가가 시마바라 지역이라면, 미부 지역에는 사창가가 있어서 각 가게 문에는 갈대발을 둘러친다.

121 우지가와강[宇治川]·키즈가와강[木津川]·카츠라가와강[桂川]이 합류하는 요도[淀]의 북쪽에 위치한 우지가와강에는 '요도코바시[淀小橋]', 남쪽에 위치한 키즈가와강에는 '요도오하시[淀大橋]'가 있어서, 교토·후시미와 오사카를 연결하는 중요한 길목이었다.

東海道中膝栗毛

『동해도 도보여행기』8편

―오사카에서―

1809년 정월 간행

▲ 책 포장지[후쿠로].

▲ 서두그림: 천하의 부엌이라고 일컬어진 오사카를 대표하는 '도지마 미곡시장'의 모습. 여기에서 정해진 쌀값이 1943년까지 일본전국의 기준이 되었다. 쌀거래에서 싸움이 일어나 서로 물을 뿌려대는 것을 말리는 중재인들이 물을 맞고 있다.

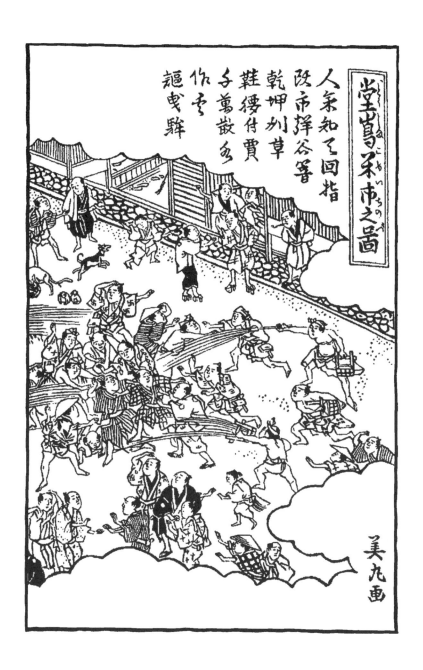

堂島米市之圖

人気を知て回指
殿市擇谷箸
乾坤列草
鞋褄付賈
子萬嵌多
作を
颪曳驊

美九画

259

▲ 서두그림: 인형극은 오사카가 원조이며 가장 번창했다. 그중 다케다 오미인형극의 상연 모습. 상자 안에 설치한 무대에서 인형을 실과 바퀴로 조종하는데, 여기에서는 파도에 떠오른 도모모리 망령을 요시쓰네 일행이 대적하는 '후나벤케'에 대해서 연기자가

소개말을 하고 있다. 의자에 걸터앉아 관람하는 네덜란드인 일행 뒤에는 그들을 초대한
관료들 및 관람석 왼쪽 옆에는 일반인의 출입을 제지하는 듯한 관료모습도 보인다.

『동해도 도보여행기』
8편

―

상권
(오사카)

오사카 첫날
도톤보리・나가마치의 가와치 여관에서

1) 오사카의 명물

두루두루 빛나는 나니와難波[오사카] 항구도시는 천하에 수려하고 드문 대도시로 여러 지방의 상선들, 기즈가와강木津川과 아지가와강安治川[1] 두 강어귀에 뱃머리를 나란히 하여 닻을 늘어놓고 갖가지 화물을 매매하니 이곳의 번창함이란 이루 말할 수 없을 정도다.

특히 꽃 피는 봄에는 요도淀강에 (배를 타고) 노를 저어 벚꽃궁[요도 강가에 위치한 신새에서 놀고, 아미지마網島[京橋 북쪽 備前島에 위치]의 후나우鮒卯 요정에서 취기가 돌고, 여름에는 난바 신지難波新地[도톤보리 남쪽에 위치]의 더위사냥으로 만닛불[사창가 매춘부의 별칭]잡기 놀이 하고, 마메豆 찻집에

● ● ●

1   둘 다 요도[淀]강의 지류.

서 배를 채우고, 가을에는 우카무세浮瀨[天王寺근처에 위치]요정의 달, 겨울에는 도키후네 동네解船町[阿波座근처]의 설경, 사계절마다의 경치 많은 가운데, 아무리 보아도 싫증나지 않는 꽃 같은 유곽[공창가인 新町]은 언제나 봄 한창때처럼 흥청거리고, 도톤보리道頓堀에서 하는 연극은 늘 배우가 총출연하는 첫 무대 같아서 관중이 끊임없다.

2) 가와치여관에 투숙하다

이러한 평판 드높은 지역을 못다 보는 것도 본의 아니라고 예의 야지로베 기타하치라고 하는 자, 후시미伏見의 낮 배[2]에 뛰어올라 타서 어느새 오사카의 하치켄야八軒屋[지금의 大阪市東区][3]선착장에 이르렀다. 여기에서 배를 내렸는데 벌써 해질 녘인시라 동서를 모르겠고 남북을 분간 못 하겠기에 사람들에게 수소문하고 물으면서 **나가마치**長町[지금의 大阪市南区. 道頓堀근처]동네를 향해 나아가는데, 사카이 스지堺筋거리를 남쪽으로 닛폰바시日本橋거리로 나왔다. 그러자 여관호객꾼들 여기에서 대기하고 있다가 둘을 발견하고 여관 교섭을 해 오자 즉시 정해져, 곧

• • •

2 후시미의 요도강을 낮에 출발해서 오사카로 내려가는 배. 6편 상권에서 탑승했던 '삼십석 배[산짓코쿠부네]'로 보인다. 하루 두 편 즉 낮에 출발하는 낮 배와 밤에 출발하는 밤배가 있었다. 6편 상권에서 야지 기타는 밤배를 탑승했으나 실패해서 교토로 되돌아오고, 7편 하권 말미 및 여기 8편 상권에서는 6시간 소요 되는 낮 배를 탑승한 듯하다 .
3 하치켄야八軒屋 : 요도강의 텐마다리 남쪽 끝에서부터 텐진다리까지의 강기슭을 지칭한다.

장 이 나가마치의 7번가七丁目에 있는 훈도 가와치여관分銅河内屋이라고 하는 곳에 데리고 갔다.

여관호객꾼 앞서 달려 나가면서, "자 자, 손님분 모시고 왔데이."

여관 지배인 "이거 참 잘 오셨습니다. 몇 명이시옵니까?"

야지 "예이, 동행 47인."

지배인 "뭐라꼬요 마흔일곱 분요? 이보래이 이보래이, 오산하녀 이름 씨! 여러 분이시라 카이. 서쪽 안방 칸막이를 떼어내 드리라. 아주 깨끗하게 쓸어내는 게 좋다 아이가. 이것 보래이, 구산ㅅㅋ하인 이름! 발 씻으실 더운물은 어찌 됐노? 미지근해도 괜찮고마. 찬물⁴ 같은 걸 섞어서 드리라. 퍼뜩퍼뜩. 그런데에 그 마흔일곱 분은 많이 뒤처지시는 건가에?"

야지 "야아, 이들은 앞서 가마쿠라鎌倉로 출발, 우리 둘은 지금부터 센슈 사카이泉州堺의 아마카와야天川屋로."⁵

지배인 "에이 난 또 뭐라꼬. 역시 두 분이가. 이보래이 오쓴하녀 이름 아! 두 분이라 칸다. 이쪽의 한 분 계시는 좁은 곳으로 하그래이."

오쓴 "예 예, 안내해 드릴까에."

그사이 둘은 발을 씻고 올라가 보니 이 여관은 이곳 제일가는 큰

<hr>

4 '더운물'이라고 해야 할 것을 당황해서 거꾸로 말하는 골계.
5 『가나본보기충신장』의 10단 초반부에, 복수를 하기 위하여 가마쿠라로 출발하기 전, 47인의 낭인 중 두 명인 하라 고에몬과 오보시 리키야가, 아마카와야 기헤義平를 방문하는 장면이 있다. 똑같은 문구는 없으나 야지는 이 장면의 분위기를 연상시키는 말을 하고 있는 것이다. 즉 야지는 고에몬과 리키야를 자신과 기타하치에 빗대고 있음. 이 나가마치 동네는 센슈 사카이로 가는 길목이기도 하므로 적합한 대사라고 할 수 있다.

▲ 하치켄야 선착장의 모습. 배에는 고정형 부뚜막이 설치되어 있고, 기슭에서 하선을 돕고 있다.

집으로 대략 방 숫자가 70~80개나 된다고 한다. 둘은 여자의 안내를 받아 가는데 안채 입구 부근에 위치한 다타미 6장짜리 정도 되는 작은 객실로 들어갔다. 그 밖에 한 명, 이 방에 묵고 있었으므로, 지배인 "양해 부탁드립니더. 아무쪼록예 비좁으시겠지만 함께해 주십시오."

이 사람은 단바丹波[지금의 교토와 효고현의 일부] 사람으로, "상관없어유. 자자 이리 오슈."

기타하치 "이거 실례하겠습니다."

야지 "여보시오, 우린 2, 3일쯤 체류하면서 여기저기 구경하고 싶으니까 부탁합니다."

지배인 "예 잘 알겠습니다. 그럼 편안히 쉬십시오."

라는 말과 함께 돌아간다.

단바사람 "이보슈, 댁들은 어데서 왔슈?"

기타하치 "우린 에도입니다. 당신은?"

단바 "지는 단바 사사야마丹波篠山[지금의 효고현] 시골이 고향인디, 이번에 고야高野[6]산에 가는 거예유. 이거 묘한 인연으로 합숙하네유."

야지 "아무튼 '여행은 길동무'[7], 부담 갖지 않는 게 좋습니다."

그사이 여종업원, "식사 올릴까예?" 하고 세 상 갖고 와서 차린다. 식사하는 동안에 여러 가지 있었지만 생략한다.

• • •

6 고야[高野]: 와카야마현에 위치한 真言宗의 靈山.
7 '여행에는 길동무가 소중하고, 세상살이에는 인정이 중요하다[旅は道連れ世は情け]'라는 속담에 의거한 말.

3) 얼굴 알아맞히는 장님 여안마사

이윽고 식사도 끝나고 목욕도 마치자, 얼굴이 곰보자국투성이인 여안마사, 요염한 몸놀림으로 더듬더듬 찾아와서는 "안마치료는 어 떠하시옵니꺼? 부디 주무르게 해 주시지 않겠능교?"

야지　"야아 안마산가? 자네 여자구먼. 게다가 살아 있군. 기타하치 어때, 주무르게 할까?"

기타하치　"내 쪽이 주물러 주고 싶군."

안마사　"에그머니나 우스워라. 무신 말씀하시는 건지. 당신들께선 '에도' 아잉교. 내사마 그 에돗분이 좋습니데이. 나리들은 사내다워 서 말투 같은 게 억수로 시원시원해서 좋다 아잉교."

기타하치　"자네, 눈이 조금도 안 보이나? 보이면 이 안에 엄청나게 멋진 사내가 있는데, 보여 주고 싶구먼~."

안마사　"그럴 테지예."

야지　"어떤가 안마사처자, 이자보다 내가 멋진 사낸지, 그리고 나이 는 어느 쪽이 젊은지 알아맞혀 보게나. 맞추면 둘 다 안마를 받도 록 하지요."

안마사　"그야 단번에 맞힐 수 있데이."

기타하치　"이거 재밌겠군. 자, 나는 몇 살쯤이게?"

안마사　"잠깐만예. 당신은 스물서넛."

기타하치　"이거 굉장한데. 용모는 멋진 사내겠지?"

안마사　"그렇네예. 용안은 도구[눈 코 입]가 잘 갖추어져 있네에."

기타하치　"빠져서야 될 말이냐고."

안마사　"눈이 억수로 왕방울 눈 아이가. 또 코가."

기타하치　"높은가 낮은가?"

안마사　"이케 말하면 역정 내실지 모르겠지만에 분명히 사자춤 코獅
　　　子舞鼻[들창코][8]이겠고마."

단바　"하하하하, 굉장하구먼 굉장혀."

야지　"나는 어떤가?"

안마사　"당신은 억수로 늙어 보인다 아잉교. 연세는 마흔 정도고 피
　　　부가 검고 코가 벌어진 수염투성이 용안이겠고마."

기타하치　"절묘하다 절묘해!"

안마사　"또 (물에 젖어서 불어나듯) 뒤룩뒤룩 몹시 살쪄 계시겠지예."

야지　"야아 틀렸네 틀렸어. 나는 늘씬한 미남."

기타하치　"거싯말하네. 이거 안마사처자의 승리군. 주물러 주게나."

야지　"약속이니까 어쩔 수 없군. 여기로 와 주게나."

안마사　"오호호호호호, 거기로 가올까요?"

하고 야지로의 뒤로 돌아 주무르기 시작한다.

4) 훔친 과자를 도둑맞다

그러자 과자장수 여자가 포개어 올린 상자를 가지고 왔다. "잘 묵

• • •

8　시시마이바나[獅子舞鼻]: 사자춤 코. 낮고 크고 콧방울이 넓은 코.

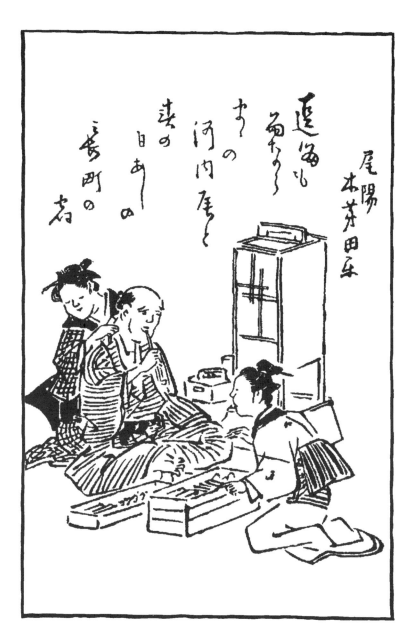

▲ 여관에 찾아온 여안마사와 여자 과자장수. 포개 올려진 3단 과자상자.

으셨습니데이. 과자 사 주시지 않겠능교?"

기타하치 "이런, 차례차례 잘도 등장하네. 제법 괜찮은 과자구먼. 자
네 우리에게 팔 셈인가?"

과자장수 "그렇데이. 내사마 당신들께 팔고 싶어서 팔고 싶어서 견
딜 수 없으이까네, 이리저리 뛰어다니다 간신히 왔습니더."[9]

야지 "관서지방 처자는 수완[손]이 좋군[접객이 능하군]."

과자장수 "손도 발도 없지만 무턱대고 당신들께 반했다 아잉교. 그
리 생각하시고 부디 과자 사 주이소. 어디, 차를 따라 올까에."

하고 과자상자를 내밀어 놓고 부엌에 가자,

기타하치 "에잇 밉살스러울 만큼 나불대는 계집이군."

하고 야지로에게 눈짓하며, 과자상자 아래에 포개져 있는 상자로부
터 슬쩍 아무개 과자를 대여섯 개 꺼내어 뒤에 잽싸게 감추자, 예의
안마사 손을 내밀어 그 과자를 살그머니 낚아채 소맷자락에 넣는 것
을, 기타하치 전혀 눈치채지 못한다. 야지로도 마찬가지로 과자 서너
개 꺼내는데 부엌으로부터 사람소리 나길래 잽싸게 상자는 원래대로
포개놓고 그 과자는 뒤쪽에 감추었다. 안마사 이것 또한 살그머니 가
로채서 소맷자락에 넣는 것을, 야지로도 전혀 몽중 사쿠자에몬夢中作左
衛門[10]상태이다.

그러자 과자장수 여자, 차를 따라 쟁반에 얹어 가지고 와서,

• • •

9 '매춘을 하다'는 뜻의 '팔다'라는 뜻을 내포한 대화를 주고받고 있음.
10 夢中作左衛門: 눈치채지 못하는 사람. '정신 팔리다'는 '몽중'에, 사람이름에 상투적으로
   쓰이는 '사쿠자에몬'을 덧붙여서 의인화한 언어유희.

여자 "자, 뜨신 걸 드소."

야지 "모처럼 자네가 온 것을, 꼭 쌀쌀맞게만도 대할 순 없는 노릇이 지."

하고 과자상자 안에서 (꺼내어),

야지 "이건 얼만가?"

과자장수 "예예, 4전[4문=120엔]짜리 입니데이. 그건 맛없어예. 이쪽을 잡숴 보이소."

하고 죽 늘어놓고 권하니, 야지로도 기타하치도 단바 사람도 저마다 집어먹는다.

기타하치 "어이 잠깐. 무턱대고 먹어서 몇 갠지 알 수 없군."

과자장수 "괜찮습니다. 얼마든지 잡수소. 이쪽 건 공짜로라도 드리 겠고마. 그치? 오타코 씨."

안마사 "그렇데이. 자 됐습니더. 이쪽 분 주무를까예?"

야지 "어? 벌써 끝났나."

안마사 "어서 당신, 지 옆으로 다가와 주지 않겠능교?"

기타하치 "자 됐나 됐나?"

과자장수 "차 한 잔 더 드시지 않을랑교?"

안마사 "오나베 씨, 한턱 쏘그라. 이분들은 억수로 마음씨 좋은 분들 이데이. 자 딩신 드러누우소."

기타하치 "벌써 어깨는 끝났나? 대따 생략해서 하는구먼."

단바 "이거 이녁들의 입담에 걸려서 엄청 과자를 먹어댔네유. 얼마 래유?"

과자장수 "예예, 세 분이서 248전[7,440엔, 즉 62개치]입니더."

야지 "야아, 말도 안 되는 소리 하는구면. 아무렴 그렇게나 먹었을라
고. 기타하치는 몇 개여?"

기타하치 "그게 말이여, 몇 개였더라."

단바 "내는 4문짜리를 다섯 개 먹었으니까 자, 20[600엔] 드리쥬."

기타하치 "그럼 나머지는 둘이서 내는 건가? 어이없군. 과자보담 여
관비[11] 쪽이 싸구면."

과자장수 "뭐라시던 잡수신 걸 어쩔 수 없다 아잉교. 오호호호호호."

야지 "아니, 오호호호 할 때가 아니라고. 엉뚱한 봉변을 당하게 하는
구면."

하고 투덜대면서 할 수 없이 대금을 치러 주니, 그사이 안마사도 안마
를 마쳤으므로,

기타하치 "안마사처자는 얼만가?"

안마사 "예, 두 분이서 동전 한 꿰미[한 줄][12] 주이소."

기타하치 "뭐? 50[1,500엔]씩? 이거 참 비싸다 비싸!"

이 또한 사후인지라 부득불 백 문[3,000엔] 내 주자, 둘은 일어나서
나간다.

야지 "관서지방 여자에겐 방심할 수 없군. 그러나 과자장수계집년
이 우리를 자기 맘대로 다뤘다 생각하고 처돌아갔겠지만, 그건 호
랑이 가죽[맘대로 안 될걸].[13] 이쪽에도 조왕신荒神[부뚜막 신, 수호신]이 붙어

●●●

11 소학관전집의 각주를 참조하면, 본 8편이 간행된 1809년부터 약 20년 전의 이 여관[가와
치야] 숙박비가 216문이었다고 함.

12 동전 백 개 또는 96개를 엽전꿰미로 묶은 한 줄기. 백 문[3,000엔]에 해당함.

13 '그렇게 맘대로는 안 될 것이다' 라는 뜻으로 '그렇게 맘대로는 호랑이 가죽 샅바[そう う

276

있다고. 얼빠진 상판때기하고는. 버얼써 고급과자를 여기에 후무
려 둔 것을 모르는 계집일세."

하고 뒤를 찾는데 좀 전의 과자 보이지 않는다. 기타하치도 마찬가지
로 여기에 두었을 텐데 하고 찾아도 전혀 보이지 않는다. 부엌으로부
터 여종업원, 찻종茶碗[밥공기모양찻잔]과 주전자를 갖고 와서, "무료하시지
예. 갓 달인 차煮花[니바내가 다 되었습니더" 하고 놓고 간다.

기타하치 "젠장 아까 게[과자가] 있으면 딱 좋은데. 어찌 된 노릇일까."

단바 "그야 방금 전 안마사계집년이 훔쳐 갔겠쥬. 하하하하하, 아니
여기에 좋은 게 있슈."

하고 뒤에 있던 버들고리행장을 열고 작은 원통형 나무그릇[마게모노]¹⁴
을 꺼내, "자자, 이건 도쇼마을道修町¹⁵ 상점에서 받아 온 야채 설탕절임
이유. 다과로 하나 드슈."

기타하치 "이거 참 고맙구려. 야지 씨 어때? 듬뿍 해치우게."

단바 "아니쥬, 그렇게나 먹으면 안 되쥬. 이리 주슈."

하고 낚아채어 황급히 치운다.

5) 여안마사의 정체

어느새 여종업원, 이불을 끌고 왔다. "이제 이부자리 펼까예?" 하고

• • •

まくは虎の皮の褌]라는 속담이 있다.

14 마게모노[曲物]: 노송나무, 삼나무 등의 얇은 판자를 구부려 쳇바퀴처럼 만든 원통에 바
    닥을 메운 그릇.

15 한약방이 많기로 유명한 오사카의 한 동네.

그 언저리를 정돈하는 동안, 내실에서 다른 여자 한 명이 베개와 이불을 갖고 와서 던져 넣고 가는 것을 보아하니, 역시 아까 그 안마사이다. 일동 소스라치게 놀라,

야지 "여보시오 종업원, 방금 여기에 왔던 여자는 아까 그 안마사 아니요?"

여자 "그렇습니더."

기타하치 "어째서 눈이 보이지?"

여자 "그건 손님 앞에 나서는데 눈이 보이면 불편하게들 생각하셔서 미안하이까네, 객실에는 그렇게 눈이 안 보이는 시늉해서 나오는 거라예. 이 집에서 생계를 꾸려 살아가이까네 귓갓길에 늘 저렇게 부엌일을 돕고 간다 아잉교."

야지 "야아, 그러고 보니 우리 일을 잘 알아맞힌 것도 당연하군. 눈이 보이는 것을."

기타하치 "그럼 우리가 손에 넣은 것도 후무려댄 것에 틀림없군."

여자 "에그머니나 우스워라. 당신들께서 도둑질한 과자라 카며 내도마 요렇게 받았데이."

하고 소맷자락에서 꺼내 보이며 깔깔대고는 부엌으로 갔다.

기타하치 "웃음거리네 웃음거리!"

야지 "역시 저쪽이 아랫배에 털이 없는[교활한]¹⁶ 거라고. 하하하하하."

• • •

16 교활한 사람을 '아랫배에 털이 없는 늑대'라고 한다.

제대로 안마/ 해 주지 않았는데/ 과자마저도

이쪽에 눈이 없는/ 까닭에 빼앗겼네.[17]

6) 야채절임과 유골

　이렇게 매우 흥거워하며 그로부터 셋 모두 이불 뒤집어쓰고 드러
눕는다. 단바 사람은 어느새 먼저 코를 큰소리로 골기 시작했으나,
둘은 아직 잠들지 못하고 이런저런 이야기를 나누다 보니, 뒷골목 밭
에서 개 짖는 소리 들리고 (야경꾼의) 쪼갠 대나무 소리와 시간 알리는
북소리가 벌써 아홉[9경: 자정 12시경] 번을 다 칠 무렵, 기타하치 머리를
들고, "이봐 야지 씨, 당신 부스럭부스럭 뭘 하나?"

야지　"왠지 잘 못 자겠기에 불쑥 생각난 게, 이것 봐, 발로 이런 것을
　　그러당겼다고."

하고 이불안에서 작은 원통형 나무그릇을 꺼내 보인다.

기타하치　"어럽쇼, 그건 아까 저 사람이 내민 야채 설탕절임이잖아."

야지　"이봐 목소리가 크네. 버들고리행장 옆에 나와 있는 것을 진작
　　부터 점찍어 두고 있었지."

기타하치　"저어, 하나 건네줘."

• • •

17 '변변히 안마도 해 주지 않고 (게다가) 과자까지 빼앗긴 것은, (안마사 쪽에는 눈이 있고 그
　것을 알아차리지 못한) 우리 쪽에는 보는 눈이 없었기 때문이다'는 뜻. 교카 원문은 'ろくろ
　くに按摩はとらずくはしまでもこちに目のないゆへにとられた'.

야지 "잠깐 잠깐."

행등[사각등]이 어두침침하고 멀리 있으므로 자세한 건 모른 채, 그 원통형 나무그릇의 뚜껑을 열고 하나 집어먹자 입에 딱!

야지 "이거야 원 딱딱하네."

기타하치 "어디 어디."

하고 나무그릇을 인계받아 이 또한 집어먹자 입에 폭삭! 질퍽질퍽! "에이 뭐야 오히려 재투성이잖아. 퉤퉷 퉤퉷~."

야지 "이건 야채 설탕절임이 아니구먼. 뭔가 이상한 냄새가 나 는데."

하고 속이 메슥거려 웩웩하는 소리를 알아들은 단바 아저씨, 눈을 뜨고 이 모습을 보자마자 깜짝 놀라서 벌떡 일어나, "아이고 아이고 아이고~ 이녀들 이거 뭐하고 있는 겨? 우리 마누라를 워째서 먹고 있는 겨?"

야지 "뭐? 당신 부인이라니 무슨 소리요?"

단바 "무슨 소리냐니 몰인정하구만유. 그건 부모 몰래 혼인했던 우 리 마누라쥬. 그 용기 뚜껑을 잘 봐유."

라는 말을 듣고 야지로 벌떡 일어나, 각등 앞으로 가지고 가서 그 뚜껑에 적힌 글자를 보니,

야지 "허어, 추월묘광신녀秋月妙光信女. 아이고 아이고 아이고, 그럼 이 나무그릇(안)은 당신 부인의 뼈로구먼."

기타하치 "뭐? 뼈라니, 이거 큰일 났군 큰일 났어. 그럼 그렇지 가슴 이 메슥거리네. 제기랄 어떡하지."

단바 "이녀들 가슴이 메슥거리는 것 보다 내 가슴이 미어져유. 아아,

워쩐댜? 이건 우리 고장 특유의 관례로 그 뼈를 고야^{高野}사찰에 바치러 갖고 가는 거유. 잘도 글쎄 소중한 고인을 워째서 먹었댜? 이녁들은 참인간[올바른 사람]일 리가 없슈. 귀신이여 짐승이여? 워쩐 일이댜 워쩐 일이댜."

하고 소맷자락에 얼굴을 파묻고 엉엉 운다. 야지로 또한 우습기도 하면서 약간 화도 나서,

야지 "에잇 복잡할 건 없다고. 당신이 좀 전에 버들고리행장을 열었을 때 굴러 나온 것을 모르고 있었던 건 그쪽 과실. 그걸 야채 설탕 절임인 줄 알고 먹은 게 이쪽 실수. 자, 반반이네. 아무것도 다툴 건 없다고."

단바 "아녀 아녀, 못 받아들이쥬 못 받아들여. 원래대로 변상혀서 돌려줘유 돌려줘유."

하고 격앙되어 울음 섞인 목소리로 아우성치므로, 기타하치 여러모로 변명을 하고 갖가지로 어르고 달래서 간신히 납득시켜 진정되자, 야지로도 속으로 우스운 것을 얼버무리며, "야아, 정말 참으로 면목 없습니다."

남의 뼈 먹는/ 것도 당연하다네/ 젊었을 적엔
부모 정강이까지/ 갉아먹은 몸인 걸.¹⁸

• • •

18 '자식이 어지간한 나이가 되어서도 부모에게 의지하여 산다'는 '부모의 정강이를 갉아먹다[親の脛かじり]'라는 속담을 이용한 교카. 원문은 '人の骨くふことはり若いとき親の脚をもかぢりたる身は'.

이 야지로의 흥얼거림에 단바 사람도 심기가 풀려 웃게 되고, 이윽
고 기분이 나아져 드러누웠다.

2

오사카 이튿날
도톤보리 북쪽, 고즈신궁 순례길

　머지않아 잠깐 동안의 꿈도 깨고 날이 밝으니, 부엌으로부터 일으키리 와서 세수하자마자 차린 밥상을 셋 모두 먹어 치웠다. 단바 사람은 고야高野산으로 떠나고, 야지로베 기타하치는 2, 3일 체류할 예정이므로 오늘은 이 근처의 명소 한번 보자고 준비하는데, 지배인 나오더니, "야아, 좋은 아침입니다. 오늘은 어느 쪽으로 가시옵니꺼? 그라시믄 안내인을 데리고 가시는 게 좋겠심더."

야지　"정말 그걸 부탁합니다."

지배인　"잘 알겠습니다. 이보래이 사헤지佐平次19 씨 쪼매 오드라고."

하고 부엌으로부터 안내할 남자를 불러, "손님분이 안내 부탁한다 카신다."

· · ·

19　사헤이지[佐平次]: 관서지방말로, 원래는 '인형조종사'를 가리키는 말이었으나, '참견쟁이', '아첨쟁이'라는 뜻으로 쓰임.

기타하치 "여보시오 짚신[조리] 두 켤레 샀으면 하는데."

야지 "아니 한 켤레로 됐네. 난 교토 셋타雪駄[20] 사 왔거든. 아무래도 짚신이어선 촌놈의 관서지방 구경[서울관광]이라고 빤히 내다보여서 볼품없다고."

기타하치 "뭐? 여행길에 겉치레고 나발이고 무슨 소용이람."

사헤지 "준비가 되셨음 나갈까에?"

야지 "자자, 빨리 갑시다."

지배인, 여자들 "다녀오이소~."

그리하여 셋이 다 같이 이 여관을 나선다.

사헤지 "어떻습니꺼? 이렇게 합시더. 천왕사天王寺절 이쿠다마生玉신사는 스미요시住吉신사 참뱃길에 가이소.[21] 오늘은 이쪽으로 가입시더."

1) 망원경의 효능

나가마치長町[지금의 大阪市南区. 道頓堀근처] 거리를 북쪽으로, 히노우에樋の上로부터 **다카쓰 신지**高津新地[지금의 大阪市中央区. 당시 사창가로 유명함]로 나와 우선 고즈[22] 신궁高津宮에 참배한다. 여기는 옛날 인덕천황仁徳天皇이 '높은 누각에/ 올라서 보아하니/ 연기가 나네/ 백성의 가마솥은/ 풍요로운지

* * *

20 셋타[雪駄]: 죽순껍질로 엮은 짚신[조리]의 바닥에 가죽을 댄 신발로, 특히 교토에서 만든 셋타는 고급품으로 여겨졌음.
21 본편 하권의 오사카의 마지막 사흘째 일정으로 그려짐.
22 '高津'를 일찍이 와카 등에서는 '다카쓰'라고 읊었으나, 근세에는 '고즈'라고 하였다. 원문

고'[23]라고 읊으신 사적지여서 지금도 번창하기 이를 데 없다. 신사경내에 삶은 두부湯豆腐,[24] 꼬치구이두부豆腐田楽 파는 찻집 참배객을 부른다. "어서 어서 들어오그래이 들어오그래이. 이리로 이리로 쉬다 가그래이 쉬다 가그래이 쉬다 가그래이."

헌납 조루리[25]의 문지기호객꾼 "지금 하네 지금 하네~ 가미야 도쿠베紙屋德兵衛, 덴만야 오한天滿屋お半, 가와라야다리 시로키야瓦屋橋 白木屋의 막, 다음에는 (요시쓰네) 천 그루 벚꽃義経千本桜의 아마카와야天川屋, 벤케弁慶의 할복,[26] 대사 치는 사람과 연주자가 직접 무대출연出語り[27]하

• • •

에서 특별한 읽는 법 표기가 없는 경우에는 '다카쓰'라고 하겠으며, 신궁인 경우 '고즈'신궁이 현존하므로 '고즈'라고 표기하겠다.

23 가마쿠라시대 초기에 편찬된 칙찬와카집『新古今和歌集』707에 수록되어 있다. 원문은 '高き屋にのぼりて見れば煙たつ、民のかまどはにぎわひにけり'. 작자인 인덕천황은 제16대 천황으로 재위기간이 87년 동안[仁德天皇元年1月3日-同87年1月16日]이라 하나, 그 재위기간에 대한 서기연도로의 환산은 불가능함.

24 유도후: 두부를 다시마 등의 국물에 삶아서 양념장에 찍어 먹는 요리.

25 寄進浄瑠璃: 절 신사 등에서 기부 또는 헌납을 목적으로 공연되었으나, 후에는 기부와는 상관없이 사시사철 경내에서 공연되는 조루리를 지칭한다.

26 여러 연극의 주인공을 뒤섞어 말함으로써 웃게 하는 골계적 표현이다.
가미야 도쿠베[紙屋德兵衛]:『心中天網島』의 紙屋治兵衛와『曾根崎心中』의 平野屋德兵衛를 합성.
덴만야 오한[天満屋お半]:『曾根崎心中』의 天満屋お初와『桂川連理柵』의 信濃屋お半을 합성.
가와라야다리 시로키야[瓦屋橋 白木屋]의 막:『新版歌祭文』이 瓦屋橋와『恋娘昔八丈』의 白木屋의 막을 합성.
천 그루 벚꽃[義経千本桜]의 아마카와야[天川屋]:『義経千本桜』와『仮名手本忠臣蔵』의 天河屋義平를 합성.
벤케[弁慶]의 할복:『御所桜堀川夜討』의 弁慶上使 장면과『仮名手本忠臣蔵』의 勘平 할복 장면을 합성.

27 데가타리: 일반적으로 무대 구석 또는 무대 뒤에서 조루리대사 및 노래하는 사람[다유]과 샤미센 연주자가, 직접 무대에 나와서 읊거나 연주하는 것.

▲ 언덕 위에 위치한 고즈신궁. 돌계단을 올라가는 경내의 모습.

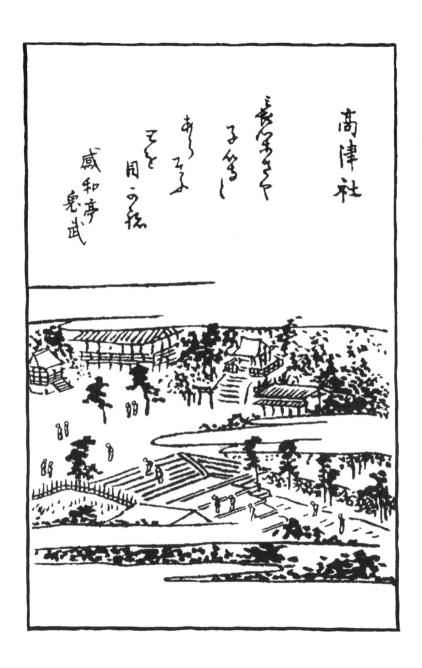

네 직접무대 출연~."

망원경의 광고연설 "자아 보그래이 보그래이, 오사카의 마을 구석구석 개미가 기어가는 것까지 깡그리 보이네. 가까이로는 도톤보리道頓堀의 군중 인파, 그 안에는 스님이 몇 명 있나, 늙은이에 젊은이, 곰보딱지 얼굴이 얼마나 있나, 아낙네가 미인인가 추년가, 찐 고구마 사서 먹고 있는 것도, 강기슭에서 쉬하시는 것도, (도톤보리) 다리 끝의 거지들이 속옷[주반]²⁸의 이 몇 마리 잡았는지 하는 것까지, 손바닥 들여다보듯 훤히 보이는 게 절묘하네. 또 풍경을 보실라 카면, 스미요시 앞바다에 아와지섬淡路島, 효고兵庫의 곶[산자락],²⁹ 스마 아카시須磨明石, 큰 배의 사공이 밥 몇 그릇 먹었나, 이모저모 전부 단번에 알 수 있네. 더더욱 신기한 것은, 이 망원경을 귀에 대시면 연극배우의 대사 치는 목소리, 박자목 두들기는 소리³⁰ 따닥 따닥, 남김없이 들리니 본 거나 마찬가지. 코를 대시면 다이쇼大庄가게의 뱀장어 냄새, 물씬 풍기니 드신 거나 마찬가지. 겨우 4문[120엔]이라니 보는 게 득이라네. 일망천리의 망원경, 이거라네 이거라네."

야지 "안경장수양반, 소문에 들은 신마치新町[공창가]라던가 하는 곳도 가까이 보이는가?"

안경장수 "그렇고마. 이 산[고즈 신새] 바로 옆에 보인다 카이."

야지 "그래선 가까이 보이는 게 아니지. 멀리 보이는 거네."

• • •

28 쥬반[襦袢]: 맨몸에 직접 입는 짧은 홑옷.
29 미사키[岬, 곶, 갑]: 바다 쪽으로 툭 튀어나와 돌출된 육지 부분.
30 쓰케뵤시[付拍子]: 가부키에서 배우가 남다른 제스처를 쓸 때나 난투 장면 등에 효과를 내기 위하여 딱따기로 마루를 치는 것.

안경장수 "와 그런데예?"

야지 "글쎄 이 고즈高津와 신마치新町 사이는 겨우 한 치 3부一寸三分[3.6센티미터]³¹밖에 없는 것을."

안경장수 "그야 당신 오사카의 그림 지도로 봐서 아잉교?"

야지 "그렇소 그렇소. 하하하하, 우선 신궁으로 가지. 아하, 과연 훌륭한 신궁이군."

하고 셋이 다 같이 신전에 공손히 배례하고,

여러 신들과/ 키 대보기 하시면/ 필시 이름처럼

큰 다카쓰의 신궁/ 그 거룩함일지니.³²

2) 뒷간 다투기

그리하여 경내의 돌계단을 서쪽으로 내려가서 **다니마치**谷町 거리로 나왔는데, 배가 어쩐지 출출해졌으므로 다행히 목로주점[선술집]³³ 같아 보이는 가게를 발견하고 들렀다.

• • •

31 한 치[一寸]: 약 3.33센티미터. 1부[分]: 1.1할. 3부=약 0.3센티미터.

32 '여러 곳의 신들과 그 존엄함(의 크기를) 키 재기로 하셔도, 틀림없이 (그 이름처럼) 높은[다카] 다카쓰의 신궁일 것이다.' '높은'을 동음이의어로 앞뒤를 연결한 교카. 원문은 'もろもろの神に脊くらべしたまはばさこそたか津の宮のたうとさ'.

33 이자카야[居酒屋]: 선술집. 삽화를 보면, 술을 데울 때 사용하는 치로리[ちろり: 손잡이와 주입구가 달린 길쭉한 원통형주전자]와, 유노미챠왕[湯呑み茶碗: 밥그릇형 찻잔]이 보인다.

▲ 선술집에서 술을 마시는 아지와 안내인. 손잡이와 주입구가 달린 길쭉한 원통형주전자 '치로리'로 데운 술을 마시고 있다. 술잔 대신 밥그릇형 찻종지 '차왕'으로 술을 마시는 안내인.

야지 "여보시오 뭐라도 있을까요?"

술집주인 "예, 고래껍데기[이리가라]에 새조개[도리가이], 청어의 다시마말이[34] 등이라예."

기타하치 "전혀 모르겠군. 그중에 맛있는 거라면 뭐든지 좋네. 내오게."

주인 "예 예, 곧[잇키니] 올리겠습니다."

야지 "아니, 한 근[잇킨=한 되: 600그램][35]은 필요 없네. 3홉[한 되의 10분의 3] 정도 부탁합니다."

기타하치 "헌데 지저분한 말이지만 용변 보러 다녀오겠네. 뒷간은 어디지? 아아, 있네 있어."

하고 툇마루 앞을 건너편으로 돌아 뒷간에 들어간다. 그러자 이쪽에는 주안상이 나오고,

야지 "자 한 잔 시작하시오."

안내인 사헤지 "우선 당신부터."

야지 "그럼 먼저. 어이쿠쿠쿠쿠. 아아 좋은 술이네. 이것 봐 기타하치! 빨리 안 나올 거야? 술이 모두 없어지네. 빨리 빨리."

하고 재촉하자, 기타하치 뒷간 안에서 마시고 싶어 참을 수 없어서,

기타하치 "그래 알았네. 지금 나가지."

• • •

34 이리가라[煎殼]: 고래 고기를 잘게 잘라서 볶아 지방분을 빼고 말린 관서지방의 식품. 鳥貝[도리가이]: 초밥용 또는 식초로 조미해서 먹는 새조갯살. 니신노 고부마키[鰊の昆布巻き]: 청어의 다시마말이. 이상 세 가지는 관서지방 특유의 음식이다.
35 '곧'에 해당되는 방언 '잇키니'를, '한 근'에 해당되는 '잇킨'으로 잘못 알아들은 것. 잇킨[一斤]=한 되[一升]=600그램. 홉[合]은 한 되의 10분의 1.

하고 허둥지둥 문을 열고 쓱 나왔는데, 불가사의하도다, 술집 안이 아니었다.

　애당초 이 뒷간은 두 집 겸용 뒷간으로, 이 술집과 뒤에 사는 사람네 집 양쪽에서 쓰는 뒷간인지라 저편에도 이편에도 양쪽에 출입구가 있었다. 기타하치 허둥대다가 들어간 쪽의 문을 열지 않고 반대편 문을 열어서 나왔기에 다른 집이었던 것이다. 은거노인 같은 영감님 한 분이 뭔가 손끝으로 자질구레한 세공품을 만들고 있었는데, 기타하치를 보고 간 떨어지게 놀라며 안경 너머로 빤히 쳐다보자, 기타하치도 뭐가 뭔지 통 알 수 없어 갈팡질팡 헤매는 사이, 그 은거노인,

"이보래이, 댁은 누꼬?"

기타하치　"예, 이거 잘못된 것 같은데. 저기요 술집에는 어떻게 가는
　　시요?"

은거　"옳거니, 알겠고마. 댁은 밖의 술집 손님 아이가. 그 툇마루를
　　왼쪽 방향으로 곧장 가소."

기타하치　"예예, 이거 막힌 길인데."

은거　"그 문을 열고 가소."

기타하치　"아하, 또 원래 뒷간으로 들어가지 않으면 갈 수 없구면."

하고 뒷간 문을 열려고 하자, 안에서 "에헴, 에헴."

기타하치　"아뿔싸 길이 막혔네."

라는 말을 듣고 뒷간 안에서,

야지　"기타하치냐? 이상한 쪽으로 나갔구면."

기타하치　"야아, 야지 씨네. 난 '문 헤매기^{戶惑い[갈팡질팡]}'[36]를 해서 뜻밖
　　의 변을 당했네. 빨리 거기를 지나게 해 줘."

하고 문을 열려고 한다. 야지로, 안에서 자물쇠로 걸어 잠그고 "아아 좀 더 기다려 주게. 그리고 (용변 보면서) 용쓰는 건 매우 해롭다고 하니 저절로 나올 시기를 기다리고 있다네. 고로 조금 시간이 필요하군. 아아 무료하네. '종에 원한'[37]이라도 읊을까. 기타하치 거기에서 입으로 샤미센 연주 부탁하이."

기타하치 "젠장, 당치도 않은 소리 하네. 빨리 나와, 나오라고!"

하고 밖에서 밀지만 열리지 않는다. 안에서는 유유자적 도성사^{京鹿子娘}^{道成寺}의 유행가, "*사랑의 공부♪, 어느새 보고 배워서♪, 누구에게 보이려고 입술에 연지 이에 검은 물 들였나♪.*[38] *모두 님에 대한 정절의 증표♪, 아아 기쁜지고 기쁜지고♪.*"[39]

기타하치 "성질 한번 느긋하네. 뭔 일이람."

야지 "*장래엔 이럴 테지요♪, 그렇게 될 때까지는♪, 아무 말도 하지 않고 그냥 넘길께요 하고♪, 언약의 글조차 가짜인지♪, 거짓인지 진실인지♪, 아무래도 참을 수 없어서♪ 만나러 왔다오♪.*"

기타하치 "빌어먹을 이봐, 빨리 안 나올 거야? 안 나올 거야?"

라고 말해도 안에서는 전혀 아무런 기별조차 없으므로 기타하치 안

• • •

36 '갈피를 못 잡음'이라는 '도마도이[戸惑い]'를, 원래 한자 뜻 그대로 사용하는 골계.

37 '종에 원한은 수없이 많다네[鐘に恨みは数々ござる]'로 시작되는 가부키무용곡『京鹿子娘道成寺』를 가리킴.

38 결혼하면 이를 검게 물들여서 유부녀라는 징표로 삼았음.

39 이하 이어지는 노래원문은 '戀の手ならひつい見ならひて、誰に見しよとてべにかねつきよぞ、みんなぬしへの心中だて、ヲ、うれしうれし。すへはかうじやになア、そふなるまでは、とんといはずにすまそゞへと、せいしさへいつわりか、嘘か誠か、どふもならぬほどあひにきた。ふうつうり、恪氣せまいぞと、たしなんで(みても)…'.

**(67)

【도판54】《즈에図会》요시다

= 원작8편 상·오사카의 에피소드를 앞서 제34역참에서 차용

(기타하치) "아이고 아이고, 무서워라 무서워 무서워 무서워~."

야지 "어떡할 거야. 아프다 아파 아파~."

달하며, "어때 이제 나왔나? 에잇 이봐, 야지 씨 야지 씨!"라고 하는데
잠시 "으윽 탁~" 하는 소리 나고, *"따악[절대~⁴⁰ 투기부리지 않겠다고♪
타일러(보아도)♪."*

기타하치 "이것 보라고. 어쩔 거냐고."

야지 "이미 벌써 (용변은) 다 됐는데 기다려. 산 나열^{山尽し41}부분까지
해치우자고."

기타하치 "빌어먹을, 바보소리 작작 해!"

라고 말하자마자 억지로 문을 세게 누르니, 자물쇠 뜯어지면서 기타
하치 뒷간 안으로 굴러들어가니 야지로도 술집 쪽으로 문을 열고 나
가려던 찰나에 문은 떼어져서 넘어진다. 그 위로 기타하치와 더불어
쿵하고 뒷간 문은 뜯어진다.

야지 "앗 아야야야야야~."

주인 달려와서, "이거야 원 뭐꼬? 뒷간 문이 엉망진창이고마."

기타하치 "야아, 애당초 댁이 이렇게 양출입구의 뒷간으로 만들어
놓은 게 나쁘다고."

주인 "그렇다 쳐도 둘이 함께 뒷간에 가는 법이 어디 있노? 어이 상
실이고마."

야지 "용서해 주시오. 우리가 잘못했네."

하고 (다친) 무릎을 문질러대며 가게 쪽으로 나오니,

• • •

40 용변이 떨어지는 소리와 노랫말이 비슷하게 맞아떨어지는 골계. 원문은 딱[ふつり 또는
ふっつり]을 따악[ふウつウり]이라고 운율을 맞추어 표기함.
41 위 노래 조금 뒤에 갖가지 산을 소개, 열거하는 노랫말이 이어진다.

사헤지　"무슨 일 있으셨습니꺼?"

기타하치　"타박상엔 술이 좋다고 하지. 빨리 한잔 마시게 해 줘."

야지　"이곳은 재수가 없다고. 더 앞에 가서 마시게."

하고 이곳 계산을 치르고 서둘러 출발하자, 술집주인 싫은 표정으로 인사도 하지 않고 잔소리하면서 몹시 부루퉁해져 있는 것이 우스워서 둘은 여기를 떠나며,

　　나오는 것이/ 늦느니 빠르느니/ 하고 싸움한
　　이건 우지강의 선두/ 아니 뒷간 빌리기.[42]

• • •

42　겐페이[源平]의 우지가와강[宇治川]전투에서 사사키 다카쓰나[佐々木高綱]와 가지와라겐다 가게스에[梶原源太景季]가 선봉을 다툰 사건[先陣争い]을 빗댄 교카. '선진[先陣, 센진]'과 '뒷간[雪隠, 셋친]'이 유사음임을 활용하였다. 원문은 '出ることのおそいはやいであらそひしこれ宇治川の雪陣かそも'.

덴마궁 순례길

1) 누가 누가 바보인가

그로부터 다니마치谷町 거리를 안당사安堂寺 마을에서 반바番場 들판으로 나와, 이야기 도란도란 길을 따라 가다 보니, 이윽고 **덴마다리**天滿橋에 당도하였다. 실로 요도가와강淀川 폭이 넓은 게 다니는 배들 엇갈려 저어 지나치면서 서로 상앗대질과 더불어 노래하고, 또는 유람선에 샤미센, 북, 요란하게 연주하며 가는 것을, 다리 위에서 통행인 멈추어 서서 "야~이, 야~이, 느그들 그케 호기부려 돈을 처써도, 집에 가면 빚쟁이에게 채근당해시 울상을 지어대겠제. 억수로 바보데이. 바보야 바보야~."

배 안에서 "뭐라카노? 그쪽이 바보아이가~."

다리 위 "뭐라꼬 씨부렁대노? 니놈들이 바보데이."

배 안 "아이고, 잘난 척하네. 바보내기 하까? 이쪽에는 도저히 못 당할 낀데."

다리 위 "뭘 니놈들에게 져서야 되겠나. 이쪽은 바보 위인이데이."[43]
하고 무턱대고 씩씩거린다. 이 남자 일행인 듯, "글쎄 됐다 카이. 니가
억수로 바보인 건 모두 알고 있데이. 내뿌러 두라" 하고 잡아끌고 데
리고 가자, 뒤에서부터 통행인들 저마다, "어이 어이~ 바보 위인 바보
위인~, 하하하하하."

이 와중에 야지로 기타하치도 군중에게 떠밀리면서 이 다리에 이
르렀다. 다리 위와 배와의 싸움, 어느 곳에서나 자주 있는 일이라고
속으로 우스워하며 지나쳐 가는데,

> 까맣게 되어/ 넙다 화내는 싸움/ 그만큼 서로
> 바보야 바보 하고/ 마치 바보까마귀네.[44]

그로부터 이 덴마다리를 북쪽으로 내려와 **이치노가와**市の側 거리를
가는데 여기는 채소시장이 서는 곳으로, 특히나 번창한 지역이다.

> 푸성귀 사고/ 파는 상인인데도/ 물고기마냥
> 꼬리지느러미 있는/ 활기찬 이치노가와.[45]

• • •

43 어느새 입장이 바뀌어 '내가 더 바보'라고 주장하는 골계.
44 (시뻘겋다 못해) 시커멓게 되어 화내는 싸움인 만큼, (서로) 바보야 바보야 하는 소리, (마
    치 시커먼 바보)까마귀(의 울음소리)와 흡사하네.'. '바보까마귀[阿呆鳥]'는 까마귀를 욕하는
    단어인 동시에 바보, 얼간이라고 사람을 욕하는 단어이기도 하다. 교카 원문은 '眞黑に
    なつてはらたつけんくわとてあほよあほよと鳥めかする'.

298

머지않아 **덴마궁**天満宮[현재의 大阪市北区] 신사에 이르니, 참으로 신의 공덕이 위대한 것은 참배객의 떠들썩한 소리로 알 수 있었다. 문간에 선 요정여종업원의 빨간 앞치마 요염하고, 찻집, 양궁장여종업원의 새된 목소리 길손의 마음을 움직이고, 또는 센스케仙助의 노 교겐能狂言,[46] 주시치忠七의 배우성대모사浮世物真似, 그 밖에 산과 바다의 진품 보여주기, 연극, 곡예, 곡마단의 말 공연, 경내에 충만하다.

　　무엇 하나도/ 부족한 것이 없는/ 이 번창함은
　　참으로 이름처럼/ 자유자재 천신님.[47]

2) 폐품장수와 "데이데이"

이리하여 덴마궁 경내를 빠짐없이 순례한 뒤, 레이후靈符사창가 색시의 새하얀 얼굴도 곁눈질로 확인하면서 오야마야小山屋요정의 문간도 허무하게[그냥] 지나치고, **덴진다리**天神橋[덴마다리의 서쪽으로 덴마궁 참뱃길임]

• • •

45　'채소시장의 상인인데도 (어시장의 물고기처럼) 꼬리지느러미가 보이는 (게 활기차고 위세 좋은) 이치노가와 시장이네'. '꼬리지느러미가 보이다'는 '위세 좋고 활기차다'는 뜻. 교카 원문은 '青ものゝ賣買ながら商人に尾ひれの見ゆる市のかはまち'.

46　오사카의 호리이 센스케[堀井仙助]에 의해 길가에 가설 흥행되어 가부키화한 노 쿄겐을 말한다.

47　'뭐든 갖추어져서 부족함이 없는 번창함은, 실로 (자유로이 마음대로 한다는 뜻의) 자유자재천신(님의 덕분이네). '천신'은 '자유자재천신'의 약칭으로, '스가와라노 미치자네'를 '天満大自在天神'이라고 신격화한 데서 온 호칭이다. 교카 원문은 '何ひとつ御不足もなき御繁昌まことに自由自在天神'.

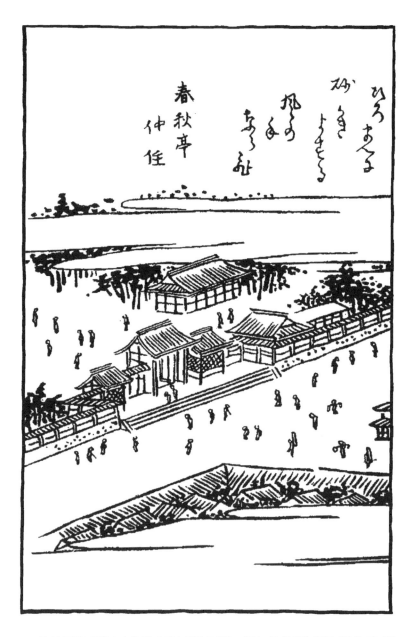

▲ 신사입구돌기둥[도리이] 양옆으로 문전성시를 이루는 동네풍경. 문전마을을 지나면 텐마궁입구이다.

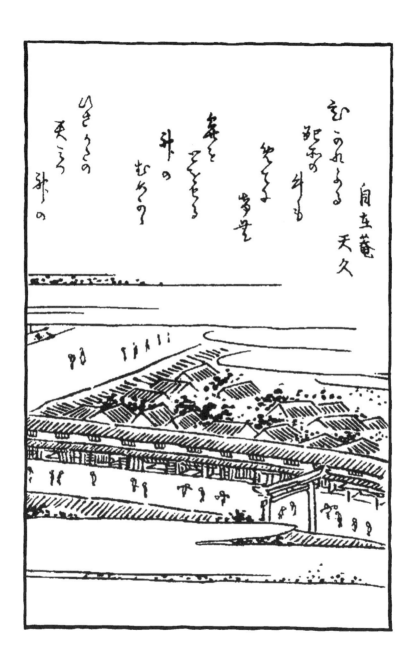

▲ 정찰제 상점의 천간판[노렌] 앞에서 노래하며 구걸하는 '텐텐텐마의 벌거숭이신관'이
라고 하는 거지 둘을 바라보는 나그네. 본문과는 무관한 삽화이다.

거리로 나왔다.

그런데 야지로베가 신은 셋타雪駄[가죽밑창을 댄 짚신] 어찌된 영문인지, 옆쪽 끈이 빠져 버렸다.

야지 "맙소사, 교토사람은 방심할 수가 없군. 보증한다고 땅땅거리 며 처팔아놓고, 억울한지고."

하고 투덜대는 맞은편으로부터 폐품장수, "데이데이デイデイ, 데이데 이~." 이는 오사카에서는 폐품장수가 이처럼 '데이데이'라고 부르며 걷는 것을, 야지로는 에도 식으로 셋타 수선공인 줄 알고 말을 건다. "여보시오, 이 셋타 부탁합니다."

폐품장수 "예, 이건 한 짝 아잉교. 한 짝이어선 아무데도 쓸모없고 마. 보아하니 그 신고 있는 것도 끈이 아무래도 망가질 것 같고마. 함께 하이소."

야지 "정말, 이 녀석도 이제 곧 빠지겠네. 이렇게 된 바에야 함께 해 서 얼만가, 얼마?"

라고 묻자, 폐품장수는 이것을 사들일 작정으로 만지작거리며 "이건 억수로 싼데 괜찮나?"

야지 "아무렴, 뭐든 싼 게 좋지."

폐품장수 "그라모 48문[1,440엔]인데 어떻노?"

야지 "야아, 그건 비싸다 비싸. 24문[720엔] 정도면 되겠지."

폐품장수 "에이 농담도 원."

야지 "글쎄 정말로 24문 24문!"

하고 무턱대고 신발을 들이대므로 폐품장수는 좀처럼 납득이 가지 않았다. 파는 사람 쪽에서 값을 깎다니 희한하고 우습기도 하나, 어쨌든 손해 보지 않는 것이기에 돈을 꺼내어, "예, 그라모 24문으로 깎아드리고 사겠습니더." 하고 24문 야지로에게 건네주고 셋타를 받아 들어 짐 안에 집어넣어서 가려고 한다.

야지   "여봐 잠깐 잠깐! 나한테 돈을 건네고 그 셋타를 어쩌려고?"

폐품장수   "글쎄 샀다 아잉교."

야지   "엉뚱한 소리 하는구먼. 끈이 빠졌으니까 고쳐 달라고 하는 거라고!"

폐품장수   "야아 니는 내를 신발 수선공이라꼬 생각한 기가? 이보래이, 폐품장수는 와타나베渡辺[요도강어귀의 텐마다리와 텐진다리 사이]동네로부터는 나오지 않는다 카이. 억수로 불쾌한 자식 아이가."[48]

야지   "야아, 이 뻔뻔스런 새끼가. 왜 그럼 '데이데이~'라며 걸어 다니는데?"

하고 열불 내기 시작하자, 사혜지 말리며 "아하 알았고마. 이거 당신이 실수했데이. 내사마 아까부터 별난 일이라꼬 생각하고 있었지만서도, 그 에도에서는 신발수선공이 '데이데이'라 카며 다닌다 카던데, 이곳에서는 폐품장수님이 모두 '데이데이'라 카며 다니는 걸 모르싱께 오해하셨다 아잉교. 이보래이 폐품장수양반, 이쪽이 잘못했데이. 용서하이소."

폐품장수   "그렇다 처도 도가 지나친 자식 아이가. 멍청이자식!"

기타하치   "글쎄 착각했네. 그 셋타를 돌려주게."

· · · ·

48 당시 신분적인 격차가 있어서 신발수선공이 폐품장수보다 훨씬 낮은 신분이었음을 알 수 있다.

폐품장수 "싫다 아이가. 내를 신발 수선공이라꼬 씨부렁대서 내사마
　　　　남사스럽다 아이가."

하고 화내는 것을, 기타하치와 사혜지가 가까스로 변명을 해서 셋타
를 돌려받았다.

오사카 자마신궁에서

1) 누가 누가 복권 임자?

　그로부터 야지로는 짚신을 구입하여 신고 셋타는 허리에 끼우고, 덴진다리天神橋를 남쪽으로 건너서 요코보리横堀 거리를 따라 걸어간다. 그런데 여기에 사람들 소란스러운 게 싸움인 듯, 저마다 큰 소리로 욕설하면서 서로 치고 박고하고 있었다. 게다가 통행인이 겹쳐 몹시 혼란스러운 가운데 야지로 기타하치도 사람들에게 떠밀려 빠져나가려고 하는데, 종이에 싼 뭔가가 발밑에 떨어져 있기에 야지로 무심코 주워들어 펼쳐 보니, □八拾八番 이렇게 적힌 종이표이다. 지금은 명맥이 끊겨 이런 일이 없다고 하지만, 이 무렵에는 **자마신궁**座摩神社[南渡辺町, 지금의 東区에 위치]에 제비뽑기가 있던 시절로, 통행인이 이 군중에게 떠밀려서 떨어뜨린 듯 했다. 여기를 멀리 지나치고 나서,

사헤지 "저기 지금 당신이 주우신 건 복권[토미후다][49] 아닐까예?"

야지 "그렇겠지. 여기 '88번'이라고 있습니다."

사혜지 "이건 자마 신궁의 복권이데이. 게다가 오늘이 뽑는 날 아잉교. 아마 지금쯤은 벌써 뽑아 버렸겠고마."

야지 "아무렴. 어차피 떨어뜨릴 정도의 건데 뭐. 꽝인 복권이겠지. 아무짝에도 쓸모없다고."

하고 그대로 구겨서 팽개치는 것을 기타하치가 뒤에서 잽싸게 주워 품속에 넣고 가는데, 이윽고 그 자마신사座摩神社에 당도했다. 오늘은 시주勸化 복권의 추첨 당일, 특히 방금 막 다 뽑았는지 참배 마치고 돌아가는 인파 엄청나게 많아서 밀어제칠 수도 없을 정도다. 그중에 어떤 사람이 이야기하며 가는 것을 듣자 하니, "아아 유감천만의 짓 했다 안 카나. 그 88번 하마터면 내가 살 뻔했다 아이가. 그걸 살 기회를 놓쳐뿐 건 나한테 운이 안 온 거데이. 샀으면 일등으로 돈 백 냥[2천만엔] 받았을 낀데. 재수 옴 붙었데이"라고 이야기하며 가는 것을 야지로 얻어듣고 흠칫 놀라, "기타하치 들었나? 아까 그 복권을 던져 버리지 않았으면 좋았을 걸. 젠장 어떡하지. 되돌아가도 이미 없겠지?"

기타하치 "뭘 여태까지 있겠냐고."

야지 "아이고 아이고, 유감천만의 짓을 했네."

하고 뒤돌아보고 또 뒤돌아보며 신전에 이르러 보아하니, 복권은 전부 다 뽑아서 일등부터 차례차례 당첨된 제비의 순위를 하나하나 기

● ● ●

49 도미쿠지[富籤]: 복권[富札, 토미후다]의 일종으로 절, 신사 등에서 번호 붙은 표를 팔고 제비를 뽑아 맞힌 사람에게 고액의 상금을 주었음. 사찰 건물 등의 수리를 위한 시주 명목으로 막부가 허가하였다.

입해서 정면에 붙여 놓은 것을 보자, '1등 복권 88번'이라고 굵직하게 쓰여 있었다. 야지로 너무나 어이없는 경우에 기가 막혀서, "아이고 원통한지고. 이제 난 차라리 중이라도 되고 싶네. 도저히 운이 트일 시절은 없을 걸세."

기타하치 "하하하하하, 그렇게 낙담할 건 없다고. 내가 백 냥 받을 테니까 당신에게도 서 너 냥(60만~80만 엔)은 빌려주지. 이것 봐."

하고 예의 주운 복권을 꺼내 보인다.

야지 "야아 야아~ 자네 주워 왔군. 잘했네 잘했어. 이쪽으로 건네게."

기타하치 "아니 그렇겐 안 되지. 당신이 버린 것을 뒤에서 냉큼 주워 왔으니까 이건 나에게 점지해 주신 거라고."

야지 "아니 아니, 결국 내가 먼저 발견해서 주웠기 때문에야말로 또 네놈 손에도 들어간 거니까, 원래는 내 거라고."

기타하치 "그렇다 해도 당신 일단 버렸잖나?"

야지 "글쎄 그런 말 말고 자, 건네라고."

하고 강제로 낚아채려고 한다. 기타하치 어떡해서든 주지 않으려고 다투는 것을 사헤지 말리며, "이보래이 이보래이 조용히 하소. 그케 말하면 어쩌다가 버린 주인이 알아듣고 나타나지 말란 법도 없으이까네. 어쨌든 내가 중재하겠데이. 절반씩 나누소. 그리고 내한테도 쬐끔은 주시겠지예."

기타하치 "그거야 내가 알았네스케.[50] 어쨌든 '좋은 일은 서두르라'[51]고, 돈은 어디에서 받는 걸까?"

사헤지 "그건 저기 중개인이 있는 곳에서 건네주고 있다 아잉교."

기타하치 "그럼 저기에 가 보자."

하고 다 같이 그곳에 가서 보니,

알 림 말

당일 몹시 혼잡한 관계로 당첨된 제비 가지신 분은 내일 4경[10
시]에 금전 건네드리겠사옵니다. 이상.

월 일 중개인

이렇게 적힌 팻말이 내걸려 있었으므로 그럼 오늘 중으로는 안 되
겠다고, 우선 신전에 참배하여,

자마 궁 신의/ 영험함 각별하니/ 황송한지고
천벌은 받지 않고/ 받은 건 당첨복권.[52]

이렇게 읊고는 기운이 불끈 솟아 경내 빠짐없이 순례하고 바깥으
로 나와서,

• • •

50 쇼치노스케[承知之助]: '알았다'는 뜻을 사람의 이름처럼 의인화하여 장난스레 말하는 유
    행어.
51 젠와이소게[善は急げ]: '좋은 일은 망설이지 말고 서둘러 하라. 쇠뿔은 단김에 빼라'는 뜻
    의 속담.
52 교카 원문은 '御神の利生かくべつ有がたや爵にはあらであたる富札'.

기타하치　"어떤가, 조만간 버린 녀석이 돈 받으러 가지는 않을까?"

사헤지　"그건 염려 없다 아잉교. 있다 캐도 복권과 상호 교환하지 않으면 건네주지 않음께 아무리 당사자여도 증거가 없다 아잉교."

야지　"절묘하다 절묘해! 엄청 재밌게 되었군."

기타하치　"내일은 백 냥, 오랜만의 대면!"

야지　"에라이 오랜만이라니 우습군. 여태까지 있었던 적이 한 번도 없으면서, 하하하하하."

하고 기운이 용솟음치는 가운데 기뻐한다.

　이윽고 그 근처 찻집에 들어가 우선 미리 축하하기 위하여 술잔을 서로 주고받는다.

『동해도 도보여행기』
8편

중권(오사카)
－복권에 의지한 위세－

5

난바를 지나
도톤보리·나가마치의 가와치여관으로

이리하여 뜻밖에 백 냥[2천만 엔]의 복권에 당첨되어 순식간에 기운을 얻은 야지로베 기타하치는 자마신사座摩神社[南渡辺町. 지금의 東区에 위치] 경내를 나오고 나서, 찻집식당煮売り茶屋에 들어가 술잔을 나누고, 얼큰하게 취한 기분으로 흥에 겨워 몹시 들뜬 가운데, 안내인인 사혜지에게 이끌려 **난바 미도**難波御堂[京都東本願寺의 본산]의 동굴문穴門으로부터 경내를 순례하면서,

렌뇨의 법문/ '오후미님'이라면/ 여자이름 같아
아아 황송한 동굴/ 삼가 아뢰옵니다.[53]

• • •

53 '나니와 미도가 받드는 렌뇨 큰스님의 법문인 '오후미님'이라고 하면 여자 이름과도 닮았지만, 거기에 법문 즉 편지문장 마지막에도 사용하고 여자와도 인연 있는 동굴 문이 있어서 아아 황송한지고'라는 뜻. 렌뇨 큰스님[蓮如上人]은 무로마치시대에 정토신종을 중

▲ 난바 미도의 동굴문 입구 모습. 얏코 연을 든 소년종복을 데리고 앞 허리끈을 한 여자가 지나간다. 염주를 든 남자가 서두르는 나그네일행을 뒤돌아보고 있다.

그로부터 **인덕천황仁德天皇 신사**를 참배하였다. 이곳은 세간에서 속되게 마소거간꾼의 이나리稲荷신사라고 한다. 마소거간꾼의 이나리 신사는 경내에 따로 보인다.

마소거간꾼의/ 신사라 하는 것도/ 당연하다네
말 그림 액자 팔아/ 살아가는 가게 있어.[54]

1) 김칫국 마시기 ①: 옷 타령

신사문전의 두부꼬치찻집 "들어오래이, 들어오래이. 막 구운 꼬치두부 잡수시지 않겠능교?"

기타하치 "에잇 뻔한 말을 하네. 식은 꼬치두부를 먹을 수 있겠냐고."

극장문지기 "자아, 지금이 성쇠기平仮名盛衰記, 무한의 종無間の鐘이오. 절찬(상연 중)이데이 절찬이데이."

야지 "무한의 종도 허풍스럽구먼. 이쪽은 (벌써) 백 냥을 받았다고.

• • •

홍시킨 本願寺 8대 스님이다. '아나'를 여성의 '아내[음뷔]'와 여성이 편지 마지막에 쓰는 상투어 '아나가시코[삼가 아뢰옵니다]'를 동음이의어로 활용한 교카. 원문은 'おふみさまときけば女の名にも似てあらありがたの穴かしこなり'.

54 '부적인 말 그림 액자를 팔아서 먹고사는 가게도 경내에 보이니까, 실제 말을 매매하며 살아가는 마소거간꾼이 모시는 이나리 신사라고 하는 것도 당연하다'라는 뜻. 원문은 '博労のいなりといふもことわりや絵馬うりてくふ見せも見ゆれば'.

터무니없으이.[55] 이봐 기타하치, 어때 지금부터 신마치新町[56]라던가 하는 곳에 유녀를 사러 가는 걸 저질러 볼까?"

기타하치 "재밌겠군. 곧장 갈까. 응? 사혜[57] 씨."

사혜 "거야 가시는 건 좋은데예, 실례지만서도 당신들의 그 차림새론 정말 도저히 안 되지 않을까예. 그야 쓰보네局[최하급]유녀[58] 같은 걸 사실 거라면 몰라도, 가게에 소속된 유녀[59]이니께 좀 복장을 잘 갖춰서 내일 밤 심기일전해서 가이소."

야지 "이거 과연 자네가 말하는 대로 이겠군. 글쎄 백 냥이라는 돈을 얻게 된 걸. 어차피 사는 거라면 그 다유太夫[최상급유녀]라던가 하는 것을 사 볼 심산이네."

기타하치 "어럽쇼, 벌써 기어오르기 시작하는구먼."

사혜 "그야 그럴 테지예. 내사마 동행해서 구켄九軒동네의 요정揚屋[아

• • •

55 죠루리 및 가부키『히라가나 성쇠기』제 4막 간자키 유곽에서, 유녀 우메가에가 애인 카지와라 겐다를 위하여 3백 냥이 필요하다며, 무한의 종에 빗댄 세면대를 국자로 치자, 延壽는 우메가에에게 3백 냥을 2층으로부터 던져 줘서 아들 겐다의 재난을 구하게 한다. 관음사라는 절에 있는 무한의 종을 치면, 현세에는 무한한 부를 얻지만 내세에는 무한 지옥에 떨어진다고 하는 전설이 있음.

56 에도의 요시와라[吉原], 교토의 시마바라[島原]와 더불어 당시 막부의 허가를 받은 3대 곳 창가로 격이 높다.

57 이후 사혜지의 약칭인 '사혜'로 표현된 경우와 '사혜지'로 표현된 두 가지 경우가 있으므로 원문에 의거하겠다.

58 쓰보네유녀: 쓰보네[따로 칸 막은 작은 방]에서 영업하는 최하위 유녀.

59 오사카는 포주집[置屋], 오키야에 딸린 기생과 유녀의 경우, 급에 따라 요정 또는 찻집에서 청할 때 보내진다.
   포주집[置屋]: 자신의 집에서는 손님을 받지 않고 아게야[요정]나, 찻집으로부터의 주문에 응해서 유녀를 파견하는 집.

게야[60] 어디든 모시겠습니다. 근데 이게 다이마루야大丸屋[포목점]상점[61].
참말로 훌륭하지예?"

포목점 다이마루야 "당신 여기로 여기로~ 뭐가 필요하신데예? 들어
오래이 들어오래이 들어오래이."

야지 "어때 기타하치, 여기서 지금 옷을 장만해가지 않겠나?"

사헤 "하하하하하, 당신도 성급하시네예. 내일 일로 하시지라."

기타하치 "아무렴. 지금만 때는 아니라고. 어서어서 걸으시게."

야지 "그럼 내일 일로 하시. 기타하치, 네놈은 뭐로 할 요량이여?"

기타하치 "옷 말이야? 그러니까 말이지, 유키結城[현재 이바라기현]비단의
아주 세련된 줄무늬로 세 벌 정도. 걸칠 겉옷[하오리]은 무늬 없는 바
탕에 굵게 짜서 뻑뻑할 정도로 두터운 놈에, 희고 작은 알갱이무늬
芥子縅[게시이라레]같은 걸 넣은 게 부자다워서 좋지 않을까."

야지 "아녀 아녀 그래선 관서지방점원 같다고. 그런 옷 입으면, '이
보래이 니는 어젯밤 얼마 나왔노? 요[3]자가? 기[4]자가? 내는 효큐
[7.5]짜리 물건으로 구라이[6] 나왔으이까네 억수로 득을 봤데이'[62] 등
등 부호[상인들의 은어]로 신소리하려는 차림새 같으니까, 알맞지 않
다고. 나는 오글오글한 줄무늬 비단으로 속옷과 바깥옷 갖춰 입고,

• • •

60 아게야[揚屋]: 포주집[置屋]으로부터 타유, 텐진과 같은 고급유녀를 불러다 놀던 집. 일종
의 요리찻집으로 오사카 신마치의 '아게야'는 화려하기로 유명하였다.
61 당시 에도, 나고야, 오사카에 점포가 있었던 전국적인 대형 체인 포목점. 백화점으로 지
금도 현존하고 있음.
62 상인의 입장에서 생각하면 7.5짜리 물건을 6으로 팔았으니 손해 본 것인데, 엄청 이득
보았다고 말하는 것은 부호를 아는 체하는 야지의 골계. 또는 화대에 관한 화제, 즉 7.5
짜리 유녀를 샀는데 화대가 6밖에 안 나왔다고 하는 거라면 야지의 논리가 들어맞는다.

오글오글한 검정 비단외투[하오리], 짧은 칼 한 자루로 제법 격식 차린 한간 모리히사判官盛久.[63] 절묘하지? 아니면 아주 장난삼아 다홍색에 흰 얼룩무늬로 홀치기 염색한緋鹿子[히가노코] 테두리를 두른, 무늬 없이 안팎 같은 옷감無垢[무쿠]의 속옷, 위에 유키結城비단의 굵은 세로줄 무늬棒縞[보지마], 이와 똑같은 외투[하오리]는 너무 거드름피우는 걸까?[64] 하치조八丈[현재의 이즈지방 섬]특산의 격자무늬비단도 이젠 촌스러워졌지. 세로줄무늬 무명옷唐桟[65]은 영감님 같고, 남부南部[현재의 이와테현 모리오카]특산의 줄무늬비단南部縞은 이제 목욕탕에 벗어 놓을 정도이니[흔해 빠졌으니], 두 손 두 발 다 들었네."

기타하치 "그렇고말고. 정말 입으려고 하면 정작 입을 만한 게 없는 법이지."

라고 정신없이 지껄이며 간다. 뒤에서 통행인 "입을 게 없으면 역시 그 뒤에 큼지막한 가문이 있는 장대 깃발[노보리] 새로 염색한 걸 입고 계시는 게 좋다 아이가. 하하하하하."

기타하치 "야아 이놈들, 뭐라고 주둥이를 놀리는 거여?"

뒷사람 "댁 일이 아니다 아이가."

하고 쏜살같이 도망간다.

• • •

63 '격식 차리다, 또는 멋을 내다'는 뜻의 '기메르[決める]'를 '기메노[슈메노] 한간 모리히사[主馬の判官盛久]'라고 유사음으로 연결한 말장난. 이상의 차림새는 고위층 무사계급이 유곽에 드나들 때 착용하는 세련된 복장이다.

64 이상의 차림새는 유곽 출입이 잦은 유객[단골손님], 즉 유곽통의 전형적 복장임.

65 토잔[唐桟]: 감색[다크블루, 곤색]바탕에 빨강이나 담황색으로 가늘게 세로줄 무늬를 놓아 짠 고급 면직물. 원래는 네덜란드에서 수입한 외래품이다.

기타하치 "젠장 열불 나게 하는 자식들이네. 어디 두고 보자. 내일은 어떤 걸 입을 줄 알고."

사헤지 "하하하하, 이거 실례지만서도 당신들께서 그케 수수한 차림을 하고서 오글오글한 비단縮緬[지리멘]이니, 순백색고급비단羽二重66이니 말하고 있으이까네 웃어대는 것인데, 이건 자들이 지당하데이. 하하하하하, 근데 지금부터 아미다 연못[阿弥陀연못이 있는 和光寺]에 간 다음에, 스나바砂場[신마치를 나와 남서쪽 지역]에 있는 이즈미야和泉屋[면류로 유명]가게 보여 드리고 싶은데에."

야지 "야아 이젠 신사도 절도 지긋지긋하네. 그것보담 빨리 신마치유곽에 가고 싶은데, 내일 밤까지 기다리는 게 몹시도 지루하구먼."

사헤 "그라모 이렇게 할까에? 원하시면 지가 돈 받고 빌려주는 옷을 빌려드릴테이까네, 그것 입고 오늘 밤 신마치에 가이소. 돈은 나중에라도 상관없고마. 우리 주인나리가 아시는 요정揚屋[아게야]에 가니께. 어차피 내일은 백 냥 받으시는 거 아잉교. 우야튼 그리하이소."

기타하치 "이거 참 재밌는 논리네."

야지 "과연 그렇겠군. 그럼 곧장 돌아가서 자네의 그 대책대로 변통을 부탁합시다."

하고 기뻐 어쩔 줄 몰라 한다.

* * *

66 하부타에[羽二重]: 질 좋은 생사로 짠, 얇고 반드러우며 윤이 나는 순백 견직물.

2) 오사카 제일의 번화가 도톤보리

신사이다리心齋橋 거리를 남쪽으로 어느새 **도톤보리**道頓堀[지금의 大阪市中央区]에 당도하였다. 여기는 실로 오사카 제일가는 번화가로, 앞에 시마노우치島の内환락가가 있고, 뒤에 사카마치坂町환락가[67]가 있어서 유녀, 게이샤[여자예능인] 요염하니 오가는 모습 떠들썩하다.

> 언제 오든지/ 가락이 안 들리는/ 샤미센 동체
> 아니 도톤보리의/ 번창함이야말로.[68]

그날도 벌써 7경[4시 전후] 지날 무렵이었다. 오니시大西의 극장, 당일 공연의 폐장을 알리는 망루 북소리 요란하고, 절찬(상연)일세 절찬일세 하는 목소리 극장 문간에 넘쳐나, 관람객들도 목청 높여 와자지껄 이야기하며 밀고 당기는 가운데 가까스로 빠져나가고 또 빠져나가고 하다 보니, 가도角 극장, 나카中 극장[69] 간판조차도 눈에 들어오지 않았다. 가도마루 와카다유角丸若太夫, 다케다竹田出雲극단의 마지막 공연切狂言[기리쿄겐]도 폐장 직전이다. 이로하찻집[극장으로 안내하는 찻집]의 여종업

* * *

67 시마노우치[島の内]: 도톤보리 북쪽 강기슭에 위치한 사창가.
　사카마치[坂町]: 도톤보리 남쪽에 위치한 사창가.
68 샤미센의 동체를 뜻하는 '도[胴]'와 '도[道]톤보리'를 동음이의어로 앞 뒤 이어서 활용한 교카. 원문은 'いつとても調子くるはじ三味線のどうとんぼりのにぎはひはそも'.
69 이상의 大西, 中, 角는 오사카의 가부키 3대 극장. 그 동쪽에 가도마루 극장과 인형극 극장 두 군데[도요타케 와카다유의 극단, 다케다 이즈모의 극단]가 있었다.

원仲居 빨간 앞치마와 더불어 손님용 깔개를 질질 끌며 달리고, 시마노우치 사창가로부터 마중 나온 가마, "예 예 말馬이래이 말~"이라는 소리, 이와 함께 이리 밀리고 저리 밀리며 나아간다. 그러나 이 군중 대부분은 밥과 반찬해서 10문[300엔] 하는 나라찻집奈良茶屋[70]에 들어가고, 더러는 다이쇼大庄가게의 장어구이에 코를 벌름거리며 들어가는 이도 있다.

3) 김칫국 마시기 ②: 옷 빌려 입기

닛폰바시日本橋거리 언저리가 되자 잠시 왕래도 한가해졌으므로, 이윽고 뛰기 시작해서 가다 보니 어느덧 **나가마치**長町[지금의 大阪市南区. 道頓堀 근처]의 여관에 도착했다. 사헤지 앞장서서 "자자 귀가하셨데이~."

여관 여자들 "잘 다녀오셨습니꺼?"

야지? "네 네. 이거 참 사헤 씨 수고하셨소. 헌데 아까 그 돈 주고 빌리는 옷 건은 어떤가?"

사헤 "잘 알겠습니다. 당장 탐문해서 오겠습니더."

기타하치 "그럼 빨리 빨리."

하고 둘은 안으로 들어간다. 그러자 여자가 와서, "저기예, 목욕 안 하실랍니꺼? 시장하시면 밥상을 차리겠습니데이."

• • •

70 奈良茶屋: 엽찻물에 소금 간을 해서 지은 밥[茶飯], 차메시] 한 공기에, 두부국과 콩자반 등을 반찬으로 내는 간이식당[一膳飯屋, 이치젠메시야].

▲ 도톤보리의 극장입구 풍경. 연극간판[나다이간판]과 장대깃발[노보리]에는 본 작품의
이름이 적혀 있다. 흙좌석용 멍석깔개를 짊어지고 담배합을 든 관람객으로부터, 입장료
를 받아 바구니에 넣는 문지기가 앉아있다.

야지 "야아, 밥도 목을 넘어가지 않는다네. 어쩐지 안절부절못해
　　　서…. 허나 목욕탕엔 잠깐 들어갔다 오겠네."

기타하치 "늦어진다고. 목욕도 됐잖아."

야지 "야아, 얼굴만 씻고 오지."

기타하치 "집어쳐, 하하하하하."

　　그리고 야지로는 목욕하러 갔다.

　　잠시 후 보자기에 싼 빌린 옷을 사혜지 달려서 갖고 왔다. "오래 기
다리셨지예" 하고 보따리를 끄르니 기타하치, 이것저것 만지작거리
며 "이봐, 촌스러운 것 뿐이네."

사혜 "그치만 요게 가장 좋은 거 아잉교. 당신에겐 이 검정 비단이
　　　좋겠고마 좋겠고마."

기타하치 "뭐여 어처구니없는 가문이군. 그리고 길이가 깡뚱한 게
　　　소매는 몹시 크네. 이걸 입으면 무가종복 모양을 한 연[얏코다코][71]이
　　　살아 있는[소금치지 않은] 꼴이겠지. 그쪽 줄무늰 뭔가?"

사혜 "굵게 짠 비단옷太織[후토리] 아잉교."

기타하치 "야아, 이 자잘한 문양小紋 옷이 좋겠구먼."

하고 잡아당겨 세워서 보니 여자 옷.

사혜 "하하하하, 내사마 머시마 옷인 줄 알고 갖고 왔데이."

기타하치 "좋아 좋아, 이렇게 하지. 솜 둔 비단옷小袖[고소데] 한 벌론 초
　　　라하니까 이 여자용 비단옷小袖을 밑에 받쳐 입고, 위에는 굵게 짠

• • •

71　얏코다코[奴凧]: 무가의 종복이, 가문 새겨진 짧은 무명 윗도리[紋看板]를 입고 양 소매를
　　양쪽으로 뻗친 모습을 본떠서 만든 연.

줄무늬 비단옷太織縞[후토리지매]으로 정합시다."

하고 두 벌 겹쳐서 갈아입고 허리끈을 매고 있을 때, 야지로 목욕을 끝내고 왔다. "어랍쇼, 사헤 씨 빠르네~. 어라, 기타하치놈이 입었네 입었어~. 풍채가 사내다우니까 어디에 내놓아도 남의 옷 빌려 입었다고 역시 보이네 보여~."

기타하치　"농담 말고 빨리 준비를 하라고."

야지　"난 이 검은 녀석인가. 좋아 좋아, 대갓집 나리로 보이도록 짧은 칼小太끼[오다치] 한 자루로 이렇게 멋을 내고 가야지."

기타하치　"이보라고. 당신 옷 입지 않을 거여? 알몸에 그 단도脇差[와키자세]를 차고 갈 셈이야? 의사선생이 기요모리淸盛님의 맥 짚으러 가는[72] 것도 아닌데. 턱없이 당황하는 꼴하곤."

야지　"그런데 외투[하오리]는?"

사헤　"당신께선 이 무늬부분만 하얗게 남기고 나머지 부분을 염색한 옷拔紋[누키몬]으로 하이소."

기타하치　"구차한 외투[하오리]일세. (농사꾼이 비료용) 말린 정어리 거래 계약을 결산하러 가려는 차림이네."

야지　"사돈 남 말하는 네놈 모양새는 헤타노키[꼭지나무, 서투른 나무] 순파쿠寸伯[기생충][73] 선생을 대신해서 그 제자가 맥 짚으러 왔다고 하

• • •

72 『헤이케이야기』에 기요모리가 열병으로 죽었다는 일화가 있다. 이에 입각하여, 기요모리를 진찰하는 의사는 너무 뜨거운 나머지 옷을 벗고 맥을 짚었을 것이라는 추측에 의해 당시 유행어가 되기도 하였다.
73 '헤타'가 '꼭지[蔕]'와 '서투름[下手]'의 동음이의어인 점을 활용하여, 돌팔이 의사를 표현하기 위하여 지어낸 성이다.

는 모양새여. 하하하하하."

사헤   "준비 다 되셨으면 가실까예?"

기타하치   "이런, 난 아직 목욕하지 않았는데."

야지   "바보 소리 작작하고 어서어서 나가자."

하고 다 같이 여기를 출발한다.

• • •

슨파쿠, 스바쿠, 스바쿄[寸白]: 하복부병을 일으키는 기생충. 심한 발작성의 간혈적 복토
인 산증[疝気, 센키]의 별명이기도 하다. 의사의 이름을 '기생충' 또는 '산증'이라고 지은 작
자의 장난이다.

6

도톤보리 북쪽,
신마치 유곽에서

1) 야시장을 지나며 — 엎친 데 덮친 격

사혜지는 둘이 백 냥짜리 복권에 당첨된 것을 기회삼아 어쨌든 한 몫 챙기려고 무턱대고 알랑댄다. 그리고 이 여관 지배인에게 정보를 흘려 부추겨서, 신마치 요정으로 보내는 편지를 써 받고는 동행하여 여관을 나선다. 이리하야 3인은 기쁨에 들떠 나가마치를 북쪽으로 사카이 스지界筋를 똑바로 가니 어느새 **준케동네**順慶町에 이르렀다.

야시장이 번화하기로 그 이름도 유명한 이곳 거리 양쪽은, 가게 안 점포와 노점들로 한 치의 공터도 없었다. 만등[많은 등불 또는 사각등롱]을 매달아 비추고, 포목점, 골동품가게, 주머니류, 빗접 상자, 대모갑[거북이등껍질], 산호, 마노[석영류]류가 있는가 하면, 그 옆에는 대야, 작은 나무통, 나무밥통, 절굿공이, 주걱 등(이 있고), 또는 조상신 모실 선반[가미다나] 구입해서 대금을 청산하고 가는 자가 있는가 하면, 불상을 사서 뒷일은 나 몰라라 관음[74]하고 돈을 부족하게 지불하고 달아나는 자도 있다. 우산[가라카사][75] 사는 사람 중에 나막신 신는[값을 부풀리는] 자가 있는가 하면, 조리草履 파는 사람 중에 짚신草鞋 신는[바가지 씌우는] 자가 있다.[76] 환전상은 눈을 접시처럼 (크게) 떠서 저울대 접시를 평평하게 하고,[77] 철물상은 입을 면도칼처럼 (예리하게) 놀리며 날붙이를 팔고, 생선장수 물건은 썩었지만 파는 목소리 팔팔하게 큰 소리로 불러대는 것을 듣자하니, "얏, 큼지막한 도미데이 도미데이~, 갯장어데이 갯장어데이~, 보리새우고마 보리새우고마~, 전어고마~, 다랑어살 잘라 판다 카이~ 잘라 판다 카이!"

고구마장수 "찐 고구마 찐 고구마! 뜨신 거 잡수지 않을 끼가. 얏, 찐 고구마데이 찐 고구마데이~."

등짐 술장수 "뜨시디 뜨시다! 청어 조린 오뎅 딱 좋아~."

• • •

74 시리쿠라이칸논[尻くらい観音]: 뒷일은 나 몰라라 관음. 궁하면 관세음보살을 외지만, 문제가 해결되면 은혜를 잊고 뒷일은 상관하지 않는다는 관용어.

75 가라카사[傘=唐笠]: 기름칠한 종이우산. 우산 양산 겸한다.

76 나막신을 신다[下駄をはく]=짚신을 신다[草鞋をはく]: 매매 중개인이 중간에서 값을 부풀려 그 일부를 챙기는 것. 실제 값보다 부풀려 부당이득을 취한다는 뜻. 비오는 날 신는 게타 그리고 와라지짚신의 각각의 연관어로 우산과 조리를 선택하였다.
와라지: 짚으로 엮되 발가락 끝에 있는 두개의 짚 끈을 좌우 가장자리에 있는 구멍으로 끼워서 발을 전체적으로 묶는 짚신. 조리와 달리 와라지는 이 끈이 발 뒷목까지 걸쳐진다.
조리: 짚, 골풀, 등심초, 죽순 껍질 등으로 엮되, 게타[나막신]처럼 달린 끈을 발가락 사이에 끼워서 신는 짚신. 지금의 비치샌들과 유사한 형태.

77 에도시대 통화는 금, 은, 동전의 세 종류로, 서로를 교환하는 시세변동이 심하였다. 무사는 금화, 상인은 은화, 서민은 동전, 관서지역은 은화, 에도지역은 금화를 주로 사용하였다. 은화는 저울에 달아 그 무게로 가치를 환산하므로 '눈을 크게 뜨다'라는 뜻의 '눈을 접시같이 뜨다'라는 표현에 '저울의 접시'라는 뜻을 걸쳐서 사용하고 있다.

고래고기장수? "얏, 에누리 에누리! 갓 만든 볶음껍데기[이리가라][78]데 이 볶음껍데기데이~."

초밥장수 "인기 많은 지쿠라가게 초밥![79] 고등어나 고등어나, 새조개[도리가이][80]고마 새조고마~."

기타하치 "어럽쇼, 야지 씨 봐봐. 저 초밥은 교토에서 먹었는데 엄청 맛이 좋았지. 하나 해치우자. 저녁밥도 안 먹고 배가 출출하네."

야지 "정말 그렇군. 여보시오 이건 얼마요?"

초밥장수 "예 그쪽 게 4문[120엔], 이쪽 게 6문[180엔] 아잉교."

야지 "이크 좋아 좋아. 이봐 기타하치, 그렇게 무턱대고 집어먹지 마. 또 나가마치에서 과자를 먹었던 것과 같은 봉변을 당한다고. 여보시오 여기에 32문[960엔]어치만 싸 주게."

하고 돈을 지불하자, 초밥장수 죽순껍질로 싸서 내미는 것을 야지로 받아, 길을 가면서 먹는다.

기타하치 "이봐 나한테도 건네줘."

야지 "나중에 죽순껍질을 주마."

기타하치 "에라이, 염치없기는. 이쪽으로."

하고 빼앗으려고 한다. 야지로 주지 않으려고 하는 찰나에 밑에서 개가 휙 덤벼들어 낚아챘다.

야지 "아얏 아야야야야!"

• • •

78 이리가라[煎殼]: 고래 고기를 잘게 잘라서 볶아 지방분을 빼고 말린 관서지방의 식품

79 치쿠라즈시: 관정[1789~1801]무렵에 오사카의 치쿠래千くら]라고 하는 가게에서 만든 명물 초밥.

80 도리가이[鳥貝]: 초밥용 또는 식초로 조미해서 먹는 새조갯살. 관서지방 특유의 음식.

기타하치 "무슨 일이야 야지 씨."

야지 "억울한지고. 개새끼한테 빼앗겼네."

개 "멍멍!"

야지 "에잇 이 새끼가."

하고 발로 차자 개는 도망친다. 뒤쫓아 가려는 순간 우물 가장자리에 또 탁!

야지 "아이고 아프다 아파. 이거 엉뚱한 곳에 우물을 처만들어 두었구면. 사거리 한가운데에."

사혜 "이건 '우물사거리井戸の辻'[81]라 카는 곳 아잉교."

기타하치 "고소하네. 나를 먹지 못하게 한 인과응보여."

하나 주라고/ 개자식이 가져간/ 새조개초밥
거참 고소하도다/ 수수경단 아니지만.[82]

2) 점쟁이의 절묘한 점괘

그로부터도 (준케동네의) 왕래를 헤치고 나아가다 보니, 삿갓 깊게

· · ·

81 소학관 전집 각주를 참고하면, 준케동네 야시장 근처 사거리에 우물이 있어서 '우물사거리[이도노쯔제]'라고 하는데, 항상 뚜껑을 덮어 두고 실제로 우물을 긷지는 않았다고 한다.

82 '모모타로의 개는 아니지만 하나 주시오 하고 수수경단 아니 새조개를 가져간 건 거참 고소하구나'라는 뜻. 수수경단을 하나 주면 모모타로의 부하가 되겠다고 하는 개의 동화를 바탕으로, 개가 '받아[도리]'와 '새조개[도리가이]'가 동음이의어인 점, '기분[기미]'과 '수쉬[기비]'가 유사음인 점을 활용한 교카. 원문은 'ひとつ下されと犬めがとり貝はさてもよいきみ團子ならねど'.

눌러쓴 점쟁이가 입에서 나오는 대로 지껄이는 말, "자자, 염려할 필요 없데이. 오이소! 당면한 일에 관한 점當卦, 일생 운세에 관한 점本卦, 쓰신 글의 먹빛으로 보아, 짙은지 옅은지로 맞추니 기묘하네. 분실물은 모르오, 맡은 물건은 받들지[지키지] 않소, 기다리는 사람은 오나 안 오나 둘 중 하나, 맞는 것도 점, 안 맞는 것도 점.[83] 어느 쪽이든 복채는 16동[문, 480엔]씩 삼가 받소. 이것만은 틀림이 없네. 자자, 이리로 이리로~."

야지 "어때 기타하치, 우리가 내일 백 냥 받는 걸 알 수 있나 없나, 한번 심심풀이로 봐 볼까?"

기타하치 "거 재밌겠군."

야지 "여보시오 내 운세를 봐 주시오."

하고 16문 내니, 점쟁이, 야지로의 얼굴을 곁눈질하면서 첨자[84]를 집어 점대[85]를 늘어놓고 잠시 생각하더니, "옳거니, 이거 당신 뜻밖에 억수로 행운이 찾아온다 카이."

야지 "그렇고말고. 매우 짐작되는 바가 있습니다."

점쟁이 "그렇겠고마. 점괘는 곤坤괘, 곤坤['콩'=캥: 여우 울음소리]은 캐 캥['콩 카이=콩콩': 여우 울음소리. 여우]~, 세간에서 말하는 여우, 즉 '여우복'[86]이

• • •

83 '점이란 맞는 수도 있고 안 맞는 수도 있다[当たるも八卦当たらぬも八卦]'라는 속담을 그대로 인용하고 있음.

84 매도기[めど杖]: 비수리나무로 만든 점대[첨자]. 점에 쓰는 길이 50센티미터 가량의 가느다란 50개의 나무막대. 지금은 대나무로 만들기 때문에 제이치쿠[筮竹, ぜいちく]라고 한다.

85 산기[算木]: 점대. 점에 쓰는 길이 9센티미터 가량의 두터운 6개의 나무막대.

86 여우복[狐福]=僥倖[ぎょうこう]: '뜻밖의 행복, 행운'을 지칭하는 단어.

▲ 준케동네 우물사거리 야시장의 점쟁이. 초롱불을 든 통행인.

라고 해서, 참으로 하늘에서 내렸는지 땅에서 솟았는지 알 수 없는
난데없는 행운이 오는 것으로 보입니다."

기타하치 "이거 참 절묘하네! 잘 맞추셨습니다."

점쟁이 "그러나 변괘[두 번째 괘]는 건乾괘, 건乾['켄']은 이상야릇['켄케레
츠=기테레츠']의 상징, 본괘의 곤坤과 변괘의 건乾을 합하여 이것을 생
각할 때는, 주역周易에 말하기를, 건곤乾坤 두 개의 사이를 빠져나와,
리離괘에 부딪혀 중간이 끊겼도다. 그렇다면 탄환 없는 공포[빈 대포,
뻥]87라는 게 있는지라, 만사에 조심하시는 게 좋사옵니다."

야지 "그건 빗나갔네 빗나갔어. 그런 게 아니라네. 벌써 이쪽 손에
쥔 거나 마찬가진데. 재수 없게시리."

점쟁이 "야아, 그래서 맞는 것도 점, 안 맞는 것도 점."

기타하치 "이제 관두라고. 16문 거저 버렸네."

하고 투덜대면서 여기를 지나서 간다.

3) 드디어 신마치 유곽에 입성하다

어느덧 신마치다리新町橋를 건너 효탄대로瓢箪町[신마치유곽의 메인스트리트]

• • •

87 고시고에[腰越]까지 온 요시쓰네가 가마쿠라로의 입성을 요리토모가 허가하지 않자, 벤
케에게 편지[腰越状]를 써서 가져가도록 하는 이야기가 조루리 『요시쓰네 고시고에 편
지』[義経腰越状]이다. 그중 「이즈미사부로 저택의 단」에 '건곤 두 개의 사이를 빠져나와,
리 괘에 부딪혀 중간이 끊어졌도다. …그렇다면 탄환 없는 공포…'를 그대로 인용하고
있음.

에 이르렀다.

　그런데 이 유곽은 관영寬永[1624-1644]시대 무렵에 처음으로 막부의 허가를 받아 논밭을 일구고 새롭게 마을을 세웠다고 해서 **'신마치**新町[새로운 마을]**'**라고 불러 유곽의 총칭으로 삼았다고 한다. 예로부터 지금에 이르기까지 그 번창함이 이를 데 없는데, 가코이鹿恋[세 번째 상급]유녀를 두는 길 양쪽의 로쿠지六字가게, 상품인 유녀를 단장시켜 현란하게 늘어세운 것을 한 채 한 채 들여다보며 걷는다. 그로부터 아와좌阿波座[효탄대로의 북쪽]동네, 에치고동네越後町[효탄대로의 남쪽]를 구경하는 와중에 쓰보네局[최하급]유녀[88]가 소매를 잡아당기는 것을 욕설을 퍼부으면서 흥겹게 걸어간다. 이윽고 구켄동네九軒町[효탄대로의 북쪽]에 당도하니,

사혜　"이보래이, 이 동네가 모두 요정揚屋[아게야][89]들 아잉교."

기타하치　"과연, 외관이 거창한 가옥일세."

사혜　"어서어서, 여기데이 여기데이. 당신들은 거기에 계시소."

하고 둘을 현관에서 기다리게 하고, 사혜지 혼자 스미한住吉屋半次郎네 부엌문으로 들어가 손님이라고 전갈을 넣었다. 이곳은 나가마치의 가와치여관河内屋으로부터 때때로 손님을 보내오는 집이므로, 사혜지가 편지를 갖고 와서 건네주자, 주인 즉시 정장[하오리 하카마] 차림으로 마중을 나왔다.

• • •

88　쓰보네유녀: 쓰보네[따로 칸 막은 작은 방]에서 영업하는 최하위유녀로 길거리에서 직접 호객행위를 한다.

89　아게야[揚屋]: 포주집[置屋]으로부터 최상급 유녀인 다유, 두 번째 상급 유녀인 텐진과 같은 고급 창녀를 불러다 놀던 집. 일종의 요리찻집으로 오사카 신마치의 '아게야'는 화려하기로 유명했다.

주인 "참말로 잘 와 주셨습니데이. 이보래이 종업원[나카이]! 안내해

　　드리지 않을 끼가? 어서 안으로 들어오이소."

야지 "그럼 실례하겠소. 여봐 기타하치 안 올 껴? 문간을 가로막고

　　서서. 꽃집의 버드나무도 아니고.[90]"

사헤 "이거 참 (말씀 한번) 잘 하시네에. 하하하하하, 어서 오이소."

하고 현관으로부터 올라가 방을 몇 개나 넘어서 가는데, 훨씬 안쪽 깊

숙이 있는 화사한 객실로 안내하자, 사헤지는 일부러 둘을 대부호인

것처럼 대우해서 저 멀리 말석에 앉는다. 여종업원들이 차와 담배합

을 가지고 오는 동안,

주인 "주인 되는 사람입니다. 정말 잘 와 주셨습니다[앞으로도 아껴 주

　　이소]. 감사합니다."

야지 "주인양반이오? 우린 이번에 물품 매입차 에도에서 상경했습

　　니다만, 본 동네는 처음입니다. 체류하는 동안에는 어차피 종종 올

　　테니 부탁합니다. 그 대신 우린 잠깐 와도 푼돈 쓰는 건 싫은지라,

　　낭비할 한 상자[천 냥들이 상자] 두 상자는 따로 환어음으로 대체해서

　　보내오게 했으니까, 그 점에 있어선 조금도 아쉬운 게 없소[돈을 아

　　끼지는 않소]. 그러나 태생이 장사꾼인지라 처음부터 그렇게는 안 되

　　니, 고로 우선 오늘 밤은 당신 쪽에서도 아무쪼록 싸게 먹히도록

　　깎아 주십시오. 글쎄 후일을 위해서. 그렇지? 사헤지 씨."

사헤 "하모 하모. 이케 하입시더. 어젯밤 도착하셔서 피곤하시기도

• • •

90 꽃집의 버드나무: 에도의 꽃집은 간판 대신 가게 앞에 버드나무를 심었으므로, 문간에

　　우두커니 서 있는 모습을 형용하는 말.

▲ 신마치유곽의 구켄동네를 상급유녀행렬이 기생집[오키야]에서 요정[아게야]까지 행진 [도츄]하는 모습.

할 테이까네, 우선 오늘 밤은 다유^{太占[최상급유녀]}님을 (선정하기 위해) 빌려서[요정으로 불러서] 보시고, 술 한 잔 드시고 귀가하시는 게 좋겠습니더. 글쎄 지도마 또 내일 밤 심기일전해서 모시고 올까예?"

하고 이즈음에서 사헤지 퍼뜩 생각난 게, 오늘 밤 돈을 쓰게 했는데 혹시 내일의 백 냥 어떤 사정으로 잘못되지 말라는 법도 없다, 수중에 들어오기 전까지는 불확실하다고 준케동네의 점쟁이가 한 말 관련지어 생각해 보니 불안하지만, 이제 와서 이대로도 돌아갈 수 없으니 잠깐 술 한잔 먹이고는 데리고 돌아갈 심산인지라, 이렇게 말하는 듯했다.

야지 "어찌하든 좋을 대로 좋을 대로."

사헤 "그라몬 종업원[나카이]들, 우선 다유님을 빌리러 사람을 보내소."

여종업원 "예 잘 알겠습니다."

하고 일어나서 간다.

4) 시골무사의 주흥

그사이 주안상이 나와 여종업원들 상대로 마시고 있자니, 옆 객실에는 훨씬 서쪽 지방의 무사인 듯한 손님, 주흥꾼[다이코모치], 여자예능인[게이코]⁹⁾들을 불러 모아 야단법석 익살을 떨어대는 것을 맹장지 이쪽에서 슬쩍 엿보니, 여자예능인의 노래,

"빈모 털이 세 가닥쯤 있는 머리 ♪ ,

이윽고 려승[승려를 거꾸로 한 말]이 되어[나루]

'곤[댕]하고 울리는[나루] 종이라면 ♪ ,

곤파치權八가 좋~겠지만 ♪ ,

이제부터 데게쓰貞月[비구니의 법명]라고 불러 주게[오쿠레]

귀밑머리[오쿠레가미] 늦은 신[오쿠레노가미]에게 맹세코 ♪ ,

부탁드리옵나이다. 삼가 이만 아뢰와요 ♪ . 찌쭁샹~."

주흥꾼 소하치惣八 "얏~ 야야~. 오시마 씨, 그건 남쪽92의 곤파치權八녀
    석의 전단지摺物 노래 아이가."

여자예능인 "그렇데이. 도난近松東南93 씨가 가락을 붙였다 안 카나."

손님 "여봐라 여봐라, 이 몸이 인제부터 우리 고장 춤을 춰볼랑께
    자, 샤미센 연주 시작하드라고."

하고 이 와중에 손님 일어나더니 두 귀가 드러나게 수건을 쓰고, 겉옷
[하오리]을 삐딱하게 한쪽 어깨를 반쯤 드러내서 입고, 걷어 올린 옷자
락 끝을 허리춤에 끼우고祖父端折り[진지바쇼리], 손에 부채를 잡는다.

• • •

91 다이코모치[太鼓持ち]: 술자리에 나가 손님의 비위를 맞추고 주흥을 돋우는 것을 업으로
    하는 남자예능인. 일명 오토코게이샤[男芸者], 호칸[幇間].
    게이코[芸子]: 술자리에서 노래, 샤미센 등을 연주하며 주흥을 돋우는 것을 업으로 하는
    여자예능인. 일명 게이샤[芸者]. 몸을 파는 유녀와는 다름.
92 '시마노우치, 사카마치' 등 도톤보리에 위치한 사창가를 지칭함. 이 두 곳은 교토의 유명
    한 사창가 '기온'과 비교되는 오사카의 유명한 사창가이다.
93 치카마츠 토난[近松東南]: 오사카의 조루리 작가로 짓펜샤 잇쿠는 에도문단에 등단하기
    전에, 이 작가의 제자가 되어 '치카마츠 요시치'라는 이름을 부여받았다. 스승의 이름
    을 피알한 문장이라고 할 수 있음.

여자예능인의 샤미센 　 *"또오또 땅땅."*

손님노래 *"이거(간주)*[94] *이거(간주) 이거거거, 가지고 오려나. 거기,*

　 욧츙."[95]

샤미센 *"또오또 땅땅."*

노래 *"즈야마 오카메녀는, 즈야마의 늙은 들여우♪.*

　 오카메녀 엉덩이를 흔들어♪, 칸베마쿠레챠쵸레챠(: 해석 불가)

　 이거(간주) 이거(간주) 이거거거, 가지고 오려나♪.

　 이거 뒷문엔 가설흥행장 오카메녀가 지키네♪.

　 소크밧타노즈(: 해석 불가)[96] *까마귀♪.*

　 왜호박 베개에 샅바 풀고, 여기저기 문질러대서♪,

　 이거 참 좋은 일 해치웠네. 거기, 욧♪,

　 또오또 띵띵♪."

일동 "아이고 잘한다."

손님 "아아 지쳐 부렀당께 지쳐 부렀당께. 허벌나게 취해 부러서 이

　 몸의 상대유녀년에게 허벌나게 꾸지람 듣겠당께. 무서워 부러 무

　 서워 부러."

여자예능인 "오호호호호, 무신 말씀 하오시는지 내사마 전혀 못 알

　 아먹겠다 아잉교."

- - -

94 노래와 노래 사이에 들어가는 샤미센 만의 간주를 나타내는 '아이노테[合の手]' 표시가 원
　문에 있음.
95 전부 장단 맞추는 말.
96 규슈지방 손님의 이러한 해석 불가한 노래와 사투리를 듣고, 여자예능인이 못 알아듣겠
　다고 하는 데서 차후 소란의 원인이 된다.

▲ 술자리의 주흥꾼[다이코모치]과, 여자예능인의 샤미센반주에 맞추어 춤추며 노래하는 시골유객. 그는 본문에 묘사된 그대로의 차림새이다.

손님 "어째서 잉? 어째서 잉?"

여자예능인 "어머 싫어라. 그 얼굴 보소. 억수로 큼지막한 눈으로 꾸짖는 것처럼 노려보고 있다 아잉교."

손님 "오메 이 계집은 징한 년이랑께. 이 몸의 면상보다 이녁의 면상 볼라치면 복어가 옆으로 걷는 듯한 무뚝뚝한 얼굴하고 재미없당께. 이 몸은 이제 가불랑께. 간다잉 가잉."

하고 뜻밖에 버럭 화를 내며 일어서는 것을 여종업원들 만류하며,

"이보래이 당신, 그렇게 와 역정내시는데에."

주흥꾼 "이거 오시마님의 과실. 어떻노? 이렇게 할까예? 아무래도 연회 분위기가 가라앉아 왔으이까네 지금부터 산뜻하게 공중목욕탕에 떠들썩하니 우르르 몰려가서, 예의 '푹신푹신 푸푸푹신 따끈따끈 좋나 좋아'를 하는 건 어떠십니꺼?"

손님 "뭐다냐 '공중목욕탕'이란 건 한증탕이구먼잉. 이 녀석, 이 몸을 바보천치 줄 안당께. 손님한테 그런 안 좋은 소리 해싸서 되겠냐고잉. 대갈빡을 쳐부숴 불랑께."

이 손님 취하기만 하면 화를 내는 게 술버릇인 듯 무턱대고 마구 역정을 내대며, 모두가 만류하는 것도 뿌리치고 또 뿌리치며 꼭 돌아가겠다고 크게 다투는 와중에, 상대유녀인 다유太夫[최상급유녜], 시중격 유녀引船[히키후네]⁹⁷와 견습소녀禿[가무뢰]⁹⁸를 대동하고 여기에 왔다.

여종업원 "저기 저기, 다유님이 오셨다 아입니꺼."

• • •

97 히키후네[引船]: 가코이[鹿恋]급 즉 세 번째 상급의 유녀로, 요시와라의 반토신조[番頭新造] 격에 해당한다.

다유 "에그머니나 피곤하데이. 당신 무신 일이래예?"

여종업원 "지금 돌아가시겠다꼬 억수로 역정 내시고 계시데이."

다유 "당신도 참, 지는 스하마[州浜]네 집 쪽에 나가 있응께 쪼매 동안 기다려 달라꼬 전갈 보냈다 아잉교. 근데 지금 돌아가시겠다니 무신 일이래예? 그토록 지가 싫으시다면 어서 돌아 가시래이 돌아 가시래이."

손님 "야아 이 몸, 그래서 가겠다고 하는 게 아니랑께. 단지 이 유곽을 구경할 셈으로 나가자던 참이랑께. 이제 돼 부렀다 돼 부렀다."

시중격 유녀 "잘도마 번거롭게 하신데이. 어서 저쪽으로 가이소."

하고 여럿에게 이끌려 저쪽 객실로 간다.

5) 기생 점호

한편 이쪽은 다유[太夫[최상급유녀]] 열 명 정도가 옆방에 몰려들어 대기하고 있는 가운데, 술 주전자[銚子][99]와 넓적 술잔[盃]을 따로 내오고 여종업원, 장부와 벼룻집을 앞에 놓는다.

여종업원 "오기네[扇屋[효탄대로 북동쪽의 기생집]]의 오리코토[折琴] 씨, 이리로 오이소."

· · ·

98 가무로[禿]: 유녀가 부리는 어린 견습소녀.

99 쵸시[銚子]: 술을 술잔에 따르기 위한 긴 손잡이가 달린 그릇으로 주전자와 비슷한 모양새. 현재는 '도쿠리'[德利: 호리병]와 같은 형태의 술병을 지칭한다.

하고 불러내니, 오리코토 다유, 객실로 나와 술잔을 들고 마시는 시늉하고는 밑에 두고, 여종업원의 얼굴 보며 생긋 웃고 나간다.

여종업원 "쓰치네槌屋[효탄대로 남쪽의 기생집]의 히나마쓰雛松 씨, 이리로 오이소."

이렇게 차례차례 다유 한 사람씩 나와 아까처럼 모두 술잔을 들고 마시는 시늉하고는 간다. 야지로 기타하치는 이것을 신기하게 생각하여 여기에도 갖가지 잡담들이 있었지만 생략한다.

여종업원 "누군가 마음에 드셨는지예?"

기타하치 "야아 정말 죄다 마음에 들었네. 그중에 세 번째로 나온 건 뭐라는 기년가?"

여종업원 장부를 넘기며, "예, 서쪽의 오기네扇屋[효탄대로 북서쪽의 기생집. 앞서 동목과 두 군데 존재] 아즈미지東路 씨입니데이."

사헤 "저기 오늘밤엔 구경하실 뿐잉께 내일 밤 심기일전해서 천천히 노시는 게 좋다 아입니꺼."

야지 "왜? 오늘밤에라도 좋잖나."

사헤 "글쎄 우선 지한테 맡겨 주이소."

하고 꿍꿍이속이 있었으므로 이뿐으로 끝내려고 한다. 의도가 빗나간 야지로는 마지못해 "그럼 술이라도 배불리 먹어치웁시다."

여종업원 "예능인[게이코]은예?"

사헤 "야아 것도 됐다 카이. 서두르셔야 하이까네."

기타하치 "여기에 와서 술뿐이라니 시시하네. 뭐든 부르지 않으면 이 집에 미안하잖은가."

6) 열십자의 의미

여종업원 "어머, 자 한 잔 드시지예. 참말로 외투[하오리] 벗지 않으실랍니꺼?"

하고 여종업원들 두세 명 덤벼들어 야지로 기타하치의 외투를 벗겨 개면서, 외투 안쪽에 표시 있는 것을 발견하고 킥킥대기 시작한다.

여종업원 이사 "이거 봐라. 열십자로 꿰맨 자리가 있다 안 카나. 아마 돈 주고 빌린 옷 입고 오신 거겠제."

하고 여종업원들끼리 작은 소리로 속삭이며 웃는다. 모름지기 나가마치長町동네의 사용료를 받고 옷 빌려주는 가게에서는, 안에 입는 옷이든 겉에 입는 옷이든 안쪽에다가 흰 실로 열십자 표시를 해 두는 듯했다. 때때로 나가마치 동네에 투숙하는 여행객, 이것을 빌려 입고 신마치 유곽 같은 곳에 가는 일이 있으므로 이 유곽 사람들 모두 일찍이 잘 알고 있는 사실인지라, 이렇게 속삭이며 웃는 듯했다. 사헤지는 이를 알아듣고 속으로 우스웠지만, 야지로 기타하치는 추호도 몰랐다.

야지 "어떤가 종업원님들, 이 유곽 전체에 다유는 몇 명 정도 있나? 있는 대로 모두 다 불러들여 놀면 재밌겠지."

기타하치 "우리가 체류하는 동안 아무쪼록 전원에게 같은 옷이라도 맞춰 줘서 남겨 주고 싶구먼. 그렇지? 야지 씨."

여종업원 "에그머니나 기쁩니데이. 그 옷 안쪽에다가 열십자 표시를 해서 말인가예."

다른 여종업원 "이보래이 그런 말 하지 마이소."

하고 소매를 잡아당기며 웃지만, 둘은 전혀 모른다.

기타하치 "뭐? 안쪽에 열십자라니 뭔가 숨은 뜻이 있는 거로구먼. 빌어먹을 년이. 그렇군, 자네에겐 정부가 있지? 아주 바람둥이네. 어디 술잔 한번 받읍시다."

여종업원 "오호호호호호, 억수로 입에 발린 말 하십니더. 그럼 열십자의 분에게 드리지예."

기타하치 "뭐? 열십자라니 나 말인가? 이거 고맙네."

하고 자신이 조롱당하는 것은 모른 채 술잔을 집어들자, 여종업원이 술 주전자銚子를 들고 따른다. 기타하치 이 여종업원의 무릎을 슬쩍 꼬집는다.

여종업원 "에그머니나! 아파라."

하고 펄쩍 물러서는 바람에 술잔을 스쳐 기타하치 무릎 위에 툭 떨어지자 그 근처는 온통 술 범벅이 된다.

여종업원 "에그머니나 딱해라. 억수로 죄송하게 됐고마."

다른 여종업원 "터무니없어라. 조심하는 게 좋다 카이. 당신 축축해서 기분 나쁘지예. 그리고 술이 튄 옷은 얼룩이 눈에 띈다 아잉교. 얼른 입에 물을 머금고 내뿜어서라도 씻어 드리래이."

여종업원 "참말로 대충이라도 빨아 드릴께예. 벗으소."

하고 덤벼들어 벗기려고 한다. 기타하치는 안에 여자 옷을 입고 있었으므로 겉옷을 벗어서는 꼴불견이라고 여종업원을 밀어제치며,

기타하치 "야아 빨지 않아도 됐네 됐어. 이건 그저 평상복에 불과하니까."

여종업원 "글쎄 사양하실 건 없다 아잉교. 벗으소 벗으소."

하고 이 두 여종업원은 기타하치의 안에 입은 옷 안쪽에도 열십자가 있는지 봐 보자고 서로 고개를 끄덕이고는, 억지로 둘이서 허리끈을 풀려고 한다. 기타하치 기겁하여, "이보게나 이보게나 됐다고 하는데."

야지 "글쎄 이봐 기타하치, 예의 것이잖나. 얼룩이 묻어서는 응? 저기, 살짝 그곳만 헹구도록 하는 게 좋겠군. 글쎄 화로에라도 쬐면 금방 마른다고."

하고 빌린 옷이므로 나중에 한소리 들을 거라고 눈짓으로 알리며 기타하치에게 벗으라고 가르친다. 기타하치는 몹시 난처해져,

기타하치 "에라이 무슨, 아주 약간 술이 밴 걸 갖고."

야지 "거참, 약간이라도 얼룩자국이 눈에 띄어선 그, 안 좋잖나. 종업원들, 수고스럽겠지만 대충 그곳만 손가락으로 집어서 빨아 주게나."

여종업원 "네네. 어서 벗으소."

기타하치 "거참, 한심한 소리 하네. 이제 됐다고 하는데."

하고 이러니저러니 얼버무려서 안 벗으려고 했지만, 마침내 둘이 함께 허리끈을 풀고 억지로 벗겨 보니, 속에는 여자 옷을 입고 있었다. 소매는 작은데다가 등솔기에서 소매 끝까지의 기장이 짧은 것을 감추려고 기타하치 양손을 움츠리고 뒷걸음질 친다. 야지로 이상하다는 듯이, "어럽쇼 너 뭐냐? 여자 옷 입고 있냐?"

기타하치 "에라이 당치도 않은 소리 하네. 아이고 하나 벗었더니 추워서 견딜 수 없군."

하고 점점 뒤쪽으로 움츠러든다.

사혜 "추우시겠지에. 한잔 드이소."

기타하치 "야지 씨, 그 술잔을 집어 주게."

야지 "왜 네 손을 뻗칠 수가 없어서? 거기 있네, 집으라고."

기타하치 "열 받네. 당신까지 나를 꼼짝달싹 못하게 만들지 말라고."

이 사이에 여종업원, 그 술이 튄 옷을 빨아서 불 위에 널어 바싹 마르자 가져왔다.

여종업원 "자자, 열십자가 좋~사옵니다. 오호호호호호, 지는 망칙하고마. 당신의 그 차림새는 뭐꼬. 오호호호호호."

하고 무턱대고 웃으므로 기타하치 울컥해서, "이거 자네들은 아까부터 내가 잠자코 있으려니 열십자니 뭐니 나에게 은어를 붙여서 노리개로 삼아대는데, 왜 내가 열십잔데? 이유를 지껄이라고 지껄여!" 하고 뭐든지 마구 화풀이할 심산으로, (심사가) 뒤틀려서는 말한다. 여종업원들 몹시 난감해져, "그민 농담으로 말한 거이까네 비위에 거슬리셨다면 용서해 주이소."

기타하치 "아니, (용서해) 줄 수 없네. 세상없어도 그 열십자의 의미를 듣기 전까지는 용서가 안 되지!"

사헤 "글쎄 됐다카이. 그게 당신 화를 내시면 아까 그 무사처럼 세련되지 못하데이. 세련되지 못하데이."

기타하치 "글쎄 자네가 상관할 바 아니네. 세련되지 못['부스이', 無粋]해도 '산스이'해도[100] 상관없으이. 어서 계집년들아 열십자란 무슨 말이여? 지껄이라고 지껄여!"

• • •

100 앞말의 어조를 맞추었을 뿐으로 특별한 뜻은 없음.

하고 아우성쳐대는 것을, 야지로 사혜지 여러모로 말려도 술기운으로 인해 전혀 수긍하지 않고, 반드시 열십자의 의미를 듣기 전까지는 참지 못하겠다고 한다. 사혜지도 매우 귀찮아져서 이렇게 된 바에는 어쩔 도리가 없다고, "이보래이 종업원들, 저케나 말씀하시는 것을 할 수 없고마. 열십자의 의미, 말씀하시는 게 좋다 카이."

여종업원 "그렇다 쳐도 그게 글쎄."

기타하치 "빨리 지껄이라고!"

여종업원 "말하면 또 역정 내시겠지예."

야지 "화를 내도 내가 사정을 알고 있으니까. 의심을 풀어 주기 위해 말해 버리게나. 나도 아무쪼록 듣고 싶어졌네."

여종업원 "그라모 말해 뿔겠데이. 저기에 열십자란 이거 아잉교."

하고 둘이 벗어둔 외투의 안쪽을 뒤집어서 보여 준다.

야지 "어럽쇼 왜 이 외투에 열십자가 꿰매 붙여져 있지?"

사혜 "하하하하하, 이거야 원 억수로 엉망이고마. 글쎄 여행 중의 분들 아이가. 그케 옷을 준비해서 오시는 분만 있는 것도 아이니까네, 그래서 돈 주고 옷을 빌려 입고 오신 것 아이가."

기타하치 "뭐? 우리가 빌린 옷 입고 올 성 싶어? 당치도 않은 소리 하네."

사혜 "아니 이젠 그케 얘기하셔도 안 통한다 아잉교. 나가마치동네의 물건 빌려주는 가게 옷에는, 모두 열십자 표시가 붙어 있다는 것 저치들 잘 알고 있으이까네, 그래서 그케 말했다 카이."

하고 열십자의 의미 시원스레 알게 되어 둘은 갑자기 완전히 풀이 죽는다.

기타하치의 섣부른 말이 점점 더 격해지는 바람에, 새삼스럽게 창피를 거듭 당하여 기분이 울적하면서도, 한편으로는 우스워졌다. 일찌감치 채비를 해서 슬금슬금 여기를 나가는데, 자, 귀가시네 하고 많은 여종업원들 눈짓하고 소매 잡아당기며 웃음을 감추고 배웅한다. 셋은 드디어 밖으로 나와,

어디 돈 주고/ 빌린 옷뿐이련가/ 다유까지도
빌려 본 우리 셋의/ 대실패 줄줄이.[101]

열십자 표시/ 있다는 것을 정말/ 전혀 모르고
빌린 외투의 안쪽/ 원망스러운지고.[102]

이렇게 매우 흥겨워하며 나가마치동네를 향해서 길을 재촉한다.

• • •

101 상대유녀를 고르기 위해 기생집으로부터 요정까지 불러서 보는 것을 '빌리다'라고 한다. 따라서 옷을 '빌리다'와 다유를 '빌리다'를 이중으로 활용하였다. 계속해서 '빌려 보았다[가리테미타리]'와 '세 명[미타리]'을 동음이의어로 활용한 교카이다. 원문은 '損料のきもの のみかは太夫までかりてみたりの不首尾たらだら'.
102 옷의 '안쪽[우라]'에 '원망스럽다[우라메시이]'를 동음이의어로 앞뒤 연결해서 사용한 교카. 원문은 '十の字のしるしありとは露しらず借りしはをりのうらめしきかな'.

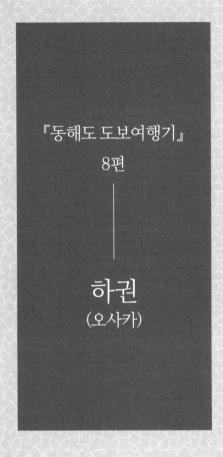

『동해도 도보여행기』
8편

하권
(오사카)

오사카 사흘째
자마신궁에서

1) 백 냥 받기 전에 대접받기

이리하여 셋은 신마치[新町]유곽의 유흥에서 뜻하지 않게 체면을 구겼지만, 길을 가면서 그게 웃음의 소재가 되어 매우 흥겹게 유곽을 나온 것은, 어느새 자시[밤 12시경]가 지났을 무렵이었다. 준케동네[順慶町]의 야시장도 파하고 왕래가 쓸쓸했으므로 제각기 발걸음을 재촉하여 나가마치[長町]로 귀가하였다. 내일이야말로 예의 백 냥[약 2천만 엔]으로 주머니를 두둑하게 해서 오늘밤의 수치를 설욕하겠다고 마음속으로 도모하면서 가와치여관[河内屋] 안쪽 객실에 드러누웠으나, 어쩐지 말똥말똥해져서 잠을 이룰 수도 없었다.

새벽 첫닭이 울 무렵, 겨우 사르르 선잠이 들었지만, 벌써 날이 새어 이곳에 같이 투숙하는 여행객들 서서히 일어나 이야기하는 소리 들리니, 야지로베 기타하치도 잠에서 깨어 잠자리를 나왔다. 사헤지 눈을 비비면서 와서는 어서 빨리빨리, 하고 권해대므로 둘은 식사도 하는 둥 마는 둥 준비를 하고는 어젯밤에 빌린 옷 몸에 걸치고 출발한다. 서둘러 달려가다 보니 드디어 그 **자마신궁**座摩神社[南渡辺町. 지금의 東区에 위치]에 있는 복권관리사무소에 도착했다.

기타하치 "*서두르는 고로~*[103] 이제 여기다 여기. 어서 야지 씨 안 들어갈 거야?"

야지 "네놈이 먼저 들어가라고."

기타하치 "헤헤, 어쩐지 부끄러운 듯하네. 하하하하하. 여보시오 잠깐 부탁말씀 올리겠습니다. 저희는 어제 1등 복권에 당첨되었습니다. 금전을 건네주십시오."

하고 안에다 대고 말하자, 복권 관련 사무를 보는 신도 단체의 회원인 듯 한 명이 정상자림[하오리 하카마][104]으로 지체 없이 나오더니, "이거 참 잘 오셨습니다. 자자, 이리로 들어오십시오" 하고 현관 안으로 들이고 잠시 기다리게 한 뒤, 이윽고 다시 나왔다. "금전 건네드립지요. 우선 이쪽으로 안내하겠습니다" 하고 동행해서 훨씬 안쪽에 있는 다타미 스무 장정도 넓이의 객실로 안내한다. 셋은 여기에 앉아 둘러보는데, 류큐琉球[지금의 오키나와]산 돗자리를 (족집게 끝이 맞듯) 빈틈없이 맞추어 깔고, 도코노마,[105] 어긋나게 댄 선반[치가이다내][106] 붙박이 현란

. . .

103 요곡[謠曲]의 가사를 흉내 내는 말투를 사용함으로써 들뜬 마음과 용솟음치는 기운을 형용하고 있음.
104 하오리[羽織: 겉옷상의], 하카마[袴: 겉옷하의].
105 床の間: 일본건축에서 객실인 다타미 방의 정면에, 바닥을 한층 높여 만들어 놓은 곳. 족자, 꽃병 등으로 장식해 둔다.

하고, 티끌 하나 없는 객실의 모양새 말로 이루 형용할 수 없을 정도였다.

그사이 열서너 살쯤 되는 아름다운 소년[와카슈][107]이 검정비단에 연두색 얇은 차우茶宇견직물로 된 하의[하카마][108]를 입고서 차와 담배합을 나르고, 다음에 맑은 장국, 술안주 담은 사각쟁반[스즈리부타], 술 주전자銚子와 넓적 술잔盃을 가지고 온다.

신도 한명 "이제 곧 금전 건네드립지요. 우선 신주 한잔 자십시오."

야지 "이런 이런, 정중하게시리. 하하하하, 하하하하하하."

기타하치 "뭘 그게 우스운 일이라고. 사양 말고 시작해."

신도 "참으로 이제, 이 수 많은 표찰들 중에서 일등 복권에 당첨되신다고 하는 것은 운이 열리는 복스러운 상, 저 같은 사람도 당신들의 기운으로 감화될 수 있도록 술잔 받자올까요."

야지 "그러시다면 외람되지만."

신도 "아니 우선 당신께."

기타하치 "이런 잘 먹겠습니다. 어이쿠쿠쿠쿠쿠."

본래 술을 좋아하는데다가 호의로 권하자, 무턱대고 주거니 받거니 마시는 동안 여러 가지 술안주 나온다. 그리고 복권관련 사무를 보는 신도 단체의 회원들 번갈아 인사하러 와서는, 아첨을 장황하게

• • •

106 違い棚: 두 장의 판자를 좌우에서, 아래위로 어긋나게 댄 선반. 보통 도코노마의 옆에 설치함.

107 와카슈[若衆]: 성인식 전의 앞머리가 있는 모습의 소년.

108 하카마[袴]: 일본옷의 겉에 입는 아래옷. 허리에서 발목까지 덮으며, 넉넉하게 주름이 잡혀 있고, 바지처럼 가랑이진 것이 보통이나 스커트 모양의 것도 있음.

▲ 복권관리사무소 객실에서 대접받는 야지 기타 사헤지. 와카슈가 맑은 장국을 나르는
중. 중앙에 담배합, 사각쟁반[스즈리부태]의 술안주, 넓적 술잔[盃,사카즈키]. 하오리 하카
마차림의 신도 앞에는 술 주전자[銚子,쵸시]가 보인다. 야지 기타는 앞선 8편중권 본문에

서 빌린 옷 그대로의 복장으로 그려진다. 즉 맨 오른쪽이 누키몬 하오리의 야지, 그 옆이 굵은 줄무늬 비단옷위에 검정비단 하오리의 기타이다.

늘어놓고 마구 치켜세우면서 술상대가 되어 꽤 거나하게 취했을 무렵, "끼니때시겠지요. 변변치 못한 식사지만 올릴까요" 하고 술을 물리고 정식 상本膳[혼젠]을 차린다.

기타하치 "이거 참 여러모로 배려가 세심하십니다."

야지 "이제 더 이상 개의치 마시지요. 하하하하하, 야아 즐거워서 참을 수 없네."

하고 셋이서 함께 맘껏 먹어치우고 드디어 밥상도 물렸다.

2) 주운 꿈의 결과

여기에 본 신사의 신관인 듯한 자가 앞장서고 신도 두세 명 따라오는데 은화南鐐[난료]로 백 냥, 굽 달린 나무쟁반[삼보, 三方]109에 쌓아올린 것을 둘로 나누어, 눈높이보다 약간 낮은 정도로 들어 올려 가지고 와서는 셋 앞에 놓는다. 야지로 기타하치 이것을 보자마자 두근두근 설레어, 기뻐 어쩔 줄 몰라 하며 싱글벙글 대기하고 있었다.

신관 "각설하고, 여러분은 처음 뵙겠습니다. 이 몸은 신관의 대리이옵니다. 우선 축하의 말씀 올립니다. 경사스런 일이옵나이다."

야지 "예 예."

신도 "금전 건네드립지요."

• • •

109 三方: 굽 달린 네모난 나무쟁반. 앞과 좌우 즉 세 방향에 구멍이 난 굽[받침대다리]이 달려 있다. 신불, 귀인에게 물건을 올리거나 의식 때 물건을 얹음.

기타하치 "예 예 예."

신도 "그런데 부탁이 있사옵니다. 본 신사, 보시는 바와 같이 크게 파손된 관계로 재건을 위해 개최한 복권인지라, 당첨되신 모든 분에게는 부탁드려서 백 냥 중에 열 냥 시주하시도록 아뢰어 받고 있응께[110] 당신들도 그렇게 해 주십시오."

야지 "예 예 예."

신도 "그 외에도 또 부탁이 있습니다. 이 또한 모두 그렇게 하옵니다. 금전 다섯 냥, 복권관련 사무를 보는 자들에게 축의금으로 주셨으면 하옵니다."

기타하치 "예 예 예."

신도 "한 가지 더 있습니다. 지금 다섯 냥으로 다음 번 복권을 사주십시오."

야지 "예 예 예."

신도 "그러시면 백 냥 중에서 스무 냥 제외해서 건네드릴 테이까네, 그것으로 됐는지요?"

야지 "예 예. 어떻게든 좋은 방향으로 해 주십시오."

신도 "그러시면 그 표를 이쪽으로 내놓으십시오. 그와 교환해서 금전 건네드립지요."

• • •

110 본 8편은 1809년 간행이다. 소학관 전집의 각주를 참조하면, 1808년에 자마신궁이 건물을 신축 이전하고 있으므로, 수리를 위한 시주 명목으로 자마신궁의 복권 개최를 막부가 허가하였음을 짐작게 한다. 또한 당첨금에서 수리비 명목으로 신사나 사찰측이 10퍼센트를 징수하는 것은 당시의 관례였고 잇쿠의 창작상의 과장이 아니다. 따라서 사실에 입각한 창작임을 알 수 있다.

기타하치 "예 예, 여기에 있사옵니다."

하고 예의 표찰, 품속에서 꺼내어 건네주니 신도, 손에 들고 보고서 깜짝 놀라, "저기 표는 이것뿐인가예?"

기타하치 "예 그것뿐이요."

신도 "이건 다르데이."

기타하치 "뭐요? 다르다니요. 그 일등 복권은 88번이지 않습니까?"

신도 "그렇고마. 88번이데이."

기타하치 "그럼 뭐가 다른데요?"

신도 "이 십이지가 다르다 안 카나. 본 신사의 표에는 모두 번호 위
　　　에 이거 보소. 십이지가 붙어 있데이. 일등 복권에는 '자子'의 88번,
　　　당신들이 갖고 오신 건 '해亥'의 88번이데이."

라고 하는 것은 이곳의 표에는 모두 십이지를 첫머리에 붙여 두므로,
같은 번호의 표가 12장씩 있기 때문이다. 기타하치 이를 모르고 깜빡
그것을 알아채지 못했기에 이 실수를 저지른 것이다.

　두 사람 이를 듣자마자 소스라치게 놀라서 전신의 힘이 빠져 버려
고개를 푹 떨구고,

기타하치 "에라이, 그럼 서푼[3문=120엔]도 안 되는 겁니까? 야지 씨,
　　　이거 어떻게 된 일일까?"

야지 "아아, 아아~, '어떻게' 라고 하면 정말이지 완전히 힘이 빠져서
　　　난 이제 어떻게도…."

기타하치 "에라 뭐여? 당신 우나? 개망신일세."

신도 "이봐, 당신들은 표를 잘 살펴보고 오는 게 좋다 안 카나. 억수
　　　로 바보천치 녀석들이고마."

신관 "참말로 형편없고마. 냉큼 나가 없어지그라!"

신도 "자자 물러가그라 물러가!"

야지 "예 예, 이거 참 뜻밖에도 음식대접 잘 받았습니다. 뭣하면 십이지 정도는 틀려도 좋으니까 아무쪼록 아까 그 금전을."

신도 "얼빠진 소리 지껄여대네. 이 건달자식이."

기타하치 "아니, 실수라는 건 세상에 흔히 있는 일인데, 그렇게 함부로 입을 놀려댈 건 없잖나?"

신도 "허튼 소리 하면 때려 눕히겠고마!"

3) 허리가 주저앉은 야지

사헤 "봐라, 이제 됐다 카이. 이쪽이 나쁘데이. 글쎄 이케 음식대접을 받아서 미안하이까네 어쩔 수 없고마. 퍼뜩퍼뜩 이리로 오이소. 아뿔싸 야지 씨, 무신 일이가? 자, 일어나소 일어나소."

야지 "아아~ 여기 여기 기타하치, 내 뒤를 껴안아 일으켜 주게."

사헤 "와 그라노? 당신 놀라서 허리가 주저앉아 뿌렀나?"

야지 "깜짝 놀란 탓인지 뭔지, 도무지 허리를 펼 수가 없네. 아야 아야야야야."

기타하치 "에잇 칠칠치 못하기는. 자 일어서라고."

야지 "이보게나, 그렇게 잡아당기지 말게. 아야 아프다 아파."

하며 일어섰으나 휘청휘청해서 걸을 수 없다. 할 수 없이 네발로 현관까지 간신히 기어 나오니, 똑같은 가문 들어간 윗도리看板[111]를 입고 몽둥이 짚은 경호원棒突[112]들, 제각기 "억수로 바보천치고마. 자들은 분명 저런 말 해서 술 마시러 말려 처온 거겠제. 날강도[낫도둑] 같은 자식이, 위험한 짓 처해대지 말그라."

기타하치 "뭐? 열불 나게 하는 놈들이네. 따귀 후려갈겨 줄까?"

경호원 "아이고 건방진 거. 흠씬 때려 주라."

하고 모두가 덤벼드는 것을 사헤지, 사이에 들어가 달래며, "자 됐다 카이. 이리로 오소 이리로 오소" 하고 강제로 기타하치의 손을 잡아 끌며 먼저 가게 한다.

　걸음걸이가 비틀거리는 야지로를 부축하면서 가까스로 경내를 나왔지만, 둘 다 기운이 빠져 얼 나간 사람처럼 축 처져서는,

기타하치 "참으로 간페勘平는 아니지만 하는 일마다 잣새의 부리[113]네. 지금 생각하년 어셋밤 점쟁이 놈이 아주 들이맞는 소리를 지껄여 댔네."

• • •

111 간반[看板]: 무가저택 등에 근무하는 하급무사나 고용인이 착용하는 짧은 무명 윗도리로, 등에 주군의 가문[문양]을 희게 나타낸다. 하오리[羽織] 비슷한 짧은 겉옷의 한 가지로 옷고름이 없고 옷깃을 뒤로 접지 않으므로 활동적인 작업복으로 착용한다. 핫피[半被], 한텐[半纏]의 일종임.

112 보츠키[棒突]: 사찰이나 신사 경내 등을 육척봉[여섯 자 길이 몽둥이]을 짚으며 경비하는 남자.

113 잣새의 부리: 잣새의 부리는 아래위가 어긋나 있으므로, 일이 어긋나서 뜻대로 되지 않을 때의 비유표현.
『가나본보기 충신장』 제7단에서 간페가 할복자살하면서 불운을 한탄하는 유명한 대사 "이렇게까지 하는 일마다 잣새의 부리마냥 어긋나 버리는 것도 무운이 다 된 간페"의 일부를 인용하고 있는 것이다.

▲ 기타하치를 위협하는 신사경호원[보츠키]들을 달래는 사헤지. 간반 입고 육척봉을 짚는 모양새는 본문표현과 같다.

백 냥의 과녁/ 빗나가 명중하지/ 않았으나

잘도 딱 알아맞힌/ 이전의 그 점쟁이.[114]

114 교카 원문은 '百兩の的ははづれてあたらねどよくあたりたるさきのうらなひ'.

8

나가마치 가와치여관에서

야지 "에라이 지금이 노래할 때여? 이거야 원 하잘 데 없는 일이 됐
구먼."

사헤 "그렇네예. 딱한 일이고마."

기타하치 "이거 애당초 사헤 씨, 자네가 나쁘네. 우린 타지사람으로
이 지역 사정은 모르니, 그 표찰의 십이지에 대한 이치도 말해 줬
다면 무슨 이런 어이없는 이변은 없었을 것을. 원통해라. 될 대로
되라지, 차라리 지금부터 어디든 놀러 데리고 가 주게."

사헤 "참말로 내도마 전혀 알아채지 못했다 아이가. 우야튼 우선 일
난 돌아갑시더. 그 옷 건도 있으이까네."

일등복권의 예상이 빗나가 사헤지도 자신이 보증해서 떠맡은 사용
료 건도 걱정되고, 또 야지로가 멍하니 얼빠진 모습에 혹여 다리 위
에서 풍덩 투신하지는 않을까 하고 내심 마음을 놓을 수가 없었다.
그래서 갖가지 말로 구슬려 우선 간신히 나가마치의 가와치여관으

로 데리고 돌아오자, 지배인은 예의 복권 일을 알고 있었기에 필시 백
냥 차지해서 돌아왔을 거라고 마중하며, "이거 참 잘 오셨습니다. 거
기 종업원들! 차 안 드릴 끼가? 우선 안으로 안으로~. 그런데 손님 분
들께서는 뭐라카더라 경사스런 일이 있다고 어젯밤 얼핏 들었습니다
만, 어떻셨습니꺼?"

야지 "야아, 엉망진창이데이 엉망진창!"[115] 그러나 생명에 지장은 없
　　이 돌아왔습니다."

하고 비틀거리며 둘 다 안으로 간다.

　　사헤지 지배인에게 귀엣말로, "야아 정말 억수로 이변이 있었데이."

지배인 "아마 십이지가 틀렸겠제 하하하하하."

사헤 "그러게 말입니더. 그라니께 저 나이든 한 분이 아무래도 정신
　　이 나간 늣 보이니까네 주의허시는 게 좋다 아잉교. 만약 뒷간에
　　간다면 방심하지 마이소. 목 같은 걸 맬지도 모른다 카이."

지배인 "그건 쪼메 으스스하고마. 아무쪼록 싸게 쫓아내 버리고 싶
　　데이."

하고 헤어져서 사헤지 안쪽 객실로 왔다.

• • •

115 야지가 갑자기 오사카사투리를 쓰는 골계.

1) 오사카의 장사꾼 기질

사헤 "저기 갑작스럽지만예, 옷 빌려준 가게사람이 부엌에 와 있습니더. 인자 벗으셔서 돌려드리는 게 좋겠습니데이."

기타하치 "예 돌려드리시오. 자 야지 씨 당신도 벗지."

둘 다 떨떠름한 얼굴로 벗어서는 원래의 낡은 무명 솜옷[누노코]을 입는다. 사헤지 이것을 등이 안으로 가도록 둘로 접고, 양 소매를 모아 포개어서 약식으로 개었다.

사헤 "예 사용료 청구서입니더."

하고 내미는 것을 기타하치 집어 들어, "뭐여, 도합 1관 8백 문[1,800문= 54,000엔]. 이거 비싸다 비싸. 좀 깎도록 부탁해 주시오" 하고 주거니 받거니 다투는 사이에 부엌에서 여자 오더니, "방금 나카[신마치]유곽의 구켄[九軒]동네로부터 대금을 받으러 오셨습니데이" 하고 청구서를 놔둔다. 야지로 집어들고, "뭐여, 15돈[48,000엔] 객실사용료, 3돈[9,600엔] 쟁반요리[스즈리부타], 1돈 5푼[4,800엔] 맑은 장국, 10돈 3푼[32,960엔] 안주 여러 가지, 2돈 5푼[8,000엔] 과자, 6돈 8푼 6리[21,952엔]가 술, 1돈 2푼 4리[3,968엔]가 양초, 도합 41돈 4푼[132,480엔].[116] 와아~ 눈알이 튀어나온다 튀어나와."

기타하치 "이보게 사헤 씨, 타지사람이라고 사람을 너무 바보 취급

• • •

[116] 은화단위는 '匁[돈, 돈쭝]'과 그 10분의 1인 '分[푼]', 100분의 1인 '厘[리]'. 1匁=3,200円, 1分 =320円, 1厘=32円.
앞에서 말한 대금을 전부 합하면 38돈 23푼 10리, 즉 40돈 4푼[129,280엔]이어야 하는데 합계를 1돈 높여 기재하고 있음.

했구먼. 어젯밤 먹은 것이 무슨 이렇게 들겠냐고. 대체로 관서지방 사람들은 쩨쩨하지. 빤히 들여다보이는 등신들이라고."

사헤 "야아 당신들이 쩨쩨하고마. 우야튼 먹은 것 계산해 주시지 않으면 내 체면이 안 선데이."

기타하치 "야아 우릴 쩨쩨하다니 무슨 소리여? 바보 같은 낯짝 하고는."

사헤 "돈 지불한 다음에 뭔 말이든 하소. 억수로 쾌씸하고마."

야지 "이보게 사헤 씨, 자네가 아무리 용을 써도 이 신마치의 계산서는 틀렸네."

사헤 "틀렸다니 뭐가 틀렸노?"

야지 "글쎄 우리가 빌레[유녀를 불레] 온 것은 '자子'의 41돈 4푼, 이 계산서는 '해亥'의 41돈 4푼이라고 있네."[117]

사헤 "에라이 집어치래이. 농담하지 말고 돈 내놔라."

기타하치 "야아 이 자식은 뻔뻔스런 놈이네."

하고 덤벼드니 사헤지도 여간내기가 아닌지라 서로 지지 않고, 자칫하면 맞붙잡고 싸움판이라도 벌일 기세였다.

• • •

117 앞서 복권으로 실패하는 장면에서 기타하치가 갖고 온 복권을 보며 신도가 하는 말 '일등 복권에는 '자子'의 88번, 당신들이 갖고 오신 건 '해亥'의 88번이데이'를 흉내 내서 하는 말.

2) 호탕한 가와치 여관주인

그러자 이 가와치여관의 주인 시로베四郎兵衛 달려 나와 사헤지를 몹시 꾸짖고, 기타하치를 달래어 사정을 듣는다. 이 주인의 모습 믿음직스럽게 보이는 게 특히 이 집 주인장일 거라고 알아차리고, 둘도 숨김없이 사정을 이야기하면서 빈털터리 신세인 것도 털어놓고 부탁하였다. 주인 시로베, 분별력 있는 사내로 단번에 이해해서 "괜찮습니더. 글쎄 백만장자라도 여행길에는 돈에 궁하게 되는 일이 있다 캅니더. 이 장사를 하오면 설령 어떤 분일지라도 손님은 손님, 숙박비가 없다 캐서 그럼 나가라 라고는 말씀드리지 않으이까네 며칠이든 체류하다가 돌아가이소."

야지 "거 참 고맙습니다. 저희도 천천히 여기저기 구경을 하고 싶습니다만, 이제 그렇게 장기간 체류해도 별 수 없으니까 내일은 출발하겠습니다."

주인 "글쎄 모처럼 오셨다 아입니꺼. 천천히 구경하이소. 참말로 스미요시住吉신사에는 아직이지예? 때마침 오늘 지도 마 스미요시에 가이까네 가지 않겠습니꺼? 근디 지는 하카마야 신덴袴屋新田[지금의 西成区津守]동네 쪽에 볼일이 있으이까네 배로 가지만, 댁들은 이쿠다마生玉신사, 천왕사天王寺절 걸쳐서 도보로 오이소. 신케新家[스미요시가도에 위치한 한 지명]의 산몬지가게三文字屋라고 하는 요리찻집에서 기다리고 있을 테이까네, 봐라 사헤지 씨 자네도 화해할 겸 모시거래이. 벌써 4경[오전 10시]이 지났겠제. 바로 나가시는 게 좋습니더."

라고 하자 둘도 마침 잘됐다고 합의를 보아, 사헤지와도 서로 사과해

서 기분이 풀려 드디어 채비를 하였다. 주인은 배로 간다기에, 이쪽
은 이쿠다마신사 천왕사절을 들러서 가자고, 또 사헤지의 안내로 여
기를 출발했다.

천왕사 순례길

1) 이쿠다마 신사의 좁쌀떡 찧기

다카쓰 신지^{高津新地[지금의 大阪市中央区]}를 거쳐 가다 보니, 벌써 **이쿠다마 신사**^{生玉神社[지금의 大阪市天王寺区]}에 도착하였다.

> 새로 건축한/ 건물인 듯 보여서/ 쇠장식의 빛
> 더욱 빛나는구나/ 이쿠다마의 신궁.¹¹⁸

본 신사는 이쿠다마노 미코토^{生魂命} 화신의 영옥[영험한 구슬]을 진좌시켜 모셨다고 한다. 항상 참배객이 많아 경내에 두부꼬치구이 찻집

· · ·

118 교카 원문은 '御普請もあらたに見へて金ものゝひかり益なりいく玉のみや'.

▲ 이쿠다마신사축제에서의 야부사매 봉납장면. 야부사매는 말을 타고 달리면서 활을 쏘아 과녁을 맞히는 '기사'(騎射, Horseback Archery)라는 무예로, 본문과는 무관하다.

즐비한 가운데, 진기한 것 보여 주기[미세모노], 치약장수[약장수], 여자의 제문祭文노래,[119] 아즈마 기요시치東清七의 배우성대모사[우키요모노마네], 그 밖에 가지각색 있는 중에서도 좁쌀떡粟餅[아와모찌] 노래하며 찧기曲舂[쿄쿠즈키][120]는 이곳을 원조로 한다.

수건매듭이 앞이마에 오게 동여맨 차림으로, 중간부분이 옴팍 들어간 절굿공이手杵[121] 비스듬히 든 사내, "자자, 평판일세 평판~. 원조 소문난 좁쌀떡 노래하며 찧기는 이쿠다마야生玉屋 집안의 간판. 거기! 찧는구나 저기! 찧는구나, 이거는 저거는 찧네 찧네 찧네 찧네, 뭐를 찧나, 좁쌀 찧네 보리 찧네 쌀을 찧네. 나리님들에게는 종복이 붙네['찧네'와 동음이의어. '따라온다'는 뜻], 젊은 과부님에게는 정부가 붙네['찧네'와 동음이의어. '생긴다'는 뜻], 은거영감님은 초롱으로 떡을 찧네.[122] 유녀는 손님 옷깃에 달라붙네['찧네'와 동음이의어. '아부한다'는 뜻]. 여자예능인[게이코]에게는 또다시 샛서방이 붙네['찧네'와 동음이의어] 이거 앉은뱅이 불알에는 모래가 붙네['찧네'와 동음이의어] 좋다 좋아 아싸 아싸~. 평판 평판~."

• • •

119 우타자이몬[歌祭文]: 에도시대 대중가요의 한 가지로, 신에게 올리는 제문을 대중화한 것이다. 당시의 사건이나 풍속을 소재로 한 가사를 걸립꾼이 샤미센 반주에 맞추어 노래하고 다녔음. 이쿠다마 신사 경내에서 행해진 노래제문은 '生玉祭文'이라고 할 정도로 일찍부터 유명했다.

120 쿄쿠즈키[曲舂, 曲搗]: 노래나 반주에 맞추어 재미있는 몸짓으로 곡예하듯 떡을 찧는 것. 본문에서는 샤미센 반주에 맞추어 노래나 재미있는 문구를 노래하면서 좁쌀떡을 찧어 판매하고 있음.

121 테기네[手杵]: 두터운 몽둥이 형태로 중앙은 손으로 잡을 수 있도록 움푹 들어가 있고, 상하 어느 부분으로든 찧을 수 있도록 만들어진 절굿공이.

122 '초롱으로 떡을 치다'는 뜻하는 대로 되지 않을 때의 속담. 여기서는 외설적 의미로 사용됨.

야지 "우린 일년 내내 거짓말을 하네['쩔네'와 동음이의에]만, 내가 들어
도 어이가 없군[내 농담이 유치하군]."

능숙한 장사/ 맛있게 보여 줘서/ 금전을 쉽게
젖은 손으로 쥐듯/ 버는 좁쌀떡 찻집.[123]

2) 기생 광고

이리하여 경내를 지나 **바바사키**[馬場先] 거리로 나왔는데, 이곳에는 약
간의 사창가가 있어서, 유녀와 여자예능인 요염하게 오가는 모습 화
려하다. 여기에 모모히키[124]쫄바지를 입고 옷자락 한끝을 살짝 걷어
올려 허리춤에 지른 사내, 찻집 같아 보이는 문간마다 서서 말하는 것
을 듣자 하니, "야아, 신키치[新吉]기생집에 센바[船場][지금의 東区]근처 의사선
생의 딸 들어왔소. 오동통하니 애교 있는 이십대 후반[中年增], 잠자리는
푹~, 달이는 법[복용법] 평소와 같다[125]고는 하지만, 거기에는 약간 (약숟
가락으로 조제하듯) 조절 여하, 조절하서 보십시오. 덴노지야[天王寺屋]기
생집에 이 또한 아무개 사탕집의 딸 들어왔소. 끈적끈적, 많은 (물 나

• • •

123 '젖은 손으로 좁쌀 쥐기'는 쉽게 많은 이익을 얻는다는 속담. 교카 원문은 '商賣のうまみ
を見せて錢金をぬれ手でつかむ粟餅の茶屋'.
124 모모히키[股引]: 쫄바지 모양의 남성용 의복으로 속옷용과 작업용이 있음.
125 의사가 탕약을 처방할 때 상투적으로 적는 주의 문구. 여기서는 잠자리 기술이 보통이
다라는 뜻인 듯.

오는) 물엿[126] 같은 최상품 유녀가 등장합니다. 어느 쪽도 부탁드립니다" 하고 선전하고 간다.

기타하치 "사헤 씨, 저건 뭐지?"

사헤 "저거 말인가? 여기 기생집妓屋에 새로운 유녀가 나오면, 저케 말해서, 요리찻집呼屋[127]에 널리 알리며 다니는 거고마."

야지 "이거 참 희한하군. 하하하하하."

사헤 "근데 내사마 이 뒤쪽에 쪼매 볼 일이 있으이까네, 당신들은 이 거리를 똑바로 먼저 가소. 바로 이 앞이 천왕사고마. 내사마 단번에 따라붙을 테이까네."

야지 "좋네 좋아. 먼저 갑니다."

3) 거름을 뒤집어쓰다

여기에서 사헤지와 헤어져 둘은 이야기하면서 길을 따라 간다. 그런데 길이 막다르게 되고 조금 돌아야 하는 곳에서 어느 쪽으로 가야 할지 몰라, 앞에 가는 거름 나르는 영감에게 말을 건다.

야지 "여보시오, 천왕사에는 어떻게 가는지요?"

거름장수 "지 뒤를 따라오이소."

기타하치 "에잇, 따라오라니 사양하겠네. 냄새야 냄새~."

• • •

126 정사에 능한 유녀를 '물'엿과 출신을 겹쳐서 이중적 의미로 형용하는 외설적 표현.
127 요비야呼屋: 요정揚屋, 아게야보다 한 단계 격식이 낮은 요릿집.

하고 뒤로 물러서려고 하니, 거름장수 뒤돌아보며, "이보래이, 내사마 천왕사 바로 옆잉께로 데리고 가겠고마. 자자 오이소 오이소. 당신들은 어데고?"

야지 "우린 에도입니다."

거름장수 "허어, 에도는 좋은 곳이라 카던데. 그 에도는 거름이 한 짐에 얼매쯤 하노?"

야지 "우린 그런 건 모릅니다."

기타하치 "저기 야지 씨, 좀 더 뒤로 물러서서 가자고."

하고 야지로의 소매를 끌어당기며 거름장수 영감을 먼저 보내려고 일부러 소변을 본다. 이 사이 잠시 그 영감을 먼저 보내고,

야지 "열 받게 하는 영감탱일세. 나에게 분뇨 값을 물어본들 아무렴 알겠냐고. 주변머리 하고는."

라고 하면서 이제는 상당히 간격이 멀어졌을 거라고 후딱후딱 걸어가는 저쪽에, 또 아까 그 거름장수 영감이 기다리고 있는 듯한 모습에,

기타하치 "에라이 한심하군. 저기에 또 처기다리고 있네."

거름장수 "자자 오이소 오이소. 당신들 또 여기서 길을 알기 어렵게 될 끼다. 자자 오이소 오이소. 아까 보이까네 당신들 저기에서 소변 보고 있었는데, 에도에선 그케 모두 노상방뇨 한다 카데. 아까운 짓이고마. 글쎄 당신들은 하루에 몇 번쯤 소변 보노?"

야지 "그야 세 번 보는 날도 있고 너 다섯 번하는 때도 있고, 정해진 건 없습니다."

거름장수 "굵게 나오나 가늘게 나오나?"

**(68)

【도판55】《즈에図会》유이
= 원작8편 하·오사카의 에피소드를 앞서 제16역참에서 차용

(기타하치) "에잇, 냄새야 냄새 냄새 냄새~."

야지 "이봐 그런 농담해서는 안 돼. 아, 냄새야 냄새 냄새~."

(분뇨수거인부) "예이, 부탁합니다 부탁합니다 부탁합니다~."

야지 "에라, 당신도 여러 가지를 다 듣는군. 나 같은 사람은 그 정돈 아니지만, 이 작자 건 별것 아니지만 쏴쏴 하고 폭포가 떨어지듯이 나옵니다."

거름장수 "아아 그건 (거름으로) 잘 들을 낀데, 아까운 짓 한데이."

야지 "좀 서둘러서 갑시다. 기타하치 어럽쇼, 너 뭘 하냐?"

하고 추궁 당하자 야지로의 소매를 잡아끌며 작은 소리로,

기타하치 "저것 봐. 거름통 안에 은비녀 끝이 보여."

그러자 야지로는 그 영감과 이야기를 나누면서 간다. 뒤쪽에서 기타하치는 마침 주변에 있던 대나무쪼가리를 주워 젓가락처럼 해서 그 거름통의 비녀를 끼워서 집으려고 할 때, 거름 나르는 영감, 어영차 하고 어깨(에 맨 멜대 앞뒤)를 바꾸려고 하는 찰나에, 기타하치가 갖고 있던 젓가락이 튕겨나가 (거름이) 그 주변에 마구 튀어 야지도 기타하치도 "젠장, 이거 참 엉뚱한 짓을 했군." 휴지를 꺼내서 닦는다. 이 사이에 영감은 앞쪽이 된 거름통 안에 비녀를 발견하고, "이건 뭐꼬?" 하고 끝을 집어서 살짝 건져 올려 보니, 제법 중량 있어 보이는 비녀이므로,

거름장수 "이거야 원 좋은 거고마. 아마 뒷간 안에 떨어져 있던 거겠제. 손녀에게 좋은 선물이데이. 어디 먼저 가겠고마. 천천히 뒤따라 오이소, 오이소."

하고 일체 상관없이 후딱후딱 가버린다.

기타하치 "젠장, 부아가 치미는 짓을 했네."

야지 "아아~ 네놈도 변변한 일은 못 하지. 어쩐지 온몸이 역한 냄새인 게 아직도 아까 그 영감탱이와 동행하는 것 같으이."

하고 투덜대면서 간다.

4) 천왕사 참배

간다고 할 것도 없이 벌써 **천왕사**天王寺[지금의 大阪市天王寺区에 위치] 서문西
門에 도착하니, 여기에 사헤지 뒤에서 쫓아왔다.

사헤 "아이구, 지쳤고마. 간신히 따라붙었네. 이것 보소. 이 신사입
구돌기둥[도리이]의 액자는 오노노 도후小野道風[894-966]가 쓴 것이라 카
데예."

야지 "과연, 이야기로 듣고 있었습니다만 이거야 원 뭔지 전혀 모르
겠군."

　　중국풍 같아/ 보이는 그 글자로/ 알 수 있다네
　　오노노 도후의 당풍/ 필적이라는 것을[128]

원래 이 사천왕사四天王寺절은 상궁태자上宮太子=聖德太子[574-622]가 창건
하시어 유래는『태자전기』[129]에 자세하게 보인다. 실로 일본 최고 최

• • •

128 '오노노 도후의 필적이라고 하는 것은, 도후[두부]와 인연 있는 당풍[비지] 같아 보이는 글
　　자로 알 수 있네.' 894년~966년에 실존했던 명필가 '오노노 도후[小野道風]'와 '도후[豆腐]',
　　'도후[豆腐]'와 인연 있는 '오카라[비지]'와 '카라[唐]'를 동음이의어로 활용한 교카. 원문은
　　'唐めきて見ゆる文字にしられけりをのゝとうふのお筆なりとは'.
129 소학관 전집 주를 참조하면『聖德太子伝暦』,『聖德太子絵伝』등.

상의 신성한 장소靈場[130]로, 불당과 불탑의 장엄함이란 이루 말할 수도
없다.

> 왠지 마음은/ 하늘을 날 것처럼/ 기쁜 천왕사
> 그 영험함에 넋을/ 잃고 기뻐지나니[131]

경내의 광대함이란 다 적을 수조차 없다. 대략적으로 순례하며 여
기에서도 여러 가지 일이 있었지만 생략한다.

5) 여자거지와의 약혼?

그로부터 **아베노**阿倍野 가도로 나와 가는 도중에, 괭이로 밭을 일구
는 남자가 노래하는 것을 들으니, "*스님아♪, 큰 스님아♪, 자잠깐, 하
시지 않을 끼가. 이 큰 스님아♪.*"

야지 "아버님, 열심이십니다그려. 지금 몇 신감요?"

남자 "예, 어제의 이맘 때 쯤이겠제."[132]

야지 "집어치우게. 흔해빠진 농담을 하는구먼. 그런데 기타하치, 담
　　 뱃불 좀 (붙이게 부싯돌) 한번 치게 해 줘."

• • •

130 靈場: 신불을 모신 신성한 장소.
131 '하늘을 날 듯 기쁘대[有頂天]'의 끝말잇기로 '천왕사[天王寺]'를 이어서 활용한 교카. 원문
　 은 '何となくこゝろはうちやう天王寺われをわするゝありがたさには'.
132 당연한 것을 말하는 골계. 이 말장난은 작자 잇쿠가 다른 작품에서도 종종 사용한다.

기타하치　"맞은편에 거지가 피우고 있으니까 빨아서 붙여 달라고 하지? 게다가 여자거지네."

야지　"뭐? 더러워라."

기타하치　"터무니없는 소리 하네. 이쪽 담뱃대로 빨아서 붙이는 것을. 어디 보자, 내가 빌려서 하지. 이보게 불 좀 빌려주게."

스물 한두 살 정도 나이의 여자 천민, "예 이제 막 껐으이까네 잠깐 부싯돌로 쳐 드릴까예?"

기타하치　"야아 칠 정도라면 이쪽에도 있네."

여자　"그라모 당신 한번 쳐서 빌려 주이소."

기타하치　"말 한번 잘하네. 그러나 자네쯤 되니까 쳐서 빌려드리지. 그렇지? 야지 씨 보라고. 거지로 놔두기엔 아까운 용모여."

야지　"정말 요연한 물건이군. 이보게 자네 부군이 있는가?"

여자　"예 남편과는 작년에 헤어졌습니더."

야지　"그럼 또 재혼하면 될 텐데."

여자　"그렇고마. 요전번에도 중매 서 준 분이 있었는데에, 상대편 남자도 좋은 머시마라네, 일 년 내내 알몸으로는 있을지언정 '텐, 텐, 덴마天満의 소방수'¹³³장단 춤을 완전 억수로 잘 춰 가꼬, 평생 구걸해서 먹일 수 있을 것 같은 사내이까네 거기에 안 갈 끼가 하고 말했었는데에, 정작 중요한 집이 없다 케서 도저히 갈 수 없었습니더."

야지　"내가 좋은 곳에 중매를 서 주지. 이 사내는 어떤가?"

● ● ●

133 알몸으로 이렇게 노래하고 춤추며 구걸하던 거지가 있었음.

여자 "오호호호호, 저분에게라면 내사마 부디 가고 싶어예."

기타하치 "나도 집이 없는데[134] 괜찮은가? 그러나 지금 한창 공사 중
이라네. 완성되면 부르지."

여자 "그건 어데 짓는데예?"

기타하치 "야아 장소는 뭐라는 곳인지 모르겠지만 여기 오는 길에
다리 공사하는 곳이 있었는데, 그게 완성되면 그 다리 밑에서 혼례
를 치릅시다."

여자 "그라모 내도마 새 거적 같은 걸 받아서 (멍석)옷 준비하겠
데이."

기타하치 "어디, 혼수지참금結納[유이뇌]으로 한 푼[1문=30엔] 줄까. 하하하
하하. 내가 거지라면 자네를 마누라로 삼을 텐데. 유감천만이네."

여자 "호오~, 당신은 저어, 우리와 같은 패거리가 아잉교?"

기타하치 "당연하지. 나는 명명백백한 진짜 상인님이시다."

여자 "내사마 또 그케 때에 찌든 누추한 행색을 하고 계시이까네 같
은 패거리라고 생각했다 카이."

기타하치 "젠장 열 받는 소리 하네."

사혜 "하하하하하, 훌륭한 감정[판별]이고마. 자 자, 가입시더 가입
시더."

● ● ●

134 원작 1편을 보면 기타하치는 야지 집에서 더부살이[식객]한다고 나와 있으므로 실제로
집이 없다.

스미요시 신사 순례길

1) 부자님은 양산 대신 장지문

그로부터 **스미요시 간선도로**住吉街道로 나왔는데, 노소귀천[귀한 사람 천한 사람 늙은이 젊은이] 섞여서 이곳 신에게 걸음을 옮기는 그 길 도중의 북새통 끊임없이 이어진다. 여기에 부자로 보이는 남자, 많은 알랑쇠 수행원末社=太鼓持들을 데리고 떠들어대며 경단 집 길모퉁이에 멈추어 서서는, 각자 그 경단을 한 꼬치씩 구입해서 옆으로 비스듬히 무는 멋을 부린다. 이 부자의 이름은 가와타로河内屋太郎兵衛[1788년 사망한 환전상], "이 보게나 할멈, 내사마 경단보다 사가고 싶은 게 밖에 있네만 팔지 않을 끼가?"

할멈 "예 예, 뭐든지 사 주이소."

가와타로 "그라모 이 길모퉁이에 세워져 있는 장지문 한 짝 파소. 이 거 드리겠고마."

하고 앞에 찬 가죽주머니胴乱[135]로부터 일부짜리 금화[1分金=5만 엔] 한 장 내어주자, 할멈은 기겁하여 어안이 벙벙한 얼굴을 하고 있는 사이에, 가와타로 직접 그 장지문을 떼려고 하자 알랑쇠수행원들 놀라서, "이거 참 나리, 요런 찢어진 장지문, 100필[천 문=3만 엔][136]이라니 억수로 비싼 염주[137]데이. 허나 여기엔 무신 놀랄 만한 취향이 계신 거겠지예."

가와타로 "내사마 양지를 걸으면 얼굴이 벌겋게 상기돼서 안 좋으이까네, 이보래이 히사스케久助[알랑쇠의 이름], 이 장지문 갖고 온나. 이거 그쪽에도 금화 한 장 주겠고마. 그 대신 스미요시住吉신사까지 이렇게 옆으로 세워서 갖고 걸으래이. 암 하모 하모."

하고 장지문 한 짝을 세로로 들게 해서 그 그늘을 간다고 하는 장난이다. 이 가와타로라는 자는 나니와[오사카]에서 소문난 대범 호탕한 인물로서, 이런 장난치는 것을 즐겼기로 아직도 그 이름 남아 있다.

야지로 기타하치, 이를 보고 흠칫 놀란다.

• • •

135 도란[胴乱]: 약, 도장, 담배, 돈 등을 넣고 허리에 차는 네모난 가죽 주머니.

136 엽전 10개=1필. 엽전 1,000개[천 文]=100필. 다음과 같이 환산할 때 일부짜리 금화와 천 문의 액수에 차이가 생기고 있으나, 일부짜리 금화는 엽전 천 개의 가치였으므로 수행원들이 잘못 계산하고 있는 것은 아니다. 1文=30円, 1分=320円, 1匁=3,200円, 1朱=6,250円, 1分銀=25,000円, 1分金=5万円, 1両=20万円.
선행연구(山下則子「江戸の笑いの表現様式」『日本の笑い』国文学研究資料館, 2010年3月)에서와 같이, 1両=10万円, 金 1分=1分金=25,000円. 3分女郎; 75,000円의 가치로 계산하면 좀 더 근접한다. 선행연구자에 따라 계산법이 약간씩 차이가 있으므로 현재 일본물가를 기준으로 환산할 수밖에 없다. 역자는 기존역서와의 통일성을 위하여 위 계산법으로 환산하고 있다.

137 '억수로 비싸다'라는 '에라타카에라이 다카이'에 유사음인 '이라타카 염주'를 연결한 말장난.
이라타카 염주: 알이 크고 평평하며 각진 염주로, 문지르면 높은 소리가 나므로 수도자[야마부시]들이 주로 사용했다

야지 "야아 이거 참 아주 재밌네."

기타하치 "관서지방도 무시는 안 당하겠군. 엉뚱한 장난꾼이 다 있네. 절묘하다 절묘해!"

하고 차츰 이 사람들 뒤를 따라가니, 약 6, 7정[654~763미터][138]이나 갔을까 싶었을 때 그 앞서 가던 부자 가와타로, "야아 장지문도 쪼매 거추장스러워졌데이."

히사스케 "좀 (장지문을) 열까예? 정원은 억수로 넓네. 정원연못은 스미요시신사 앞바다의 곶[갑], 아와지섬淡路島[오사카와 시코쿠사이에 위치]이 정원의 산, 이라니 굉장하지예."

가와타로 "히사스케, 이제 그 장지문 내던져 뿌라."

히사스케 "이제 되셨습니꺼?"

가와타로 "나둬라 나둬."

그러자 그 장지문 길 한편에 내팽개치고 간다.

2) 황새 따라가다 다리 찢어진 뱁새

뒤에서 기타하치 "어때 야지 씨, 이 장지문을 줍는 건?"

야지 "아녀 아녀, 교토에서 사다리로 질렸네."

기타하치 "글쎄 둘이서 번갈아 들고 우리도 장지문 그늘을 가지 않

• • •

138 정[丁·町] : 구역. 1정=109미터.

을래? 재미있는 놀이여."

야지 "과연, 오늘은 엄청 따뜻해서 양지는 얼굴이 벌겋게 상기되는 군. 기타하치 갖고 와."

기타하치 "번갈아 드는 건데 괜찮나?"

야지 "알았네 알았어. 이거 참 절묘하네."

하고 기타하치에게 장지문을 들게 하여 야지로 그 그늘을 가는데, 드디어 **천하찻집마을**天下茶屋村[스미요시가도에 위치. 지금의 大阪市西成区]에 있는 화중산和中散 제사이是斎¹³⁹ 점포 앞에 다다랐다.

> 화창한 천하/ 찻집에서 사방에/ 이름을 떨쳐
> 날갯짓하는 솔개의/ 원 같은 화중산 가게.¹⁴⁰

그러자 맞은편으로부터 (참배를 마치고) 귀가하는 군중 일행, "영차 영차~¹⁴¹ 만자이라쿠¹⁴²네 만자이라쿠네~. 하하하하하, 저건 뭐꼬? 양 산 대신 아이가. 저 들고 가는 녀석의 면상 봐라. 축제용 수레의 깃발

• • •

139 와츄산[和中散]: 에도시대, 쓰다소자에몬 고레토키[津田宗左衛門是斎]가 조제하여 오우미[近 江]의 우메노키[梅木]마을에서부터 전국각지로 팔기 시작했다고 전해진다. 흰걸기의 감 기와 출산 전, 산후조리, 일사병에 효능이 있다고 하는 가루약.

140 '천하[天下]찻집 화[和, 와]중산 가게의 명성은, 화창한 하늘[天]에 날개를 펼쳐 포물선[輪, 와]을 그리는 소리개처럼 사방에 펼쳐 있네'. '하늘[天, 텐]'과 '천하[天下, 텐카]', '화[和, 와]'와 '포물선[輪, 와]'을 동음이의어로 활용한 교카. 원문은 '麗な天下茶屋から四方に名の羽をの す鳶のわちう散みぜ'.

141 쵸사야 쵸사야: 축제용 수레를 끄는 기합소리.

142 만자이라쿠[漫才楽]: 원래는 무악의 일종을 가리키는 말이나 여기에서는 장단말로 사용 하고 있음.

▲ 제사이 약방 앞 풍경. 김이 나는 약탕기가 중앙에 놓여 있다.

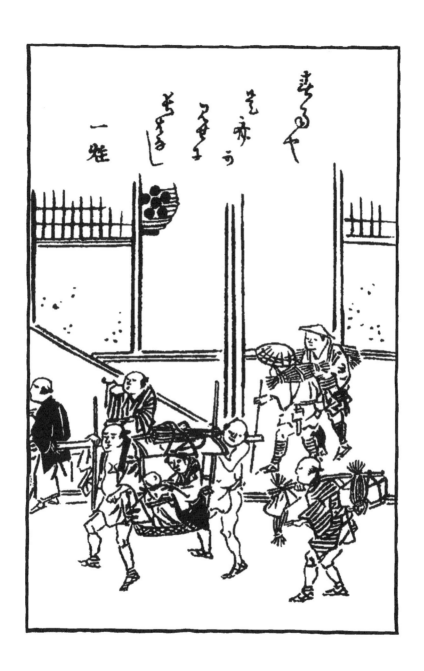

잡이와 장지문 잡이에게 똑똑해 보이는 면상은 없는 법이데이. 하하 하하하."

기타하치 "이 수다쟁이 새끼들은 뭘 나불대나?"

앞의 상대 "뭐라카노? 이 자식 을러대지 마라. 우는 소리 하게 해 주 제이."

기타하치 "이거 에도 토박이라고! 닥치는 대로 죄다 후려갈겨 주마." 하고 들고 있던 장지문을 휘두르니, 아까 그 군중 중에 이마미야 신케 今宮新家[스미요시가도에 위치한 한 지명]의 곤시치權七라고 하는 불그스레한 얼굴 에 살찐 영감, 기타하치를 붙들고, "이거, 이 장지문은 이 자식, 와 여 기에 처갖고 왔노? 우리 집 장지문이데이."

기타하치 "바보소리 작작하더라고. 뭘 네놈 집 거라고."

영감 "야아, 이케 큼지막하게 써 있는 게 니놈 눈깔에는 안 보이나? 이거 보래이. 팥고물떡[젠자이모찌][143] 3,5경단 이마미야 신케三五団子今宮新家 사이카치가게 라고. 게다가 내가 쓴 거데이. 오늘 이 자들과 스 미요시 계모임住吉講의 월례참배[144]에 가느라 할멈 혼자 두고 나왔는 데, 이거 이놈들 훔쳐대서 처갖고 온 거 아이가."

기타하치 "뭐? 도둑질했다니, 이 새끼 뻔뻔스런 놈이네. 이건 길에서 주운 거여!"

영감 "바보 같은 소리 작작 하거래이! 장지문 버리고 가는 사람이 세

• • •

143 善哉餅: 껍질을 벗기지 않은 팥고물에 흑설탕을 섞어 끓인 둥근 떡. 팥고물을 묻힌 떡.
144 住吉講: 스미요시 신사참배에 필요한 경비 마련을 위한 계모임.
    月参: 계모임 회원들이 교대로 한 달에 한 번 공동비용으로 참배하는 것.

▲ 장지문간판을 두고 실랑이하는 야지 기타와 젠자이떡가게집주인.

상에 어데 있노? 바보천치 같은 소리 그만 나불대라."

사헤 "이보래이 아저씨, 이건 이렇게 됐다 안 카나. 누군가가 당신 집에서 이 장지문을 사 들고 왔었는데예, 길에 버렸으이까네 이분이 주워 왔다 안 카나."

영감 "에라 당신도 바보소리 한데이. 이케 적혀 있는 건 이거 우리 집 간판이고마. 팔 물건이 아이다."

기타하치 "그러나 금화 한 장 내어주고 산 것을 우린 봤다고. 이 똥덩어리 새끼야!"

영감 "집어치래이! 요런 낡은 장지문 누가 100필이나 주고 사겠노? 십중팔구 니놈들 경단 먹는다 카고 처떼어 낸 것에 틀림없고마. 우야튼 이 장지문 우리 집까지 갖고 오거래이. 어서 뒤로 돌아가라 뒤로 돌아가."

사헤 "이보래이 용서하이소. 글쎄 당신네 장지문이라면 여기서부터 갖고 가소."

하고 장지문을 들이대니 되밀치고 하면서 이러쿵저러쿵 다툰다.

3) 장지문의 뒤처리

이때 마부 한 명, 말을 끌고 여기에 마침 당도하였다. "뭐꼬 뭐꼬? 길 비켜 주이소" 하며 끌고 지나가려는 그 찰나, 장지문을 이리저리 서로 잡아당겼다가 내팽개치므로 이 말에 부딪힌다.

말 "히힝~ 히힝~ 히힝~."

하고 놀라 튀어 오르는 바람에, 마부 한 두 칸[2~3미터][145] 건너편으로 튕겨나가 괴로워하며 뒹군다. "아이고 아파라 아이고 아파라 아이고 아파라."

사헤 "이거 무신 일이가."

마부 "야아 '무신'은커녕…. 아이고 아파라 아이고 아파라 아이고 아파라. 이거 불알이 없어졌다카이. 그 근처엔 떨어져 있지 않나 봐 주소."

영감 "뭐? 불알이 이 근처엔 안 보인다카이."

마부 "그래도 어딘가에는…."

사헤 "소매 안엔 없는지 보소."

마부 "어데어데, 당연히 없을 끼다. 소맷부리 넓은 소매[히로소데][146]이 니께."

사헤 "이보래이 당신, 갖고 오지를 않았을 끼다. 집에 두고 오진 않았나?"

마부 "바보 소리 하네. 게다가 내사마 산증疝気[147]환자로 불알이 거대하니께 이케 주머니에 넣어서 목에 걸고 다닌다 안 카나."

영감 "그라모 그 주머니 흔들어 보소."

마부 "어데어데, 야아 있다 카이. 아까의 기절초풍으로 매단 게 위쪽

• • •

145 켄[間] : 1칸=1.82미터.

146 히로소데[広袖]: 소맷부리의 아래쪽을 꿰매지 않은 소매. 따라서 소맷자락을 만들지 않아서 소맷부리가 터진 채로 되어 있음.

147 센키[疝気]: 대소장, 생식기와 같은 하복부내장의 병으로 발작적인 고통이 반복되는 증상을 보인다. 당시 고환 비대증의 원인으로 생각되어지기도 하였다.

으로 올라간 것 같고마. 문질러 꺼내 주제이. 야아 나왔데이 나왔데이."

기타하치 "하하하하하, 과연 큰 불알이군."

야지 "아귀도의 죽은 자를 위한 공양施餓鬼[세가키]주머니와 같아서, 마지못해 한 그릇 있구먼.[148] 하하하하."

마부 "야아 불알은 됐지만, 무릎[슬개골]이 까졌다 카이. 이보래이 당신들은 와 이 장지문을 내 말에다가 부딪쳤노?"

사헤 "내사마 모른데이."

마부 "모른다꼬? 이건 누구네 장지문이고?"

영감 "우리 집 거데이."

마부 "봐라, 이케 상처가 나서는 가만 못 있제. 장지문에 이마미야 신케今宮新家 사이카치가게라고 적혀 있으니께 이게 증거데이. 퍼뜩 오소 오소. 어쨌든 이 가게에 가서 가차 없이 따지지 않고서는 그냥 넘어가지 않겠고마."

하고 장지문을 잡아채서 말에 달고, 가느다란 삼줄細引[호소비키]로 휘감아서는 불문곡직하고 (말방울소리도) 짤랑짤랑 끌고 간다.

영감 "이보래이 이보래이, 그 장지문 어데로 갖고 가는 기가? 기다리라 기다리라!" 하고 쫓아간다. 일동 뒤에서 "영차 어영차~[149] 만자이라쿠네 만자이라쿠네~" 하며 달려간다.

• • •

148 세가키[施餓鬼]: 아귀도에 빠지거나 연고자가 없는 사자를 위한 공양.
  이 공양을 위한 주머니[仏餉袋, 붓쇼부쿠로]에는 자신과 관계없는 사자를 위한 공양이므로 공양미를 넣더라도 '마지못해' 적당히 넣는 사람이 많았다.
149 쵸사야 요사: 축제용 수레를 끄는 기합소리.

야지 "하하하하, 마부 녀석이 재치 있는 짓을 했군. 하하하하하."

바른 미농지/ 찢겨지듯 될 대로/ 되라지 싸운
장지문의 뒤처리/ 가소롭기만 하네.[150]

4) 스미요시신사에 도착하다

이리하여 그로부터 3인은 머지않아 **스미요시 신케**住吉新家[스미요시가도]에 위치. 지금의 大阪市住吉区]동네에 이르렀다. 실로 스미요시신住吉明神의 번창하심은 길 양쪽 찻집에 드러나 어느 집이나 모두 미려하다. 빨간 앞치마를 두른 여자, 문 앞에 서서 "쉬다 가이소, 쉬다 가이소. 식사하시지 않을 끼가? 맑은 대합 장국도 있사옵니더. 도미도 광어도 있사옵니더. 들어오이소 들어오이소."

기타하치 "오호, 모든 찻집이 좋아 보이네. 거창하군."

팔팔하비도/ 손님이 튀어들어/ 오는 성황은

• • •

150 '될 대로 되라지 하는 심정으로 자포자기해서 싸웠는데, 그 뒤처리가 우습게 되었네'라는 뜻. '미농지'는 '장지문'에 발라지는 특성상 연상어로 사용되었고, 종이가 '찢기다[야부레]'와 '자포자기[야부레카부레]', '장지문[쇼지]'과 '가소롭다[쇼시센반]'를 동음이의어 또는 유사음으로 활용한 교카. 원문은 '美濃紙の破れかぶれと喧嘩せしあとのしまつの障子せんばん'.

요리하는 생선도/ 새로운 신케동네.[151]

이곳의 명물은 금붕어, 대합조갯살 초무침, 천둥전병,[152] 고추, 다시마, 목마,[153] 실로 만든 세공품 등, 장사하는 집 많은 가운데 요리찻집은 산몬지가게三文字屋, 이타미가게伊丹屋, 고부가게昆布屋, 마루가게丸屋 등과 같은 집이 유달리 손님이 그칠 사이 없을 만큼 성황을 이루기가 이를 데 없다.

사헤 "여보시오, 여기가 산몬지데이. 잠깐 기다리소."

하고 현관에서 들여다보니, 안쪽에 나가마치長町의 가와치여관河内屋주인 벌써 여기에 와 있다가, "이보래이 사헤지, 빨리 왔고마."

야지 "저흰 겨우겨우 지금 막 왔습니다. 먼저 참배를 하고 오겠습니다."

이로부터 함께 신사에 당도한다. 원래 이 위대한 신은 옛날 옛적 신이 다스리던 시대神代에, 휴가국日向国[지금의 규슈 미야자키현]의 오토노 다치바나노 아와기가하라小戸橘檍原들판에서 출현하시어, 본 신사에 진좌

• • •

151 '기세 좋게 손님이 들어오는 신케동네의 요릿집에는, 요리하는 생선도 막 잡은 것이라 팔딱팔딱 뛰어서 신선하네.' '팔딱팔딱' '뛰다' '요리하다' '생선' '신케[새집]'와 같이 연관어를 나열하여 완성시킨 교카. 원문은 'ぴちぴちと 客のはねこむ賑ひはりやうるさかなも新家町なれ'.

152 고로고로센베: 찹쌀가루에 설탕을 섞어 부풀려 구운 가루야키[軽焼] 과자의 일종. 천둥벼락[치는 소리가 '고로고로']의 간판을 내건 渡唐屋가게에서 판매한 과자.

153 대나무 끝에 말머리 모양을 한 것을 붙이고 바퀴를 달아 아이가 걸터앉아 놀 수 있는 장난감.

하신 것은 신공황후神功皇后 11년 신묘년 4월 23일이라던가. 제신 네 분은 소코쓰쓰오노 미코토底筒男命, 나카쓰쓰오노 미코토中筒男命, 우와쓰쓰오노 미코토表筒男命, 신공황후神功皇后이다. 섭사摂社 말사末社[154] 모두 삼십여 채로 우람하게 늘어서 있다. 우선 본당本社에 공손히 머리 조아려 배례하고,

　　　해상안전의/ 신이 지켜 주시는/ 신사이기에
　　　더 평온해 보이는/ 소나무가로수여.[155]

　　　와카의 신인/ 스미요시 신께서/ 낙천얼굴을
　　　부드럽게 노래로/ 더럽혀 체면 깎았네.[156]

　이리하여 신사 경내를 도는데 끝이 없으므로 대강 둘러보고, 이데미出見[스미요시신사 앞에 위치] 바닷가의 석탑 꼭대기 등롱高灯籠도 손가락으로 가리키며 봤을 뿐으로, 서둘러 예의 산몬지 가게로 돌아왔다.

• • •

154 신사의 격은 본사, 섭사, 말사 순이다.
155 '스미요시의 신들은 해상안전의 신이므로, 신사의 소나무가로수도 평온한 바다와 같노다.' '나미'를 '파도[波]'와 '가로수[並木]'의 동음이의어로서 이중적으로 사용한 교카. 원문은 '海上をまもりたまへる神がきやいとおだやかに見ゆる並松'.
156 스미요시의 신은 '와카의 신'으로도 불린다. 요곡 『백낙천』[白樂天]에 당나라의 위대한 시인 낙천 백거이가 일본의 지혜로움을 재려고 오자, 스미요시신이 어부의 모습으로 쓰쿠시의 바다에 출현하여 와카로 백거이를 굴복시켰다는 전설을 바탕으로 한 교카이다. '더럽힌 먹[스미]'에 동음이의어 끝말잇기로 '스미요시의 신'을 연결하였다. '얼굴을 더럽히다'는 '체면을 깎다'는 뜻. 교카 원문은 '和らかに歌と出かけて樂天の顔をよごせしすみよしの神'.

▲ 스미요시신사 본당을 중심으로 한 경내모습. 소나무의 명소답게 소나무가 빽빽이 그려져 있다.

스미요시 가도의
산몬지 요정에서

1) 기둥서방 자리다툼

여종업원들 우르르 몰려나와, "잘 오셨습니다. 어서 저쪽으로 가이소."

사헤 "그 가와시로河四郎[河內屋四郎兵衛의 약칭] 씨는 어데일까?"

라고 하면서 (둘을) 데리고 안쪽으로 들어가자,

가와치네 "억수로 빨리도 다녀왔고마."

기타하치 "엄청 배가 고프군."

가와치네 "우선 한잔 하이소."

하고 술잔을 내민다.

기타하치 "야지 씨 먼저."

야지 "네놈이 마시고 따라 주라고."

기타하치 "벌써 잔을 재촉하는군."

사혜　"안주는 뭐가 좋겠노?"

기타하치　"뭐든 배 속에 쌓일 것 같은[배속이 든든해지는] 것을 주십시오."

야지　"에잇 게걸스러운 소리 하는 녀석일세."

기타하치　"헤헤, 사돈 남 말하네. 봐라 아직 술잔이 가기도 전에 당신, 안주를 해치우고 있잖아."

사혜　"이거야 원, 억수로 궁상맞은 이야기가 됐다 카이."

야지　"아아 정말, 가와치여관 주인어른의 덕분에야말로 이런 맛있는 것도 먹고는 있지만, 과연 무전여행은 '괴로운 것, 쓰라린 것'¹⁵⁷ 일세."

그렇게 자신만만하던 야지로, 처음으로 나약한 모습을 보이며 풀죽어 말하므로, 사혜 우스운 것을 참고, "어떻노? 당신들은 오사카사람이 될 생각 없나?"

기타하치　"야아 우리도 뭐든 익힌 기술이라도 있으면 좋겠지만, 이걸로 먹고 살 수 있겠다 싶은 게 하나도 없으니까, 어딜 가든 부질없는 노릇이지요."

가와치네　"참말로 좋은 일이 있데이. 어떻노, 둘 중 한 명은 팔아 치울 자리가 있는데 말이다."

야지　"어떤 일인지요?"

가와치네　"기둥서방[남첩]¹⁵⁸자리가 있는데, 어떻노?"

. . .

157 '여행이란 괴로운 것, 쓰라린 것[旅は憂いもの辛いもの]'이라는 속담에 의거한 말.
158 여자가 먹여 살리는 정부.

야지 "그거 정말이오? 재밌군 재밌어."

하고 뻔뻔스럽게도 갑자기 잘난 척 코를 씰룩거리며 기뻐하므로, 기타하치도 쓱 앞쪽으로 나와, "혹여 저 같은 사람이라도 좋다면 중매서 주십시오."

야지 "하하하하하, 네놈이어선 술책[정사의 기술]이 없지. 그러나 어제 오늘 막 알게 된 주인어른 면전에서 이런 말 하는 건 우스운 노릇이지만, 저라면 상대편 마음에 들 게 틀림없는 (정사의) 기술이 있으니까, 아무쪼록 그 이야기가 정말이라면 저를 말이지요에, 헤헤헤헤헤, 하하하하하하."

가와치네 "이건 맹세코 진짜 이야기고마. 게다가 상대편은 인물이 억수로 빼어난데다가 나이는 서른네다섯쯤이나 되었을까, 센바船場[부자동네로 유명함. 지금의 東区] 근처에 있는 경제 사정 넉넉한 집안의 과부님이고마. 내사마 거기 지배인과 친하니께 지금 막 여기에 와서 그 이야기를 하고 있었는데, 아무래도 배우를 사느라꼬 돈을 써서 안 되겠응께, 딸린 식구가 없는 기둥서방 고용하고 싶다는 거였데이. 그러니께 혹여 갈 생각이라면 내가 중매를 서 드리겠고마. 우선 우야튼 그 과부님 보고 확인하지 않겠나?"

기타하치 "뭘 보지 않아도 좋습니다. 다소 짝눈[애꾸눈]이어도 코가 떨어져 나갔어도 그런 건 개의치 않습니다."

가와치네 "그렇다 처도 그 지배인이 모시고 저쪽 객실에 와 있응께. 어디, 내가 뭐 잠깐 가서 잘 캐묻고 올까예?"

야지 "예 잘 부탁합니다."

하고 한잔 술기운에 마음이 마구 동하여 부탁하므로, 가와치여관 주

인은 일어나서 안쪽으로 간다. 그 뒤에,

야지 "어이 기타하치, 내가 가는 거여!"

기타하치 "억지소리를 다 하네. 당신이 기둥서방 할 낯짝이어? 한 번
도 거울을 본 적은 없는 것 같군."

야지 "바보소리 작작해. 용모는 나빠도 (정사) 기술이 있다고. 네놈
보단 낫지."

기타하치 "뭐가 낫다고. 이보게 사헤지 씨, 당신이 여자라면 야지 씨
에게 반하겠나? 나에게 반하겠나? 어때?"

사헤 "내사마 어느 쪽도 관심 없고마. 하하하하하. 그러나 남은 반
해 주지 않아도 당신들은 각자 자만하고[스스로에게 반해] 있응께 됐
다 카이."

기타하치 "그럼 사나이풍채는 오십대 오십으로 하는 게 좋겠군. 나
이가 젊은 만큼 내가 가지."

야지 "아니 연장자의 권리로 나여."

사헤 "이케 하이소. 내가 제비를 낼 테이까네 긴 것을 뽑으신 사람이
기둥서방님이데이."

기타하치 "그거 좋겠군. 나무 스미요시 대명신南無住吉大明神님, 저에게
긴 것을 점지해 주시옵소서."

사헤 "자, 뽑으소. 됐나? 어디! 휙휙의 휘익~."

야지 "이거 긴 거네~ 잘됐다 잘됐어!"

하고 하늘을 날 듯이 기뻐한다.

2) 미인과부와의 술자리

그러자 가와치야 시로베河內屋四郎兵衛가 돌아왔다. "자아, 성립되었데이 성립되었데이. 지배인과 담판 짓고 왔는데, 어쩐지 아주 편리한 이야기고마. 급여는 원하는 만큼이고, 별도로 또 우엉 비용과 달걀 비용[159]이 얼마쯤. 철따라 고용인에게 사주는 옷[시키세]은 과부님으로부터. 일 년 내내 비단옷을 얼마든지 맞추는 만큼. 삼장원三臟円과 거승자원巨勝子円[160]은 다닐 때마다 복용케 한다 카네."

야지 "에도에도 산토 교덴山東京伝[1761-1816. 저명한 작가]의 가게에 독서환讀書丸이라고 하는 약이 있습니다만, 이거 농담이 아니라 정말로 기력을 강하게 하는 게 신기하다고 하는 약이니까, 글쎄 기력이 강해지면 뭐든지 강해진다고 하므로 이 약도 주문해서 씁시다."

가와치네 "그러네예. 헌데 지금 그 과부님이 여기에 오기로 되었데이."

야지 "뭐? 지금 여기로요? 거 참 큰일 났네. 아이고 이 차림으로는 우스운 꼴이 되는데. 여보게 사혜 씨, 이 근방에 이발소는 없을까요?"

기타하치 "에라이 집어치우라고. 무환자나무[무쿠로지]는 3년 닦아도 하얗게는 안 되지. 천성인 것을 천성 그대로 보여 드리는 게 좋네.

• • •

159 우엉과 달걀은 정력에 좋다고 여겨졌음.
160 삼장원은 심장, 간장, 신장의 기운을 보충하고, 거승자원은 신장의 기운을 보충하는 약. 정력제로도 사용됨. 둘 다 오사카의 명물이다.

속담에도 '보지 않은 장사는 할 수 없다'[161]고 하는데, 이것만은 보자마자 저쪽으로부터 거절해 올 것 같은 경우일세. 하하하하하."

사혜 "근데 건너편 객실로부터 괜찮은 여인네[도시매가 오고 있다카이."

가와치네 "저거데이 저거. 아마 여기로 오는 거겠제."

야지 "이거야 원 감당 못하겠네 감당 못하겠어."

하고 무턱대고 옷깃을 여미며 갑자기 진지한 표정을 짓고 있다.

그 과부라고 하는 이는 세련된 미인이었다. 목덜미와 빈모의 털이 풍성하고[162] 피부는 눈같이 하얗고 쌍꺼풀눈에 애교가 뚝뚝 흘러넘쳐 떨어질 듯하다. 안팎이 같은 오글오글한 줄무늬비단으로 세 장 정도 겹쳐 입고, 검정 우단 허리끈을 앞에서 매고,[163] 오글오글한 분홍색 비단에 자수가 들어간 긴 속옷長襦袢,[164] 옷자락 끝으로부터 살짝살짝 내비치며 약간 취한 모습으로 지배인 대동하고 온다.

가와치여관의 주인, 나가서 맞이하며, "이거 참 잘 오셨습니다. 자자, 저쪽으로 가입시더."

과부 "실례하겠습니데이, 오호호호호."

지배인 "여러분 실례합니다. 저쪽은 여인네들뿐이라 전혀 술상대가 없었는데예, 다행히 가와시로河四郎님의 출현으로 저희 미망인님이 크게 기뻐하시어, 그래서 지도마 술 대신 마셔 주는 역할[혹기새이

• • •

161 물건을 직접 보지 않고서는 거래를 할 수 없다.

162 정[바람기]이 많다고 여겨짐.

163 기혼여성 및 과부의 전형적 복장.

164 나가쥬반長襦袢: 일본옷의 겉옷과 같은 기장의 속옷. 화려한 색상의 무늬가 있음.

라도 하려고 왔습니더."

가와치네 "어서어서, 쪼매 더 옆으로 다가 오이소. 빠르지만서도 마
침 가지고 있던 술잔, 우선 당신께."

하고 과부 쪽에 내미니 생긋 웃으며 받아 들고는, "지도마 억수로 술
이 과했응께 이제 그케는 많이 못 먹어예"라면서 조금 받아 마시고,
"이 술잔 그쪽에 돌려드리까예?"

가와치네 "아니 지도마 아까부터 억수로 과음했습니더. 뭐 아무 쪽
에라도 권하소."

과부 "그라모 당신 대단히 외람되지만."

하고 야지로에게 권한다. 야지로는 처음부터 계속 정신없이 이 과부
의 얼굴만 곁눈질로 힐끔힐끔 쳐다보고 있었는데, 술잔을 권유받자
소름이 돋을 만큼 기쁜 나머지 당황하기 시작하는데, "예 예 예, 받겠
습니다."

사헤 "이보래이 이보래이, 그건 술잔이 아이다. 담뱃갑이데이."

야지 "이크, 이거 참 잘못 집어서 실수천만. 자 기타하치, 따라 줘."

기타하치 "난 몰라. 맘대로 따라서 마시라고."

야지 "에잇, 몰인정한 사낼세."

하고 여종업원에게 따르게 해서 다 마신 뒤 지배인에게 권하자 되
밀며,

지배인 "아주 잘 마시네예. 한잔 더 이어서 하이소."

야지 "야아 정말, 전 늘 술을 마시면 점점 피부가 하얘져서 나중에는
완전 순백색고급비단白羽二重[165]처럼 됩니다만, 오늘은 왠지 이렇게
새빨개져서 못 먹겠습니다."

과부　"대신 마셔 주는 사람이라도 할까예?"

야지　"예 예 예, 어이 기타하치, 당신에게 흑기사를 부탁드릴까요."

기타하치　"맘대로 해!"

야지　"하하하하하, 그러면 외람되지만."

과부　"무슨 어머~."

하고 술잔을 받는다.

가와치네　"이거 참 두 분이서 이쪽에 줬다가 저쪽에 줬다가. 완전 혼
　　례 때 술잔[한배의식] 같데이."

과부　"어머나 우스워라 오호호호호호."

야지　"이거 못 참겠네 하하하하하."

기타하치　"조용히 웃어! 안주 안에 당신 침이 들어간다고."

야지　"들어가도 좋아. 잠자코 있으라고. 저기 어쨌든 이 사내놈은
　　제가 하는 일에 트집을 잡아서 못씁니다. 저는 이래봬도 노래도 부
　　릅지요. 샤미센도 조금은 켜니까 여인네들이 깔깔거리고 웃을 만
　　큼 재밌게 하는 것이 장기입니다. 그럴 때는 어쨌든 저 녀석이 시
　　샘을 해서 아주 난처합니다."

과부　"참말로 당신은 어쩐지 재미있을 것 같은 분이데이."

하고 뜻밖의 좋은 반응에 야지로는 마음속으로 이제 됐다 하고 기뻐
한다.

● ● ●

165 시로하부타에[白羽二重]: 질 좋은 생사로 짠, 얇고 반드러우며 윤이 나는 순백색 견직물.

3) 미인과부는 미남배우가 좋아

그런데 과부의 하녀가 오더니, "저기요 방금 아라키치二世嵐吉三郎[166]가 오셔서 아까부터 저쪽 객실에서 당신께서 오신 것을 보셨지만 삼가고 있었는데, 잠깐이라도 뵙고 가겠다고 저쪽 객실에서 기다리고 계십니더."

과부 "그 아라키치가 와 있다꼬? 이거 참 가와시로 씨 감사했습니더. 여러분 이것으로 실례를. 예 안녕히."

하고 갑자기 안절부절못하며 인사도 하는 둥 마는 둥 지배인 대동하고 일어나 나간다.

야지로는 어안이 벙벙한 표정으로, "이건 무슨 일이여? 여보시오 '아라키치'란 뭡니까?"

가와치네 "그건 아라시 기치사부로嵐吉三郎라고 해서 신침 주연배우로, 나이는 젊지 용모는 좋지 오사카 제일가는 배우 아잉교."

야지 "아하, 그럼 과부님이 별안간 안절부절못하며 나간 것은 그 배우 놈에게 반해 있는 듯하구먼."

가와치네 "그럴 테지예."

사헤 "이거 야지 씨, 억수로 낙담되시겠데이."

기타하치 "하하하하하, 재밌네 재밌어. 어이 야지 씨, 여기 오는 길에 봤더니 이 조금 전에 이발소가 있더라고. 당신 지금 가서 머리

● ● ●

166 아라시 기치사부로[二世嵐吉三郎: 1769-1821]: 당대를 대표하는 관서지방의 미남역할전문 주연배우.

상투[사카야키][167]라도 틀고 오지[멋 내고 오지]?"

야지 "뭐라던 지껄이라고."

하고 부루퉁하니 투덜대고 있으려니 지배인 다시 나와서, "가와시로 씨, 들으래이. 이러이까네 내사마 마음을 쓰는 거고마. 저 아라키치를 억수로 편애하이까네. '마침 잘 됐데이, 지금부터 아라키치와 함께 배로 이제 돌아갈 테이까네, 그대는 혼자 걸어서 돌아오래이' 하고 나만 따돌림당했다 카이. 이젠 상담했던 이야기도 글렀고마. 먼저 가겠습니더. 여러분 이것으로 실례를" 하고 인사도 하는 둥 마는 둥 나간다.

　이윽고 안쪽 객실에서 정원으로 내려와 예의 과부는 아라키치를 대동하고 시녀腰元, 하녀下女와 함께 뭔가 재미있다는 듯 웃고 떠들며 나가는 모습을 이쪽에서 보고,

사헤 "저런 저런, 아라키치는 과연 멋진 사내고마."

야지 "저 검정 비단옷 일색의 녀석인가. 뭘 저게 멋진 사내라고, 똥이 듣고 기가 막혀 하겠네. 희물끄레한 게 그늘에 난 조롱박 보는 것 같은 낯짝일세."

여종업원 "당신 그게 말해도 저케 멋진 사내는 많이는 없습니데이. 그라니께 아라키치에게 반하지 않은 여자는 오사카 어데도 없다 캅니더."

기타하치 "저런 저런, 야지 씨 보라고. 과부년이 뭔가 속삭이면서 이

• • •

쪽을 손가락으로 가리키며 웃고 있네. 아마 당신 일이겠지."

야지 "울화통 터지는군. 가와치여관 어르신, 당신이 원망스럽네 원
  망스러워."

하고 마구 푸념을 늘어놓으며 분해 한다. 그 과부는 일체 상관없이
떠들어대며 함께 나간다.

4) 대단원은 천둥벼락과 함께

야지로 원망스러운 듯이, "여보시오 우리도 이젠 돌아갑시다."

가와치네 "좋은 수가 있데이. 내 배를 기다리게 하고 있응께, 모두
  함께 타서 저치들 배를 방해해 주까?"

야지 "거참 좋은 생각일세. 자 그럼 나갑시다."

사헤 "근데 잠깐만예. 어쩐지 빗방울이 떨어지기 시작하는 것 같은
  데예?"

야지 "'비'든 '창'이든[168] 개의치 않네. 어서 출발합시다."

하고 혼자 조바심 내며 앞장서 나가는 찰나, 때 아닌 천둥벼락이 야지
로의 머리위에서 "우르르 우르르~."

일동 "이거 곤란하게 됐군."

야지 "뽕밭 뽕밭~."[169]

• • •

168 비가 쏟아지든 창이 쏟아지든: '무슨 일이 있어도. 세상없어도' 라는 뜻의 관용구.
169 벼락이나 불길한 일을 피하기 위하여 외는 주문. 벼락이 뽕밭에는 떨어지지 않는다는

▲ 천둥벼락신이 소나기 내리게 하는 밤, 손님 태운 지붕배[야카타부네]가 강을 건넌다.
그 강을 건너는 과부와 배우에 대한 본문에서의 상상신, 또는 야지일행[남자 넷]의 승선
을 본문과 상관없이 가정하여 삽화로 그리고 있는 듯하다.

하고 허둥지둥 뛰어 들어온다.

어느새 빗방울은 점차 굵어져 번개의 섬광 어마어마하고 천둥벼락은 줄기차게 계속 쳐대니, 덧문을 하나씩 밀어 닫는 자 하며 창문을 닫는 자 하며 산몬지요정三文字屋 사람들도 떠들어댄다. 그러자 모두 한곳에 가까이 뭉쳐서는,

기타하치 "이거야 원 뜻밖의 변을 당하는군. 이 천둥으로 부러운 것은 아라키치네. 지금쯤은 배안에서 우르르 번쩍~ 할 때마다 그 과부년이 어머나 무서워라~ 하며 꼭 매달리고 있겠지."

가와치네 "그야 그렇겠제. 그 과부는 아라키치에게 억수로 빠져 있다 카니께, 이 천둥을 기화삼아 달려들어 물었다가, 꽉 들러붙었다가 하며 떨어지진 않을 끼다."

기타하치 "아무렴 아무렴. 그 또 과부익 이마생김새라든지 목덜미와 빈모 느낌으로는 (바람기가 있어서) 참아내지 못할 거야. 그렇지? 야지 씨."

야지 "제발 빌 테니까 더 이상 아무 말 하지 말아 줘."

사헤 "야아 또 번쩍인데이."

천둥 "우르르 우르르~."

기타하치 "어머나 무서워라~."

하고 과부 목소리를 흉내 내며 야지로에게 달라붙자, 냅다 밀치며,"앗아야야야야야~. 에잇 무슨 짓거리여? 아이고 아파라 아이고 아파라."

• • •

속설에서 생긴 말로 "뽕밭 뽕밭"[桑原桑原, くわばらくわばら] 하고 두 번 왼다.

기타하치　"이봐 어디가 아픈데?"

야지　"이 보자기에 싼 텐구天狗 가면[170]이 아파서 참을 수 없네."

기타하치　"하하하하, 이거 그럴 테지 그럴 테지."

사혜　"근데 비는 갠 것 같데이. 이 사이에 싸게 배 있는 데로 갈
　　까예?"

야지　"어서 어서, 빨리 갑시다."

하고 혼자 조급하게 서둘러대며 먼저 일어나 현관 쪽으로 나가자, 엄
청난 번개섬광 "번쩍 번쩍~."

천둥　"우르르 우르르~. 쾅 쾅 쾅~."

　머리 위로 당장이라도 떨어질 듯한 큰 천둥벼락에 야지로 "으악!"
하며 거기에 납작 엎드려서는 얼굴을 찌푸리며, "아이고 아파라 아이
고 아파라 아이고 아파라."

사혜　"무신 일이가?"

야지　"에잇, '무신'은커녕 꺾였네 꺾였어."

기타하치　"뭘 꺾었는데?"

야지　"아까 그 쾅 쾅~ 으로 벌떡 엎드리는 바람에, 예의 텐구 가면 콧
　　대가 뚝 소리가 난 듯하이. 아이고 아파 아이고 아파 아이고 아파."

하고 불알을 감싸 쥐고 아파하므로, 일동 우스꽝스러운 나머지 와자

● ● ●

170 天狗: 하늘을 자유로이 날고 깊은 산에 살며 신통력이 있다는, 얼굴이 붉고 코가 긴 상상
　　속의 괴물.
　　여기서는 코가 길다는 텐구 가면의 특징으로부터, (소학관 각주를 참조하면) 샅바[보자기]
　　안 물건의 돌기를 형용하는 표현. 조루리『傾城阿波鳴門』의 대사 '이것 보게나, 텐구 가
　　면을 보자기로 싼 듯해서 아무래도 안 되겠네'에 의거한 표현인 듯.

그르르 박장대소하며 재미있어 한다.

　이윽고 비도 천둥벼락도 그치고 하늘도 푸르디푸르게 되었으므로,

가와치네 "기쁜지고. 날씨가 갠 것 같네. 어떻노? 심기일전해서 한잔
　씩 더 시원스레 마시고 떠납시더."

하고 또 새로 안주를 주문해서 크게 웃으며, 각자 적당히 술잔을 주고
받고는 그로부터 함께 나가마치 동네로 돌아왔다.

　이리하여 야지로베 기타하치는 가와시로 쪽에 또다시 체류하며 오
사카 구석구석 남김없이 구경하였다. 이 와중에도 둘 다 에도 토박이
기질로 배짱이 두둑한지라, 이러한 고생스러운 처지를 수세미껍질만
큼도 개의치 않고[171] 익살을 떨어대며 조금도 기죽지 않는 모습에 가
와치여관의 주인, 크게 감탄하여 옷 등을 새롭게 갈아입게 하고, 노잣
돈 충분히 줘서 오사카를 출발하게 했다.

　그래서 이번에는 기소내륙지방木曾路[172]에 접어들어 구사쓰草津[173]의
온천에서 7일간 놀고, 선광사善光寺[174]절을 돌아 묘기산妙義山[175] 하루나산

• • •

171 수세미껍질만큼도 생각지 않는다: '대수롭지 않게 생각한다' 는 관용어.
172 기소지[木曾]: 일반적으로는 나카센도[中山道]의 일부를 말하는 기소간선도로[木曾街道]
　　를 지칭하나, 소학관 전집 각주의 의견대로, '기소지방'으로 해석하고자 한다. '동해도'가
　　'해안도로'에 가깝다면 '기소길'은 '산길'이라고 할 수 있다.
173 구사츠[草津]: 군마현에 위치한 온천마을.
174 젠코지[善光寺]: 나가노현 나가노시에 위치한 천태종 및 정토종 계열 사찰로 642년 건립
　　되었음. 현재의 본당은 1707년에 재건된 건물임.
175 묘기산[妙義山]: 군마현 남서부에 위치한 산으로 기암괴석이 유명하다. 신앙의 대상으로
　　묘기콘겐[妙義権現]이 있음.

**(69)

《즈에図会》 교토·도착[京·上り]

= 원작7편 하·교토의 에피소드를 뒤에 차용

→ 앞 7편 하 본문에 게재.

榛名山[176]신사를 참배하고 경사스럽게 귀향했다. 이 기행은 추후에 펴낼 예정[177]으로 우선은 여기에서 붓을 놓고 마무리한다.

• • •

176 하루나산[榛名山]: 군마현 중부에 위치한 화산으로 호수가 유명하다. 하루나신사[榛名神 社]가 있음.

177 1809년 본 8편으로 정편은 종결된다. 그리고 이듬해 1810년부터 여기에서 예고한 지역 들을 포함, 여행하는 『속편 도보여행기』[『續膝栗毛』]초편~12편 전23권이 1822년까지 간 행, 일단 완결된다. 그리고 작자 잇쿠의 사망연도인 1831년에 『속속편 도보여행기』[『続々 膝栗毛』] 초편 2편이 간행되나 작자사망으로 미완이었던 것을, 후에 2세 잇쿠가 3편으로 계승 집필한다. 그러나 3편으로 내용이 완결되지는 않으므로 속속편은 미완의 시리즈라 고 할 수 있다.

관련 졸고의 요약[*]

1) 『동해도 도보여행기』

◪ 「19世紀日本のベストセーラ『膝栗毛』の大衆性確保の様相研究
　―狂歌を中心に」

『日本語文学』20号, pp.173-193, 韓国日本語文学会, 2004년 3월.

「19세기 일본의 베스트셀러 『히자쿠리게』의 대중성 확보 양상
연구―狂歌의 역할」

야지, 기타하치라고 하는 이름을 듣기만 해도 일본인은 자신도 모

• • •

* 『동해도 도보여행기』 관련 졸고를 소개함으로써 본 역서에 대한 해설을 갈음하고자 한
다. 이하 전부 일본어로 작성한 졸고들이므로 한역하였다.

르는 사이에 입가에 미소를 띠게 된다고 한다. 나아가, 일본인뿐만 아니라 일본어를 알고『히자쿠리게』를 읽은 사람이라면 국적을 불문하고 웃지 않을 수 없을 것이다. 그만큼 대중적일 수 있는『히자쿠리게』의 저력을 찾고자 했던 것이 본 고찰이었다.

그리하여『히자쿠리게』가 21년간 베스트셀러가 될 수 있었던, 즉 대중성을 확보할 수 있었던 일단으로서, 狂歌라는 각도로부터 접근해 본 결과,『히자쿠리게』의 그러한 엄청난 인기는, 현재 학계 한편에서 일컬어지고 있듯이 우연 내지는 요행이 아니었음을 알 수 있었다. 골계구현 양상의 측면에서 볼 때, 合巻『方言修行金草鞋』와 비교해서, 狂歌를 읊는 주체자를 확실하게 했던 집필 의도에 의해 주인공의 성격을 차별화하는 효과를 가져왔고, 언어유희를 풍부하게 담았고, 집필의도 차이에 따른 狂歌의 쓰임새의 변화를 분석할 수 있었다. 合巻과 滑稽本이라는 장르 변용에 따른 취향상의 특색 또한, 狂歌를 매개로 할 때 한층 선명하게 부각됨을 알 수 있었다. 그리고『히자쿠리게』초편과 동시 발행한『南総記行旅眼石』의 狂画·狂歌와『히자쿠리게』8편의 삽화를 계기로 에도 狂画壇을 살펴봄으로써, 一九의 취향의 특색을 선구성先驅性이라는 면에서 생각해 보았다.

이상, 본고에서는 기존의 선행연구들과는 다른 방법으로 좀 더 면밀하게『히자쿠리게』에 담긴 狂歌의 역할을 살펴보고자 하는 데 목적이 있었다.『히자쿠리게』속 狂歌에 대한 분석을 시도해 봄으로써, 구체적인 狂歌의 역할을 고찰한 바이다. 이와 같이 一九가 고심하여 발안한『히자쿠리게』는 전국규모의 독자를 획득하고, 에도문예의 지방 유통에 있어서 커다란 추진력이 된 상품이라는 점에서도 그 역사적 의의는 결코 평가절하 할 수 없을 것이다.

■ 「『東海道中膝栗毛』の一考察 —その大衆性を中心に—」

修士学位論文, 1-72頁, 韓国外国語大学校, 1994년 8월.

「『히자크리게』의 대중성에 대하여」

본 고찰에서는 『히자크리게』가 江戸시대 21년간 대중성을 확보하면서 베스트셀러가 될 수 있었던 일단으로서, 다음의 두 가지 각도로부터 접근해 본 결과, 『히자크리게』의 그와 같은 엄청난 인기는, 현재 학계 한편에서 일컬어지고 있는 것과 같이 우연 내지는 요행이 아니었음을 알 수 있었다. 그 첫 번째는 골계의 구현 양상 측면에서이다. 즉, 『히자크리게』에 나타난 웃음의 종류와 그 빈도수를 조사함으로써, 얼마나 다양한 웃음이 담겨져 있고, 각 편마다 작풍이 변해 가는가 라고 하는 측면으로부터이다. 그리고 두 번째는 일탈화 양상 측면에서이다. 즉, 얼핏 보기에는 엉터리처럼 보이는 모순된 내용이, 실은 작자의 의도로부터 교묘하게 시도되어진 것이어서 그 계획된 구성을 엿보이게 한다는 측면으로부터이다.

따라서 본 고찰의 결과 언어의 골계, 思考의 골계, 객관적 골계, 주관적 골계의 종류와, 狂歌, 삽화와 讃으로부터는 一九가 웃음을 노려 얼마나 고심했는가가 절실히 느껴졌다. 그러한 골계의 종류에 따라 弥次, 北八의 성격까지 구분하고 있고, 狂歌의 역할도 각 편의 성질에 따라 바꾸어 가며, 삽화에는 사건을, 讃에는 여정을 담아서 본문과 서로 유기적인 관계를 맺도록 하고 있다. 도입된 갖가지 골계의 수사법이 특히 초편에서 빛을 발한 뒤, 점차 으스러져 가는 것은 실로 유감스러운 일이지만, 독자 확보로 인한 안도감에서 온 게으름 내지는 소재의 고갈에 기인한다고 보아야 할 것이다.

또한 얼핏 보기에는 일탈화인 것 같은 내용도, 실은 一九의 숨겨진 의도 하에 설정된 면이 컸기에 독자의 인기를 모을 수 있었음도 알 수 있었다. 아무리 교양이 낮은 일반대중이 독자였다고 하더라도 엉터리만이라면 무리였을 것이다. 그 고의적인 것 같은 이면에는 교묘한 계산이 숨겨져 있어서 내용적 모순조차 극복할 수 있는 매력을 부여했기 때문에 작품으로서 성공했던 것이다. 본편 중 계속 江戸사람이었던 弥次, 北八가 발단에서 돌연 지방 출신으로 변모해 버린 것이 그 단적인 사례일 것이다.

오늘날 『히자크리게』는 지나친 외설 묘사의 문제점 등으로 인하여 학계에서의 평판은 그다지 좋지 않다. 주인공의 주된 관심사가 여자와 음식물에 있었기 때문에 자연적으로 생긴 현상이겠지만, 그러한 부분이 매력적이었기에 대중성을 확보할 수 있었던 것이다. 一九가 쓰려고 했던 것은 고상하고 격조 높은 문학은 아니었을 터이다. 현대에 사는 우리의 가치관으로 판단하기에 앞서, 『히자크리게』는 오직 독자만을 의식하고 노력했던 一九와 그러한 작품을 지지한 江戸시대의 서민들이 만들어 낸 작품이라는 것을 잊어서는 안 될 것이다.

물론 『히자크리게』에서는 훌륭한 인물상이라든지 표현 등은 찾아볼 수 없다. 그 점에 대해서는 다른 문학 작품과 비교하여 비판을 받고 부정적인 견해가 행해지더라도 반론의 여지가 없을 것이다. 그러나 어디까지나 민중의 문학으로서 민중 속으로 융합할 수 있었던『히자크리게』가 실생활을 있는 그대로 묘사하면서,「골계」의 표현에 있어서 다양한 문예성을 발휘하고,「골계」의 문학으로서 스스로의 위치를 확립할 수 있었다고 하는 점에 대해서는, 역시 높은 문학사적 가치 평가가 부여되어야 할 것이다.

2)『동해도 도보여행기』물 그림

■ 「〈膝栗毛もの〉絵双六に現れた江戸表象文化考」

『日本研究』39号, pp.67-84, 韓国外国語大学校日本研究所, 2009년 3월.

「〈히자쿠리게물〉그림주사위판에 나타난 에도표상문화 고찰」

에도시대만 해도 천 종류 이상 간행되었다고 일컬어지는 그림주사위판의 전모 규명을 위한 한 걸음으로서 본고에서는 같은 간행물인 소설 세계와의 관련에 주목하여 滑稽本『동해도중 히자쿠리게』에 입각한 〈히자쿠리게물〉그림주사위판의 주석 및 분석을 행한다. 그 결과 소설에서 우키요에로 장르를 넘나드는 에도 표상문화를 살펴보고 그림주사위판의 취향과 전용—그 수용과 창조—를 규명하고자 한다.

고찰 텍스트로서는 一猿斎国升戯画『五十三駅滑稽膝栗毛道中図会』(嘉永期 간행으로 필자추정.『図会』라고 약칭), 一立斎広重狂画『浮世道中膝栗毛滑稽双六』(安政 2년 5월 간행,『浮世』라고 약칭), 広重狂画『伊勢参

宮膝くりげ道中寿語録』(安政 2년 5월 간행, 『伊勢』라고 약칭), 歌川重宣画
『新板膝栗毛道中双六』(安政 3년 9월 간행, 『新板』이라고 약칭)를 제재로
한다.

한 장짜리 놀이도구인 그림주사위판은 소설의 세계를 도입할 때
화공의 발안보다는 모방 쪽에 더 급급할 것으로 여겨져 창조성이 부
족한 장르로 인식되어지기 쉽다. 그러나 그림주사위판의 한 칸 한 칸
에 주석적 분석을 실시해 보면 그 창조성이 발견되는 것이다. 즉, 원
화에 기초하면서 새로운 그림을 발안하는 경우라든지, 원화에 입각
하지 않는 화가의 창안·발안에 의한 도상의 경우가 있다. 원화의 에
피소드를 전용하는 경우에도 창작한 대사에 입각하여 도상과 상황
모두가 원화와는 다른 분위기로 연출되어지기도 한다.

원화의 삽화계승은 답습과 각색으로 나누어 생각할 수 있다. 그리
고 원화의 삽화를 그대로 답습하기보다는 뭔가 연출해 보이는 경우
가 태반이다. 『히자쿠리게』삽화와 그림주사위판 도상에 있어서의 차
이점을 한마디로 말하면 원화의 삽화가 아직 사건의 서막·종막을 그
리고 있다면 그림주사위판 쪽은 사건의 클라이맥스를 그리려고 하는
점이라고 할 수 있을 것이다. 그림주사위판이 『히자쿠리게』삽화를
전용할 때, 그 취지는 여기에 있었던 것이 아닐까.

이상, 滑稽本『히자쿠리게』에 유발되는 그림주사위판의 주석과 분
석을 통하여 소설에서 우키요에로 월경하는 에도표상문화, 이른바
책자를 수용해서 한 장짜리 회화로 확대하는 에도의 독특한 문화현
상의 일면을 고찰한 바이다.

■ 「膝栗毛もの絵双六の表象と表現」

『国際日本文学研究集会会議録』第30回, pp.95-108, 国文学研究資料館, 2007년 3월.

「도보여행기물 그림주사위판의 표상과 표현」

그림주사위판 본연의 특색을 규명하기 위하여, 〈도보여행기물〉 그림주사위판들에 나타난 인물과 문체 및 『즈에図会』(『五十三駅滑稽膝栗毛道中図会』)의 특징을 중심으로 고찰하였다. 그림주사위판들의 도안에 주목하면, 『도보여행기』에 삽화가 있어서 이를 토대로 하는 경우에도 단순한 모방뿐만 아니라 창안해서 사용하고 있는 도상도 많이 발견할 수 있다. 또한 매 장마다 그림·본문·대사가 혼연 일체되어 한 작품을 이루기 마련인 구사조시의 화면 구성법은, 게임완구로 즐겼던 주사위보드그림에도 응용되었음을 알 수 있다. 그 대표적 예가 『즈에図会』로, 원작 『도보여행기』 본문은 지문과 회화로 구성되어 있는 반면, 그림주사위판 『즈에図会』는 지문 대신 특히 회화를 선택함으로써 도안뿐만이 아니라 문장으로부터도 골계미를 자아내는 점에 특징이 있다. 그림주사위판 『즈에図会』의 또 다른 특색으로, 생활용품이 세세하게 그려져 있어서 세간을 통하여 당시의 살림살이와 가도 연변의 풍속을 시각적으로 알게 한다는 점에 대해서도 지적한 바이다.

■「〈膝栗毛もの〉の絵双六『しんはん東海道鬱散双六』・『五十三駅滑稽膝栗毛道中図会』の位置付け」

『浮世繪芸術』159号、pp.48-61、國際浮世繪學會、2010년 1월.

「〈히자쿠리게물〉 그림주사위판『しんはん東海道鬱散双六』・『五十三駅滑稽膝栗毛道中図会』의 위상」

〈히자쿠리게물〉 그림주사위판 계보에 있어서 지금까지 연구 대상으로 거론된 적이 없는『しんはん東海道鬱散双六』는 1834년^{天保五年} 가을에 간행되어, 〈히자쿠리게물〉 그림주사위판의 최초 작품이라고 위치 지을 수 있음을 도상과 삽화^{挿話}(이야기) 면에서 고찰하였다. 즉, 『しんはん東海道鬱散双六』는『東海道中膝栗毛』삽화와 유사성이 보이는 것은 물론이고, 나아가 원화^{原話}를 토대로 한 사건을 묘사하는 경우일지라도 새로운 도안과 대사를 제시하거나, 원화와는 닮은 듯하면서도 다른 상황을 창출하거나, 원화에는 등장하지 않는 사건을 안출하는 등의 창작 상의 궁리를 엿볼 수 있는 작품이었다. 그리고 이『しんはん東海道鬱散双六』는 1833년^{天保四年}부터 간행되기 시작하는 히로시게 그림^{広重画} 大判니시키에『東海道五拾三次』시리즈물과도 일맥상통하는 도상을 지적할 수 있는데다가, 나아가 히로시게 그림 大判니시키에『膝栗毛道中雀』・『道中膝栗毛』라든지 그 밖의 〈히자쿠리게물〉 그림주사위판인『五十三駅滑稽膝栗毛道中図会』・『伊勢参宮膝くりげ道中寿語録』에 이르기까지 후속 작품으로 계승되어가는 도상을 지닌다고 하는 문예사적 위상 또한 드높은 작품이었다.

아울러 히로시게보다 앞서 〈히자쿠리게물〉 그림주사위판을 제작했을 가능성이 높은 만큼 문예사적 의의가 큰『五十三駅滑稽膝栗毛道中図会』(이하『즈에図会』)의 화공이라든지 간행시기에 대하여 고찰하였다. 그 결과『즈에図会』의 화공「이치엔사이 구니마스」는 다름 아닌「초대 우타가와 사다마스」라고 하는 점,『즈에図会』의 제작시기는 1848년-1854년(嘉永期)이라고 하는 점, 히로시게의 이름을 표방하면서 간행된 1855년(安政 二)의 〈히자쿠리게물〉 그림주사위판이 실은 노부시게(重宣)를 중심으로 한 히로시게 공방에서 제작되었을 가능성이 매우 높은 점을 규명한 바이다. 따라서 〈히자쿠리게물〉 그림주사위판 4작품 중에서『즈에図会』가 가장 이른 시기에 간행되었음을 증명할 수 있었다.

■「浮世絵に見る『東海道中膝栗毛』滑稽の旅」

『浮世絵芸術』151号, pp.15-33, 国際浮世絵学, 2006년 1월.

「우키요에에 나타난『동해도 도보여행기』골계 여행」

一九作『東海道中膝栗毛』는 1802년 초편이 나온 후 수많은 모방 작품을 탄생시킨 베스트셀러 滑稽本이다. 그러나『히자크리게』는 문학뿐만이 아니라 회화라는 타 장르에 이르기까지 영향을 미쳤음을 에도시대의 대중미술 浮世絵를 통하여 고찰하고자 한다.

画題로서『히자크리게』를 암시하거나, 또는『히자크리게』의 주인공 야지·키타를 연상시키는 두 명의 동반여행자가 등장하는 우키요에浮世絵는 상당수 현존한다. 그중 본고에서는 一九作『東海道中膝栗

毛』의 판본삽화^{版本挿絵}를 밑바탕으로 그렸다고 여겨지는, 이른바 원작 스토리의 회화화^{絵画化}를 의도한 우키요에에 초점을 맞추었다.

그 결과, 초대 広重가 그린『道中膝栗毛』·『膝栗毛道中雀』시리즈를 중심으로 논하는 과정에서『히자크리게』改版本의 삽화가 초대 広重의 우키요에로부터 구상을 얻으면서 새로이 그려졌을 가능성이 대단히 높음을 고증할 수 있었다. 즉 改版本『東海道中滑稽五十三駅』가 初版本『히자크리게』의 삽화를 의식한 것은 당연하다 하겠으나, 그뿐만 아니라 선행하는 초대 広重의 우키요에를 이용한 구상이 상당히 많다는 사실이다.『히자크리게』改版本이 발행되는 1862년에는 이미 초대 広重의 우키요에는 널리 알려져 있어서, 그 도안은 유형화 양상까지 보이며, 滑稽本이었어도 改版本에서는 새삼스레 스토리의 클라이맥스를 감출 필요가 없었기 때문일 것이다. 환언하면, 滑稽本이기 때문인지 一九作画『膝栗毛』삽화에서는 일부러 사건의 클라이맥스를 피하는 경향이 있었던 것이다.

한편, 合巻『絵本膝栗毛』에서는 에피소드의 절정의 순간을 그리는 것을 주저하지 않았던 점으로 보아, 장르의 특색도 추출할 수 있었다. 溪斎英泉은 合巻『絵本膝栗毛』를 그림에 있어서, 선행하는 滑稽本『膝栗毛』의 삽화와 초대 広重의 우키요에로부터 동시에 구상을 얻어, 몇 페이지에 걸쳐 기승전결을 묘사하였다. 더욱이 동일한 画題여도 一九의 원작삽화에 비해 초대 広重의 우키요에는 등장인물의 한 순간의 움직임을 포착하여 코믹하게 또는 과장하여 그리는 것에 주된 의도가 있었다고 하는 사실을 규명함으로써, 책자^{冊子}와 회화^{絵画}라고 하는 미디어에 있어서의 표현법의 차이까지 고찰할 수 있었다.

■「〈膝栗毛もの〉畫題の生長 —とろろ汁屋の夫婦喧嘩を端緒に—」

『일본학연구』 38집, 단국대학교일본연구소, 2013년 1월.

「〈히자쿠리게몰〉 画題의 生長 - 참마즙 식당의 부부싸움을 중심으로」

원작 滑稽本의 二編下 「마리코」에는, 참마즙 식당의 부부싸움에 말려든 야지 기타가 참마요리를 못 먹게 되는 일화가 삽화 없이 게재된다. 이후 이 장면은 다양한 패턴으로 많은 〈히자쿠리게몰〉 회화군에 묘사되는데, 본론에서는 이와 같이 빈번하게 그려지는 「참마즙 식당의 부부싸움」을 중심으로, 「여우라는 오해로 비난받다」 「개에게 시험하는 여우소동」 「비구니와 희롱하다」라고 하는 회화 모티브에 있어서의 표현양식의 특색 등을 규명하고자 하였다. 먼저 「참마즙 식당의 부부싸움」에 관한 画題를 제작 연대순으로 살펴보면서 그 계보를 논하였다. 그중에서도 도상 면에서 명확한 영향관계가 엿보이는 장편 合巻 『絵本膝栗毛』라든지, 魯文作合巻・岳亭作合巻의 『栗毛弥次馬』의 경우, 나아가 본문(詞書)면에서의 변용을 살펴보았다.

또한 「참마즙 식당의 부부싸움」과 더불어, 원작 四編上의 「여우라는 오해로 비난받는」 장면이라든지 「개에게 시험하는 여우소동」을 도상의 모티브로 한 작품들을 「궁리와 창안」이라는 측면에서 간략하게나마 재조명함으로써, 답습관계를 한층 더 객관적으로 알 수 있도록, 版本 삽화로부터 우키요에에 이르기까지 生長한 画題의 전체상을 도표로 제시하였다. 그럼으로써 『東海道中膝栗毛』는 장르의 경계를 넘어 다른 표현양식, 요컨대 회화・연극・戱作을 아우르는 공시적・통

시적인 俗文芸 작품 속에 애용되어 生長해 온 것을 고찰한 바이다.

■「版本挿畵から浮世繪まで越境する〈膝栗毛もの〉の畵題について—「狐と思い責める」圖樣を端緒に—」

『浮世絵芸術』165, 國際浮世繪學會, 2013년 1월.

「판본삽화에서 우키요에까지 넘나드는 〈히자쿠리게물〉 화제에 대하여 -「여우라는 오해로 힐책하다」라는 도상을 단서로」

필자는 지금까지 〈히자쿠리게물〉에 대해서 다음과 같은 두 가지 측면에서 고찰해 왔다. 一.「도상」관점에서 이어지는 약 50종의 〈히자쿠리게물〉 작품 군을 서지학적으로 추적하는 것, 二. 여러 장르에 있어서 画題의 답습·궁리·창안이라고 하는 상호영향관계를 추적하는 것. 후자의 관점을 이어받아 본고에서는 근세에서 근대로 『히자쿠리게』 섭취 양상이 어떻게 변용되었는지, 우선 막부말기·명치시대의 우키요에 및 판본작품을 살펴보는 방식으로 추적해 가고자 한다. 그러나 〈히자쿠리게물〉에 그려진 모든 삽화를 거론하는 것은 불가능하므로 필자가 직간접적으로 볼 수 잇었던 50종 가운데 특히 많이 그려진 画題라고 인정되어지는 「여우라는 오해로 힐책하다」를 일례로, 다름 画題도 범주에 넣어 논하는 방법을 취한다.

야지 기타는 둔갑한 여우가 나온다는 소문을 듣는다. 지친 야지를 남기고 먼저 출발한 기타하치. 그러나 무서워져서 도중에 기다리고 있었다. 그리고 뒤를 따라온 야지가 그 기타하치를 여우가 둔갑한 것이라고 오인해서 포박하는 이야기가 『東海道中膝栗毛』 4편(1805년 간행) 上「고유(御油)」에 있다. 이것에 삽화는 붙어 있지 않다. 그러나 1857년 윤달 5월, 초대 富士松加賀太夫가 작곡 발표한 新内節「膝栗毛 赤坂의 段」에, 야지가 여우흉내를 내며 기타하치를 '일부러' 위협한다고 하는 내용으로 개변된다. 이 음곡의 영향이 아닐까, 가부키나 인형극 연출도 변경되어 1862년 개판본의 골계본이 나온 시점에서는「여우라고 오인해서 힐책하는」画題의 내용이 원작으로부터 벗어난다고 하는 것은 필자가 조사한 범위에서는 볼 수 없었으나, 1864년 河鍋暁斎・三代豊国画의 배우그림 『東海道五拾三駅名画之書分』「藤川 赤坂」를 비롯하여, 명치시대 이후 이 원작을 상당부분 각색해 버린 내용의 画題가 새로운 흐름을 형성하기에 이른 것이다. 그러나 원작에 가까운 이른바 전통적인「여우라고 오인해서 힐책하는」画題가 단절된 것이 아니라 한편에서는 변함없이 그려지고 있었다.

특히 많이 그려져서 대중적인 画題 중 한 가지라고 할 수 있는「여우라고 오해해서 힐책하는」모티브가 어떻게 수용되어져 왔는지 그 향수사를 연대순으로 상세하게 논하고, 답습・궁리・창안이라고 하는 상호 교섭관계라는 시점에서 재고해 보면 그림주사위판은 선행 그림주사위판, 특히『五十三駅滑稽膝栗毛道中図会』(国升画)와『浮世道中膝栗毛滑稽双六』(広重画)를 그대로 답습하려고 하는 경향이 있음을 알 수 있었다. 히로시게는 이 그림주사위판의「여우라고 생각해서 힐책하는」도상을 자신의 시리즈물에도 재이용하고 있다.

그리고「여우라고 오인해서 힐책하다」를 비롯하여 다른 15개의 대표적 画題를 견주어 보면서 알 수 있는 상호 교섭 관계로부터, 골계본·고칸·그림주사위판·배우그림·시리즈물이라고 하는 장르별로 특징 지워질 수 있는 특별한 영향관계는 인정할 수 없었다. 画題는 장르를 넘어 영향을 주고받고 있기 때문이다. 따라서 판본 삽화와 우키요에를 넘나드는 15개의 대표적 화제를 사례로 〈히자쿠리물〉의 画題 창작방법을 정리·분석해 보면, 『道中膝栗毛』·『膝栗毛道中雀』의 画題는 히로시게가 창안한 도상도 있거니와, 원작 삽화 및 『東海道膝栗毛画帖』 『しんはん東海道鬱散双六』를 궁리하여 답습한 것도 있는 가운데, 유형화의 길을 걸어 이후 제작되는 〈히자쿠리게물〉의 대부분의 작품 군에 계승되어지고 있다. 〈히자쿠리게물〉의 시리즈물·그림주사위판은 물론이고 『히자쿠리게』의 合巻本, 『히자쿠리게』의 改板本의 골계본에 이르기까지, 장르 불문 답습된 것이다.

■ 「〈膝栗毛もの〉の画題九種を通してみる相互影響関係考」
　『일본어문학』 76집, 한국일본어문학회, 2018년 3월.

「〈히자쿠리게물〉의 화제 9종을 통해서 보는 상호영향관계」

「도상」의 관점에서 이어지는 약 50작품의 〈히자쿠리게물〉 가운데 다섯 작품 이상에 공통적으로 보이는 모티브를 〈히자쿠리게물〉의 주요 화제(画題)로 선정, 논함으로써 〈히자쿠리게물〉 화제론(画題論)의 최종적 완성을 지향하였다. 그 결과 추출된 화제가 「노래하는 거지낭인」 「미끄러져 엉덩방아 찧다」 「도적인 줄 알고 무서워하다」 「하급무사(中間)와의 싸움」 「비구니와의 희롱」 「깡패에게 말똥을 들이내밀어지다」「나루미옷감」「춤추다가 발로 장님안마사의 머리 어루만지다」
「퇴비더미안의 비녀」라는 총 9종이었다.

구체적으로는 본론에서 화제별로 논한 뒤 결론부에서 그 화제들을
시간 축으로 나열·병기, 분석표를 작성함으로써 판본삽화에서 우키
요에에 이르기까지 나고 자라는 화제의 전체상을 일목요연하게 조망
할 수 있게 하였다. 그리하여 골계본『도카이도추 히자쿠리게』의 섭
취 양상을 아홉 가지 주요화제를 통하여 제작 연도순으로 추적한 결
과, 19세기의 각종 장르에 있어서의 도상 및 에피소드의 답습(흡사 또
는 유사)인지, 궁리(시점의 상이)인지, 창안인지라고 하는 상호영향관
계까지 부각시킬 수 있었다. 가령「하급무사와의 싸움」에 입각하고
있는 열 가지 작품의 도판을 싸움 순서대로 재배치하면, 원작 장면이
의도치 않게 마치 애니메이션처럼 움직이는 것을 볼 수 있는 것은, 화
제가 영향을 주고받은 결과일 것이다.

■「『東海道中膝栗毛』の繪畵化·繪本化について」
　『浮世絵芸術』172号, 國際浮世繪學會, 2016년 7월.

「『동해도 도보여행기』의 회화화·그림책화에 대하여」

문학이 회화가 되는 일례로서『동해도 도보여행기』의 그림책이라
고 간주할 수 있는 작품군이 존재한다. 그림·문장 모두 전문화가가
담당하면서, 그 화공이 작가까지 겸한 장편 고칸『絵本膝栗毛』, 錦絵
와 본문이 융합하고 있어서「合巻風錦絵」라고 할 수 있는 시리즈물

『東海道中栗毛弥次馬』(이하B), 나아가 그림이 우세하고 문장은 부차적인 데 머물러 있는 芳幾의 육필화『東海道膝栗毛絵巻』와 為信画 橫大判錦絵『東海道名所膝栗毛画帖』이다.

『히자쿠리게』의 충실한 그림책(삽화본)이라고 할 수 있는『絵本膝栗毛』가『히자쿠리게』세계가 画題化하는 데 미친 역할은 컸다.『絵本膝栗毛』의 특징으로서 한 가지 에피소드에 복수의 그림이 붙어 있는 점을 들 수 있는데, 그 그림은 원작 삽화를 모사하면서 전통적인 것을 계승하는 경우가 있는가 하면 전 에피소드의 처음부터 끝까지를 회화화하므로 다른 〈히자쿠리게물〉의 도상과 달리 독자적인 것도 있어서 明治期까지 粉本으로 이용된 흔적이 있다. 가령 文久元(1861)년 간행 岳亭作 芳幾画 合巻『東海道中栗毛弥次馬』(이하C)는『絵本膝栗毛』의 한 장면에 그려진 일부분만 떼어 내거나 또는 전체적으로 차용하거나 한다. 또한 많은 〈히자쿠리게물〉에 그려진「돌지장과 동침」이라고 하는 画題를 채택한 魯文作 芳直画 滑稽本風合巻『東海道中栗毛弥次馬』(이하A)의「四日市」는, 원작 삽화와 선행 合巻『絵本膝栗毛』의 마지막 부분을 일부분 섞은 도상을 그리는 것이다.

魯文은 이 合巻A의「四日市」집필 시에는 원작 본문을 그대로 옮긴 듯하지만, 그 후 合巻風錦絵B의「四日市」집필 시에는 원작보다는 자신의 선행작인 A의 문장을 옮기고 있다. 즉 魯文作 芳幾画의 B는「돌지장에게 동침」을 시도하는 장면 이외에도 A와 동일 제재를 취급하는 경우, 원작『히자쿠리게』에 없는 단어까지 완전 일치하는 경우가 많으므로 A를 모방했을 가능성이 높은 것이다. 그러나 원작 및 A나 C에는 없는 새로운 골계스런 사건이 많이 점철되어져 있는 점은 B의 전체적 특색이다.

또한 명치시대 〈히자쿠리게물〉 중에서 芳幾 육필화의 두루말이 그림은 岳亭作 芳幾画의 合巻C와 그림뿐만 아니라 문구까지 답습하고 있다는 점에서, 선행작 판화를 육필화로서 모사하는 것에 처음부터 作画 의도가 있었음을 전체적인 장면구성을 통하여 재확인한 바이다.

3) 『동해도 도보여행기』물의 서지

■「〈膝栗毛もの〉作品群の書誌―その図様継承史の一環として―」
『国語国文』923号, 京都大学文学部国語国文学研究室, 2011년 7월.

「〈도보여행기물〉 작품군의 서지 ― 그 도상 계승사의 일환으로서」

1802년 초편 발행 이후,『東海道中膝栗毛』의 대유행과 함께 제작된, 삽화를 지니는 판본을 비롯하여, 배우그림(役者絵)・주사위판그림(絵双六)・시리즈그림(揃物) 등의 한 장짜리 그림(一枚物)에 있어서의『히자쿠리게』수용의 소개 및 체계적 정리를 본고의 목적으로 한다. 이른바 〈도보여행기물〉의 도상 계승사에 있어서 탐색할 막부말기・명치시대의 우키요에와 판본작품을 장르별로 거론하면서, 그 서지를 고찰함으로써 도상적 계보를 잇는 〈도보여행기물〉 수용사의 일단을 엿보는 단서를 제공하고자 한다.

구체적으로는 원작의 골계본『東海道中膝栗毛』 8편본을, 후년에 改

題·改板한 10편본『東海道中滑稽五十三駅』과『東海道中膝栗毛』의 성립 관계를 재고했다.

合巻 중에서는 우선『絵本膝栗毛』의 판권 이동 및 초판본과 개제본改題本, 「合巻 형식」과 「中本 형식」이라고 하는 책의 형태 문제에 주목하였다. 그리고 골계본풍의 합권『東海道中栗毛弥次馬』와 동명이본의 합권이 있는데, 후자에는 후인본後印本 2종이 있음으로 인하여 혼란스러운 해당본의 서지를 본고에서 처음으로 명확히 할 수 있었다.

배우그림(役者絵) 중에는 가부키『旅雀我好話』『鏡山再盛花硯曳』『壮花四季の所作』『露尾花野辺濡事』에 기인하는 다양한 한 장짜리 그림(一枚物)이라든지, 1840년대 후반(天保後期)부터 명치시대에 이르기까지 간행된 시리즈그림(揃物) 8종에 대하여 그 서지적 발견과 문제점을 규명한 바이다.

이상『東海道中膝栗毛』의 방대한 향수사 가운데 선행연구로부터 빠진 감이 있는 「도상」의 관점으로부터 이어지는 작품군을 서지학적으로 탐구한 바이다. 이와 같은 관점에 의해서야말로 지금까지 주목받지 못했던 많은 판본 삽화와 우키요에가 비로소 조명되고, 종합적인 〈도보여행기물〉의 도상 계승사 구축을 위한 첫걸음을 내딛을 수 있는 것이 아닐까 생각한다. 본고와 같은 전체적으로 조망할 수 있는 〈도보여행기물〉 작품군의 서지학적 검증이 이루어진 후에, 비로소 화제(画題) 면에 있어서의 상호영향관계론 또한 객관성을 보장받을 수 있을 것이다.

■「安政期までの〈膝栗毛もの〉作品群における書目年表稿」

『日本語教育』80집, 한국일본어교육학회, 2017년 6월.

「安政期까지의 〈히자쿠리게물〉 작품군 書目年表稿」

享和・化政期에 3종, 天保・弘化期에 9종, 嘉永期에 7종, 安政期에 12종과 같이 제작 연대순으로 이루어진 〈히자쿠리게물〉 작품, 즉 揃物・絵双六・絵入り版本・연극의 32종을 서지학적으로 추적하고, 〈히자쿠리게물〉 전반기에 있어서의 도상 계승사를 구축하였다. 서지학적인 검증을 실시하면서 시간 순으로 나열함으로써, 『東海道中膝栗毛』의 풍부한 향유사를 일목요연하게 내다볼 수 있게 하는 것을 목적으로 했기 때문이다.

원작 『히자쿠리게』 출판과 거의 동시진행(享和・化政期)으로 시작된 〈히자쿠리게물〉은 원작자 十返舎一九가 사망한 뒤에도 더욱 왕성하게 장르를 바꾸면서 계속 제작되었다. 그리고 그와 같은 작자 사망 후에도 변함없는 〈히자쿠리게물〉 제작 배경에는 「初代広重」의 존재가 있었다. 天保五年 무렵부터 安政三年에 이르기까지 〈히자쿠리게물〉 11종 제작에 관여한 広重의 画業이 있었기 때문에야말로 〈히자쿠리게물〉도 画題로서 정착되었던 것이다. 그 과정을 서목연표 작성을 통하여 엿볼 수 있었던 것도 본고의 중요한 성과 중 한 가지이다.

■「万延期以降の〈膝栗毛もの〉作品群における書目年表稿」

『日本語教育』83집, 한국일본어교육학회, 2018년 3월.

「万延期 이후의 〈히자쿠리게물〉 작품군 書目年表稿」

본고는 〈히자쿠리게물〉 제작시기 가운데 후반기에 해당되는 万延期 이후부터 근대에 이르기까지의 작품 군을 연대순으로 배열하면서 서지학적인 검증을 실시함으로써 총체적인 〈히자쿠리게물〉 도상 계승사 구축의 완성을 목표로 하였다. 즉 万延·文久期에 9종, 慶応期에 7종, 明治·大正期에 27종, 刊年·作者 不明作 3종과 같이 시간 순으로 〈히자쿠리게물〉 작품(揃物·絵双六·絵入り版本·연극) 총 46종을 서지학적으로 탐색, 〈히자쿠리게물〉 후반기에 있어서의 도상 계승사를 구축한 바이다.

이리하여 万延期 이후의 〈히자쿠리게물〉 작품군에 초점을 맞춰 보면, 전반기보다도 더욱 활발하게 흥행되고 있던 많은 「연극물」이 눈에 띄며, 막부말기·명치시대에는 예능문화와 『히자쿠리게』가 한층 밀접한 관계에 있었음을 볼 수 있었다. 특히 明治 43년, 44년, 45년에 가장 성황을 이루면서 大正 15년까지 이어졌다고 보이는 〈히자쿠리게물〉 연극은, 7세富士松加賀太夫의 데가타리[出語り], 즉 「신나이부시[新内節]」에 기인한 연극이었던 듯하다. 따라서 滑稽本 『히자쿠리게』를 연극에서는 어떻게 연출했는지, 서목 연표 작성을 통하여 엿볼 수 있었던 것은 본고의 성과 중 하나이다. 오늘날에 이르기까지 〈히자쿠리게물〉이 면면히 제작되고 있는 배경에는 이와 같이 가부키와 조루리를 비롯한 예능문화의 전개에 뒷받침되는 부분이 많았던 것이다.

4) 2세가쿠테의 『동해도 도보여행기』물

▣ 「二代目岳亭作合券『五十三次膝栗毛』の作意攷—旅と滑稽の繼
承のために—」

『일본어문학』 74집, 한국일본어문학회, 2017년 9월.

「2세가쿠테작 고칸 『고주산쓰기 히자쿠리게』의 창작의도 연구－여행과 골계의 계승을 위하여」

서문 제목序題 『弥次郎喜太八東海道中旅日記』의 2편인 분테 순가(文亭春莪, 2세가쿠테) 글, 1862년(文久二) 간행, 표지제목(外題) 『五十三次膝栗毛』를 중심으로, 원작 『東海道中膝栗毛』의 「여행」이라고 하는 형식과 「골계」라고 하는 성질을 어떻게 계승했는지, 본문내용을 정독, 분석하였다.

그 결과 「여행」이라고 하는 형식을 유지하기 위하여 (1) 명소안내만으로 구성되는 장면, (2) 안내기적 요소는 완전히 배제하는 장면, (3) 양쪽 요소가 융합하는 장면이라는 세 가지 방법을 구사하는 가운데, 특히 초편의 『旅日記』에는 명소 안내만으로 구성되는 장면(1)은 존재하지 않으므로, 명소 안내적 요소는 2편의 특징이라고 할 수 있었다. 또한 「골계」라고 하는 성질을 계승하기 위하여 〈히자쿠리게물〉의 세계를 형성하는 키워드 중의 하나인 「호색」이 본 고칸合卷에 있어서는 한층 강조·강화됨을 알 수 있었다. 원작과 유사한 취향을 이용하는 경우에도 주인공인 야지 기타뿐만 아니라 주변 인물들까지 호색적인 본성으로 인하여 초래되는 사건 사고로 묘사함으로써, 전후 사정이 원작과는 완전히 다른, 따라서 창작 스토리에 가까운 결과가 빚어진다는 점에 작자의 창의가 있었다.

■「二代目岳亭作合巻『五十三次膝栗毛』の書誌・挿絵・構成法について」

『비교일본학』 43집, 한양대학교일본학국제비교연구소, 2018년 9월.

「2세 가쿠테작 고칸 『고주산쓰기 히자쿠리게』의 서지·삽화·구성법에 대하여」

고칸 『고주산쓰기 히자쿠리게』의 초편이 『도카이도츄 다비닛키』임을 규명함과 동시에, 2편으로서의 『고주산쓰기 히자쿠리게』의 서지를 조사 보고했다. 서지 조사 결과 얻은 성과로서, 서명이 표상하는 패턴을 통하여 작자 분테 순가가 2세 가쿠테와 동일 인물이라는 필자설의 보강, 서문을 통해서 출판사가 신쇼도임을 알 수 있었다는 점, 서두 그림을 통하여 씨름꾼 부부를 중심으로 그들과 무관한 등장인물들을 조합하고 화찬 또한 씨름꾼 부부에 대해서 읊고 있으므로 작자가 역점을 둔 일화를 예상할 수 있었다는 점 등을 들 수 있다.

또한 각종 배우 그림을 통하여 표지 및 삽화에 그려진 인물화 중 야지는 나카야마 이치조, 기타하치는 나카무라 쓰루조의 초상화로 그려지고 있음을 밝힌 점도 성과의 일부분이다. 이는 배우초상화의 이용이라는 본 작품 삽화의 특징이었다. 한편 본문 구성법의 특징으로서, 앞 역 이야기를 이어받는 스토리성을 지적하고, 이는 초편 『타비닛키』 및 원작 『히자쿠리게』로부터 영향을 받거나 또는 독립함으로써 도출되는 구성법이었음을 논한 바이다. 구체적으로는 본문에서 전개되는 일정한 스토리에 기반한 대표적 골계담 세 가지―차반연극, 씨름꾼부부, 비오는 날 싸움― 중에서도 후자 두 가지는 초편은 물론 원작과도 무관한 새로운 일화라는 점이 본 2편의 독립성이라면, 반면 본 2편은 직전 역참 및 초편의 역참 화제까지 거론하는 많은 사례로부터, 초편에 보였던 경향이 더욱 강화되어 계승되고 있음을 알 수 있었다.

이와 같이 본 작품은 배우초상화의 야지 기타라고 하는 특징 외에 역참이 바뀌어도 스토리가 이어지는, 요컨대 골계담이 어느 한 장면만으로 완결되지 않고 스토리적 성격을 지닌 전개를 하면서 연이어서 웃음을 자아내는 구성법이 일반적 〈히자쿠리게물〉 고칸과도 다른 특징이었다.

■ 「合巻『弥次北八横濱久里毛』・『横濱栗毛/二編』の書誌学的研究」
『일어일문학연구』 103, 한국일어일문학회, 2017년 11월.

「고칸『야지기타하치요코하마쿠리게』・『요코하마쿠리게/2편』의 서지학적 연구」

2세가쿠테 글 〈히자쿠리게물〉 고칸으로서 1860년 10월에 검인된 ⓚ『야지기타하치요코하마쿠리게』, 1861년 4월에 검인된 ⓛ『요코하마쿠리게/2편』을 텍스트로, 서지학적 의문점 ―전편·후편·속편 관

계에 있으면서 주제柱題 및 외제外題가 일관성이 없는 문제ー를 분석
했다.

　먼저 ⓚ의 서지는 주제「다비닛키旅日記」(ⓚ-1)・「야지하弥次下」(ⓚ-2),
상하 두 권 합철 전30장, 가쿠테 하루노부글・잇케사이 요시이쿠그
림, 1860년 10월 검인, 시나가와야 큐스케 출판, 중본(17.8×11.8)이라
고 요약할 수 있다. 이들의 개제 재판 개각본改題再板改刻本『요코하마히
자쿠리게』(ⓚ-3)도 현존한다. 즉 전30장짜리 1860년판의 ⓚ를 명치
이후 키야 고모리소지로가 전20장짜리로 출판할 때, 겉표지摺付表紙 및
서두 한쪽 분량과 장서목록奧目錄만 개판하고, 본문에 해당되는 판목
은 그대로 전용한 것이 ⓚ-3이다.

　다음 ⓛ의 서지는 주제「게2モニ」, 상하 두 권 합철 전30장, 가쿠테
하루노부 글・잇케사이 요시이쿠 그림, 1861년 4월 검인, 시나가와야
큐스케판, 중본이라고 요약할 수 있다. 이상의 ⓚⓛ이 출판되던 시기
는 〈히자쿠리게물〉이 유행하고 있어서 적극적으로 기획・참여하려고
했던 출판업자 시나가와야의 열의가, 고칸풍 니시키에『쿠리게노야
지우마』서문으로부터도 이미 엿볼 수 있는 바이나, 이와 같이 동종
본의 주제 및 외제의 통일에 주의하지 않았던 점으로부터 보아, 시나
가와야가 유행에 뒤처지지 않기 위하여 서두른 나머지, 안이한 책자
제작 시스템・자세를 취하고 있었음을 알 수 있다. 그러나 일련의 가
쿠테 글 〈히자쿠리게물〉 고칸 시리즈 탄생의 시초가 된 작품이 본 ⓚ
ⓛ이며, ⓚⓛ은 원작『도카이도츄 히자쿠리게』와 마찬가지로, 이른
바「근거리」〈히자쿠리게물〉이라고 하는 오랜 문학사적 전통 안에서
성립된 작품이었던 것이다.

■「最末期〈膝栗毛もの〉合巻の一受容実態考—『弥次北八横濱久里毛』・『横濱栗毛/二編』の絵組と本文齟齬現象をめぐって」

『語文研究』第124号, 九州大学国語国文学会, 2017년 12월.

「말기 〈히자쿠리게물〉고칸의 한 수용 실태 고찰 —『야지기타하치 요코하마쿠리게』・『요코하마쿠리게/2편』의 그림과 본문의 불일치 현상에 대하여」

2세가쿠테 作・요시이쿠 그림으로 万延元(1860)년 10월에 검인된 『야지기타하치 요코하마쿠리게』(이하 ⓚ), 이듬해 文久元(1861)년 4월에 검인된 『요코하마쿠리게/2편』(이하 ⓛ)을 텍스트로 출판문화사적 측면에서 말기 〈히자쿠리게물〉고칸의 한 수용 실태를 고찰하는 것을 목표로 한다. 히자쿠리게물 合卷으로서 인기작이었다고 하는 문학사적 위상을 지니는 본 작품이다. 그럼에도 불구하고 내용상의 모순, 이른바 삽화와 본문의 부정합 현상이라고 하는 모순을 지니는 작품의 내실・실태분석을 의도함으로써 문학적 가치만으로는 재단할 수 없는 향수사도 엄연히 존재했음을 지적하고 싶다.

먼저 전편에 해당되는 ⓚ-1은 본문 스토리에 따라서 삽화를 배치한다고 하는 구사조시草双紙의 대원칙을 지키면서 구성된다. 그러나 후편에 해당되는 ⓚ-2, 속편에 해당되는 ⓛ과 같이 나중이 되면 될수록 삽화와 본문이 일치하지 않는 현상이 점점 격화된다.

그 제1원인은 「본문 스토리와 무관한 삽화」를 배치하는 것으로부터 발생했다. 그것은 (1) 요코하마라고 하는 풍토상 있을 수 있는 삽화의 삽입(1.ア)으로, ⓚ-2에서는 유녀花魁의 길거리 행진, 구경素見, 거

리 조감도, ⓛ에서는 미세모노오두막^{見世物小屋} 앞이나 말을 탄 서양인이라고 하는 이른바 「요코하마 우키요에^{横浜浮世絵}」에 준하는 도상의 삽입이었다. 그러나 ⓚ-2에서는 볼 수 없는 ⓛ의 본문 스토리와 무관한 삽화의 특징으로서, (2) 해당 작품에 등장하지 않는 다른 사건에 기인하는 듯한 도상(1.イ)을 들 수 있다.

삽화와 본문이 불일치하는 제2원인은 「도상화의 유무」에 의한다. 우선 「무」의 측면인데, 도상의 탈락 내지 생략 현상은 ⓚ-2의 두 가지 예에 비하여 ⓛ은 다섯 가지 예가 있다. 특히 ⓚ-2에서는 볼 수 없는 ⓛ만의 삽화와 본문이 정합하지 않는 원인으로서, 「도상의 탈락」을 들 수 있다. 긴 본문에도 불구하고 전혀 도상화되지 않고 해당 삽화를 배치하지 않거나 함으로써, 한 가지 일화에 한 가지 삽화라고 하는 구상에 파탄을 야기해 버린다. 다음으로는 도상화의 「유」의 측면이다. 본문에는 적혀지지 않지만 야지 기타의 여행 중 사건으로서 받아들일 수도 있는 장면을 삽화로서 그리거나, 한 장분에 기입한 본문에 상응하는 삽화를 두세 장분으로 늘리거나, 두세 줄에 불과한 단문을 삽화로서 그리거나 함으로써 불일치를 초래하는 요인이 되는 것이다.

삽화와 본문이 불일치하는 제3요인은 「순번의 혼란」에 있다. ⓛ에서는 사건 하나가 긴 것과, 그림으로 포착하기 어려운 사건이 전개됨으로써 아무래도 부족하게 되는 그림을 보전하는 방법으로서 특히 해당 작품과 무관한 다른 일화에 입각한 듯한 그림을 넣고 있는 것은, 작품이해를 방해하는 최대 요인이 되고 있으며, 잘라 붙인 임시방편의 작품이라고 하는 비난으로부터 벗어나기 어렵게 한다.

그러나 일련의 가쿠테 작 〈히자쿠리게물〉 고칸 시리즈 탄생의 시원이 된 인기작이 ⓚⓛ이었던 점으로 추정컨데, 삽화와 본문의 불일치라고 하는 내용적 모순에는 관대했던, 오히려 무신경했던 당시의 한 수용형태 또한 존재했음을 살펴본 바이다.

후기[*]

엄격하고도 상냥하신 선생님, 무례한 제자

선생님이 여든이라니 믿기지 않습니다. 최근의 모습을 접할 기회가 없는 제 머릿속에는 20여 년 전 모습 그대로 멈춰져 있네요.

1991년 가을, 한국외국어대학교 석사과정 1학년이었던 저는 일본 문부성 국비 유학생 합격이라는 낭보를 들고, 선생님의 곁을 무작정 찾았습니다.

저희 연구실의 황금기라고 일컬어졌던 그 무렵, 전국에서 선생님을 우러러 모여든 쟁쟁한 멤버에 둘러싸여 천지차이의 학습능력에 매일 자책하고 괴로워하면서도, 선생님의 크고 명료한 목소리를 동아줄 삼아 버틴 6년 6개월의 유학생활이었습니다.

• • •

* 지도교수님인 나카노 미쓰토시 교수님의 팔순을 맞이하여 제자들이 2016년 12월에 엮은 『中野三敏先生傘寿記念文集, 雅俗小逕』에 게재된 졸문을 번역 게재함으로써 후기를 대신하고자 합니다.

지금 되돌이켜 생각해 보면, 선생님은 물론 연구실 모두의 엄격하고도 상냥한 지적과 가르침이 없었더라면 현재의 저는 존재하지 않았겠지요. 입원과 퇴원을 반복하고, 마스크를 쓴 채 세미나에 참여하고, 그 세미나를 녹음하고, 연구실에서 철야하고, 튜터 선배가 병원까지 와서 함께 공부하고, 모 선배님은 석사논문을 일독하면서 일본어를 고쳐 주시고… 그러한 호의들이 모두의 특별한 배려의 결과였음을, 모두가 배려하지 않을 수 없게 만든, 불편을 엄청 끼치는 존재였음을 그때는 눈치채지 못하는 유학생이었습니다. 아아, 눈치채지 못할 정도로 뻔뻔하고도 무례한 학생이어서 다행이었을까요…. 눈치챘더라면 유학 도중 좌절하여 귀국했겠지요….

녹음해서 집에서 병원에서 반복해서 듣지 않으면 이해할 수 없을 만큼 어려웠던 『洞房語園』을 읽는 세미나가 1994년, 1995년, 1996년, 1997년 이어졌습니다. 그때의 여러분의 레쥬메는 한 장도 빠짐없이 가지고 있답니다(필요하신 분은 연락을!). 저는 1994년 12월 13일에 「梟弁」과 「待夜弁」을, 1995년 11월 9일에 「別れのことば」와 「市中嘉遁の辞」를, 1997년 1월 9일에 「読饅頭賦」를, 1997년 7월 9일에 「饅頭賦賛之引」, 「跋」, 「祝言」을 발표하였습니다. 선생님의 지적이 창피스러울 만큼 가득 채워져 있는 레쥬메를 되읽어 보니, 자신의 학습능력의 낮은 정도가 뼈에 사무칠 만큼 알 수 있었고, 선생님으로부터 받은 엄격한 훈련 덕에 점차 좋아져가는 레쥬메의 수준도 보여 왔습니다. 그리고 마침내 박사과정 2년생 여름, 마지막 세미나 발표에서 선생님으로부터 받은 "이것까지도 참 잘 조사했군요"라는 첫 칭찬, 그리고 박사논문을 다 썼을 무렵 선생님으로부터 그동안의 "강상"에서 "강군"이

라고 처음으로 불렸던 그 순간, 자신의 학업능력을 부끄러워하고 있던 일개 유학생으로서는 일생의 보물로 지금도 남아 있습니다.

1998년 연말, 저의 환송회에서 모두로부터 받은 원두커피 메이커는 19년이 지난 지금도 연구실에서 매일 세 잔 네 잔 커피를 바지런히 추출하고 있습니다. 그리고 2012년 『일본대중문예의 시원, 에도희작과 짓펜샤 잇쿠』라고 하는 연구서를 한국에서 출간함에 있어서 선생님에게 서문을 부탁했을 때, 선생님은 저에 대한 것을 세세히 기억해 주셔서 '연구생활과 투병생활의 이중 압박 속에서 병약했던 유학생이 여기까지 할 수 있음에 아낌없는 박수를 보내며, 또다시 무리해서 건강을 해치지 않도록 자중자애를!' 이라고 써 주신 상냥한 그 말씀에 혼자서 글썽였습니다.

선생님과의 추억은 1992년 10월부터 1999년 2월까지의 찬란하고도 쓰라렸던 20대 중후반 청춘의 추억이기도 합니다. 지금도 여전히 선생님에게 추천서를 받아 놓고서도 답장을 깜박하는 바람에 선생님을 놀래키는, 변함없이 무례한 불초제자입니다만, 부디 버리시지 않기를 제멋대로 기원하면서, 선생님의 팔순, 황표지의 말미처럼 "경사일세 경사일세".

2016년 12월
불초제자 강지현 올림

1. 원어발음을 우선시하여 다음과 같이 표기하였다. 즉 교육부 외래어표기법과 일본어 발음이 현저하게 차이가 나는 이유인, 격음과 복모음을 어두 어중에 사용하였다.

　かきくけこ:카키쿠케코./ たちつてと:타치츠테토

　きゃきゅきょ:캬큐쿄./ しゃしゅしょ:샤슈쇼.

　じゃじゅじょ:쟈쥬죠./ ちゃちゅちょ:챠츄쵸.

2. 쪽수 표기법은 ~편 ~쪽이다.

　ex) "7-10": 7편 10쪽

　ex) "3-26, 5-27, 5+12, 8-20": 3편 26쪽, 5편 27쪽, 5추가편 12쪽, 8편 20쪽에 중복 등장

ㄱ

가고[雅号·がごう=俳名]: 아호 7-179

가이[亥·がい]: 해 8-360

가키[餓鬼·がき]: 꼬맹이

가키도노이치리즈카[餓鬼道の一里塚·がきどう
のいちりづか]: 아귀도의 이정표 5-288

가쿠야[楽屋·がくや]: 분장실. 무대 뒤 4-191

간, 간바코, 간시츠[龕·がん, 龕箱·がんばこ, 龕
室·がんしつ]: 감실 5-313

간야쿠[丸薬·がんやく]: 환약. 알약 6-67

간쿠비[雁首·がんくび]: 담뱃대 끝부분 5-360

갓산[月山·がっさん, つきまいり]: 월례참배
8-390

갓소[兀僧·がっそう]: 더벅머리

게이샤[芸者·げいしや]: 전문 예능인. 남자예
능인. 여자예능인 3-116, 5-351, 5+425,
8-321

게이코[芸子·げいこ]: 여자예능인 8-338

게쿠[外宮·げくう]: 외궁 3-82, 5+401, 445

겐노스케[源之助·げんのすけ]: 四代目沢村宗十
郎 6-60

겐로쿠[元祿·げんろく]: 1688~1704 4-153

겐지[源氏·げんじ]: 겐지귀공자

겐쿠로 요시츠네[源九郎義經·げんくろうよしつ
ね]: 미나모토노 요시츠네 4-188

• • • • •

* 『근세일본의 대중소설가, 짓펜샤 잇쿠 작품선집』(소명출판, 2010년)에 수록한 『동해도 도보여행
기』 1·2편 및 짓펜샤 잇쿠작 그림소설과 화류소설의 번역용어를 포함시켜 총괄 소개하고자 한다.
이유는 난해한 에도희작 속 용어번역의 일례를 제시함으로써 번역용어의 총모음집을 지향하였기
때문이다. 본 역서에 등장하는 용어에는 색인으로서 쪽수를 기재하였다. 쪽수 미기재 단어는 『짓
펜샤잇쿠작품선집』에 등장하는 단어이다(색인을 일본어 발음순으로 정리한 이유는 일본어를 한국
어로 번역하는 경우를 최우선시하였기 때문임).

난킨[南京·なんきん]: 남경[중국] 7-228

네고야지치부[根古谷秩父·ねごやぢちぶ]: 네고 야산 비단

네기마[葱鮪·ねぎま]: 파 참치탕 3-47

네부카[根深·ねぶか]: 줄기의 흰 부분이 긴 대 파 3-47

네즈미가에시[鼠返し·ねずみがえし]: 검정바탕

네츠케[根付·ねつけ]: 조각세공품

넨구마이[年貢米·ねんぐまい]: 연공미. 소작료 로 바치는 쌀 4-191

노[能·のう]: 가면극 7-184

노게가와시마[野毛川嶋·のげがわしま]: 나가사 키 교외의 지명 6-58

노렌[暖簾·のれん]: 천. 간판 천 5-280

노리카케우마[乗掛け馬·のりかけうま]: 양옆구 리에 짐 실은 말 4-174

노리아이[乗り合い·のりあい]: 합승석 6-56

노미노스쿠네[飲みの宿禰·のみのすくね]: 마시 기로

노바카마[野袴·のばかま]: 여행용 하카마 4-173

노보리[幟·のぼり]: 장대 깃발 5-312, 7-170

노쿄겐[能狂言·のうきょうげん] 8-299

논코마게[のんこ髷·のんこまげ]: 논코 상투 7-241

뇨이린칸논도[如意輪観音堂·にょいりんかんの んどう]: 여의윤 관음당 5-351

누노코[布子·ぬのこ]: 무명옷

누카리야[滑谷·ぬかりや]: 지금의 시부타니지 역 6-130

누케마이리[抜参り·ぬけまいり]: 몰래 하는 이 세참배 5-322

누키몬[抜紋·ぬきもん]: 무늬부분만 하얗게 남 기고 나머지 부분을 염색한 옷 8-325

니바나[煮花·にばな]: 갓 달인 차 8-277

니세아라시키치사부로[二世嵐吉三郎·にせあら しきちさぶろう]배우 7-171, 8-408

니슈긴[二朱銀·にしゅぎん]: 은화 한 닢=25,000엔

니시다카이도[西田海道·にしだかいどう]: 니시 다해도. 우시다[牛田]마을 4-239

니시메[煮しめ·にしめ]: 조린 반찬 6-65

니시자카[西坂·にしざか]지역 3-121

니시진[西陣·にしじん]지역 7-157

니신노코부마키[青魚の昆布巻·にしんのこぶま き]: 청어의 다시마말이 8-291

니아가리[二上がり·にあがり]: 한 음 높게 켜는 샤미센가락 5+438

니이야[新家·にいや]: 새집. 본가에서 분가한 집 4-189

니우리쟈야[煮売り茶屋·にうりぢゃや]: 찻집식 당 8-313

니젠[二膳·にぜん]: 두 상. 2인분 5-283

니쵸마치[二丁町·にちょうまち]: 공인유곽

니쵸메[二丁目·にちょうめ]: 이번지

니켄쟈야, 니켄챠야[二軒茶屋·にけんちゃや]: 니켄휴게소마을, 니켄찻집 4-184, 7-184

니코니코[にこにこ]: 싱글벙글

니햐쿠몬[二百文·にひゃくもん]: 두 줄기=6,000 엔. 200문 3-46, 4-175, 5+406

니혼로쿠쥬요슈[日本六十余州·にほんろくじゅ うよしゅう]: 일본 육십여 주 3-82

니혼 자시[二本差し·にほんざし]: 두 자루 칼 찬 이. 무사 5-329

니혼즈츠미도테핫쵸[日本堤土手八丁·にほんづ

전대 5-318, 8-385

도마키[胴巻·どうまき]: 돈주머니. 허리전대.
전대 5+406

도부이타[溝板·どぶいた]: 널빤지덮개. 하수구
도랑[수채]을 덮는 널빤지 3-52

도빈[土瓶·どびん]: 도자기주전자. 오지주전자
4-269, 7-177

도쇼마치[道修町·どしょうまち]지역 8-277

도우도우[ドゥドゥ]: 워어이 워어이

도죠지[道成寺·どうじょうじ]: 도성사 5+451

도츄[道中·どうちゅう]: 길거리행진, 최고급유
녀의 행진의식 3-126

도쿠쇼간[読書丸·どくしょがん]: 독서환 8-404

도테라[縕袍·どてら]: 솜옷 6-143

도톤보리[道頓堀·どうとんぼり]: 도톤보리. 지
금의 大阪市中央区 5+395, 6-58, 8-266,
321

돈부리[丼·どんぶり]: 사발 7-187

돈스[緞子·どんす]: 비단

ㄹ

라샤[羅紗·らしゃ]: 사라사 3-115

라이시[雷子·らいし]: 아라시 산고로[嵐三五郎]
배우 7-241

라쿠고[落語·らくご]: 일인만담

란토바[卵塔場·らんとうば]: 묘지 4-204

레이교쿠[零玉·れいぎょく]: 영옥. 영험한 구슬
8-371

레이[霊·れい]: 혼백, 신령

레이죠[霊場·れいじょう]: 신성한 장소 8-381

레이후[霊符·れいふ]사창가 8-299

렌다이[蓮台·れんだい]: 연대. 지붕 없는 약식

가마 3-117, 7-208

렌카오인[蓮花王院·れんかおういん]: 연화왕원
6-109

로닌[浪人·ろうにん]: 주군 잃은 무사

로쟈쿠키센[老若貴賤·ろうじゃくきせん]: 노소
귀천. 귀한 사람 천한 사람 늙은이 젊은이
8-384

로쿠다이고젠[六代御前·ろくだいごぜん]: 다이
라노 고레모리[平維盛]의 아들 4-189

로쿠부[六部·ろくぶ]: 육부. 행각승

로쿠죠[六条·ろくじょう]: 동육조[東六条]에 있
는 동본원사[東本願寺]와 서육조[西六条]에
있는 서본원사[西本願寺] 6-137

로쿠죠쥬즈야마치[六条数珠屋町·ろくじょう
じゅずやまち]거리 5+424

로쿠쥬로쿠부[六十六部·ろくじゅうろくぶ]: 육
십 육부 4-253

로쿠지[六字·ろくじ]가게 8-334

롯카쿠[六角·ろっかく]: 육각거리 烏丸의 육각
당앞 6-137

료[両·りょう]: 한 냥=20만 엔

료가에[両替·りょうがえ]: 환전 3-129

료가에텐[両替店·りょうがえてん]: 환전은행
5+424

류센지[竜泉寺·りゅうせんじ]강 4-27

류큐[琉球·りゅうきゅう]: 지금의 오키나와
8-354

리[離·り]괘 8-333

리[里·り]: 1리=4킬로미터

리키무[力む·りきむ]: 큰소리친다. 씩씩거린
다. 열불 낸다.

리키미[力み·りきみ]: 안간힘, 기 5-369

ㅁ

마게모노[曲物·まげもの]: 나무그릇. 원통형 나무그릇 8-277

마루야[丸屋·まるや]: 마루가게 8-396

마루야마[丸山, 円山·まるやま]가게 7-158

마메[豆·まめ]: 두부콩. 물집

마메조[豆蔵·まめぞう]: 유랑 연예인 7-231

마부[間夫·まぶ]: 샛서방

마세가키[籬垣·ませがき]: 울타리 4-232

마스야[桝屋·ますや]: 마스가게[기생집] 4-232

마에가미[前髪·まえがみ]: 상투 소년. 앞머리 상투 튼 소년 5-295, 6-62

마에야쿠[前厄·まえやく]: 액년 전해의 재액 6-111

마와시자시키[廻し座敷·まわしざしき]: 돌림방

마이사카[舞阪·まいさか]: 현재 시즈오카현 마이사카쵸 3-140

마츠데라[松寺·まつでら]마을 5-282

마츠마에[松前·まつまえ]: 현재 북해도 남단의 마쓰마에쵸 4-161

마츠모토코시로[松本幸四郎·まつもとこうしろう=高麗屋]: 五代目松本幸四郎 6-60

마츠바가와[松葉川·まつばがわ]: 마츠바강 4-236

마츠바라[松原·まつばら]: 소나무벌판 4-195

마츠야마이나리[松山稲荷·まつやまいなり]: 야큐 이나리신사

마츠와야[松輪屋·まつわや]: 마츠와집 3-117

마츠자카[松坂·まつざか]: 현재 미에현 마쓰자카시. 雲津의 다음 역참 5-374, 379, 6-58

마츠자카부시[松坂節·まつざかぶし]: 마쓰자카 민요

마츠타케[松茸·まつたけ]: 송이버섯 5-342

마치가이[間違い·まちがい]: 실수 4-227

마치야가와[町屋川·まちやがわ]: 마치야강 5-280

마케루[負ける·まける]: 지다. 깎다 4-247

마쿠라조이[枕添い·まくらぞい]: 동침자. 무녀 용어로 '아내' 3-83

마쿠라조이도노[枕添い殿·まくらぞいどの]: 동침자님. 무녀용어로 '남편' 3-83

만나오시[運直し·まんなおし]: 운수대통

만자이라쿠[漫才楽·まんざいらく]: '무악'의 일종 8-387

만쥬[饅頭·まんじゅう]: 팥 찐빵, 호빵 5-315, 7-173

만킨탄[万金丹·まんきんたん]: 만금단 5+409

맛샤[末社·まっしゃ]: 말사 5+444, 7-181, 8-397

맛샤[末社·まっしゃ]: 알랑쇠수행원=太鼓持 8-384

메노[瑪瑙·めのう]: 마노[석영류] 8-327

메도기[筮·めどぎ]: 첨자 8-331

메시가아탓타[飯が当った]: 밥에 탈났다 5+446

메시모리[飯盛·めしもり]: 밥잔치. 매춘부·창녀[밥 푸는 여자] 7-244

메이오[明応·めいおう]: 1492~1501년 4-153

멧카치[眼·めっかち]: 짝눈. 애꾸눈 8-402

모도리[戻り·もどり]: 귀갓길 5-332

모로스케[師輔·もろすけ]경 7-235

모로쿠[耄碌·もうろく]: 종복무사 7-179

모로하쿠[諸白·もろはく]: 최상급 청주, 고급청주 4-230, 5-280

모멘캇파[木綿合羽・もめんかっぱ]: 무명우비
6-148, 7-159

모모야마[桃山・ももやま]: 지금의 교토시 후시
미구 모모야마쵸 6-84

모모히키[股引・ももひき]: 바지. 타이츠 바지.
통 좁은 여행용바지. 작업용 쫄바지. 레깅
스 3-96, 5-292, 6-52, 7-166, 8-375

모미우라[紅絹裏・もみうら]: 다홍색안감

모쿠바[木馬・もくば]: 목마 8-396

몬[文・もん]: 1푼=30엔. 1문=30엔

몬가쿠쇼닝[文覚上人・もんがくしょうにん]: 문
각 큰스님

몬메[匁・もんめ]: 돈쭝. 한 돈=3,200엔

못카이보[持戒坊・もっかいぼう]: 말썽꾼승려
7-241

못코[畚・もっこ]: 삼태기

묘가킨[冥加金・みょうがきん]: 명가금. 부처님
의 가호를 기대하고 바치는 돈 6-117

묘기산[妙義山・みょうぎさん] 8-414

묘다이[名代・みょうだい]: 대신 시중 듦

묘도[冥道・みょうどう]: 명도. 저승 3-82

묘켄쵸[妙見町・みょうけんちょう]: 이세야마다
의 한 동네 5-390, 5+408

무겐잔[無間山・むげんざん]: 무간산 3-75

무다[無駄・むだ]: 잡담

무다구치[無駄口・むだぐち]: 잡담

무라타야[村田屋・むらたや]: 무라타가게

무로[室・むろ]: 규방 4-233

무마노미미니카제[馬の耳に風・むまのみみにか
ぜ]: 쇠귀에 경 읽기. 마이동풍 4-166

무마미치[馬道・むまみち]지역 3-118

무사시. 부슈[武蔵. 武州・むさし. ぶしゅう]

무슈쿠[無宿・むしゅく]: 무숙. 노숙자 5+451

무츄사쿠자에몬[夢中作左衛門・むちゅうさくざ
えもん]: 몽중 사쿠자에몬. 눈치채지 못하는
사람 8-274

무켄[無間・むけん]: 무간 3-75

무켄노카네[無間の鐘・むけんのかね]: 무간의
종. 무한의 종 3-75, 7-210, 8-316

무쿠[無垢・むく]: 무늬 없이 안팎 같은 옷감
8-319

무쿠로지[無患子・むくろじ]: 무환자나무
8-404

무키미노누타[剥のぬた・むきみのぬた]: 모시조
갯살무침 3-118

미노부산[身延山・みのぶさん]

미로쿠마치[弥勒町・みろくまち]: 미록마을

미모스소가와[御裳裾川・みもすそがわ]: 이스즈
강의 별칭. 흐르는 방향으로 구별 5+444

미밋치[みみっちい]: 쩨쩨하다. 인색하다. 좀스
럽다.

미부나[壬生菜・みぶな]: 미부지역의 채소
7-158

미부데라[壬生寺・みぶでら]: 미부절 7-254

미사키[岬・みさき]: 곶. 갑 8-288

미세모노[見世物・みせもの]: 흥행장. 진기한 것
보여 주기. 구경거리 7-231, 8-374

미시마[三島・みしま]

미야[宮・みや]: 현재 아이치현 나고야시 아츠
타구. 아츠타역참 4-240, 252, 5-278

미야가와쵸[宮川町・みやがわちょう]: 고조에서
시조 사이의 환락가 7-168

미야바시라[宮柱・みやばしら]: 신전기둥
5-277

미야시게[宮重·みやしげ]: 현재 아이치현 하루 히쵸 5-277

미야시바이[宮芝居·みやしばい]: 시골축제연극 7-211

미야조노[宮薗·みやぞの]: 인형극 죠루리의 한 유파 5-383

미야코[都·みやこ]: 도읍지. 교토 6-95

미오노야시로 구니토시[三尾谷四郎国俊]: 겐지 측 무사 미오노야시로구니토키[国時] 3-67

미에이도[御影堂·みえいどう]승방 7-158

미와타리[三渡]: 이세에 있던 지명 5-378

미즈바나 다래야스[水鼻垂安·みずばなだれやす]: 코흘리개 5-362

미즈아메[水飴·みずあめ]: 물엿 8-376

미즈카라[みずから]: 다시마과자 7-172

미즈히키[水引·みずひき]: 홍백끈 3-130

미츠고로[三津五郎·みつごろう]: 三代目板東三津五郎 6-60

미츠다에[密陀絵·みつだえ]: 밀타화. 유화

미츠케[見付·みつけ]: 현재 시즈오카현 이와타시 3-120

미츠쿠치[三つ口·みつくち]: 언청이 6-93

미카와[三河·みかわ]: 현재 아이치현 동부 4-170

미캉코[蜜柑こ·みかんこ]: 감귤봉납 5+406

미코시뉴도[見越し入道·みこしにゅうどう]: 넘어보기 법사 5-342

미쿠마노[三熊野·みくまの]: 기이지방[와카야마현]에 위치 3-71

미타테[見立て·みたて]: 비유

미에모노[見えもの·みえもの]: 겉치레장이, 허영꾼 5+434

ㅂ

바뉴가와[馬入川·ばにゅうがわ]

바바사키[馬場先·ばばさき]거리 8-375

바치[撥·ばち]: 발목. 주걱. 밥주걱모양의 것 5+439

바카노무키미[ばかの剥き身·ばかのむきみ]: 개량조갯살. 명주조갯살 6-138

바카사레루[化かされる·ばかされる]: 홀리다

바케모노[化物·ばけもの]: 귀신 5-378

바쿠로[博労·ばくろう]: 거간꾼. 말장사꾼 7-249

바쿠로쵸[馬喰町·ばくろちょう]

바테이세키[馬蹄石·ばていせき]: 말굽 돌. U자 형 돌 5-360

바훈[馬糞·ばふん]: 말똥 4-198

반다이[盤台·ばんだい]: 바구니. 대야 6-110

반바[番場·ばんば]들판 8-297

반즈케[番付·ばんづけ]: 서열일람표

반즈케에혼[番付絵本·ばんづけえほん]: 연극안내그림책. 연극팜플렛 7-173

반토[番頭·ばんとう]: 지배인. 수석종업원 5+423

반토신조[番頭新造·ばんとうしんぞう]: 시중격 유녀

베츠구우[別宮·べつぐう]: 별궁 3-82

벤자이텐뇨[弁才天女·べんざいてんにょ]: 벤자이선녀 5+426

벤케이[弁慶·べんけい]: 황갈색 격자무늬. 요시츠네의 충복 3-144, 4-189

벤케이노하라키리[弁慶腹切·べんけいのはらきり]: 벤케의 할복 8-285

벳캇코[べっかっこう]: '메롱~'봉납 5+406

스마나이[濟まない·すまない]: 체면이 안 선다. 가만 안 놔두겠네. 가만 안 둘껴.

스무[濟む·すむ]: 도리를 다하다. 족하다. 마음이 풀리다.

스미요시[住吉·すみよし]신사 8-284

스미요시묘진[住吉明神·すみよしみょうじん]: 스미요시 신 8-395

스미요시신케[住吉新家·すみよししんけ]: 스미요시가도에 위치. 지금의 大阪市住吉区 8-395

스미요시카이도[住吉街道·すみよしかいどう]: 스미요시 간선도로 8-384

스미요시코[住吉講·すみよしこう]: 스미요시 계모임 8-390

스미조메[墨染·すみぞめ]: 지금의 교토시 후시미구 후카쿠사 스미조메쵸 6-89

스미한[住半, 住吉屋半次郎·すみよしやはんじろう]네: 스미요시야한지로가게 8-334

스에후로[据風呂·すえふろ]: 욕조

스에후로오케[据風呂桶·すえふろおけ]: 욕조통

스와묘진[諏訪明神·すわみょうじん]: 스와명신 3-138

스즈가모리[鈴ヶ森·すずがもり]: 스즈가 숲. 현재 동경도 시나가와구 5-381

스즈리부타[硯蓋·すずりぶた]: 쟁반. 넓적쟁반. 사각쟁반. 술안주 담은 쟁반 4-206, 7-186, 8-355

스즈카[鈴鹿·すずか]지역 4-266

스지카이[筋違·すじかい]다리 5+401

스케고[助郷·すけごう]: 부역 3-120, 5-376

슨[寸·すん]: 한 치=3센티미터

슨바쿠[寸伯·すんばく]: 기생충. 산증 6-112, 7-220, 8-325

슷퐁[鼈·すっぽん]: 자라전골 4-158

시[詩·し]: 한시 5-364

시[子·し]: 자 8-360

시고키오비[扱き帯·しごきおび]: 허리끈

시구레하마구리[時雨蛤·しぐれはまぐり]: 대합조림 5-278

시기타츠사와[鴫立沢·しぎたつさわ]

시나노[信濃·しなの]: 지금의 나가노현 7-243

시나노자카[品野坂·しなのざか]

시노하라[篠原·しのはら]마을 3-138

시다[志太·しだ]마을 3-54

시다이텐노[四大天王·しだいてんのう]: 사대천왕 3-82

시라스카[白須賀·しらすか]: 현재 시즈오카현 고사이시 4-164

시라이타[白板·しらいた]: 어묵, 백판

시라코야[白子屋·しらこや]: 시로코여관

시라하타[白旗·しらはた]

시라하타미야[白旗宮·しらはたみや]: 시라하타궁

시로[白·しろ]: 흰둥아 6-68

시로모노[代物·しろもの]: 물건. 여자 4-262

시로베[四郎兵衛·しろべえ]: 오사카 가와치여관 주인이름 8-369

시로자케[白酒·しろざけ]: 막걸리 5-297

시로코[白子·しろこ]: 간베의 다음 역참. 현재 미에현 스즈카시 5-332, 341

시로코마치[白子町·しろこまち]: 현재 시즈오카현 후지에다시 3-46

시리아카탄[尻垢丹·しりあかたん]: 엉덩이때단 3-77

6-73

아키바산[秋葉山・あきばさん]: 아키바산 3-110

아타고야마[愛宕山・あたごやま]

아타고진쟈[愛宕・あたごじんじゃ]: 아타고신사

아타지케나스비[あたじけなすび]: 구두쇠 가지 7-226

안나카무라[安中村・あんなかむら]: 안나카마을 5-280

안도지[安堂寺・あんどうじ]: 안당사 8-297

안동[行灯・あんどん]: 각등. 행등. 사각등 8-280

안쥬[安寿・あんじゅ]: 안주 7-215

앗앗도우다카도우다카[アッアッどうだかどうだか]: 앗앗, 어떠한가 어떠한가.

야구라다이코[櫓太鼓・やぐらだいこ]: 망루의 북 7-171

야나기고리[柳行李・やなぎごうり]: 버들고리 행장

야나기다루[柳多留・やなぎだる]: 센류 3-144

야도히키[宿引き・やどひき]: 여관호객꾼

야레코라[ヤレコリャ]: 어허 이보게

야리모치[槍持・やりもち]: 창 든 종복. 창 드는 3-65, 4-175

야리테[遣り手・やりて]: 유녀관리감독관. 감독 관아주머니

야마나카[山中・やまなか]마을 4-220

야마다[山田・やまだ]: 현재의 미에현 이세시 5-390, 5+393

야마사키바시[山崎橋・やまさきばし]: 야마사키 다리 4-251

야마시로[山城・やましろ]: 지금의 교토 남부 6-52

야마오카즈킨[山岡頭巾・やまおかずきん]: 야마 오카두건. 삼각형두건 3-111

야마자키[山崎・やまざき]: 야와타의 맞은편 기 슭 6-78

야마즈쿠시[山尽し・やまづくし]: 산 나열 8-295

야마토[大和・やまと]: 지금의 나라현 6-52

야마하라시치에몬[山原七右衛門・やまはらしち えもん] 5+409

야미[闇・やみ]: 어둠 주먹[어둠은 3, 주먹은 5의 은어: 350문] 5-281

야바세[矢橋・やばせ]마을 5-340

야보[野暮・やぼ]: 촌뜨기. 어수룩한

야샤라세츠[夜叉羅刹・やしゃらせつ]: 야차 나찰 5-385

야아[やあ]: 앗, 아이구

야아레[やあれ]: 어허

야아엥사아 야아엥사아[ヤアえんさア ヤアえん さア]: 여엉차 여엉차

야와타[八幡・やわた]마을 3-46, 6-78

야와타야마[八幡山・やわたやま]: 야와타산. 男 山. 현재 교토부 야와타시 6-76

야츠무네[八棟・やつむね]: 울퉁불퉁한 지붕

야츠시[襄し・やつし]: 빗대기

야츠시[襄し・やつし]: 연극의 영락한 미남 배우 형 7-241

야츠하시[八つ橋・やつはし]명소 4-239

야친[家賃・やちん]: 집세 6-137

얏카이보[役戒坊・やっかいぼう]: 애물단지승려 7-239

야쿠시[薬師・やくし]사당 5-380

야쿠시신덴[薬師新田・やくししんでん]: 약시신

오노노토후[小野道風·おののとうふう]: 894~ 966년에 실존했던 명필가 8-380

오니[鬼·おに]: 도깨비

오니지마[鬼島·おにじま]마을 3-46

오니가시마[鬼が島·おにがしま]

오니시[大西·おおにし]극장가 8-321

오다나[大店·おおだな]: 고급기생집 3-116

오다와라[小田原·おだわら]

오데라[大寺·おおでら]

오도시마[大年增·おおどしま]: 중년여인. 30대 초중반 6-141

오뎅[おでん]: '꼬치구이'의 여성어 7-185

오리스케[折助·おりすけ]: 종복무사 7-179

오료지[お療治·おりょうじ]: 안마치료. 마사지 3-129

오모리[大森·おおもり]

오모시[重石·おもし]: 누름돌. 김칫돌

오모이바[思い羽·おもいば]: 원앙날개

오모쿠로이[面黑い·おもくろい]: 재미 겁게 있네

오무로[小室]: 교토북쪽의 仁和寺. 벚꽃명소 5-383

오미[近江·おうみ]: 오우미. 지금의 시가현 7-235

오미소[御味噌·おみそ]: 된장양념 7-186

오바타[小俣·おばた]: 현재 미에현 이세시 오바타쵸 5-383

오벤[お弁·おべん]유녀 5+426

오비야[帶屋·よびや]: 오비집 5-293

오사카[大阪·おおさか] 5+395, 7-188

오산[お三·おさん]: 하녀의 통칭 3-129, 4-212

오샤쿠[御酌·おしゃく]: 술 따르기 7-244

오샤쿠시[お杓子·おしゃくし]: 주걱 7-244

오쇼[和尚·おしょう]: 스님. 안마사님 4-262

오슈[奥州·おうしゅう]

오슈코로모가와[奥州衣川·おうしゅうころもがわ]: 오슈 고로모강 3-144

오스기[あ杉·おすぎ]걸립녀 5+438

오스와[大諏訪·おおすわ]

오시[御師·おし]: 신관 5+394

오시코미[押込み·おしこみ]: 무단침입 4-228

오아이[お間·おあい]: 술 대신 마셔 주는 역할. 혹기사 8-405

오야[大家·おおや]: 나리. 집주인

오야마산케[大山参詣·おおやまさんけい]: 오야마참배

오야마상[女形さん·おやまさん]: 계집. 유녀 6-133

오야마야[女形屋·おやまや]: 기생집. 사창가 6-132

오야마야[小山屋·おやまや]요정 8-299

오야카타[親方·おやかた]: 대장님. 손님. 주인 어른 5-281

오에야마노오야붕[大江山の親分·おおえやまのおやぶん]: 오에산의 대장님 3-52

오오[ヲヲ]: 오냐

오이[笈·おい]: 상자

오이[大井·おおい]강 3-76

오이가와[大井川·おおいがわ]: 오이강 3-43, 7-208

오이란[花魁·おいらん]: 최고급유녀. 최상급 유녀

오이소[大磯·おおいそ]

오이와코이와[大岩小岩·おおいわこいわ]: 현재 토요하시시내 4-178

오이와케[追分·おいわけ]: 현재 욧카이치시 5-315

오이즈루[笈摺·おいずる]: 조끼. 겉옷 조끼 3-72

오자키노고[尾崎の郷·おざきのごう]마을 4-236

오챠즈케[お茶漬け·おちゃづけ]: 엽차에 만 밥

오초마·쵸마츠[お長松·ちょうまつ] 3-46

오츠[大津·おおつ]: 현재 시가현 오츠시 5-322

오치아이무라[落合村·おちあいむら]: 오치아이 마을 4-245

오카노고[岡の江·おかのこう]마을 4-229

오카모토 다유[岡本太夫·おかもとだゆう]신관 5+402

오카베[岡部·おかべ]: 현재 시즈오카현 오카베 쵸 3-43

오카베[御壁. 岡部·おかべ]: 두부. 오카베

오카자키[岡崎·おかざき]: 현재 아이치현 오카 자키시 4-230, 5-348

오카자키부시[岡崎節·おかざきぶし]: 오카자키 가락 4-231

오케[桶·おけ]: 통. 관 6-105

오쿠레카미[遅れ髪·おくれかみ]: 귀밑머리 8-339

오쿠레노카미[遅れの神·おくれのかみ]: 늦은 신 8-339

오쿠보[大久保·おおくぼ]지역 3-120

오쿠자시키[奥座敷·おくざしき]: 안채객실

오키야[大木屋·おおきや]: 오키집 3-117

오키야가레[置きやがれ·おきやがれ]: 닥쳐. 집 어쳐.

오키츠[興津·おきつ]

오타마[お玉·おたま]걸립녀 5+438

오타케[大竹, 大嶽·おおたけ, おおだけ]기생집, 지역 5-295

오타후쿠[お多福·おたふく]: 다복녀. 추녀

오테[お手·おて]: 패. 말 4-246

오토가이[頤·おとがい]: 말밭=말빨. 아래턱 6-112

오토노타치바나노아와기가하라[小戸の橘の 檍原·おどのたちばなのあわぎがはら]지역 8-396

오토시바나시[落し噺·おとしばなし]: 만담

오토와[音羽·おとわ]폭포 6-115

오토와야마[音羽山·おとわやま]: 오토와산 5-352, 6-121

오토코메카케[男妾·おとこめかけ]: 기둥서방, 남첩 8-401

오토코게이샤[男芸者·おとこげいしゃ]: 유곽 주 홍꾼. 프로 주홍꾼. 幇間. 太鼓持ち

오하시[大橋·おおはし]다리 7-254

오하치[御鉢·おはち]: 그릇 7-243

오후케무라[小向村]: 오후케 마을 5-280

오히라[大平·おおひら]: 오히라마을. 넓적 공기 4-229, 230

오히라[御平·おひら]: 넓적 공기 7-187

오히라가와[大平川·おおひらがわ]: 오히라강 4-229

오히라왕[御平椀·おひらわん]: 납작공기 4-229

온나[女·おんな]: 색시. 매춘부 3-127

온나가타[女形·おんながた]: 여자역 배우

온나게이샤[女芸者·おんなげいしゃ]: 여자예능인

온도[音頭·おんど]: 군무. 음두 5+425

온미츠[隠密·おんみつ]: 밀사

온바코사마[御姥子様·おんばこさま]: 온바코님 4-253

와라지[草鞋·わらじ]: 짚신 4-240, 5-288, 6-52, 8-328

와루쿠샤레루[悪く洒落る·わるくしゃれる]: 실없는 농지꺼리[소리]를 하다. 질 나쁜 농담하기는.

와사비[山葵·わさび]: 겨자. 고추냉이 5+452, 7-228

와츄산[和中散·わちゅうさん]: 화중산 8-387

와카바야시[若林·わかばやし]마을 3-138

와카슈[若衆·わかしゅ]: 소년 8-355

와카이모노[若い者·わかいもの]: 유곽사환. 가게젊은이

와카토[若党·わかとう]: 종복무사 5-313

와키자시[脇差·わきざし]: 작은 칼. 단도 3-64, 6-103, 8-325

와타나베[渡辺·わたなべ]: 요도강어귀의 텐마다리와 텐진다리 사이 8-304

와타나베노츠나[渡辺の綱·わたなべのつな] 7-235

요기[夜着·よぎ]: 이불 소맷자락. 이불 3-133

요다[陽田·ようだ]지역 5+393

요도[淀·よど]: 요도강변에 위치한 성곽마을. 지금의 교토시 후시미구 5-367, 6-62

요도가와[淀川·よどがわ]: 요도강 6-56, 7-158, 8-265

요도즈츠미[淀堤·よどづつみ]: 요도강변 둑 6-78

요루노우마[夜の馬·よるのうま]: 밤 말. 매춘부 3-47

요메가타[嫁が田·よめがた]: 며느리의 논 3-95

요미우리[読売·よみうり]: 전단지 낭독 판매원 7-231

요비야[呼屋·よびや]: 요리찻집 8-376

요스[様子·ようす]: 형편. 낌새 4-210

요시노[吉野·よしの]

요시다[吉田·よしだ]: 현재 아이치현 도요하시시 4-187, 5-295

요시다슈쿠[吉田宿·よしだしゅく]: 요시다역참 5-366

요시와라[吉原·よしわら]: 공인유곽 3-115, 5-382

요시와라나카노쵸[吉原中之町·よしわらなかのちょう]: 요시와라의 중앙 메인스트리트

요시쵸신미치[葭町新道·よしちょうしんみち]

요시츠네센본자쿠라[義経千本桜·よしつねせんぼんざくら]: 요시츠네 천 그루의 벚꽃 4-188, 8-285

요시타네[良種·よしたね]신관 7-235

요이요이[よいよい]: 흐늘흐늘

요이치베[与一兵衛, 与市兵衛·よいちべえ] 5-342, 367

요지로[与次郎·よじろう]거지 왕 5+411

요츠데카고[四つ手駕籠·よつでかご]: 약식 가마 3-63

요츠야톤비[四谷鳶·よつやとんび]: 요츠야의 소리개연 4-228

요타시도코로[用立所·ようたしどころ]: 사무소. 용무 보는 곳. 볼 일 보는 곳 5+394 395

요코네, 벤도쿠[横根, 便毒·よこね, べんどく]: 가래톳 종기 7-214

요코보리[横堀·よこぼり]거리 8-306

요코스카[横須賀·よこすか]마을: 현재의 大須

ㅈ

츠키요미히요미[月読日読・つきよみひよみ]: 달 읽는 신 해 읽는 신 3-82

츠테치레 츠테치례[ツテチレ ツテチレ]: 치리찌 링 치리찌링

층츠루텡/ 층텡샹/ 치치츠층 청샹[つんつるて ん/ つんてんしゃん/ チチツツン チンシャン]: 뚱따당 땅/ 뚜뚜 따당 뚱 땅. 입으로 내는 샤미센 소리

치가이다나[違い棚・ちがいだな]: 어긋나게 댄 선반 8-354

치노미치[血の道・ちのみち]: 혈행 불순. 부인병 5+449

치로리[銚釐・ちろり]: 술병

치류[池鯉鮒・ちりゅう]: 치리후. 현재 아이치현 치류[知立]시 4-240

치리멘[縮緬・ちりめん]: 오글오글한 잔주름의 비단 8-320

치마키[粽・ちまき]: 조릿대 잎 찹쌀떡 6-57, 7-158

치소쿠테이[千束亭・ちそくてい]: 지소쿠정 기 생집 5+422

치에노노이하나시다[知恵のない話だ・ちえのな いはなしだ]: 지혜가 모자란 얘기다. 지혜롭 지 못한 얘기다

치즈카야[千束屋・ちづかや]: 치즈카가 게 5-390, 5+422

치진고다이[地神五代・ちじんごだい]: 지신오대 3-82

치층샹[チツンシャン]: 찌쭝샹

치치치치 칭칭[チチチチ チンチン]: 치치치치 칭칭

치카마츠토난[近松東南・ちかまつとうなん] 8-339

치쿠라즈시[ちくら寿司・ちくらずし]: 지쿠라가 게 초밥 8-329

치쿠쇼메[畜生め・ちくしょうめ]: 개자식. 여우 놈 4-205

치테치례 치치치치 토테치례[チテチレ チチチ チ トテチレ]: 치리치링 치치치치

치하야부루[千早振る・ちはやぶる]: 고귀한 5+441

친피[陳皮・ちんぴ]: 진피. 감기약 5+451

칫테례 톳테례[チッテレ トッテレ]: 치리링 띠 리링

ㅋ

카가미샤[鏡社・かがみしゃ]: 거울신사 3-82

카기야[鍵屋・かぎや]: 가기여관, 찻집 4-252, 5-315

카나가와다이마치[神奈川台町・かながわだいま ち]

카나야[金谷・かなや]: 현재 시즈오카현 가나야 쵸 3-71

카나우후쿠스케[叶福助・かなうふくすけ]: 소원 성취후쿠스케 인형 4-174

카도게키쥬[角劇場・かどげきじょう]: 가도 극장 8-321

카도데하치만구[門出/首途八幡宮・かどではちま んぐう]: 가도데 팔만궁 7-162

카도마루와카타유[角丸若太夫・かどまるわかた ゆう] 8-321

카도마츠[門松・かどまつ]: 소나무장식

카도못코[門木瓜・かどもっこう] 4-232

카라노카가미[唐の鏡・からのかがみ]: 중국거울. 무녀용어로 '어머니' 3-83

카라스고젠[烏御前・からすごぜん]: 까마귀신궁 5-355

카라지리[空尻・からじり]: 짐 없는 빈 말. 빈털터리 4-233

카라챠카마[空茶釜・からちゃかま]: 빈 차솥. 매춘부 7-231

카라카미[唐紙・からかみ]: 종이쌈지. 지갑 4-269

카라카사[唐傘・からかさ]: 우산 8-328

카루야키[軽焼き・かるやき]: 전병. 가루야키 센베이 7-158

카루이나아아앙에[軽いナアアンエ・かるいナアアンエ]: 가벼운데 말이야아아앙~

카마가후치[釜ヶ淵・かまがふち]

카마보코[蒲鉾・かまぼこ]: 움막 6-74

카마시치[釜七・かましち]: 마술사이름 5-322

카마쿠라[鎌倉・かまくら]: 가마쿠라 8-267

카마쿠라칸고로[鎌倉勧五郎・かまくらかんごろう] 5-340

카메이로쿠로[龜井六郎・かめいろくろう] 4-189

카모가와[加茂川/賀茂川・かもがわ]: 가모강 3-121, 7-157

카모난바[鴨南蛮・かもなんば]: 오리고기국수

카모노쵸메이[鴨長明・かものちょうめい]

카무로[禿・かむろ]: 견습소녀 8-342

카미[神・かみ]: 아마추어 주흥꾼. 에도가미[江戸神]

카미, 호칸, 타이코모치[神, 幇間, 太鼓持ち・かみ, ほうかん, たいこもち]: 남자게이샤

카미가타[上方・かみがた]: 관서지방

카미가타모노[上方者・かみがたもの]: 교토사람

5-352, 5+421

카미노고[上の郷・かみのごう]: 윗동네

카미노네[髪の根・かみのね]: 머리뿌리. 상투밑동 5+419

카미다나[上棚・かみだな]: 에도 지점 5+423

카미다나[神棚・かみだな]: 조상신 모실 선반 8-327

카미사카야키[髪月代・かみさかやき]: 머리정리 5+422

카미야가와[紙屋川・かみやがわ]: 가미야강 7-238

카미야토쿠베[紙屋徳兵衛・かみやとくべえ] 8-285

카미쿠즈야[紙屑屋・かみくずや]: 폐지장수

카바야키[蒲焼・かばやき]: 장어구이 4-156

카보챠노고마시루[南瓜の胡麻汁・カボチャのごましる]: 호박 된장국 5-348

카부토이시[兜石・かぶといし]: 투구바위

카사[瘡・かさ]: 부스럼병. 매독 6-72, 102

카사데라[笠寺・かさでら]: 삿갓절 4-251

카시마[鹿島・かしま]

카시와모치[柏餅・かしわもち]: 떡갈나무떡 4-170

카시와바시[柏橋・かしわばし]

카시와야[柏屋・かしわや]: 가시와가게 5-390, 432

카야바[萱場・かやいば]지역 3-127

카와고시[川越し・かわごし]: 월천꾼. 강 건네주는 인부 3-63

카와구야[河供屋・かわぐや]: 가구구집 5+444

카와나미[川並・かわなみ]동호회 5-368

카와라노인[河原院・かわらのいん]: 가와라 좌대

코시마키[腰巻·こしまき]: 아랫도리속치마

코야[高野·こうや]: 고야산 8-270

코야가케[小屋掛け·こやがけ]: 가설무대. 가설
　오두막집

코야마[小山·こやま]지역 5-380

코야스칸논[子安觀音·こやすかんのん]: 순산관
　음 5-341

코야와타하치만[小八幡八幡·こやわたはちまん]

코에츠보[肥壺·こえつぼ]: 똥통. 거름통 4-205

코에토리노 오야지[肥取りの親爺·こえとりのお
　やじ]: 분뇨수거인부. 거름장수 영감

코오야[講親·こうおや]: 관리자. 책임자 5+399

코와 메시[強飯·こわめし]: 팥 찰밥. 찰밥
　4-172

코위[コウ]: 저기, 거시기, 그

코이구사[恋草·こいぐさ]: 사랑초

코이카와 하루마치[恋川春町·こいかわはるま
　ち] 5-364

코죠[口上·こうじょう]: 개막 소개꾼. 인사말.
　서두인사 7-178

코쥬[講中·こうじゅう]: 신자단체 5-312

코즈[高津·こうづ]지역 8-289

코즈노미야[高津の宮·こうづのみや]: 고즈신궁
　8-284

코진[荒神·こうじん]: 조왕신. 부뚜막 신. 수호
　신 8-276

코진사마[荒神様·こうじんさま]: 조왕님 3-54

코카케[甲掛け·こうかけ]: 손등덮개 3-72

코코노츠[九つ·ここのつ]: 자시. 밤 12시경
　8-353

코쿠조[虛空藏·こくうぞう]: 허공장보살 3-82

코큐[胡弓·こきゅう]: 호궁 6-59

코타츠[火燵·こたつ] 6-146, 7-213

코토카이나~[ことかいな~]: 이려던가

코후[國府·こふ]지역 5-351

콘냐쿠다마[蒟蒻玉·こんにゃくだま]: 곤약 알줄
　기 7-232

콘레이노사카즈키[婚礼の杯·こんれいのさかず
　き]: 혼례 때 술잔. 헌배의식 8-407

콘이로[紺色·こんいろ]: 감색, 네이비블루, 짙
　은 남색, 다크블루

콘칸반[紺看板·こんかんばん]: 군청색 짧은 무
　명 윗도리 7-180

콘케[坤卦·こんけ]: 곤괘 8-331

콘탄유메노마쿠라[魂胆夢の枕·こんたんゆ
　めのまくら]: 밀회 그 달콤하고 덧없는 꿈
　5-342

콘피라[金比羅·こんぴら]: 곤피라부시[金比羅節]
　의 장단 맞추는 말 3-60, 5-318

콘피라[金比羅·こんぴら]궁: 가가와현의 고토
　히라신궁 6-52, 146

콧토[骨疼·こっとう]: 관절염 7-214

쿄가노코무스메도죠지[京鹿子娘道成寺·きょう
　がのこむすめどうじょうじ]: 유유자적 도성
　사 8-293

쿄겐[狂言·きょうげん]: 희극. 공연 7-184

쿄단[京談·きょうだん]: 교토말 5+432

쿄도[経堂, 願成就寺·きょうどう]: 경당 7-232

쿄묘[狂名·きょうみょう]: 교카명. 교카작가로
　서의 호 5-348

쿄바시[京橋·きょうばし]다리 6-53

쿄시[狂詩·きょうし]: 광시

쿄카[狂歌·きょうか]: 골계스런 와카 3-49,
　4-153, 5-311

4-261

ㅌ

타고노우라[田子の浦・たごのう라]: 다고해안

타나다[棚田・たなだ]: 계단식 논. 다랭이

타나칭[店賃・たなちん]: 집세

타나카[田中・たなか]마을 3-50

타네[種・たね]: 도구

타네혼[種本・たねほん]: 참고서적. 초안

타노모시코[頼母子講・たのもしこう]: 계 추첨

타니마치[谷町・たにまち]거리 8-289

타마가키[玉垣・たまがき]마을 5-341

타마나키카라텟포[玉なき空鉄砲・たまなきか
らてっぽう]: 탄환 없는 공포. 빈 대포. 뻥
8-333

타마루카이도[田丸街道・たまるかいどう]: 다마
루가도 5+401

타마치[田町・たまち]지역 3-78

타바타바시[田畠橋・たばたばし]다리 4-251

타보[鬌・たぼ]: 여자. 매춘부 4-193

타쇼노엔[他生の縁・たしょうのえん]: 전생의 인
연 5-302

타스키[襷・たすき]: 어깨띠

타유[太夫・たゆう]: 신관의 존칭 5+394

타유[太夫・たゆう]: 다유. 최상급유녀 8-317

타유[太夫・たゆう]: 사설꾼. 죠루리를 노래하는
사람

타이시덴키[太子伝記・たいしでんき]: 『태자전
기』 8-380

타이코모치[太鼓持ち・たいこもち]: 주흥꾼. 프
로 주흥꾼. 알랑쇠 3-117, 8-338

타이테이[大底・たいてい]: 이만저만, 여간

타치데루[立ち出る・たちでる]: 나타나다. 떠난
다. 출발한다. 나온다. 나간다.

타치바나야[橘屋・たちばなや]기생집 4-232

타카나와[高輪・たかなわ]

타카노미야[高の宮・たかのみや]: 고궁. 외궁 제
1의 별궁 5+444

타카다도[高田堂・たかだどう]: 다카다의 사당
5-349

타카마키에[高蒔絵・たかまきえ]: 금・은・옻칠
5-382

타카세가와[高瀬川・たかせがわ]: 다카세강
7-162

타카세부네[高瀬舟・たかせぶね]: 다카세강의
상행선 7-162

타카시야마[高師山・たかしやま]: 다카시산
4-161

타카오카가와[高岡川・たかおかがわ]: 다카오카
강 5-331

타카츠신치[高津新地・たかつしんち]: 지금의 大
阪市中央区. 당시 사창가로 유명함 8-284

타카토로[高灯籠・たかとうろう]: 꼭대기 등롱
8-397

타케다[竹田・たけだ]지역 5-367

타케다이즈모게키죠[竹田出雲劇場・たけだいず
もげきじょう]: 다케다극단 8-321

타케모토기다유[竹本義太夫・たけもとぎだゆ
う]: 죠루리 일파인 기다유가락의 창시자
5+395

타케미츠[竹光・たけみつ]: 죽도. 대나무칼
3-143, 4-177

타케우마[竹馬・たけうま]: 짐바구니 3-65

타코야쿠시[たこ薬師・たこやくし]: 문어약사

482

5-312

타쿠앙[沢庵・たくあん]스님 5-365

타타미[畳・たたみ]: 첩

타타미이와시[畳鰯・たたみいわし]: 새끼멸치 말린 포 3-58

타타키가네[叩き鐘・たたきがね]: 징

타테바[建場・たてば]: 휴게소. 휴게소마을 3-46, 4-167, 4-189

타테카와[立川談洲・たてかわ]

탄바[丹波・たんば]: 단바. 지금의 교토와 효고 현의 일부 7-254, 8-270

탄바사사야마[丹波篠山・たんばささやま]: 지금 의 효고현 8-270

탄자쿠[短冊・たんざく]: 종이 5-362

탓츠케바카마[裁っ着け袴・たっつけばかま]: 종 아리를 끈으로 졸라맨 바지 5+440

테가타[手形・てがた]: 손도장 4-232

테고시[手越・てごし]

테기네[手杵・てぎね]: 절굿공이 8-374

테다이[手代・てだい]: 종업원 5+394

테라마치[寺町・てらまち동네 7-195

테츠보[鐵棒・てつぼう]: 쇠지팡이 3-52

테쿠다[手管・てくだ]: 기술. 농간

테이킨오라이[庭訓往来・ていきんおうらい]: 『정 훈왕래』 7-158

~테테[~てて =~とて,~といって,~といっても]: ~ 카머

텐가이지[天蓋寺・てんがいじ]: 천개사 5-312

텐가쟈야무라[天下茶屋村・てんがぢゃやむら]: 천하찻집마을. 스미요시가도에 위치. 지금 의 大阪市西成区 8-387

텐구[天狗・てんぐ] 8-413

텐노지[天王寺・てんのうじ]: 천왕사. 지금의 大 阪市天王寺区에 위치 8-284, 380

텐노지야[天王寺屋・てんのうじや]기생집 8-375

텐류가와[天竜川・てんりゅうがわ]강 3-121, 3-123

텐마노오테코[天満のお手子・てんまのおてこ]: 덴마의 소방수 8-382

텐마바시[天満橋・てんまばし]: 텐마다리 8-297

텐마야오한[天満屋お半・てんまやおはん] 8-285

텐마쵸[伝馬町・てんまちょう]: 덴마거리

텐만구[天満宮・てんまぐう]: 덴마궁. 현재의 大 阪市北区 8-299

텐지쿠[天竺・てんじく]: 인도. 하늘. 천상

텐진바시[天神橋・てんじんばし]: 덴진다리. 텐마다리의 서쪽으로 텐마궁 참뱃길임 8-299

텐진사마[天神様・てんじんさま]: 천신님. 스가 와라노 미치자네 4-190

텐진시치다이[天神七代・てんじんしちだい]: 천 신칠대 3-82, 5+445

텐진진쟈[天神神社・てんじんじんじゃ]: 텐진 신 사 7-249

텐큐[天久・てんきゅう]

텐토[天道・てんとう]: 하늘 6-121

텐토사마[天道様・てんとうさま]: 하늘님

텐토쿠[天徳・てんとく]: 천덕 7-235

텡텡 텡텡[てんてん てんてん]: 등등 두둥 등등

토단고[十団子・とうだんご]: 열결단 부적

토라[虎・とら] 유녀

토라가이시[虎が石・とらがいし]: 호랑이바위

토라노카와[虎の皮・とらのかわ]: 호랑이 가죽.

않게.やくたい: 형편없음. 엉망진창. 뒤죽
박죽. ~じゃ: 카이

톳토모하야, 에라우노도가카와쿠 [とっともふ
はや, えらうのどがかわく]: 이제 진짜 엄청
목이 마르네

ㅍ

팟치[ぱっち]: 비단바지. 긴바지 5-347

ㅎ

하고로모노마츠[羽衣の松・はごろものまつ]: 날
개옷을 건 소나무 5+435

하나고자[花莫蓙・はなござ]: 꽃돗자리 3-111

하나미치[花道・はなみち] 7-178

하나바시라[鼻柱・はなばしら]: 콧대

하나야노야나기[花屋の柳・はなやのやなぎ]: 꽃
집 버드나무 3-76, 8-335

하나이로[花色・はないろ]: 연한 남색 옷 5+440

하나히시게[鼻拉げ・はなひしげ]: 납작코 7-209

하라[原・はら]

하라부토모치[腹太餅・はらぶともち]: 둥근 팥떡

하라이가와[祓川・はらいがわ]강 5-380

하라카와[原川・はらかわ]마을 3-111

하루나산[榛名山・はるなさん] 8-414

하리마[播磨・はりま]지역 7-181

하리사 코랴사, 요이요이 요이토나・요이야
사・요이야나[ハリサ コリャサ, よいよい よ
いとな・よいやさ・よいやな]: 이것 말야 저것
말야, 좋아 좋아 좋아 좋구나~

하마나[浜名・はまな]지역 4-156

하마노야[浜の屋・はまのや]: 하마노가게

하마다무라[浜田村・はまだむら]: 하마다마을

5-312

하마마츠[浜松・はままつ]: 현재 시즈오카현 하
마마츠시 3-127

하모[鱧・はも]: 갯장어 6-138

하미가키우리[歯磨き売り・はみがきうり]: 치약
장수. 약장수 8-374

하부타에[羽二重・はぶたえ]: 순백색고급비단
5+436, 8-320

하사미바코[挾箱・はさみばこ]: 옷고리짝 3-65

하세[初瀬・はせ]: 지금의 나라현 사쿠라이시
6-81

하스누마[蓮沼・はすぬま]지역 3-140

하시모토무라[橋本村・はしもとむら]: 하시모토
마을 4-161

하시제니[橋銭・はしぜに, はしせん]: 다리통행
료 5-330

하야가와리[早変わり・はやがわり]: 돌변

하오리[羽織・はおり]: 짧은 겉옷상의. 윗도리.
외투. 겉옷 5-347, 5+394, 433, 448, 8-318,
319

하오리하카마[羽織袴・はおりはかま]: 정장
8-334, 354

하즈무라[羽津村・はづむら]: 하즈마을 5-292

하지사라시[恥さらし・はじさらし]: 개망신, 꼴
좋다

하츠우마[初午・はつうま]: 첫 말의 날

하치[鉢・はち]: 대접 4-222, 7-188

하치만[八幡・はちまん]: 에도 이치가야[市ヶ谷]
의 하치만궁 4-228

하치만무라[八幡村・はちまんむら]: 팔만 마을
5-292

하치오지[八王子・はちおうじ]: 여덟 왕자 왕녀

인연 있는 후쿠로이[袋井]의 찻집 3-114, 5-365

호칸[幇間·ほうかん]: 유곽 주흥꾼. 프로 주흥꾼.

혼도[本党·ほんどう]: 본당. 본존 6-116

혼마[本馬·ほんま]: 규정 최고 무게[36관] 실은 말 3-65

혼마[本間·ほんま]: 본방

혼마치[本町·ほんまち]동네 3-122

혼샤[本社·ほんしゃ]: 본사. 본당 7-181, 8-397

혼세이지[本誓寺·ほんせいじ]명소 5+440

혼젠[本膳·ほんぜん]: 정식 상 8-358

혼죠[本城·ほんじょう]

혼진[本陣·ほんじん]: 공인여관 4-173

혼쵸[本町·ほんちょう]: 에도최고의 메인스트리트 5-318

혼케[本卦·ほんけ]: 본 괘. 일생 운세에 관한 점 8-331

홋카부리[頬被り·ほっかぶり]: 수건으로 얼굴을 가림 5+440

홋케지[法花寺·ほっけじ]: 법화사

홋쿠[発句·ほっく]: 하이쿠 4-166

효고노미사키[兵庫の岬·ひょうごのみさき]: 효고의 곶[산자락] 8-288, 386

효시기[拍子木·ひょうしぎ]: 박자목. 딱따기 3-89, 4-177, 7-178

효탄마치[瓢箪町·ひょうたんまち]: 효탄거리, 효탄대로, 유곽안 5+398, 8-333

효탄야[瓢箪屋·ひょうたんや]: 효탄여관 4-252

후가[風雅·ふうが]: 풍류 5-349

후간[風眼·ふうがん]: 풍안. 농루성결막염 3-129

후나우[鮒卯·ふなう]요정 8-265

후나다마[船霊·ふなだま]: 배 수호신 4-270

후나바리[船梁·ふなばり]: 목재들보 6-65

후나야도[船宿·ふなやど]: 강변여관. 항구여관 6-81

후다라쿠[普陀落·ふだらく]: 보타락. 보타락산 3-71

후로후키[風呂吹·ふろふき]: 된장 발라 먹는 삶은 무요리 3-47, 5-277

후루도노미야[古殿宮·ふるどのみや]: 옛 신궁. 천궁 전의 옛 건물 5+444

후루미야콘다하치만구[古宮誉田八幡宮·ふるみやこんだはちまんぐう] 3-95

후루아키노카미[古開神·ふるあきのかみ]: 후루아키신=仁徳天皇 7-238

후루이치[古市·ふるいち]: 묘켄쵸의 옆 동네. 현재 이세시 후루이치쵸 5-381, 5+408, 421

후리다시구스리[振出し薬·ふりだしぐすり]: 침제약 7-163

후리소데[振袖·ふりそで]: 긴소매의 아가씨. 숫처녀. 소맷자락이 긴 옷

후리소데신조. 후리신[振袖新造. 振新·ふりそでしんぞう. ふりしん]: 신참유녀

후린소바[風鈴蕎麦·ふうりんそば]: 풍경메밀국수

후시미[伏見·ふしみ]: 지금의 교토 남부의 후시미구 5-367, 6-53, 80, 7 158, 8-266

후시미이나리샤[伏見稲荷社·ふしみいなりしゃ] 6-91

후지[藤·ふじ]: 등꽃 4-222, 6-91

후지노모리[藤の森·ふじのもり]마을: 현재 교

히메가미[比口羊神·ひめがみ]: 히메신=天照大
神 7-238

히야리히야리 테레츠쿠테레츠쿠 슷텡슷텡[ヒ
ヤリヒヤリ てれつくてれつく すってんすって
ん]: (피리와 북소리로) 휴휴, 둥둥 쿵쿵~.

히우치이시[火打石·ひうちいし]: 부싯돌 4-181

하우치자카[火打坂·ひうちざか]: 부싯돌언덕
4-184

히자쿠리게[膝栗毛·ひざくりげ]: 도보여행기
5-348

히이쿄[脾胃虛·ひいきょ]: 위장병. 비위허증
3-84, 7-166

히캬쿠[飛脚·ひきゃく]: 파발꾼

히키마와시[引き回し·ひきまわし]: 우비 5-333

히키후네[引き船·ひきふね]: 시중격 유녀
8-342

히타치야[常陸屋·ひたちや]: 히타치네

히후키다케[火吹竹·ひふきだけ]: 불 피울 때 쓰
는 죽통 4-268, 270

저자 소개

짓펜샤 잇쿠 十返舍一九

1765년 시즈오카에서 출생하여 1831년 67세의 나이로 사망할 때까지 주로 에도(동경)에서 집필활동을 하였다. 대표작으로는 1802년 초편이 발행되는 『東海道中膝栗毛』[동해도 도보여행기]가 있으나, 이 외에도 전 생애에 걸쳐 580작품 이상을 출판함으로써 일본최초의 전업 작가이자, 일본문학사상 최대의 작품 양을 자랑하는 베스트셀러 작가이기도 하다.

역자 소개

강지현康志賢, Kang Ji-Hyun

제주대학교 일어일문학과 졸업 후, 한국외국어대학교 일본어과
석사, 일본문부성국비유학생으로서 규슈대학 국문학전공 석·박
사를 마쳤다. 일본학술진흥회특별연구원으로 초빙 받아 도쿄대
학 종합문화연구과 객원연구원, 국제일본문화연구센터 및 호세
대학 국제일본학연구소의 초빙을 받아 외국인연구원으로 근무
했다. 2000년 2월 여수대학교 부임 후 현재 전남대학교 국제학부
교수로 재직 중이다.
최근 일본 학술지(東京大学『国語と国文学』1105호, 日本文学協会『日本文
学』716호, 京都大学『国語国文』923호, 日本近世文学会『近世文藝』100호, 九
州大学『語文研究』124호, 国際浮世絵学会『浮世絵芸術』172호 등)에 논문을
게재하였으며, 국제우키요에학회의 2017년도 추계국제학술대회
에서 기조강연을 맡았다. 번역서로『근세일본의 대중소설가, 짓
펜샤 잇쿠 작품선집』(판우번역대상수상), 저서로『일본대중문예의
시원, 에도희작과 짓펜샤잇쿠』(대한민국학술원우수학술도서수상, 한국
연구재단기초연구우수성과수상) 등이 있으며, 2017년도 전남대학교
제21회 용봉학술상을 수상하였다.

東海道中膝栗毛